【図説】食人全書

CANNIBALES

HISTOIRE ET BIZARRERIES
DE L'ANTHROPOPHAGIE HIER ET AUJOURD'HUI

Martin Monestier

マルタン・モネスティエ 著
大塚宏子 訳

原書房

我が妻ドニアへ

図説　食人全書　目次

謝辞　7
第1章　胃の記憶　9
第2章　食人の起源　17
第3章　なぜ人食い人種は人を食べるのか？　31
第4章　人食い人種たちの食人風習　47
第5章　人食い人種の慣例的料理　119
第6章　食糧としての食人　173
第7章　復讐のための食人　227

第8章　神々と信者たちの食人　251
第9章　悪魔とその使徒たちの食人　263
第10章　食人療法　279
第11章　食人犯たちのリスト　317
第12章　産業化・組織化された食人　21世紀の食糧難に対する答え　385

謝辞

本書を執筆するにあたって、多くの博物館、協会、公共図書館、個人蔵書、さまざまな分野の専門家の方々、国際機関のお世話になった。本来ならば挙げるべきところは他にも数十ヶ所存在する。熱心な愛好家の方々や、あらゆる分野の専門家や博識家、とりわけアメリカとロシアのそうした方々は、研究に不可欠な情報や資料を提供してくださった。ここにお礼申し上げる。

著者の願いに応じてくださったすべての方々に、あらためて感謝の意を表したい。とくに、ヨエル・アムセルム氏、シルヴェーヌ・フッシュ博士、アンドレ・アジザ博士、サミー・マルタン博士、パトリック・ケシシアン氏、「ラ・リーヴル・ベルジック」資料部のカトリーヌ・ヴルーナン女史、「クリエ・アンテルナシオナル」のイヴォンヌ・オスタプコウィッチ女史、「デテクティヴ」編集長クリスティーヌ・ネモ女史、「ル・モンド」資料部副部長マリー＝エレーヌ・デュ・パスキエ女史、「フランス・ソワール」資料部長ポール・ウィエスト女史、フランス通信社資料局長イニャス・ダル氏には感謝している。そして表紙を描いてくださったピエール・フェリオリ氏のご助力は、著者にとってとくに貴重なものであった。

掲載した図版は著者のコレクションのほか、ヴィオレ、シグマ両通信社と、フランス通信社からご提供いただいたものである。

第1章

胃の記憶

（前頁）肉体や器官を切断することで、食人鬼の目には犠牲者が人格を失ったように見える。（マグリットに基づく。D. R.）
（上）文化的な現象、食人。（資料 M. M.）

おいしい死体

カニバリズムすなわち食人とは、嫌悪感を持たずに人間の肉を食べる習慣のことを言う。「人は食べることによって人間になる」といった意味のことわざはあらゆる言語に見られる。もしカインがアベルを殺したあと、地中に埋めるのではなく食べていたら、おそらく今、人類は全員人食いになっていただろう。「もし文明化した民族が敗れた敵を串焼きにしていたら、その行為は急速に広がっていただろう」と、ヴォルテールもほぼ同じことを言っている。事実、食人はタブーであると同時に文化的な行為でもある。

ヨーロッパの民主主義社会では、「人肉を食べること」は禁じられている。この行為は人間の肉体を侵害し、動物の肉と同一視することによって、いわば同じ人間であるという意識を傷つけるものだからである。いわゆる文明人はこうした野蛮な慣習について考えることを感覚的に嫌い、一般に軽蔑や怒りを示すにとどめる。実際、一見したところヨーロッパ人の固定観念からすれば、食人ほど異常で嫌悪すべきものはない。

食人について語る際には、ものしり顔にジグムント・フロイトとその追随者たちを持ち出して、断固たる態度をとるのが普通である。いわく、「食人は近親相姦と親殺しと並んで、人類の三大タブーの一つである」。食人は、社会的、宗教的、道徳的な掟を無きものにして、人間を野蛮な獣の状態におとしめるものであり、したがって人間を「文化」の外へと追いやるものだというわけだ。

当然ながら、すべての社会でこれほど強く禁じられているわけではない。歴史的にも同様で、他の共同体と同じように「人間的」な社会であっても、人肉食いを認め命じる社会もあった。食人が世界中で禁じられていたことはかつて一度もなく、それは現代でも同じである。食人は人類と同じくらい古い歴史を持っており、もっとも原始的な社会から洗練された社会まで、例外なくすべての社会が過去にこうした時期を経ている。食人の歴史は、ピテカントロプスやネアンデルタール人など人類が出現すると同時に始まり、世界各地で復活が見られる現在まで続いている。

進化の証拠

しかも現代では、人食いを行っていた民族は多くの場合他の民族よりも文化的、産業的、商業的にはるかに進んでいたケースが多いことが分かっている。敵に貪りつくことにもっとも熱心だった民族がもっとも社会性のある民族であったことも、同様に指摘されている。一八七一年に、先史時代の食人と考古学に関する十九世紀最大の国際会議がボローニャで開かれたが、その最終報告書にはこう記された。「食人は文化が発展するに際して広く見られる一過程であり、つまり必要なものである。(…) 言いかえれば、もともとは果実を常食としていた人間がその進歩によって人肉食いへといたることは必然であり、その後宗教思想や人道主義的考えを純化させたことからこのおぞましい慣習を葬り去る結果になったわけだ (…)」。要するに食人は道徳や文化が進歩するために不可欠な段階であり過度期であると、十九世紀末の科学界の世界的権威たちは主張したのである。

食人はヨーロッパを含む世界各地で行われていた。その広がり方を見ると、これは必然、つまり人間の本性に属するものなのではないか、あるいは逆に、自由意志、すなわち向上するためにせよ堕落するためにせよ、各人が自らに対して働きかける力によるものではないかとさえ思えてくる。ヴォルテールもその広がりに驚いて、こう書いている。「地理的に大きく隔たっている人間同士が、かくも恐ろしき慣習で一致することがどうしてできたのだろう。受ける印象とは違って、この慣習は決して人間の本性に反するものではないと認めざるをえないのだろうか?」

さまざまな喜び

食人から、残酷、野蛮、非人間的といった固定観念を取り払うと、激しいが魅力的な一筋の光が現れる。この光が照らし出すのは、歴史の初めから人間を動かしてきたあらゆる動機や思想という、歴史的にも社会的にも重要な意味をもつものである。何世紀にもわたって、ある時は飢餓のために、ある時は美食の喜びのために、食べ物としての食人が行われてきた。戦士による食人は敵の美徳を受けつぐためである場合が多く、聖なる食人は神を模倣するため、あるいは祖先に呼びかけるためのものであった。薬としての食人は生者を守るため、復讐のための食人は敵を食肉の状態におとしめて辱めるためである。裁きとしての食人は社会秩序を回復するのに役立つ。愛による食人は愛の喜びの中で快楽を増すためになされる。そして幻想を実現するためになされるという病的な食人は、あらゆる社会の人々を動揺させる。

このテーマは文字通り人を引きつける。人類学はもちろんのこと、心理学から生理学、神学から犯罪、社会学から迷信、医学から美食まで、ありとあらゆる科学が関係しているからである。戦争、退屈、冷淡、愛情、飢餓、好奇心、見せしめ、模倣など、すべてが食人へといたりうる。「文明人」の興味を引いてやまない理由はここにあるわけだ。

人を食人へと導いていた、あるいは現に導いている動機は何であれ、これを行うそれぞれの民族に、人肉独自の味や香りを引き立てるための「おいしい料理法」があることは確かである。この場合には、性別、年齢、消費部位が考慮される。血のしたたるような生のままで、あるいは煮たり焼いたりしてよく火を通して、厚くあるいは薄く切ってと、調理法や味つけにこだわるだけでなく、人肉の盛りつけや供し方にも気を配る。おそらくここが、人食いをする人間と共食いをする動物との違いであり、人間の優越性を示す点であると言えるだろう。

人数

食人は地上から消えたことはないものの、各地で減少を続けている。その実践者は一九世紀初頭には一億人以上いるとみられていたが、一九一〇年頃には五〇〇〇万人に減少した。一九五二年には、科学者たちが世界の食人者人口の算定を困難とみて協力し、南アメリカにいる人食い人種を最低で二〇〇万人と見積もった。この数字にアフリカとオセアニアの人食い人種を加える必要があるが、人類学者によればこちらの方が数は少ない。合計すると、二〇世紀半ばには三〇〇〇万人前後が定期的に人肉を食べていたことになる。この中には散発的な食人は含まれていない。

一九六〇年になっても、食人風習が存続する広大な未開拓地域が、多少なりとも文明化した多くの国に相変わらず残っていた。一九六二年に国連の専門家が研究したところ、不安な結論に達した。ラテンアメリカ、中央アフリカ、オセアニアの島々など、古くから食人を行っていた三大地域以外の所で、食糧不足による偶発的な食人の広がりがみられたのである。

これらの国際的な専門家によれば、当時世界では一〇〇人のうち七二人が栄養不足だった上、生産物の二〇パーセントが虫にやられていた。その結果八億人の人間がたんぱく質をはじめとする栄養不足に陥っていた。

この研究で特に興味深いのは、飢えによって人間の態度は主にどう変化するかを、多い順に定義、分類している点で、それによると強盗からは殺人へ、性的活動の衰えからは食人へといたるという。食人にいたるケースは全体の〇・三パーセントともっとも低く、人数としては六〇〇万人前後となる。一九八一年に発表された多くの報告書によると、慣習的な食人と生き延びるための食人は同じ地域で相変わらず活発に行われている。現在では、あらゆる形の食人がいたるところで復活している。とくに、アフリカと南アメリカでは慣習として、北アメリカでは狂気によって、あるいは犯罪として、東ヨーロッパやアジアでは犯罪や食糧としてである。分かっているだけでも、ウバンギ川流域、シエラ・レオネ、リベリア、中央アフリカ、ギニア湾沿岸の国々でかなり広く食人が行われている。他にも、ブラジル、ロシア、中国、ソロモン諸島やフィジーを始めとするメラネシアやオセアニアの多くの地域、ニュー・ジーランド、ハイチ、インド、ニュー・ギニア、インドネシア、スマトラ、ボルネオ、

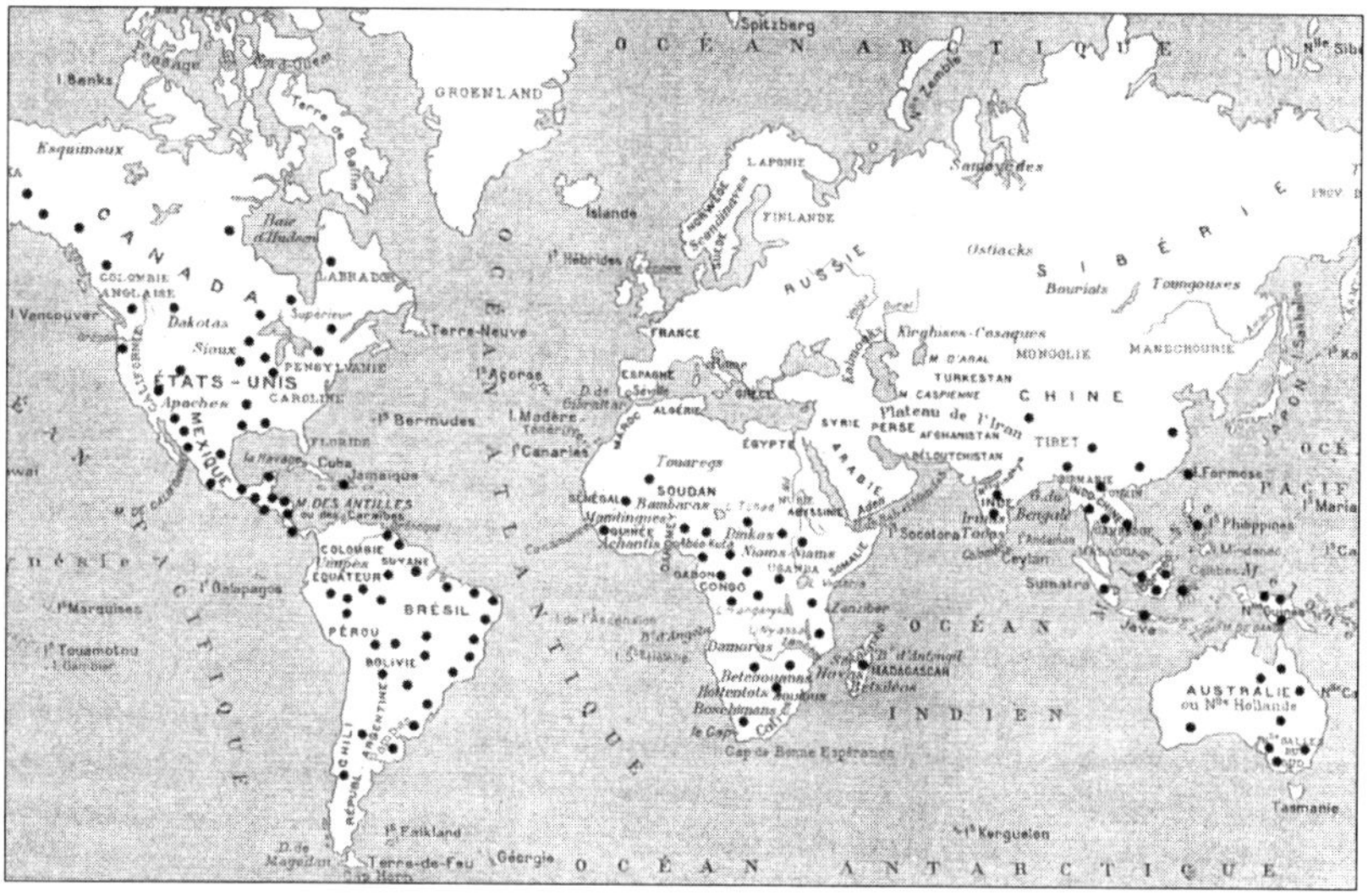

19世紀の主な人食い人種の分布図。（資料 M.M.）

カンボジアなどが挙げられる。さらにジャック・アタリによれば、ベトナムでは妊娠七ヶ月の女性を堕胎させて、その胎児を上級幹部に食べさせるのだという。

人食いになる

古くからのこの行いが現在復活をみせていることは明かな事実である。世界のいたるところで、食人を行う人々や集団がますます増加している。その動機は昔と変わらない。残酷さ、喜び、美食、医薬、復讐、信仰、狂気、いきすぎた愛、生きるため。これに犯罪的な逸脱行為や異常行動が加わって、こうした気違い沙汰が引き起こされている。

かつて人は人を食べていた。今も食べている。そしておそらく将来はもっと食べるだろう。というのも、世界は食人が広く行われていた時代へと、今まさに産業的、商業的なスケールで回帰しようとしているからである。これが結局人類の起源への回帰にすぎないことは、数多くの現象によって明らかになりつつある。こう考えると、食人の歴史は決して途絶えることはないだろう。毎日世界中で、誰かが誰かを食べている。

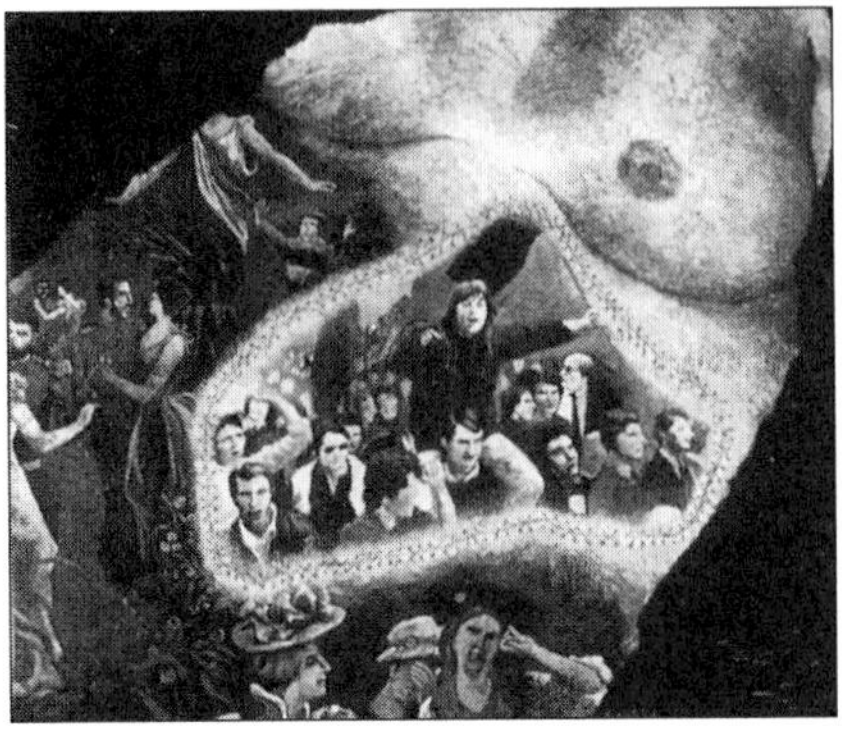

「文明の移植」クリスチアン・ゼイメール作。
（個人蔵）

第2章

食人の起源

（前頁）頭部は精神的な面でひじょうに重要なものである。（資料 M. M.）
（上）初期の人類たちの食人。（Photo Roger Viollet）

人食いの祖先たち

神々やさまざまな神話のなかの英雄たちによる原初の食人は、最近の考古学的発見によって明らかにされた初期の人間たちの食人と、奇妙なほど似かよっている。十九世紀中ごろに初期の発掘がなされて以来、先史時代の人間は食人を行っていたという仮説が立てられてきた。とくにヨーロッパで旧石器時代のネアンデルタール人の遺跡が発掘されてからのことで、紀元前二〇万年から三万五〇〇〇年という古い遺跡から、切断された跡や火にかけられた跡のある骨が見つかったことが根拠とされた。先史時代の人間は、肉を骨から外すために刃物状の石器を使っていた。この石器をきわめて正確に腱などにあてがったため、跡が残ったとみられる。エチオピアでも、三〇万年前から五〇万年前の化石化した人骨に、肉を取り、関節を切った跡が発見されている。多くの学者が食人の起源を、中国の周口店《しゅうこうてん》遺跡のホモ・エレクトゥスすなわちシナントロプス、俗に言えば「北京原人」に求めようとしている。これは今から八〇万年前の人類である。頭蓋底の骨折こそ他の人間が脳を取り出した証拠であると長い間考えられていたが、現代では、そこがひじょうにもろい部分で、自然消失したことが分かっている。

それではどうして食人が行われていたと言えるのだろうか。いくつかの条件を集める必要があるが、なかでも一番重要なのは、骨を完全保存できる状態に置いてその溝を丁寧に調べ、それが火打石による切断の跡であるかを見極めることである。しかもその溝は食肉用に解体された動物に残っている跡に似ていなければならない。一九七〇年代末以降、発掘技術の進歩と走査型電子顕微鏡の体系的な使用によって、疑わしい遺跡をすべて分類することができるようになった。例えば、今では骨に遺された溝がどうしてできたものなのかを、完全に識別することができる。石器によるのか、動物の牙によるのか、人間の歯によるのか、考古学的地層内で圧縮された小石の衝撃によるのか、根による損傷なのか、洞窟内でとくにみられる岩石の落下によるのか、水による移動の結果な

オーストラリアの人食いの未開人。（資料 M. M.）

のか、それともこれ以外の自然現象によるのかが分かるのである。

スペインの古生物学の教授で世界的権威であるフアン・ルイス・アルスアガは、頭蓋骨に注意を払うことが不可欠だと強調する。多くの例に見られるように、その頭蓋骨が特別な埋葬の儀式の一環として保存されたものかどうかを見極める必要があるということだ。聖なる儀式を行うために、準備として骨から肉を外す場合もある。とくに、人類学者が「二次埋葬」と呼ぶものにこれが見られる。いくつかの研究所では、食人の宴で残された骨について専門的な研究がなされた。カリフォルニア大学のティム・ホワイトや、ボルティモアにあるジョンズ・ホプキンズ大学のパット・シップマン教授は、この種の分析に関する世界的権威である。彼らによれば、「信頼度が高いのは、筋肉の付着部に計画的な作業をした跡を残している骨だけである」。フアン・ルイス・アルスアガはこう語る。「化石化した人骨がゴミの廃棄場所に動物の骨と混ぜて捨てられており、かつ、人間に食べられた草食動物に見られる切り跡と同じような跡が人骨にも見られれば、それは否定し難い証拠であると言えよう」。食人が行われていたことを示そうとする場合に、動物の骨と人間の骨が同じ扱いを受けていることを判定条件とすることについては、現代の考古学者が一致して認めている。この指標にしたがうと食人を証明できる遺跡は限られるが、それでもその数は多い。

食人遺跡からの格下げを示す完璧な例として、ドイツのいわゆる「バンベルク洞窟」事件が挙げられる。一九五二年、先史学者のオットー・キュンテルと仲間の人類学者ゲルトルド・アスムスは、そこで数人の「少女」の骨を発見し、食人が行われていたことを証明するものだとみなした。オットー・キュンテルはこんな光景を想像した。「今から六〇〇〇年前、殺人者は犠牲者の右耳の後ろに一撃を加えた。それから首を斬り、体をばらして、焼いて食べた。骨は洞窟内の土の上に捨てた。三十六人の女と子供がこの食人の宴のために死んだ」。この主張は長い間公式に認められていたが、一九八四年にベルリン自由大学の考古学者ハイディ・ペーター・レッヒャーによって、埋葬の儀式との混同が指摘された。二次埋葬の儀式の前に、「日光にあてる」ことがある。「最終的に

頭蓋骨が他の骨と分けられていることも多い。(D. R.)

洞窟内に埋葬する前に、アリやその他の動物に肉を食われるような場所にまず死体を置くのである。これを証明する補足的な証拠として、場合によっては失われるものではあるが、指の骨や椎骨、肋骨が、一次埋葬の場所に残っていることがまれであることが挙げられる」。さらにハイディ・ペーター－レッヒャーは証拠として、二十九本の人間の歯で作った首飾りを挙げる。これは同じ文化の別の遺跡である、低フランケンのツォイツレベン洞窟で発見されたもので、この洞窟内では乳幼児の骨が完全に、無傷のまま残っていた。「彼らは食人の先駆者ではなかった。だからこそ、骨を砕いたり削ったり、腱を切ったりしなかったのである」とこの学者は説明する。

旧石器時代の闇の中でホモ・エレクトゥスが時として人肉を食べたとしても、それは心情的に理解しやすい。アンリ・ド・リュムレー教授がアラゴ人は同胞を食べていたらしいと主張しても、アラゴ人がネアンデルタール人以前の原人にすぎないことを思えば、進化が行き詰った時に「非人間的な行為」がなされても仕方のないことだと考えられる。しかし、あなたの「おじいさん」が人食いだったと言われたら、話は違う。フランス国立科学研究センターで研究者チームを率いるジャン・クルタン教授が主張したのが、まさにそれなのである。教授はヴァール県のサレルヌに近い、標高四五〇メートルに位置するフォンブルグア洞窟の中で、人間に食べられた十五人分の人骨を発見した。今回のこの不気味な大宴会を催した張本人たちが、ネアンデルタール人やクロマニヨン人よりも遙かに我々に近い人間であることに間違いはない。それは定住し飼育や耕作を行っていた約五〇〇〇年前の人間、我々の近い祖先である。

ジャン・クルタンによれば、この時代「フランスには五〇〇万人から二〇〇〇〇万人の人間がいた。プロヴァンス地方にいた人々は大西洋地中海人と呼ばれている」。彼らは身長がさほど高くなく、男性で約一メートル六〇センチ、女性はそれよりやや低かった。消費する肉のうち、四〇パーセントを狩猟で得ていたが、これは先史時代の典型的な生活を受けついだものである。教授とそのチームによれば、南フランスにいた新石器時代人にとって、食人という行為は一般的なものであった。墓地の少なさからも、それはわかるだろう。「重要な遺跡は四〇あるのに、墓地は四つ程度しかない」。およそ三〇〇メートル四方の洞窟の中は、骨髄を取るために長めに折った骨や、脳みそを取るために下顎骨を折り顔面を壊した頭蓋骨でいっぱいである。人骨の研究によって、その人間たちが食肉用の動物と同じ扱いを受けたことがはっきりと確認された。つまり、皮膚をはがし、解体すなわち大きく切断し、その後肉をはずすか骨を取るかしたため、溝が残ったのである。この時代に土器が出現したため、これを火にかけて料理をするようになった。人肉から骨を外したのは、腿肉のローストよりもむしろ煮込みにするためだったわけだ。ジャン・クルタンは「パリ・マッチ」誌のインタビューでこう主張している。「食人はおそらくずっと昔から行われていたのだろうと考えられます。遺跡があらゆる被害（土を掘る動物、嵐、地崩れ）を受けてきたにもかかわらず、跡を完全に残した骨が洞窟内から見つかったという事実自体が、習慣的な方法があったことの証しです。人間を食べることについて言えば、調査でカルディア土器層に達するたびに、解体の跡を残す人骨が見つかっています」

とはいえ重要な点が未知のまま残されている。なぜ食人が行われたのかということだ。日々の食事を補うために、人は人を食べたのだろうか？　自然淘汰だろうか？　聖なるものという感覚からだろうか？　信仰心からだろうか？　戦いの精神からだろうか？　この疑問には誰も答えられない。うちたてられるあらゆる仮説に対して、どの研究者も慎重な態度をとりつづけている。実に単純な仮説もある。例えば歴史家で臨床哲学が専門であるチューリヒのウォルター・バーカート教授はこう言う。「生け贄の儀式の中心にあるのは神への奉納でも神との感情的融合でもなく、生者の殺害であり、殺人者としての人間である」。太古の昔から人間は狩りをしていた。すなわち武器を作り、使用していたということだ。「熊や水牛を殺す代わりに、人間を殺すこともできた。こちら

人間は獣だった。(Radar.)

の方が簡単でさえある。人類のもっとも古い文明の地層から食人の跡が発見されようと、何も驚くことはできない」

実際には、主だった点ではすべての研究者が一致している。「食人を大昔のものと決めつけることはできない。言いかえれば、慣習が存在したということは複雑な象徴体系と思想が存在したことの証しであり、そこでは死は現代社会とは異なる意味を持っていた」。ここで当然ながらもう一つ疑問が生じる。先史時代の人間はなぜしだいに食人の習慣を捨てていったのだろう。この変化については、人類学者や社会学者がさまざまな説を主張している。一般的なものはこうである。「社会が穏やかになり、収穫が安定し、豊富になったため、もっとも進化した定住民族の間では食人がしだいに減少した。エジプトやアジア、ラテン民族では、多くの人々が有史時代に入ったのを境にこの慣行を捨てたが、メキシコやブラック・アフリカではこの行いが称えられ、神聖視さえされて続いた」

もちろんあらゆる分野の知識人がすべてこの議論に加わったわけではない。例えばフロイトはこう書いている。「人は『社会的存在』になって以来、他者に敵対する一連の衝動を抑えるよう強いられた」。この抑圧が社会的関係を育てたというわけである。ジャック・アタリはこんな考えを示している。「自然を制圧することによって、人間が第一の被造物となったばかりか、被造物の支配者にさえなったことから、大昔の食人は消えた」。以後、人間は互いに食い合うことに耐えられなくなり、他者が生き残るために自分が殺されることを受け入れなくなった。食人風習を捨てただけでなく、記憶の底にしまい込んだ。哲学者で共産主義の偉大な理論家であるハンガリーのジェルジュ・ルカーチが主張するように、経済上の原因だとする説もある。「ある時、互いに戦っていた未開種族の首長たちは、捕虜を食べるのをやめて、奴隷にする方を選んだ。高級な道徳的教えを突如発見して、それにしたがおうとしたからではない。肉を一度で消費してしまうよりも、奴隷にして働かせた方が得るものが大きいことに気づいたからである。結局食人は投資としてはまずい方法だったわけだ。道徳的な側面が現れるのはもっと後のことである」

観光ツアーと人食い人種

ヨーロッパ観光ツアーには料理を目的としたものがある。行く先々で国や地方の名物を味わうわけだ。本書でもヨーロッパツアーを開催しようと思うが、これは文字通り試食をしようというものではなく、先史時代のグルメたちの台所と配膳室を訪ねて知識欲を満たそうというものである。

◆イギリス

チェダー　イギリス南西部。一万二〇〇〇年前の食人風習の名残りを発見。一九八七年に、切断して焼いた骨と脳みそをくりぬいた頭蓋骨が、動物の骨や卵の殻とごたまぜに捨てられていた場所が見つかった。

メーデンキャスル　煮込み用に小さく切った、新石器時代の人間の骨が発見された。

◆スペイン

アタプエルカ　一九九四年にブルゴス州のこの遺跡で発見された約八〇万年前の化石人は、食人の跡を残すものとしてはヨーロッパ最古のものとみなされている。古生物学の面で世界一重要な地層であるアタプエルカで発見されたこの化石は、今から五〇万年以上も前にすでにヨーロッパに人間が住んでいたことを初めて証明するものでもあった。

◆クロアチア

クラピナ　一八九九年から知られていたが一九二〇年から発掘された遺跡。考古学者のマリレーヌ・パトゥ＝マチスは十三万年前の食人の宴の跡を発見した。メニューはネアンデルタール人。折り、刻み目をつけ、焼いたホモサピエンスの骨が約八〇〇見つかったため、一部の人類学者はこれを我々の遠い祖先の食人風習の証拠であると考えた。

◆フランス

ペラ　このシャラント県の洞窟で一九九二年に発見された骨は、人類学者のブリュノ・ブレスタンによれば、折って火打石で削り、火にかけた上、「がりがり噛まれた」ものだと言う。約七〇〇〇年前の食事の名残りである。

ガルドン　一九八五年から発掘されたアン県の洞窟。ジュネーヴ大学のジャン＝ルイ・ヴォリュッツ教授はここに紀元前四、五〇〇〇年に遡る食人習慣の確かな痕跡を見つけた。

フォンブルガ　ヴァール県のドラギニャンに近い洞窟。ジャン・クルタンが発掘したこの洞窟には、紀元前四、五〇〇〇年ごろの食人習慣の間違いない跡が残されていた。

マス・ダジール　アリエージュ県のこの食人遺跡は好奇心を掻き立てた。発見された頭蓋骨は、眼窩がアーモンドの実型に削った板状の骨で塞がれていたのである。

ムラ・ケルシー　ネアンデルタール人が仲間を食べていたことを示す証拠として多くの科学者が認める、アルデーシュ県の遺跡。一〇万年前の食人料理の残飯は、七歳から十五歳の人間だった。

サン＝ゲリ　ロット県キュズル・ド・ムッセの遺跡。新石器時代の食人の跡が残されていた。
モンテスキウ　アルデーシュ県の遺跡。新石器時代の食人の跡。

◆ドイツ
マンヒンク　バイエルンの遺跡。切断された五人の骨が、この地方で先史器時代に食人がなされていたことの裏付けとして役立った。
ウルツ　ヴェストファーレン地方の遺跡。上旧石器時代の食人の跡がみられた。

◆ベルギー
テッセの谷　新石器時代の食人を示す跡が見つかった遺跡。

◆イタリア
モンテ・チルチェオ　一九三九年に発見されたナポリ近くの遺跡。見つかった人間の残骸は第四紀の食人の名残であった。

　我々の遠い祖先が食人を行っていたことを示す考古学的遺跡は、ヨーロッパだけでなく世界中にまだ数十ヶ所存在する。

子供の腿

　ストラスブールのレセッサン博士は『異常なケースの検討』と題して、自らが研究した食人について記し、十九世紀初頭のフランスに大きな衝撃をもたらした。一八一七年七月、二日間留守にしていた農民が家に帰ったところ、十五ヶ月になる末っ子が見当たらないので、どこにいるのか妻に聞いた。妻は返事をしなかったが、何度も尋ねられてついに台所の小さな棚を指さした。隅に布をかけた大きな篭がある。男が布をとると、そこに我が子がいた。血まみれで右の下肢がない。セレスタ事件の始まりだ。

　逮捕された妻は、あまりの貧しさのため、子供を刻み包丁で殺したと話した。片足を切り取ってキャベツといっしょに焼き、一部を食べると残りは夫のためにとっておいたという。事実食器戸棚に焼いたキャベツの残りがあり、その横にかじった骨があるのを、憲兵が発見している。骨は子供の右腿のものと確認された。彼女はもう一本の骨は火に投げ入れたと白状した。右足の外側の部分は、切断死体を入れた篭の底で見つかった。

　調査では殺人を犯した女の精神的混乱については一切証明されなかったが、検事や国選弁護士、精神鑑定医は、「人類の名誉を救うために」狂気を主張することを決定した。陪審員はこれにしたがい、「セレスタの人食い女」は無罪となって精神病院に送られた。

犠牲者を解体する人食い人種。ゴヤ作。(Photo Choffet)

「ピアニストの指添えすね肉」（資料 M. M.）

第3章

なぜ人食い人種は人を食べるのか？

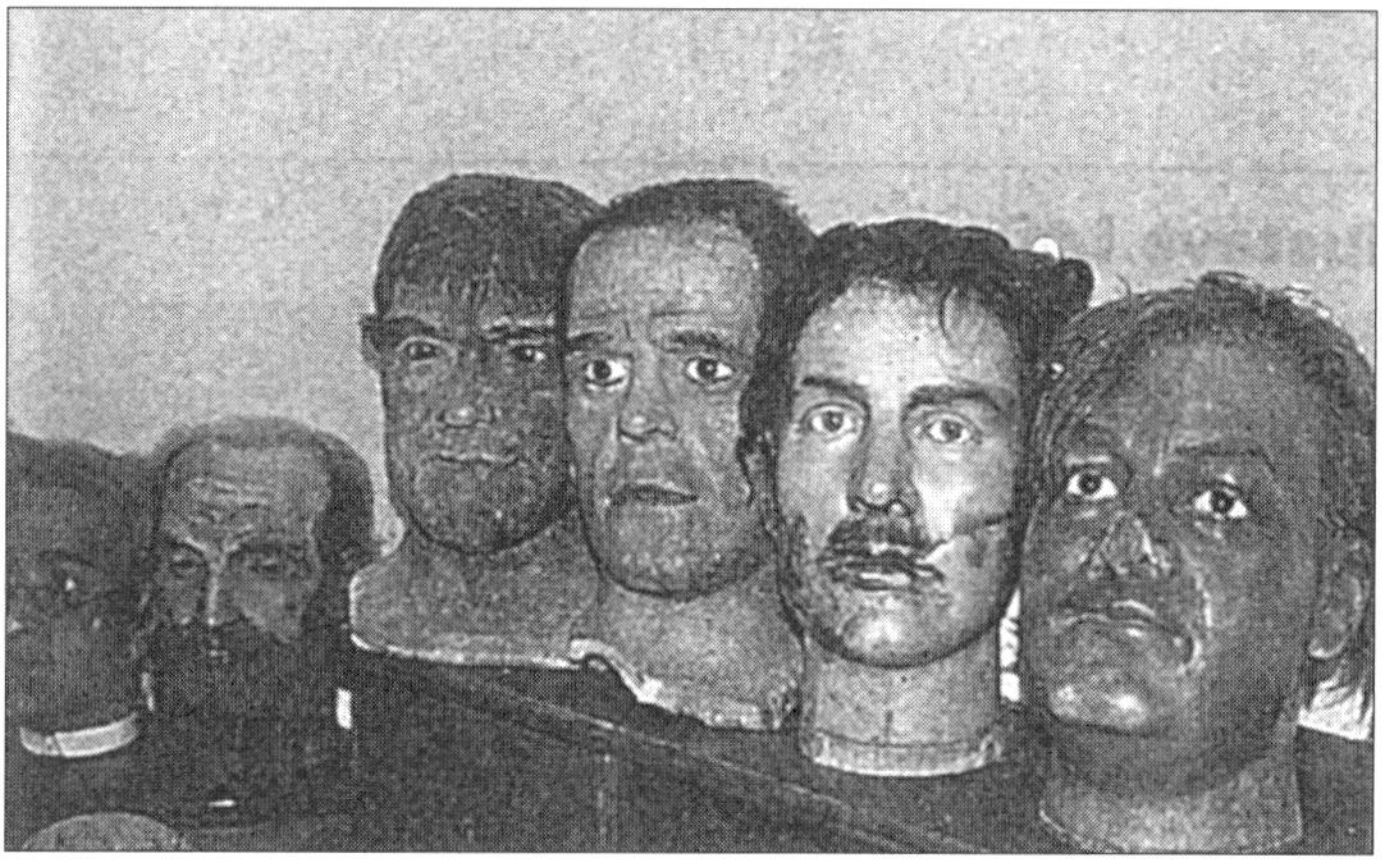

（前頁）死のビジネス。競売で売られる犯罪者の頭部。（資料 M. M. /D. R.）
（上）自らの手を食べさせられる罪人。（資料 M. M.）

人間を食べる必要があるのか？

「どうして人間は同胞を食べるのだろう？」という質問に対する答えはさまざまであるだけでなく重複していることもある。エネルギーや生命力の源として、復讐の手段として、敵を征服するため、部族の団結のしるしとして、失ったものへの償いとして、先祖を礼拝するため、治療効果を求めて、神と交流するため、たんぱく質として、補足食糧として、魂の誘いによって、裁きの一形態として。食人は一般に思われているよりもはるかに複雑なものであり、これらの動機を同時にほぼすべて合わせもつ場合もあるし、またその動機を変化させていく場合もある。

「なぜ人食いがなされるか」という問いに対して、食人行為とその明白な理由に関する注釈付きの用語集を作成して答えようとすることを、多くの人類学者は一般に馬鹿げていると考える。彼らの意見では、いくつかに分類して、食人という行為を論理的に類型化しようとすることは、ある者によれば「その複雑さと曖昧さの中でしか理解できない」現象を単純化してしまうことになる。この考えの核心を、アメリカ・インディアン社会の専門家であるエレーヌ・クラストルがこう忠告することによって要約している。「食人は、それを許していた社会との関連で説明するにしてもかなりの注意を必要とするものであって、この行為だけを切り離して考えることは決してできない」

とはいえ食人風習に関して広く承認された理論が今なお存在しない以上、これを行っていた時代や社会ごとにそのさまざまな形態と方法を調査して「分析的な」アプローチをするのでなければ、どのようにしてこの現象を理解することができるだろう。私はこの危険を冒してみるが、とはいえ異論の余地のない二つの点は頭にとどめておく。一つはジャック・ラカンの言葉を借りればその「三分割」で、食人が想像の領域、象徴体系、現実の三分野にまたがるものであるということであり、もう一つはその否定し難い社会性である。

実際、現在の西欧社会では個人を重視するあまり集団意識は著しく弱まっている。これに対して食人を行う社会では、おのおのの日常生活とともに死は、個人的な変化ではなく、良くも悪くも共同体全体にかかわる、存在の諸段階であると感じられていた。したがって食人という慣習は、その社会にある他のしきたりと同様、社会組織全体に関わるものである。一つ確かに言えることは、食人風習はその形態や動機がどうであれ、自らの命を守り、長らえる手段としてではなく、自らが属している集団全体の命を守る手段としての他者の死であるということである。

この考えは、一九八二年にグアヤキ族の老女がエレーヌ・クラストルに語ったこの言葉に要約されている。

「彼らはみんな死んでいくでしょう。死者を食べないからです」

食糧の必要

食人は食べる行為として定義されることが多い。野蛮人の中の野蛮人、まさに獣に近い人間だけが食糧の不足や種類の少なさを解消する目的でこうした行動に頼ると一般には思われている。しかしカルル・フォークトとジェラール・ド・リアルは、「もっとも野蛮な本能として共食いが先天的に備わっているのではない」と指摘する。メルヴィルはこれに付け加えてこう言う。「我々からみて食人がいかに非難すべきものに思えようとも、これを行う人々はあらゆる点からみて誠実で人間的であると私は断言する」

栄養を必要としてという説は十八、九世紀に大きく広まった。食人風習の起源はここにあるとさえ考えられ、食人は豆類とキャッサバしか食べない民族が高たんぱく質を必要としたことから始まったと主張された。例えばこの時代には、ボリビアのチリグアノ族が食人をするのは、人間が生きるのに不可欠な動物性たんぱく質が完全に不足しているため、その解決法としてであると考えられた。トゥピナンバ族をはじめとするアマゾン流域の部族は、不足している塩を敵の体にしか見つけられないのだとか、ニュー・カレドニアのカナカ族は島に獲物がほとんどいないために食人をしたのだろうとも言われた。ザンデ族とも呼ばれるニャム・ニャム族は、スーダン東部からナイル川流域、コンゴ、チャド湖にいたる地域に住む二〇〇〇万人以上の人々を含む部族であるが、一九一〇年に発行された全八巻のラルース大百科事典では、彼らのことを、「食肉用動物の不足を補うため人肉を大量消費する者」と定義している。多くの探検家や科学者、さらには民族学者が異議を唱えた結果、一九五〇年代初頭にはこの種の主張はようやく廃れたものの、この食糧必要説は再登場する。

今回もボリビアのチリグアノ族が明らかな例として取り上げられた。かつては数万人の人数を誇り、強暴で恐れられていた種族が、およそ五〇世帯にまで減少し、慢性的な食糧不足に苦しんでいる。探検家のアレックス・アレクシスは一九五二年にこう書いている。「彼らは高い台地からの凍てつく風に打たれながら、裸の土地に住んでいる。植物もなく、狩りもできない……。他の部族の狩猟者か道に迷った白人、川の流れで運ばれてきた死体を我が物にして人肉として利用できる時だけ、彼らは空腹感をしずめることができる。しかしこうしたことはめったにない。この人間たちは闘争心を一切失っており、人をしとめるどころか逃げ出して、戦わずに偶然手に入った時しか人を食べないからである」

アメリカでベストセラーになった『幻想と食人』の著者でコロンビア大学のマーヴィン・ハリス教授は、一九九〇年代に再び必要説に戻った。彼は具体例としてアステカ人を挙げている。彼の意見によれば、アステカ人が戦争をし、生け贄を捧げ、同時に食人も行うにいたった理由はただ一つ、たんぱく質の不足である。これに対してアンリ・フェスケは「ル・モンド」紙で統計的かつ単純な計算で答える。「ピーター、リリー・フラスト両教授の挙げる数字にしたがって、アステカ人が一年に二万五〇〇〇人の人間を犠牲にしたとしても、この例証の結果は確かとはいえない。これでは一人につき一年にハンバーガーが一つできるかできないかといった程度である。しかも、肉切り台さえあれば日々の食糧を増やすことができたのならば、どうしてアステカ人は壮大なピラミッドなど建設したのだろうか。時間とエネルギーの大きな損失ではないか」

美食の喜び

食人のたんぱく質供給源説が、そこに何の根拠もないと考える現代の大部分の民族学者にとって不要な存在であるとしたら、美食説に対する彼らの反応もまた容易に想像がつく。すでに十九世紀に、もっとも進んだ民族学者たちはこうした仮説に憤慨し、パリ地理学会が開いた討論会の席上でこう宣言した。「美食のために食人を行う民族や部族、一族など、過去にも、そして現在にも、一つとして存在しない。食欲を満足させるために人肉を食べることがあるなどと思うのは、白人だけである」。それから一〇〇年経った一九八一年、フランス人類博物館の教授で民族学研究所所長のジャン・ギアールも、「リベラシオン」紙にこう語って同様の考えを示した。「食人ですか？　それは西洋人の幻想でしょう。有色人種について話しはじめると、すぐに最悪なことを想像する。(…)何百年もの間、極めて恐ろしい話が報告されてきました。土着民つまり『野蛮人』が、来訪者をどのように食べたかについて面白がって書きたてた、それが続いているのです。しかし白人が大鍋で茹でられるイメージは、純粋に想像の産物です」

これは、人間が料理への関心を満足させるというだけのために殺され、食べられた例が一つもないということなのだろうか。彼らの知識や科学者としての地位を傷つけようというのではないが、美食としての食人に対する学者たちの断固たる否定は、旅行者や宣教師の証言、さらには食人者自らの直接証言によって、何度も覆されてきた。この種の証言がひじょうに多いため、本書でも「味と香り」という小見出しをつけてこれをまとめるつもりである。

宗教的信仰に基づいて行う食人でさえ、民族によっては美食の考えに通じている場合がある。フランスの有名な博物学者で探検家でもあるＪ・Ｊ・ウトン・ド・ラ・ビラルディエールが、十八世紀の探検家ラ・ペルーズの足跡を求める遠征隊に参加して十九世紀初頭に記した光景は、祖先礼拝の儀式によせる精神的な思いとはかけ離れているように見える。「私はすでにかじられた骨を運んだが、外科医によればそれは子供の骨だと言う。船に乗せていた二人の原住民にそれを見せたところ、そのうちの一人がすぐに一心不乱に摑み、残っていた靭帯と軟骨を歯で引きちぎった。次にもう一人の方にそれを渡すと、彼はさらに食べられる部分を見つけた。(…)」。ラ・ビラルディエールはこうも書いている。「この原住民たちが水夫の腕や脚の一番筋肉のついた部分を何度も触って、見とれたようにファパレクという言葉を発したり、物欲しげに歯をならしたりすることはしょっちゅうだった(…)」

ドイツの探検家シャアフハウゼンは、食人が熟慮の末の選択であって、生まれながらの性向ではないことを示そうとした。「歯から判断すると、人間は類人猿と同様、果実を常食とするものである。(…)人食いに身を委ねるのは、しかももっとも文明化した部族である」。さらに、人食い人種は肉中心の食事が充分とれる地域に住んでいる例が多く、たんぱく質を求めてという説はありえないと説明している。すでにクックは『南半球旅行記』の中でこう書いている。「美食としての食人は、食用の家畜や獲物が充分にある、もっとも恵まれた地域でしばしば行われている。(…)飢えや何らかの栄養不足が原因であると主張することはできない」。クックは、食人は洗練された料理だと主張する。同様に、インドやエジプト、中国の多くの物語や証言では、人肉はエキゾチックな料理にされている。これは北京に駐在したフランス人外交官が言うように「金持ちの退屈な宮殿に刺激を与える」ためであった。

復讐

復讐は人食い人種の間でもっとも広く見られる動機である。部族同士が戦う最大の原因は復讐にあると考える研究者もいるが、その一方で、これは二義的な原因でありもっと強い宗教上の理由に伴うものにすぎないと考える者もいる。例えばブラジルのトゥピナンバ族が敵を食べるのは、復讐のためであると同時に、その肉を食べることによって以前食べられた味方を取り戻すためでもあるようだ。このトゥピナンバ族には一種の復讐教育が存在する。敵を殺し解体すると、子供を呼んで、触らせ、殴らせる。さらに内臓摘出を手伝わせ、自分の体に血をつけさせる。これはすべて、集団の敵に対するふさわしい対処のしかたを教えるとともに、戦いでの勇気をもたせるためである。シュタ―デンによれば、「復讐はトゥピナンバ族の体制全体の鍵である」。復讐のための食人の特徴の一つは、それが原始社会の儀式から離れて一〇世紀の西洋社会に新たな活動領域を見出したことであるが、それについては後述するとしよう。

敵を恐れ軽蔑する

敵を食べるのは復讐のためだけではなく、近隣の部族に恐怖を抱かせて接近を阻み、領地を守るためでもある。シュタ―デンによれば、「彼らの大きな目的は、敵を追いつめて骨までかじることによって、生きている者たちに恐怖と不安を与えることにある」。ニュー・ギニアのダーニ族をはじめとするいくつかの部族は、敵を食い尽くすことによって相手への軽蔑が最高度に達していることをみせつける。一八七四年から一八七七年にアメリカ連邦軍がインディアンのスー族と戦った時のエピソードは、ほとんど知られてはいないが、その一例である。ホワイト山脈の戦いで第七騎兵隊が隊長もろとも全滅したあと、宗教的指導者であるシッティング・ブル酋長はカスター将軍とクルック大佐の死体を持ってこさせ、人々の前で死体の胸を切り開くと、その心臓を生のまま食べたのである。

生命力を求めて

敵の生命の根源を奪い取ることで勝利を補完するというケースはひじょうに多い。言いかえれば、敵を食べることによって、以前部族の仲間を食われた仇を討つのはもちろんであるが、それだけではなく、今度は自分が敵のあらゆる器官の中にあるとみなされる力や巧妙さ、勇気を我が物とするのである。宴が終われば、食べられた捕虜が持っていた美点の一部を、部族の全員が所有すると考えられた。すなわち食人によって、「食べる側」の集団全体がその生命力を増すと同時に、「食べられた側」の集団がその生命力を衰えさせるのである。したがって、それぞれの集団はつねに自らの優れた点を保持したり、力のバランスを取り戻したりするよう努めなければならない。その結果、絶えず戦いや陰謀によって敵の肉を意識的に、計画的に、定期的に追い求めることになる。

勝者は打ち負かして食べた敵の美点を我が物にすることによって、直接敵を称える。もちろん「活力」を奪うのは勇気ある人間からのみである。例えばある部族は一種の選別をして、優れた敵だけを食べ、たいしたことのない敵は単に殺したり拷問にかけたり、奴隷にしたりする。南アメリカの多くの民族では、勇気ある捕虜も、食われる儀式の前に自然死すれば内に秘めた価値をすべて失う。恐るべき戦士としての過去があっても、腐敗するがままにされるか、動物の餌にされるのである。ラ・ペルーズは『航海記』の中で、カリフォルニアのインディアンが行った厳格な選別についてこう記している。「彼らは生きたまま捕虜になった極めて勇気ある首長しか食べない。その肉によって自分たちの勇気が増すと考えるからである。(…)」。自らの力を高めるために「他者」の肉体を食べるという風習は、アメリカ、アジア、オセアニア、アフリカ、オーストラリアと世界中でかなり見られる。

多くの部族が、人肉は超自然的な力や能力を生み出すという考えを抱いている。これはまた多くの妖術師やイスラム教修道士、シャーマンの考えでもある。オーストラリアの部族も同様であるが、そこでは戦士は死体の腹膜のひだに舌をつけるにとどめる。腹膜とは腹部の器官をしかるべき位置に保つ袋状の漿膜《しょうまく》のことである。

歴史の始まりから、もっとも文明化した人々は人肉の中に戦士に不可欠な美徳が隠されていると信じていた。アレクサンドロス大王時代とその後のペルシア人は、戦闘意欲を得るために人肉を食べたというし、ハンニバルも、ローマ兵に対してもっと冷酷になるようにと、自軍の兵士に人肉を与えたらしい。マルコ・ポーロによれば、コンダ川地方のタタール人と中国人も同じことをしていたという。

中世には、黒人のジャガス族がアフリカの赤道南部の歴史に大きな役割を果たした。コンゴから発したらしきこの部族は、途中抵抗する人々すべてを虐殺しながら、東岸のザンベジ川河口まで達した。十六世紀には彼らの女王が法を発し、残忍さと勇気を最高度に保つために食人を行うよう戦士に強制した。この掟は十七世紀末にジンガ女王がキリスト教を支持するまで効力を有していた。

人肉を捧げる。ミャンマー。1886年。
(資料 M. M.)

魂に対する戦い

来世はすべての魂が住む目には見えない世界で、あらゆる力が存在するとともにあらゆる苦痛ももたらされる場である。死は意図を明かさないまま魂をさまよわせるものであって、その一つ一つが恐るべきものである。食人はその予防法となる。魂を排除するには肉体を食べなければならない。ピエール・クラストルは一九八二年にインディアンのグアヤキ族について、見事にこう説明している。「食べてしまわなければ、魂は生者のそばにとどまり、攻撃したり、体内に入り込んだりして、障害を、さらには死をもたらそうとする。(…)それまで囚われの身で危害を加えることができずにいた魂が、死によって肉体から解放される。企みを中止させ、忌まわしい彷徨を妨害するには、魂がうち捨てた肉体を食べる必要がある。(…)魂はそのかつての衣、すなわち破壊された価値ある物質との関係を、もはや維持することはできない。(…)」。さらにこの民族学者はこう結論づける。「死体が食物として抹殺されると、魂は自らの最終的な姿を認めざるをえなくなる。生者に対してもはや何一つ働きかけることのできない、薄っぺらな存在だということだ」。コンゴでは、この過程を逆にしたパターンが存在する。人が死ぬのは、誰かがその人の魂を食べたからだというわけだ。そのため呪術的な方法で犯人を探し、特定されると、不幸なその男は償いの宴で食べられてしまう。

至上の地位に達する

栄誉を称えて犠牲に捧げた人物を食べることによって、首長を「祖先」の地位にまで高める場合がある。ソロモン諸島のファタレガ族がその例で、これについてはレモ・ギディエリが一九六九年から一九七〇年に詳しく研究している。彼によれば、この部族は「死を恐れず、死んだ者を恐れる」。ここでもまた、死者と生者との間の特別な関係が追求される。ファタレガ族の考えは極めて複雑で、「不純、不純でない、聖」という三つの重要な状態が存在するとともに、「感知できる・できない」という観念や、「周期」、「さまざまな変化」という観念もある。

祖先との対話は他集団から手に入れた犠牲者を儀式的に食べることによってなされる。肉を食べる際には多くの制約がある。とくに頭部と血は祖先に捧げるものであって、食べてはいけない。祖先と対話しないことは祖先をなおざりにすることであり、なおざりにされた祖先は野蛮な人殺しの霊に変容しかねない。人肉を食べて死者を称え、その宴で祖先に会うことによって、死者の霊は至上の力を授かり、祖先の最高の地位にまで達することができるのである。

病を治す食人

人肉は治療的な価値をもつとされることもある。例えばコロンビアのポジャオ族にとって、人肉はある種の病気に対する薬に他ならない。人肉は適度に腐敗するようしばらく土中に置いたあとで、小さくして食べる。呪術的な力を求めて食べるわけではなく、他の薬と同様、効果を信じて食べるのである。同様に西洋社会でも、人体からとった数多くの製品が何百年もの間、さまざまな障害や病気の特効薬であると信じられていた。一般に未開社会では、病気は死者の邪悪な魂に取りつかれた状態、あるいは生者を苦しめる来世の邪悪な存在による、制御できない働きであるとみなされた。ここでも先に記した魂の否定的な動きという考えが見られる。この考えは論理的であると同時に単純である。神々あるいは祖先の魂の集合体は、人間を創造し、所有し、裁く存在として現れる。人が病気になるのは、あの世からの明白なあるいは暗黙の、命令や掟に背いたからである。病気は死の前段階である。いくつかの祖語では「瀕死」と「重病」を同じ言葉で表す。病気であることはつまり死の危険があるということであり、養生することはこの謎めいた力と戦うこと、この力を遠ざけて満足させることである。

ブラジルのインディアン、グアヤキ族の人々が揃って語るところによると、自らの肉体が死者の墓場になると、死者たちの魂が戻ることができなくなって病気になるのだという。一九七二年にグアヤキ族の一人がエレーヌ・クラストルにこう話している。「死者を食べないと、苦しみに襲われる。食べれば体は痙攣せず、穏やかでいられる。苦しみは死に至る病、穏やかさは健康だ」。また別の者はこう語る。「私は重病でほとんど死にそうです。

病気を治すために人肉を食べたくてたまらない。アチェ族の肉を食べればすぐに治るのだが」

ミルチャ・エリアーデは一九五一年に発表した著書『シャーマニズム』で、病気を人格化し、治療としての食人によって殺そうとするシベリアのシャーマンの例を挙げている。「病気は男だった。その魂を捕えると、その男、すなわち病気はすぐさま死んだ。その体は我々の内部で消えた」

腹部――名誉ある墓場

食人は必ずしも戦いや暴力、さまよえる魂の意志と密接な関係にあるものとは限らない。故人への愛のしるしとして身近な死者を食べる場合もある。衝撃を与えるようなものでも冷酷なものでもないこの食人は、一般に長老崇拝に結びついたもので、孝心を表すことさえある。両親を愛するならば、ゆっくりと進行するおぞましい腐敗や、死肉を食べる虫の破壊的な働きを遠ざけてやらなければならない。「生者の腹は土よりもずっと良い墓場だ」とインディアンの古いことわざにもある。南米のカパナワ族とブラジルのバイア州内陸部のタプヤ族はこうした考えを持っており、死んだ親族が地中で腐敗するという仕打ちを受けないようにしてやる。「冷たい土に飲み込まれるよりも、友人の中に収まった方がよい」と彼らは言う。この考えはインド中心部のビンデルワ族にも見られる。ガンドワナ山脈に住むゴンド族の一派であるこの部族について、一八二〇年にここを訪れたプランドゴスト中尉はこう書いている。「彼らは親族を殺して食べることが女神カーリーの意にかなうことだと信じている。親族が不治の病に冒されている場合や、衰弱して手足が利かなくなった場合にはとくに、これは慈悲の行為である」

一八四〇年頃、ある宣教師がスマトラのバタク族の首長に、食人が恐ろしいイメージを与えることを分からせようとした。するとこの原住民は聖職者にこう尋ねた。「あなた方は両親が死ぬとどうするのですか?」「地中に埋めると肉体は自然に消えていくのです」と宣教師が説明すると、首長はこう答えた。「我々の貧しい肉体以上に貴重なものがあるでしょうか。決してありません。したがって、我々が自らの肉体を墓地として提供するのは愛情からであって、両親が我々の中で蘇るためなのです。こうすれば彼らは土中で腐敗することも、蛆虫《うじむし》の餌になることもありません」

この答えは一七二五年にヴォルテールが受け取ったものに似ている。ヴォルテールはフォンテーヌブローでミシシッピ地方の原住民の女と会った。この若い女性が男を食べたことを知って哲学者がいくぶん憤慨した様子をみせると、彼女はこう言って弁解した。「死んだ敵を獣の餌食にしてしまうよりは食べた方がよいのです。勝者には選択権があるはずです」

裁きとしての食人

裁きとしての食人は宗教や迷信上の寓意から解放されたものであり、慣例的な食人の極めて社会的な側面をもっとも明確に表している。死刑宣告に続いて食人がなされる理由は、大きくいって二つある。第一は、こうすることによって共同体の全員が宣告の最終段階に参加できるからである。要するに、人々が受刑者を食べることは民主主義の一つの表現方法なのである。第二の理由は、受刑者の引き起こした混乱と損害を共同体員全員で取り戻すためである。

裁きとしての食人を行っていた部族はかなり多く、例としてタタール人をはじめとする中央アジアの遊牧民やアフリカのアシャンティ族、アンガス族、スマトラのバタク族が挙げられる。

マルコ・ポーロによれば、タタール人は死刑囚を食べる習慣があったという。アフリカ西岸のアシャンティ族は殺人者を生け贄として捧げ、見せしめのために、あるいは特別な場合には客に敬意を表するために、食べていた。イタリアの名高い犯罪学者ロンブローゾによれば、オーストラリアから東に一四〇〇キロの位置にあるメラネシアのフランス領ボー島の原住民は、一八八七年になっても復讐のための食人を行っており、殺人者を裁きのあとで食べていたという。

スマトラ島のバタク族については探検家のフランシス・モランが一八八三年に「彼らは独自の文学を持っており、部族の半分は読み書きができる」と書いている。ここでは裁きのための食人は厳密に成文化されており、戦いの捕虜だけでなく、姦通、夜中の盗み、近親結婚、村や家、人に対する裏切り行為を行った罪人は食べられると法に明記されている。

バタク族が裁きのための食人を行うのを見たというヨーロッパ人の証言は多いが、煮炊きについて言及したものはなく、加熱は例外的であった。すべての証言が受刑者は生きたまま食われるという点で一致しており、例えばベルティヨンは「裏切り者、盗人、姦通者は生きたままレモン汁をかけて食べられる」と書いている。どの証言でも目撃された手順は同じで、侮辱された者、攻撃された者、犠牲者、もしいなければその両親が、罪人のもっともおいしい部分を最初にとる権利を持つ。一般にそれは心臓や手のひら、足の裏である。その後共同体の地位にしたがって一人ずつやって来て取る。フランシス・モランによれば、姦通罪の場合、「罪ある女の両親が出席しない限り刑罰は執行されない。決められた日に罪人は腕を伸ばして縛り上げられる。妻に浮気をされた夫が普通最初に自分の分として、伝統的には耳を取る。その他の人々はその地位の順に、好みの部位を選ぶ。それぞれが取り終えると、集まった人々の中のリーダーが進み出て犠牲者の頭を切り落として殺し、勝利と裁きの正しさのしるしとして持ちかえる。その後遺体の残りの部分は食べられる。生の場合も火を通す場合もあるが、場所は必ず処刑が行われた場である」

十九世紀後半に文字通りマレーシアを駆け巡ったドメニー・ド・リエンツィは、バタク族について「受刑者の肉は処刑の場で生で、あるいは火を通して食べられる」と伝えている。許可されている唯一の付け合わせは米、唯一の調味料は塩だという。

心臓と耳は死刑執行人に

裁きが君主の専断でなされ、「ソロモンの裁き」の結果として食人がなされることもある。一八九〇年、エチオピア皇帝テオドロスは、二人の商人を殺した自軍の兵士を自ら裁くことになった。「なぜ殺したんだ」と皇帝は尋ねた。「おなかがすいていたのです」「彼らの持ち物をとるだけでもよかったではないか？」「いいえ、そうしたら彼らは抵抗したでしょう」。テオドロスは殺人者の手を切って皿に載せ、本人の前に差し出すよう命じると、こう言った。「腹が減っていたんだろう。これを食べなさい」

裁きのための食人が死刑執行人レベルで決められるところもある。十九世紀の中国では、北京の死刑執行人がたった一人で社会全体を体現していた。「この肩書きによって彼は受刑者の最良の部分を好きなだけ取るという特権を享受しており、集まった人々の前で必ず心臓と耳とを食べる」と旅行者のホッグが書いている。

バタク族のように法の対象になってはいなくても、裁きのための食人は多くの民族で慣例、風習になっていた。かつてグアヤキ族は、近親相姦をした父親をしばしば食べた。パプア諸族では二〇世紀前半に、死んだ夫に充分な悲しみを見せなかった未亡人を処刑して食べるよう、会議で決定することがあった。例えば、死者の脊柱を長い間肌身離さず持っていないと、「愛情表現」の不足を非難されかねなかった。

裁きとしての食人は一九八八年になってもティモールのある村で行われた。全員の同意を得て数人の村民が商事裁判の裁判官となり、馬の販売に関する詐欺事件を裁いた。容疑者である二十二歳の青年は罪ありとみなされて首を斬られ、その後裁判官たちに数片の肉を食べられたのである。

第4章

人食い人種たちの食人風習

（前頁）ソロモン諸島の食人族。1920年。（資料 M. M.）
（上）オセアニアの人食い。1910年頃。（Photo Rpger-Viollet）

おぞましい民族

十五世紀末、人食い人種の存在を証明する証拠があがった。アメリカとそこに住むインディアンの発見によって、世代から世代へと受け継がれてきた古代の物語がついに現実のものになったのだ。当初ポルトガルとスペインの最初の航海者たちは、目の前にいるのはギリシア神話の登場人物であるシレノスやケンタウロス、キュクロプスであると思った。犬の頭部や尻尾、山羊の足を持った毛むくじゃらの人間を登場させるギリシア・ローマ文明が残したイメージそのままの存在、当時のヨーロッパ人がいると信じ込んでいたさまざまな奇形者である。ヘロドトスをはじめとして、人々はこの奇怪な民族を地図の境い目、世界の果てにいるものと考えていた。彼らは生暖かい血を飲み、生肉をがつがつと貪り、狼に近い陰気な風習を披露する。こうした考えはギリシア・ラテンの最高の著述家たちが抱かせたものだけにいっそう真実味があった。紀元前五世紀のヘロドトス以来、ユヴェナリス、メラ、プリニウス、ポルフュリオス、さらには聖アウグスティヌスといった人々がこうした存在を事実として認めた。勇敢な旅行者の中にはこうした冷酷非道な部族を見たと主張する者さえいた。敵を焼いて獣のように食べ、傷口に直接口をつけてごくごくと血を飲んでいたと。マルコ・ポーロもそうした一人であった。マルコ・ポーロは、北方のタタール人はこうしたことを行っていると述べたし、のちには他の証人たちも、「スキティアの蛮行の後継者たるモスコヴィのロワ」の、異常な残虐さと同じく異常な食べ物について報告している。要するに、未知のものに遭遇した初期の航海者たちは、当然ながら神話を説明書として使わざるをえなかったわけである。

クリストファー・コロンブスは一四九二年一二月にキューバの海岸に錨を下ろし、東の方に行くと人間を食べる人間がいると知らされた。彼はそれを伝説的に伝えられている奇怪な民族であると思い、「もっと東の方には一つ目の人間や、人間を食べる、犬の顔をした人間がいる」と航海日誌に書かせている。コロンブスはこの人食い人間に会わなかった。この問題の専門家である大学教員のフランク・レストランガンによれば、むしろコロンブスは出会った多くのインディアンたちの居住地に、食人の形跡を見つけることを拒否していた。一つ言っておくと、当時はまだ食人《カニバリズム》という言葉はなかった。コロンブスが有名な人食い人種であるアンティル諸島のアラワク族に出会ったのは、その二度目の航海のときである。グアドループ島のある村で、コロンブスと乗組員たちは食人の宴を準備しているところに遭遇した。彼らが近づくと住民たちは去って行ったが、切ったばかりの腕や足、頭部を見れば食人の準備であることは明らかだ。

フランク・レストランガンは十六、七世紀の文学や大発見に関する誰もが認める専門家で、『人食い人種――規模と衰退』の著者である。このレストランガンによれば、カニバリズムという語は最初スペイン人が広めたものであるが、その始まりはコロンブス自身であったらしいという。語源は「カリバ」という語で、カリブのインディアンが自らをこう呼んでいた。彼らの言葉では「勇敢な」という意味である。「カリバ」が「カニバ」を経て十七世紀末に「カニバル」となり、十八世紀に「カニバリズム」という語が生まれたようである。

「人食い人種《カニバル》」という言葉はもともとは小アンティル諸島の人食い人種だけを指していたが、しだいにその範囲を広げ、アンティル諸島から少しずつアメリカ大陸に入り込み、ブラジル沿岸地方のすべてのインディアンについて言うようになった。その後現在のブラジル北東部のインディアンから南米のその他の地域にまで広がった。例えばベネズエラの一部は一時カリバナと呼ばれていた。そしてさらにはラ・プラタ川からアラスカ西岸に至る人食い人種すべてを指すようになった。

十六世紀前半の終わり頃には、この語はアフリカからインドにまで広がった。すでに一五四四年に、ジャン・アルフォンス・サントンジュは著書『地誌』の中で、ギニア湾地方に住む人肉食いの黒人を示すのにこの言葉を使っている。一五七五年にアンドレ・テヴェが記した『世界地誌』が証明しているように、十六世紀も末になる

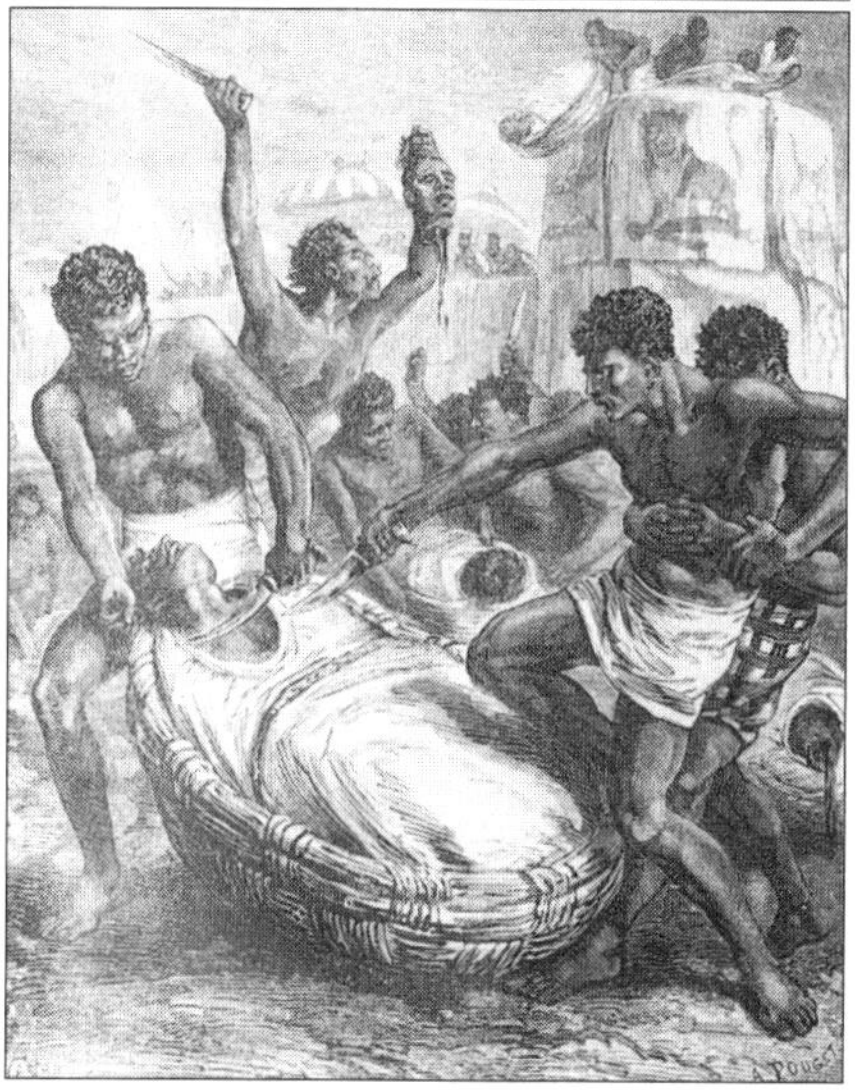

（上）16世紀、ブラジルの食人。（個人蔵）
（下）食人の宴の準備。1879年、ダオメー。
（資料 M. M.）

人食いと動物

民族学者や動物学者は動物の共食いを何度も観察、報告してきた。不明な部分もあるにせよ、これは人間による食人とはほとんど関係がないという。「一般に多くの種では、胎盤を食べることから始まってへその緒を経て、新生児を食べるに至る」とアンドレ・グリーンは書いている。

ウサギやモルモット、雌豚が檻に入れられたり飼いならされたりしたことから共食いを始めるケースは数多く知られている。これ以外にも、イノシシやシロクマ、ヒグマは嬰児を殺して食べることがあるし、ライオンは自分自身の子供の代わりに雌ライオンの子供を食べる。魚でも多くの種が同様のことをしており、孵化した卵から生まれた稚魚の半数が食べられる場合さえある。また多くの昆虫は、交尾の締めくくりとして共食いをする。カマキリやクモ、ハエの他、ダニ類など多くの種が、この恐ろしき愛の結末を知っている。

頃には、この語はアメリカ、アフリカ、アジアのすべての人食い人種を示す総称的な言葉になった。その後「カニバル」という言葉はオーストラリアを含むオセアニア全域の未開人や人食い人種をも指すようになる。もちろん西洋人の目からみれば、強い軽蔑の念を含んだ語である。ヨーロッパにおける新世界の人食い人種のイメージは、十六世紀から十九世紀の間に、政治的事件や内戦、植民地戦争などの流れに応じてさまざまに変化し、人間の条件に関する新たな考えを出現させた。哲学者や説教師、あらゆる立場の扇動者たちがかわるがわるこうした操作を利用した。後述するようにとくにカトリックとプロテスタントの対立の時がそうで、カトリックが人食いインディアンの中に悪魔のずる賢さを見たのに対して、プロテスタントはこれを通してカトリック教義のおぞましさを証明しようとした。空想家やモラリスト、ユマニストはより良い世界を探求する際の検討材料としてそれぞれの方法で人食い人種を利用し、唯物論者や決定論者はさまざまな自然法が確かに存在することの証しとして使った。

もちろんヨーロッパにも人肉食いはあり、飢餓や戦い、攻囲を原因とする多くの例があった。しかしそれらは極限状態に追い込まれた場合の特殊なケースであり、数人あるいはいくつかの集団に限られたものである。ヨーロッパ人がアメリカ・インディアンによって知ったのは、法や儀式、宗教的しきたりという形で全員の承認を受け、正当なものと認められた食人の存在であった。これを知った衝撃は大変なものだった。

十九世紀になると民族学者たちは人肉食い《アントロポファジー》と食人習慣《カニバリズム》とを厳密に区別するようになる。以後、アントロポファジーはいかなる文化からも外れた逸脱行為を表すことになる。それは動機なき暴力であり、違法行為あるいは精神障害によるものである。それに対してカニバリズムは、掟や法、儀式、特権、禁忌事項のある一つの制度である。これは確たる行為であり、共同体員全員に関わる体制の一要素であるため、自然な行為であるかのようにさえ見える。とはいえこの区別は行動科学に属するものであり、本書ではこれにこだわらずにどちらも使うつもりである。

残忍な人食いインディアン

ブラジル沿岸部の人食いインディアンに関するごく初期の証言を伝えるのは、ハンス・シュターデンである。シュターデンはヘッセン地方の火縄銃兵で、ポルトガル船に雇われたが、船が難破したことからインディアンのトゥピニキン族の捕虜にされた。

シュターデンの証言は、他の証言とは完全に異なるだけに、いっそう興味深く注目すべきものである。他の証言はといえば、時として不正確で部分的であるにもかかわらず、ヨーロッパ人の想像力に訴える力はあったため、食人をする野蛮人は西洋式に置き換えられ、手足の断片を肉切り台に並べたり吊り下げたりする肉屋として表されることさえあった。

ハンス・シュターデンの証言でもっとも興味深いのは、事実を逆側から、すなわち征服者としてではなく敗者として見た証言であるという点である。捕虜として九ヶ月間部族の中にいたことから、彼はあらゆる意味で内部からの生きた証言を伝えている。「いつも脅されているように、今日こそ自分が焼かれ食べられる番が来るのだろうか」と彼は毎日自問する。一方は海、他の三方はアマゾンの深い森に囲まれた地にあって、食べられることを予告されている。逃亡は不可能だ。インディアンたちは最初、彼を自分たちの中に置きとどめていた。肌が白く赤毛のひげ、価値のありそうな目をした捕虜の場合にはとくに、そうすることが習慣のようだった。数ヶ月すると原住民の見張りたちは、自分たちが被る災難の数は、捕虜が呼び祈る神と直接関係があるのではないかと考えはじめた。ドイツ人の傭兵が、自らの意志とは無関係のちょっとした出来事から、預言者であり治療者であるとみなされてからというもの、そう信じる彼らの気持ちが強まっていた。

シュターデンは、借金の肩代わりとして他の部族に委ねられるまでの間に、インディアンやポルトガル人の多くの犠牲者が食べられる場面を目撃した。その中には商館長の息子もいた。結局ハンス・シュターデンは、あた

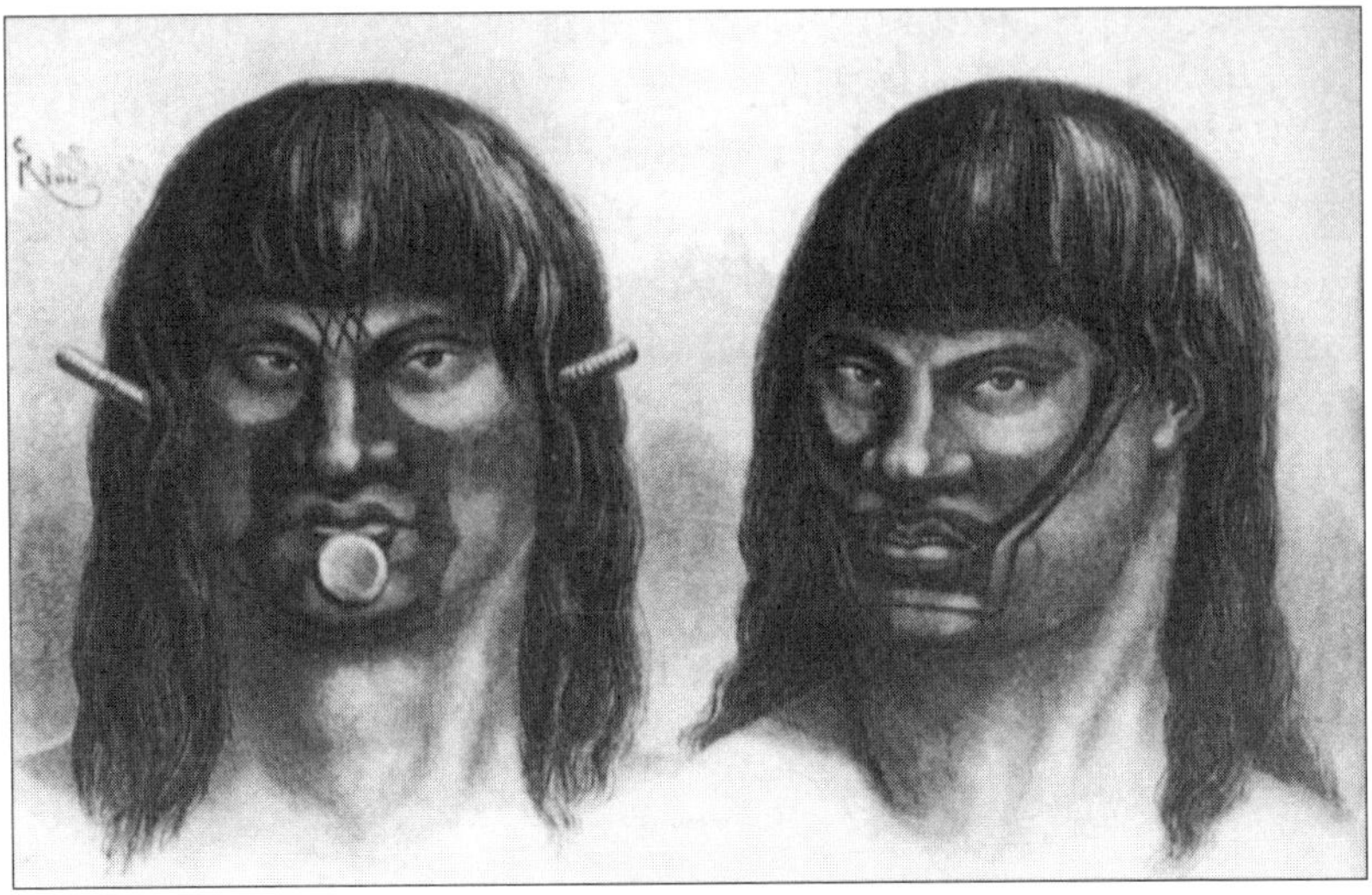

（上）人食いインディアンのパセとジュリ。（資料 M. M.）
（下）人食いインディアンのヤフアス。（資料 M. M.）

りを航海していたフランス船の指揮官ギヨーム・ド・モネール船長によって買い戻されることになる。解放のために支払われたのは、いくつかの櫛とナイフ、斧、鏡であった。こうして彼はディエップに戻ることができたのである。

「私がインディアンの小屋の周囲にあるイプワナ（一種の砦）に到着すると、女や子供がよってたかって私を殴り、ひげを引きちぎった。そして私は、『食糧が来た』と叫ぶよう強いられた」。ハンス・シュターデンは「調理」されることを免れ、儀式的な食事を数回目の当たりにすることになる。捕虜は村に連れて行かれ、拳骨を浴びせられたあと、灰色の羽で覆われる。インディアンたちは捕虜の眉毛をそり落とすと、その周囲で踊る。次に強く縛りつける。捕虜を仲間の村に連れて行って見せることもまれではない。その場合には、その村の住民が宴に呼ばれることが多い。勝った戦士がそれぞれ自分の捕虜を死んだ親の墓に連れて行き、仇討ちの相手を死者に見せる部族もある。捕虜を捕えてからの日々は、何かにとりつかれたかのように、荒々しさが収まる。敵は死者の代わりであり、死者の責任や財産、妻を背負うことも多い。死者に妻がいなかった場合には、捕虜を委ねられた者が妹か娘を捕虜に与える。こうして養子縁組がなされるわけだ。捕虜は自由であると同時に奴隷であり、特別な立場におかれて生きることになる。捕虜と勝者との関係が一見友好的である場合が多いことは、すべての年代記作者が認めている。彼らは一緒に釣りや狩りに行き、同じような日常生活を送る。それでも敵が敵であることに変わりはなく、いつかは食べられる運命にあることは避けられない。捕虜である期間は実にさまざまで、数週間の場合から何年にも及ぶ場合もある。捕虜に子供がいれば、親子である以上その子供も殺されて食べられることになるが、それは必ず父親の処刑前であって、あとのことはない。したがって夫が処刑される時に妊娠している妻は、生まれた子供を失わずにすむことになる。食べられるのを待っている捕虜は決して逃げようとはしない。誰に妨げられるわけでもないが、出身部族に戻ることは不可能だからである。捕虜となることは死者とみなされることであり、戻っても軽蔑され拒絶され、卑怯者と非難されることは分かっている。「それに対してヨーロッパ人が捕虜になることは比較的最近のごく珍しい現象であるため、監視の目も厳しい」とハンス・シュターデンは語る。ある日ついに長老会議で捕虜の処刑が決定する。定められた日の前日には、飲み物と一種の壺が作られる。この壺は受刑者に塗る塗料を入れるための特別なものである。捕虜を叩き殺すために使う棍棒「イルヴェラ・ペンメ」の柄に飾る羽の束と、その際に捕虜を縛る長縄「マッサラナ」も準備される。「彼らはこの棍棒をねばねばした物でこすり、それから『マクカワ』という鳥の卵の殻を取る。濃い灰色のその卵の殻を粉々にすると、それを棍棒に振りかける。(…) こうして棍棒を準備し羽の束で飾ると、それを誰も住んでいない小屋の中にぶら下げ、一晩中そのまわりで歌を歌う。村の祭りは一定の順序にしたがって行われるが、処刑が行われるのはその五日目である。処刑の前日には捕虜の顔に色を塗る。一人の女がそうしている間、男たちは歌っている。男たちが飲み出したところで、捕虜を連れてこさせ、一緒に飲んだり話したりする。まる一日飲んだあと、広場の中央に小さな小屋を建て、捕虜をそこに寝かせる。(…)」とハンス・シュターデンは伝える。

すべての準備が整った頃、祭りに招待された他の村の住民がやって来る。首長は「我らの敵を食い尽くすのにご助力を」と言って、客を迎える。運命の日の朝には、夜明けよりもかなり前から全員が棍棒のまわりで踊り出す。太陽が昇り始めると、捕虜を迎えに行き、小屋を壊して広場を片づける。戦士たちが捕虜の首に巻いていた縄「マッサラナ」を外して、しばらく縄の両端を持ちながら、時間をかけて捕虜の体を縛り上げる。捕虜のまわりには石の山を積んでおくが、これは食ってやると脅しながらまわりを走っている女たちに向かって、捕虜が石を投げることができるようにするためである。ハンス・シュターデンはこう書く。「こうしたことが終わると、戦士たちは受刑者のすぐ近くに大きな火を燃やす。次に一人の女が棍棒を持ってやって来て、捕虜の方に向かい、それを見せる。それから一人の男がこの棍棒を取って今度はこの男が捕虜にそれを見せる。その間、他の場所では十五人くらいのインディアンが処刑の実行役のまわりをとり囲んで、その体を灰で灰色に塗る」。死刑執行人として指名されるのは、普通捕虜を捕えた者である。彼は部族の中でただ一人、宴に加わらず、完全に絶食する。

「首長が進み出て棍棒を手に取り、死刑執行人の足と足の間を通したあと、彼にそれを返す。すると執行人は捕虜の近くに行って、『私はお前を殺すためにやって来た。お前たちが我々の仲間を大勢殺して食べたからだ』と言う。儀式として受刑者は抵抗し、家族が報復するだろうと脅して非難する」

ハンス・シュターデンだけでなく、アンドレ・テヴェやジャン・ド・レリー、マニュエル・ドブルガ、フェルナオ・カルディムも記しているように、犠牲者は過去に敵を何人食べたかを必ず伝える。「私はお前の父親を食べ、兄弟を燻製にした。お前の仲間を数えきれないほどたくさん食べた。私の仲間は必ず私の死の仇をとり、お前たちをできる限り捕えて食べるだろう」。ハンス・シュターデンはこう証言する。「頭を殴る役割の者が一撃を加えて脳みそを噴き出させる。別の男が首を切る。(…)すると女たちが体を素早く摑んで火のそばまで引きずる。皮膚をこすって白くし、何も漏れないように尻に棒を入れる。皮膚を充分こすったら、男が腕を切り落とし膝上で足を切る。四人の女が四肢を取り、大きな歓声を上げながら小屋のまわりを走り出す。その後背中から開いて、肉片を分け合う。女たちは内臓を取り出すと、焼いて、『ミンガウ』という一種のスープを作り、子供たちと分ける。それから女たちは内臓や頭の肉、脳みそ、舌を食べ、子供たちはその残りを食べる。分配が終わるとすぐに、それぞれが自分の分をとって家に戻る。(…)私が小屋を回ると、彼らはひたすらに食べていた。ある者は手を、またある者は足や体の一部を。(…)乳飲み子から老人まで、例外なく誰もがこの食糧を受け取っている。(…)すべてが終わると、死刑執行人はひとつ名誉を増やしたことになり、首長に動物の歯で腕に線をつけてもらう。傷口が閉じてもその跡はずっと残る。彼らにとってこの傷跡は名誉のしるしである(…)」

ハンス・シュターデンはヨーロッパに戻ると、その前代未聞の冒険談を『獰猛な裸の人食い』と題して一五五七年にドイツ語で書いた。この著書はすぐさまヨーロッパのあらゆる言語に翻訳され、各地で未曾有の成功を収めた。オランダだけでも七〇回以上版を重ねている。

現代の民族学者、例えば一九六〇年のハクスリー、一九七二年のクラストルも、同じ民族について語っており、ハンス・シュターデンの証言がもたらした恐ろしいイメージを再確認している。

スープの支度。（資料 M. M.）

悪魔による支配

新世界の人食いは、手足を切断して貪り食う、あるいは塩づけにして保存するといったそのイメージによって、当初ヨーロッパの人々を仰天させた。伝説上のものであった人肉を食べるおぞましい未開人の存在が、現実のものになったのだ。人類は一つの壁によって二つに分けられている。人間的なものの一切ない未開社会と、進歩する文明社会とである。悪魔の手下たちは、その支配領域である一種の「地獄の鍋」を持っている。そこではヨーロッパの魔女が小さな鍋でするのと同じように、人肉を煮炊きするのだ。

航海者が伝える話がこのイメージを膨らませた。スペインに仕えのちにポルトガルに仕えたフィレンツェ人アメリゴ・ヴェスプッチは、一四九七年から一五〇四年のあいだに三回ブラジル沿岸地方に渡り、悪魔のような光景について証言した。「彼らは、ちょうど雌鳥にそうするように、出産可能年齢の女の捕虜を妊娠させる。子供を育て太らせるのは食べるためだ。彼らは何よりも人肉を好む……」。これはヴェスプッチが一五〇三年に、自身に栄光をもたらす「新世界」(これは彼が使い始めた表現である)から送った手紙である。出版後十一回再版

スープの「ファン」たち

◆脳みそスープ

一九八九年、ニューヨーク南部の郊外で、ダニエル・ロコウィッツが愛人のモニカ・ビアールを思いがけず殺してしまったあとで食べた。「頭を煮て、次に脳みそでおいしいスープを作りました。わりあい良い味でした」。この経験に感激したダニエル・ロコウィッツは、自分のアパートのドアにこんな張り紙を出した。「もうスープの時間でしょうか？　魅力的な若き人食いの邸宅へようこそ」

◆カンボジアの唐辛子スープ

一九九六年、プノンペン警察は、伝統的な唐辛子スープを作るためにスイス国籍の若い女性を殺した容疑で、一人の料理人を逮捕した。女性の足と肋骨はごみ捨て場で発見された。

◆いつものスープ

一九五九年、ザイールのコキラートビル控訴院は、伝統的なスープを作った二人のザイール人とその妻たちによる事件を扱った。男たちは懲役一〇ヶ月と十五ヶ月、共犯である二人の妻は懲役六ヶ月と八ヶ月の刑を科せられた。

◆臓物のスープ

一九九六年、ウクライナのセバストーポリ警察は三十三歳の元捕虜の住居内で、さまざまなスープを作るために切って下ごしらえした死体を発見した。皿には大きく切った焼きたての筋肉がのっており、鍋と大皿には細かく刻んだ臓物が他の体内器官と一緒に入っていた。これは家主とその娘、そして甥の臓物だった。この地域の伝統的なスープを作ろうとしていたのである。

されたその航海記は、ヨーロッパ中で検討され、注釈がつけられた。そしてこれによって、新大陸は彼の名アメリゴにちなんで名づけられることになる。

マゼランの操舵手であるジェノバ人のバンティスタと、年代記作者で歴史家であるアントニオ・ピガフェッタは、一五一九年から一五二二年にわたる初の「世界周航」から戻ると、ブラジル沿岸地方の同じ部族だけでなく、チリ南部やフィリピン、マルク諸島の部族についても、恐るべき新情報をもたらした。フェルナンド王とイザベル女王、のちにはカルロス一世から重要な役割を任ぜられたピエトロ・マルティル・ダンギエラは、一五三六年に『オセアニアの謎について』を発表した。「インド諸国会議」の中心人物であり、有力者たちと重要な関係を結んでいた彼は、当時流布していた考えを著した。人食いインディアンは他の人間を家畜としか思わない野蛮人であるというのだ。彼はこう書いている。「我々と同盟を結んだタイノ族は人食い人種たちに森で獲物のように狩りたてられる。人食いたちは彼らをできればごく小さいうちに捕え、去勢する。我々が鶏や豚を飼って太らせるためにそうするのと同じことだ。（…）」。「捕えた女は生かしておく。子供を生み、育て、肥らせるよう面倒をみせさるためである」。この冷酷な世界を支配し、人間の手足を焼く煙の間をうろつくのは悪魔である。この世の終わりを思わせるようなこの宴の中央に君臨するのは、悪魔に違いない。

十六世紀後半になると、食人の耐え難いイメージは、もっと柔軟な精神を持った探検家の話や証言によって覆されていく。多くのケースで同じことが確認された。インディアンが敵を食べるのは食欲を満足させるためでも、恐ろしくも人肉好きだからでもなく、復讐を基本的な権利とみなす儀式を遂行するためである。とはいえ指摘しておかなければならないが、理論武装してインディアンの名誉を回復しようと配慮したのは、もとはと言えば先に長く引用したハンス・シュターデンのような航海者やプロテスタントの入植者であり、とりわけ「未開」とは言ってても「悪魔的」とは言わなかったアンドレ・テヴェやジャン・ド・レリーであった。「彼らは空腹感を抑えるためではなく、敵意と激しい憎悪からそうするのだ」とハンス・シュターデンは語る。アンドレ・テヴェは二

さえない職人の本当の仕事

◆刺青

ヨーロッパには刺青のコレクターがいて、刺青を売買している。長い間その調達場所となってきたのは死体公示所である。刺青をした人が、死んでから切り取る条件付きで自ら売ることもある。かつてはナチスが犠牲者の体から取ったという信じ難い刺青のコレクションもあった。悲しくも有名な「雌犬」リザ・コッホのように、ナチスの強制収容所で監督役を任ぜられた収容者たちは、人間の皮膚を使って、本の表紙やブラインド、下敷き、彫刻品を作っていた。

◆敷物

パリのドルオホテルでは、ホルマリン漬けにした無傷の人間の頭蓋骨が競り売りされたことがある。また、斬首刑者の皮膚をなめして作った敷物が売られたこともある。人間の皮膚の敷物は中国やペルシアでは数百年前から知られている。もっと最近では、一九五〇年代に、食人犯エド・ゲインが、犠牲者の皮膚を椅子とソファーに張った。

◆首飾りと腕輪

多くの食人部族は人間の歯を使って首飾りや腕輪を作った。イザベラ島では最近までこうしたことが行われていた。乾燥させた手足や軟骨、耳、指、ペニスなどの器官を首にぶら下げることもよくある。

一九九一年、シカゴに住む富豪の女性レオニード・ルブランは、人間の目玉が三列並んだ独得の宝飾品を作らせた。見事な金の台座にはめこまれたその目は、ペルーのインカ時代の墓所から取ったものだった。

◆楽器

新たな響きを求める人にとってそうであるように、人食い人種にとっても骨はひじょうに興味深い素材である。とくに脛骨は世界中で素晴らしい音楽性を持った笛の材料として使われ続けている。ニュー・ジーランドでは、この笛はイグバあるいはブルズアと呼ばれる。くぼんだ小さな骨は一般に小笛を作るために、肋骨は人間の皮膚で作る太鼓の骨組みにするために、取っておかれた。

◆食卓で

未開部族においてであれ、西洋現代社会の精神障害者による食人においてであれ、頭蓋骨はとくにコップのような容器として常に利用されてきた。ヨーロッパでは複数のビール会社が、人間の頭蓋骨の形をしたビールジョッキを現在製造販売している。とはいえ、もちろんすべての人に気に入られるわけではない。五七三年にロンバルディア王アルボインが妻のロザムンデに殺された事件が思い出される。原因はアルボインが妻の父であるゲピード王クニモンドの頭蓋骨に飲み物を入れて、妻に供したことだった。

三つ編みにした髪は、さまざまな紐や縄を作るのにしばしば使われた。

人間の脂肪はオイルランプに入れて頻繁に利用された。二〇世紀前半にはまだ多くの燭台の燃料として使われ、冊の名高い著書、先に挙げた一五七五年の『世界地誌』と、その一〇年後に発表した『南インド、西インド方面二度の旅』の中で、インディアン社会の要をなすのは復讐であると主張する。彼はこう書いている。「この未開人たちが敵に対して行う最大の復讐は、獣のようなものだ。それは彼らを食べることである」。ジュネーヴの改革派教会に属する若き牧師であるジャン・ド・レリーは、一五七八年に、『ブラジル旅行記』を刊行し、こう書いている。「人肉は驚くほど美味で微妙な味わいがあるとは、全員の認めるところではあるけれども、彼らの主たる目的は(…)、美味を求めることにはなく、死者を骨に至るまで追及し食い尽くすことによって、生者に恐怖戦慄を与えようというのである」。寛大にも彼は人肉の準備を西洋の調理法になぞらえる。「熱湯で死体を擦り、巧みに一番表面の皮膚を剝いてしまう。ちょうどこちらの料理人が、乳離れ前の仔豚を焼くために下拵えする時に劣らず、真白にしてしまうのである」(『フランスとアメリカ大陸二』所収　二宮敬訳　岩波書店)

当然ながら人食い人種に対するイメージは、それが友好関係にある相手であるかどうかによって異なる。友好関係にあれば復讐や儀式であるとみなされるが、敵側についていれば理解し難いおぞましい行為ということになる。かなり多くのカトリック宣教師が、食人は復讐のためであるという考えを認めることになるが、もちろんこれは政略的な理由によるもので、プロテスタントに好き勝手にはさせないためであった。復讐を願うとは何とも人間的であり、人肉を食べたいという本質的に悪魔のような欲求とは比べようもない。たとえそれが人間のモラ

オセアニアの食人の宴を照らし出していた。

◆小さな調度品

どの民族にもそれぞれ物を作り出す才能はあるものだが、ニュー・ジーランド人はフック作りで際立っている。彼らは敵の手を切断すると、さまざまな処理方法や火を使って、指を鉤型に固める。こうして整えた手を家の中にぶら下げて、そこに駕篭《かご》や武器をかけるのである。その武器の先端や握りが、見事に細工した人骨でできている場合も多い。

ルからは外れたものであっても、その風習を捨ててカトリックを信仰し、福音書を信じれば、許しを得ることはできるというのである。極端なケースを挙げれば、スペインの征服者《コンキスタドール》に同行したホセ・デ・アコスタ神父は、同じように人肉食いで終わるアステカ人の生け贄の儀式の犠牲者のことを指すのに、「聖体」という言葉を使うことさえしている。

当時のヨーロッパ人は食人の問題に悩まされた。庶民は折りあるごとに食人への興味を示した。人食い鬼が純朴で貧しい人間の前で歯をならすといった話が、数多く語られた。しかもこの時代は宗教戦争のただ中であり、神学論争の中心が、実体変化、すなわちパンはキリストの肉に変わるのかという点にあったことから、食人は両陣営から布教材料として利用された。改革派の支持者たちにとって、聖体というテーマはインディアンの名誉回復だけでなく、カトリック打倒にも役立つものであった。食人はローマ教会の定める重要な秘跡を完全に映し出す鏡である。人々が際限なく神の肉体を食べることこそ、食人の儀式ではないだろうか。「取って食べなさい。これはわたしの体である」(『マタイによる福音書』二六)という言葉は、神を食べることであり食人風習よりもはるかに残虐な行為であるとみなされた。これに対してカトリック教徒は相変わらず人食いを悪魔の所業であるとし、自身人食いであるプロテスタントはその悪魔と共謀していると言った。一五七九年にロマンで謝肉祭が行われた時、彼らは「カトリックの肉は六ドゥニエ」と叫びながら貧者に施しを配り、町を走り回ったではないか。とくに辛らつな者の中でも、プロテスタントのジャン・ド・レリーは、カトリック教徒は人間を捕まえても食べないが、ミサ聖祭で神を食べることはすると指摘した。

予期せぬ擁護者

新世界の人食いインディアンを熱心に擁護した初期の人々の中に、非常に高名な二人のカトリック教徒がいた。一人はスペインの高位聖職者バルトロメ・デ・ラス・カサス、もう一人は作家でモラリストの哲学者フランソワ

・ミシェル・エイカン・ド・モンテーニュである。

ラス・カサスは今で言うところの実務家であったが、モンテーニュは思想に刺激を与えた人物であるものの、仕事はドルドーニュの城館の書斎に引きこもって静かにしていた。彼の著書は極めて大きな影響力を持った。「良き未開人」のイメージを最初に生み出したのもモンテーニュである。

貧窮したおぞましい存在

ラス・カサスやモンテーニュと同じように学識があり有名な人々で、これとは正反対の意見を述べた者もいる。ドイツの数学者で歴史と地理の教授でもあったセバスティアン・ミュンスターは、一五一九年にバーゼルで『世界地誌』を発表したことからヨーロッパ中でその名が知られるようになった。ルターに賛同したこの元フランシスコ会修道士は、モンテーニュに劣らず確たる信念を持っていた。「人食い人種が人肉を食べるのは、主に栄養を摂るためである。(…)彼らは人間の体を真中から切って、新鮮な腸を取り出して食べる。性器も同じようにするが、残りの四肢は我々がソーセージやハムをそうするように保存する」。人食い人種はどんなケースであっても野蛮人以外の何物でもないおぞましい存在であり、その行動を弁護あるいは説明しうるような象徴的な儀式などありえないというのが彼の考えであった。

ジロラモ・カルダーノも同意見だった。医者であり数学者であり哲学者であったカルダーノは、その時代でもっとも変わった人物の一人であったが、一五七六年に没する頃には当代随一の見識者の一人とみなされていた。広範な知識を有するこの人物は数多くの著書を発表しており、「世紀の事件」である人食い人種の発見についても当然ながら取り上げた。

スペインの征服者と人食い人種

インディアン擁護に反対する者たちは、スペインによる征服を承認し支持したカトリックの最高権威の中に、強力な味方をみつけた。例えば名高い司教フアン・ロドリゲス・フォンセカ。彼は新たに発見された地との連絡や通商をすべて管理するよう王から委任された機関カーサ・デ・コントラタクションをセヴィリアに設立し、指揮した人物である。スペイン人は新大陸を征服の対象とみたことから、ヨーロッパの思想家たちを分裂させていた哲学的、観念的、神智学的、あるいは単に人道主義的な論争を全く軽視した。人道的、宗教的な敬虔な考えは、経済的理由を前にしては精彩を失う。今後の遠征資金を調達するには、未開の人食い人種を奴隷として使わなければならない。目的は常に金。その上労働力としても、また鉱山の発掘や真珠の採取のためにも、入植者の必要に応えなければならない。ローマ教会の承認を得たスペインのイザベル女王は一五〇一年に令を発し、カリブ族との戦いは神の義にかなったものであり、捕虜は売ることも奴隷として使うこともできると宣言した。インディアンの強力な擁護者であるバルトロメ・デ・ラス・カサスは、一五五二年に、グアテマラのスペイン人がどれほど土着民を互いに食べ合う状態に追いやっているかについて報告している。「隊長はすでに服従させたインディアンを、互いに戦わせることができる人数だけ連れてくる習慣があった。連れてきた一万五〇〇〇人から二万人の人間に食べ物を与えず、捕えたインディアンを食べることを認める。基地には人肉を焼く台が驚くほどあった。隊長の目の前で子供を殺して焼くのだ」。以後、奴隷を正当化するには、イザベル女王の令とそれに続く同じ原則のすべての令を盾にとって、どんな民族であれ人食い人種だと宣言するだけでよかった。この原則は最初はカリブ族のいる地域だけに適用されていたが、すぐに広大なスペイン領全域に広がり、結局はラテンアメリカ諸民族を絶滅へと向かわせる大きな原因の一つとなっていく。ペルーでは占領下にあった五〇年の間に、虐殺と疫病のためにインカ人が一五〇〇万人から二〇〇万人に減少した。同じ時期、ウルグアイの人口は一三万人から一万二〇〇〇人に減っている。

聖職者の食人

スペインによる征服と聞いて現代の人々がまず思い起すのは、有名なコンキスタドールたちである。エルナン・コルテスやフアン・デ・グリバルバ、エルナンデス・デ・コルドバ、アギラル、マルティン・ピンソン、ペドロ・アルバラド、フランシスコ・ピサロなどであるが、その全員が、血を飲み町を焼き、殺人を擁護し、キリストの名の下に大量虐殺を行った歴史的犯罪者であるとみなされている。エルナン・コルテスのメキシコ行きに同行したベルナルド・ディアス・デル・カスティリョは、一五七五年に発表した著書『新スペインの真実の歴史』の中でこう記している。「大部分のインディアンは見苦しいほど邪悪だと言わねばなるまい。(…) ほぼ全員が男色にふけっていた。人肉を食べることについては、我々が肉屋の肉を食べるように、必ずこれを利用していたといえる。どの村でも、厚板で四角い檻のようなものを作る習慣があった。そこに男や女子供を閉じ込めて太らせ、頃合いを見計らって犠牲に捧げ、食べるためである。しかも地方ごと、村ごとがつねに戦闘状態にあり、捕まえた捕虜は生け贄として捧げたあとで食べていた。母と息子、兄弟と姉妹、叔父と姪といった忌まわしい近親相姦もたびたび見られた。酒に溺れる者も多く、彼らがもたらす汚物については言葉もないほどだ」

いかなる事実にもよらないこの著書はキリスト教徒による征服を正当化する目的で書かれたものであり、その中で、著者はアステカ人の生け贄の儀式と放埒な食人とをあえて同一視している。しかし、スペインの征服者たちがメキシコや中央アメリカで発見した食人風習は、フランス人やポルトガル人、オランダ人が南アメリカ沿岸部で出会った人食いとは全く違うものであった。人身御供という形で行われるアステカ人の食人は、人間と神とが宇宙の永続性を守るために一致協力するという、政治・宗教的な背景に組み込まれたものであったからである。

アステカ人の犠牲になったのは誰だろう。最初は敵陣から連れてきた他民族捕虜や奴隷、そして神を体現するために指名された人間であった。この人は単なる傀儡ではなく、人々の中でまさに神の代理人となる。

（上）宣教師が中断させた加熱調理。1898年。（資料 M. M.）
（下）骨は食べられることも食べられないこともある。（資料 M. M.）

聖職者は生け贄の儀式を準備し、戦士は供物台を用意する。これは戦いが続くことを意味する。この戦士たちは領土その他の利益を得ることができないため、アステカ人は「花開く戦い」なるものを生み出した。すなわち供物台用の捕虜を獲得することだけを目的とした戦いである。こうして彼らは、例えば同じような宗教心を持つ隣人のトラスカラ族と戦った。アステカ人の神殿に多くの神が祭られているということは、生け贄が頻繁に行われていたということであり、ほとんどつねに見ることのできるまさに見世物であったということである。

こうした祭りで行われる食人については、多少の説明を要するだろう。というのも、これは聖職者の階級によって左右されるものであり、生け贄の儀式の最後の行為、もっと正確に言うならば生け贄の結末だからである。生け贄後の食人では上層階級の者だけが犠牲者の肉を分け合って食べる。こうした儀式については、スペインのメキシコ征服史研究家たちが幾度となく書き記している。

十七世紀の食人風習

十七世紀のヨーロッパでは、アメリカは、人間をその元来の純粋さに戻す天恵の地なのか、あるいは神にとくに呪われた地なのかという前世紀からの議論が続いていた。両陣営ともに、神学や深い考察、新世界から戻った旅行者の証言にすがった証拠や証明を披露しあった。

反宗教改革派が勝利を収めた十七世紀半ばには、アメリカの未開人をどうしようもない野蛮人だとみなした人々がかつてないほど攻勢に出た。ベネディクト会修道士のオノルス・フィロポヌスは、新世界に渡った自派の宣教師たちの奔走について記した著書の中で、決め手となるたくさんの注釈つきで、人食い人種のおぞましさを並べ立てた。焼いている最中の子供の肉、肉切り台の上で四つ裂きにされる女、塩水に漬けられた手足、串焼きにされる男、と何一つ忘れずに。人食い人種たちは人間の大罪を一身に集めている。インディアンに魂はあるのかという問題さえ激しく議論された。クロード・ダブヴィルは「彼らの極めて悪魔的でとどまることを知らない激高」について言及している。未開人《バルバール》という言葉の意味の変化に見られるように、インディアンに関する言葉に侮蔑的なニュアンスが増したのも十七世紀である。未開人《バルバール》という語は、それまでは、バルバレスクのちにはベールが住むバルバリーの地、すなわち北アフリカの住民を指すものであったが、以後、乱暴で野蛮、人を食う異教の民族、悪魔に導かれた民族、要するに新世界のインディアンを指すものになる。

十八世紀の食人風習

イロコイ族の食人

十八世紀のフランス大衆は食人に対して敏感であった。十七世紀末から、王軍と入植者たちが、イギリスと結んだカナダの恐ろしき人食い人種と公然たる戦いを行っていただけになおさらであった。フランスによる植民地化は、アンリ四世下の一六〇八年にシャンプランがケベックを建設したことに始まる。これに続いて初期の貿易会社、例えば一六二七年の「ニューフランス会社」、一六六四年の「西インド会社」などが設立され、フランスからの入植者が続々と到着した。一六八九年にはフランスとイギリスの間で先の見えない戦いが始まった。モンカルムが果敢に抵抗したにもかかわらず、この戦いは一七六三年にイギリス側の勝利で終わる。

イロコイ族の残虐さについてはイエズス会修道士が数多く書き記している。多くのフランス人が想像を絶するほどの拷問を受け、一部はその後食べられた。一七二五年頃に五大湖地帯に長く滞在したJ・F・ラフィトーはこう書いている。「捕虜を必要としている他のイロコイ族に捕虜が与えられることは日常茶飯事である。（…）柱につながれた捕虜は樹皮製のシャツを燃やした小さな火で焼かれた。爪ははがされ、指と鼻と耳は切り取られる。時には仲間の肉や自分自身の肉の一部を食べさせられることもあった」

ヘックウェルダーは一七五六年に発表した著書『イロコイ族に関する証言』の中で、かなり特殊な方法について記している。拷問にかけて殺す役割を持つ者はとくに存在しない。火にかけたり傷つけたり四肢を切断したりしたいと思った者が、捕虜の「所有者」すなわち捕虜を捕まえた人に贈物をして、その権利をもらうのである。一般に拷問は二日間にわたって、捕虜がもとの面影をとどめないほど変わり果て、死に瀕してぐったりするまで続けられる。心臓を儀式的に取り出すと、解体し、煮たり焼いたりして食べる。

更生できない未開人

人食い人種はその行動をどんなに正そうとしても、たとえ形の上だけにせよ決して更生することのできない未開人であると公式に認められた。イギリスのモラリスト、ジャン・アトキンズはこう書く。「神の姿に似せて作られた動物が、それを食べ物にしてしまうほどにその本来の尊厳を汚すことが、どうしてできるのであろう！」

遺伝的な劣勢

進歩の時代である十八世紀には、自然現象を納得のいく形で説明しようと考えられた。ここには当然食人の問題も含まれる。一七六八年にベルリンで『アメリカ人に関する哲学的研究』を発表したコルネリウス・ド・パウの説明によれば、彼らは「他の人間よりも犬歯が多く」、「胃の膜に刺激の強い体液が含まれており、これが内臓の壁をつついて常軌を逸した異常な貪欲さを誘発する。妊婦が時として起す『食べられない物を好んで食べる病気』のようなものだ」。この説はしかし彼の大叔父であるコルネリウス・デ・ヴィットとヤン・デ・ヴィットの早過ぎる死によって否定された。この二人はハーグで殺されて一部を食べられたが、その犯人であるオレンジ家支持者たちは、リーダーであるオレンジ家家長ギヨーム・ド・ナッソーよりも犬歯が多かったわけではなかったのである。

学者で作家、モラリストでもあるコルネリウス・デ・パウが大きな知的影響力を有していたこと、著書を発表するたびに反響を呼んでいたことは今では忘れられているものの、彼はひじょうに興味深い人物であった。とくにフリードリヒ二世は『アメリカ人に関する哲学的研究』を称賛し、失敗には終わったものの彼を自らのもとに留め置こうとさえした。コルネリウス・デ・パウは決定論的な図式を才能豊かに再び取り上げた。すでに前世紀にジェローム・カルダンが展開したものであったが、彼はこれをはるかに押し進めたのである。人食い人種には意識も理想も自由もなく、その人肉の利用は何よりも自然による制約や敵対する周囲の環境に関係する。アメリカは広大な砂漠にすぎず、不毛の土地だらけ。有害動物の繁殖、食用にできる四足動物の不足、原始的な農業、頭の中で考えることも知的に成長することもできない未開人、そしてその体力のなさ。これらすべてが相俟って、彼らの本性を腐敗させている。要するに「神」がこの地ではその被造物を完成することができなかったのか、あるいは人間自身が何百年もの間に世代から世代へと自ら堕落していったのかである。いずれにせよ、アメリカの発見は文明人が直面した最悪の不幸である。「新世界の人々は遺伝的に劣っている」というこのデ・パウの考えは、この時代の多くの知識人の考えを代表するものであったこと指摘しておこう。多神教であるということは、あらゆる悪徳の噴出と過ちの源である野蛮な状態にあることを証明する、明らかな証拠であるとみなされた。

ジャック・ムニエがユーモアを込めて言うように、この十八世紀には、「それぞれが自分の発見から出発した。我発見せり《ユーレカ》がどんどん加わり（あるいは打ち消し合い）、単に好奇心が強いだけの人間は難解な説明の中ですぐに途方にくれてしまう……」

この問題をめぐる知識人たちの分裂状態に情熱をかきたてられたサド侯爵は、人食い人種の起源と理由に関するコンテストでも開催したらどうかと、皮肉をこめて提案している。

人間を焼く人食い人種。1925年頃、ニュー・ヘブリディズ。(Photo Roger-Viollet)

一九世紀の食人風習

アフリカの食人

十九世紀初頭から、インディアンは完全に無視され、人々の関心から外れた。これに取って代わったのはアフリカとオセアニアのごく狭い範囲に住む人食い人種たちである。暗黒大陸の人食い人種はヨーロッパのいたるところで、残酷で卑劣で尊厳の一切ない者の典型、更正しようのない永遠の未開人とみなされた。

十九世紀は発見の時代ではなかったが、アフリカ大陸に入り込んで完全に占有した時代、搾取の時代であった。活動をはじめた人々にとっては、より早くより遠くまで植民地化することが、緊急課題であり有益なことであった。ヨーロッパ諸国は努力を惜しまずに競い合った。この企てによってうまい具合に得られる利益については、小声でしか語られなかったが、十九世紀も前半を過ぎると、「人道的十字軍」説のかたわらで堂々と商業目的がうたわれた。一八七八年の万国博覧会にその例がみられる。フランスのパビリヨンで植民地化がはっきりと二重の意味で正当化されたのである。大きなパネルにはこう書かれていた。「いまだ未開状態にある世界の一部を文明化に向けて開かせることとは、旅行者の探検を容易にし、人々を包んでいる闇を破り、莫大な土地資源を研究し、ヨーロッパの工業製品に新たな販路を与えることである。アフリカ国際協会が医療施設と科学研究施設を設立することによって奨励しようとしているのは、こうしたことである」。植民地博覧会ではこの二重の論拠が必ず取り上げられた。

植民者たちはアフリカ大陸に入り込めば入り込むほど、殺してはいけない、同胞を食べてはいけないという二つのタブーが広く侵されていることを暴き立てた。とくに宣教師たちは、こうした野蛮さは有害なものであり、どんなことがあっても抹殺すべきであると考えた。こうした地では、人間を救済する宗教と文明とが絶対にその力を発揮しなければならない。

時は科学の時代。知識が加速的に増えていくにつれて、探検者や入植した兵士、冒険家や宣教師たちは、正確で信頼度の高い報告や説明を求められた。あらゆる人々が正確な踏査図を作り、これまで知られていなかった、あるいは見誤られていた地方の地図を完成させ、地質・鉱物・植物・動物の収集品を揃え、とくに出会った民族の風習や習慣、言葉を観察しようとした。

これが必ずしも容易ではなかったことは、ニューヨーク・ヘラルド社から派遣されてアフリカを探検したスタンリが証明している。当時有名で人気のあった冒険家スタンリは、三十二回も人食い人種に立ち向かう羽目になった。「毎日新たな敵と同じ危険に遭遇した。未開人たちがいつでも戦い用の大きな丸木舟で川の行く手を阻んだので、つねに戦闘を交えなければならなかった。現地人をかき立てるのは、常に人肉への欲求である。彼ら

（上）人食い人種ニャム・ニャム族の女。1895年。（資料 M. M.）
（下）パリの植物園で見世物にされた食人者。1878年。（資料 M. M.）

はボボボ、ボボボ、肉、肉、と叫びながら、『今日我々は太陽の人の肉を食べるんだ』とわめく。（…）我々が、『平和、平和』と叫びながらアモウ・ニャム族の未開人に銅の腕輪とタカラガイの数珠をあげようとしたところ、一人の首長が『我々がこんなカイガラと少しの銅のために、これほどの人肉をあきらめると思うのか？』と言った。戦わないわけにはいかず、我々は毎日戦った。鉄砲を撃って道を開け、川沿いに死体を撒き散らしながらでなければ、前に進むことはできなかった」

さらにその三年後の一八一七年。「平和をいくら訴えても、ザンジバルの原住民は『おう、おう、肉だ、ここにはたくさん肉がある！』と獰猛な叫びで応えるだけだった。人食い人種は我々の持っている火器の使い方も威力も知らないだけに、いっそう狂暴に襲いかかる。人肉を求めている時の彼らを見たことがなければ、未開人について考えることはできない（…）」

十九世紀後半になると、スタンリやリヴィングストン、バルト、スピーク、バートン、ケリエ、デュヴェイニエその他多くの人々が行ってきたような「侵攻」は、次第に減っていく。荷物運搬役の黒人たちだけを引きつれた単独の冒険者が君臨する時代は終わりだ。以後の遠征隊は、全員が科学者である複数の探検者が遠征隊長の指揮の下に集まり、国や地方、一定の地域を重点的に研究する任務を果たすためのものになる。

ヨーロッパの文明人と未開の人食い人種とはあいかわらず対立関係にあった。アフリカの未開人との間でしょっちゅう繰り広げられる戦闘については、ヨーロッパの新聞の一面でたびたび報じられた。雑誌では、読者を驚かせ恐怖におののかせるに違いない、際立って野蛮な部族が好んで取り上げられるようになっていく。ファン・バチ族ともファン・マケイ族とも呼ばれるガボンのファン族がその一例である。とくにウグエ川沿いに住むアシエバ族は新聞によって、西洋人の目からみたその名も恐ろしき「究極の人食い鬼」に仕立て上げられた。「大胆で人食いをする彼らの手に落ちた者は、誰であっても殺されて食べられる」。すべてが相俟って、文明化したキリスト教徒による剣の使用が正当化された。挿絵入りの雑誌は、人食い人種に不意打ちをされて殺された探検家の英雄的な死で表紙を飾る。フランスに大きな衝撃を与えたモーリス・ミュシーの死は、「アフリカの新たな犠牲者」というタイトル、「ミュシーに率いられた十一人の男が投げ槍で殺され、食べられた」というサブタイトルで大きく取り上げられた。

科学的興味

とはいえ想像を絶するような話のかげでは、民族学が確実に定着し、次第に基本的な学問としての資格を得るようになっていった。文句なしの発展である。初期の民族学は、驚くべき人食い人種のイメージを西洋社会全体に広めることに貢献した。人種間には不平等があるというのが支配的な考え方で、ほぼすべての知識人がこの考えに同調した。生まれながらに優越しているヨーロッパ人は、黒人を文明化の道へと導く義務を負う。ヨーロッ

(上) 人間を食べるファン族。(資料 M. M.)
(下) 人間を食べるファン族の戦士。1892年。(資料 M. M.)

パ各国の首都には、民族学を研究、発展させるための学会が数多く設立され、食人問題全般について、あるいはとくにその原因や方法、行われていた時代、規模、気候や昼夜による影響、実行と農業との関わり、起源と将来などについて、際限なく論議された。

科学は知識への唯一の道としての地位を占め、未開人も理性を有しているという考えが次第に認められていった。確かに理性はあるが、それはまだ子供のレベルである。十九世紀後半になると、民族学者は探検家や当時の大部分の著述家と対立し、食人風習はおそらく人類の初期段階のものではなく、儀式化された複雑で奥深い行為であり、洗練された社会組織の一部をなすものであると強調した。悪魔的ともいえる、理性に反する理解できない理由から生まれたと思われるもの、例えば一夫多妻制や呪術、魔法、そして食人は、科学的な興味の対象となった。これらは発展の初期段階であり、進歩を期待しうるものであろう。いずれにせよこうした背徳的な行いは徹底的に糾弾しなければいけない。

「動物園の猿だ」

宣教師たちは儀式という考えを認めながらも、食糧の必要という古くからの説に戻すことによって、宗教の及ぶ範囲を小さくしようとした。ヨーロッパの大衆はと言えば、この新たな考え方をほとんど無視した。アフリカの部族に対する人々の考えは、世紀末に発行されたこんな書物そのままであった。「とはいえ彼らが人食いであることは確かだ、と一人の紳士が主張した。『黒人が?』と民族学者が反論する。『全く違う。黒人の国では人間を食べるのは白人だけだ……。黒人はバナナや花の咲いた草を食べる。黒人は反芻する胃を持っていると主張する学者だっているのに……どうやって肉を、ましてや人肉を食べると言うのかね?』『それならどうして彼らを殺すのです?』と私は、善良で慈愛に満ちた人間になったような気になって訴えた。『先ほども言いましたが……彼らを文明化させるためですよ』」

こうした極めて旧弊な考えが定着するのに、当時の数多くの知識人が一役買ったことは確かである。とくに、食人は制御できない攻撃性という、猿に近い人間の特徴に結びついているという考えが植え付けられた。これは科学的な論法によって展開された推論である。種の進化に関する近代的な理論を著書で予示した偉大な博物学者ジョルジュ＝ルイ・ビュフォンは、すでに十八世紀末に、黒人の起源は猿ではないかと自問している。十九世紀初頭には有名なジョルジュ・キュヴィエがこの仮説を再び取り上げた。科学アカデミーの終身書記であり古生物学の創始者、比較解剖学を生物の一般法則に関する学問にしたほどの人物がである。

当時の偉大な人物たちの意見が大衆に与えた衝撃の大きさは、現代人には想像もつかないほどのものであった。今のような大メディアが存在しなかったこの時代には、調査結果を最初に伝えるジャーナリストは「未開人」を見た探検家たちであり、彼らが挿絵入りの「教育的な」雑誌に「価値ある発言」をした。唯一の情報源であるこうした雑誌は数百万部も発行されていた。

当時もっとも有名で影響力もあったイギリスの探検家リヴィングストンは、アフリカの黒人のことを「人類のもっとも古い姿を体現する存在であり、地上でもっとも醜悪でもっともおぞましく、もっとも猿に近い者の典型」であるとした。スタンリをはじめとする彼の後継者たちも、この言葉を支持した。メデューズ号の筏からの生還者で、これによって世界的に称えられた外科医のサヴィニーは、一八二一年にこう書いている。「アフリカ人は自分のまわりに起こることを何一つ理解しない。彼らは生気がない。その無表情な顔は彼らの魂の状態をはっきりと表している」

辞書や百科辞典も、黒人は未開状態にあるもので、したがって食人をすると決めつけようとした。一八五〇年頃にもっとも有名な辞書の一つであった『デサンブル・エ・アロニエ』は、「当代随一の学者や大学教授、文学者の協力を得て実現した」と見返しに書かれているにもかかわらず、断定的である。「食人は人間の尊厳の最低レベルにあるものだ。この極端な行為に行きついた民族にはいかなる知性もありえない。彼らは猛獣に匹敵する。

動物と同じように食べ物に対する関心しかないためであり、また生理学的にみると思考にかかわる神経系の発達が遅れているためである。この人々は筋肉しか持たない。（…）黒色人種は明かにこの劣性状態にある」。これに続いてほのかな希望の光がみられる。「人々が思っているほどおぞましく愚かで、教育という恩恵を受けてもまったく生まれ変わることのできない人種は決して存在しない」。とはいえ当然ながらこの再生には時間がかかる。「何世代も経たあとでなければいかなる変化も達成されない。堕落がはなはだしいだけに、いっそう進歩は緩慢なものになろう」

アフリカの食人が、十九世紀のヨーロッパ大衆の想像力をかき立てたことが分かるだろう。人々は食人について事実とは異なるイメージを抱くとともに、嫌悪と魅惑の色合いをつけてこれを払いのけた。

地理的にも社会学的にも離れているという二重の要因に目をつけた見世物興行師は、人食い人種による奇想天外な見世物は大もうけの種になるかもしれないと感づいた。事実これは当たった。この目的だけのために遠征隊が派遣され、あっという間にアメリカにまで成功をもたらした。第一次世界大戦が勃発する頃には、人口一万人以上の都市には必ず見世物小屋があって、あらゆる種類の奇形者を見せていたが、ほとんどの場合そこには「人食い人種の一家」も含まれていた。

ヨーロッパのあらゆる大都市の見世物小屋で、あるいは大劇場の舞台で、人食い人種が見世物になった。大都市が終わると次は国中の中小都市だ。異国情緒と戦慄に飢えていたあらゆる人々が知識を得る権利を有していたのである。

こうした状況にあった一八五三年十二月、フロベールはルーアンのグランド・リュー一一番地で見世物になっていた南アフリカの人食い人種、カフラーリア人を訪問し、「たったの十五スーでこの見世物を見ることができる」と書いている。当時のあらゆる文学がとくに野蛮で残虐なものとして描いていたこうした未開人は、この『サランボー』の作者にとっては平凡な娯楽でしかなかった。この娯楽を彼は「数人の労働者と共有」したと言う。彼はこの訪問について、誠実な友人であるルイ・ブーイエへの手紙の中で、「言葉にならない叫び声を上げ、おき火のまわりで猿のようにうずくまる、けむくじゃらの動物だった」と書いている。この魂の偉大なる探求者は、猿のような黒人に言及したあと、彼らを両生類と同一視した。「未開人の群れは地上の最初の存在のように思える。彼らは誕生したばかりで、まだヒキガエルや蛇と一緒に這っていた」。最後には思いもよらない言葉が飛び出す。「彼らの中にいた一人の老女がみだらに私にいいよってきた。彼女が私にキスをしようとするので、人々は呆気にとられた。(…)」。この未開人たちが完全に自らの感覚にしたがっていたことは確かである。

他の町では、カフラーリア人ではなくコンゴや中央アフリカ、ザンジバルなどの未開人が見世物にされていた。最後の最後には「雄、雌、子」が紹介される。「子供《アンファン》」という語はためらいがちに使われた。一八七〇年には、パリ、ブローニュの森の動物園で、「人食い人種の黒人家族」が見世物の目玉にされ、土を盛り柵で囲った中に、

(上) フィジー人の人食い人種。1878年。
(資料 M. M.)
(下) 人食いのニャム・ニャム族。1877年。
(資料 M. M.)

真冬でも半裸姿で入れられていた。これならば観客は無残に食いつかれる心配はない。一八七六年には人食い人種の一団がフォリー・ベルジェール劇場の舞台で成功を収めた。

偉大な科学者たちはこの種の見世物を幾度となく推奨した。例えばイジドール・ジョフロア・サン＝ティレールは、さまざまな奇形者を初めて分類し、現在でも用いられている分類法を確立した奇形学の祖であるが、一八九〇年に植物園で「コマリ族の見世物」を開き、自筆でこんな紹介文を書いた。「ほとんど文明化されていない風習について大衆に理解させるには、二十六人のコマリ族を見せることが、どんな民族学的説明にも勝る」。この種の「ショー」は一九三〇年代まで続く。

オセアニアの人食い人種

フランスの植民地がもっとも拡大していた一九三一年、ニュー・カレドニアのカナク族一一一人が「正真正銘の人食い人種」として、パリ植民地博覧会で紹介された。ディディエ・ダエニンクスの『人食い人種』によれば、これは彼らにとって屈辱の旅であったという。「ある者たちはフランクフルト動物園のワニと交換され、ある者はブローニュの森の動物園に入れられた。自らの役割を果たすよう強いられ、生肉を食べ、いわゆる『野蛮人』らしい叫びを上げながら踊った」。フランスのサッカー選手クリスチャン・カランブーの曽祖父も、こうした「部族の代表」に選ばれたと言う。

植民地化がなされたのはアフリカやアメリカだけではない。十六世紀から十八世紀の大航海者たちはオセアニアにも数多くの新たな土地を発見し、その岸に辿りついていた。とはいえアフリカでしてきたように「土地の内部に入り込み、探検、開拓」するのは、十八世紀末から十九世紀の男たちである。

植民地は世界中にどんどん広がっていった。イギリスは、自国が獲得し支配している植民地は世界中に広がっており、太陽が決して沈まないと自慢した。メラネシア、ポリネシア、オーストラシアの三地域に分かれるオセアニアは、十八世紀以後、フランスとイギリスをはじめとする大国が奪い合う地になった。しかし彼らは人食い人種のカナク族にてこずることになる。カナク族とは「人間」を意味する呼び名で、十九世紀にはこの名がニュー・カレドニアやニュー・ヘブリデス諸島、フィジー島、ニュー・ジーランド、タヒチ、マリアナ諸島を含むオセアニアの多くの地の原住民すべてを指していた。

フランス人が犠牲になった食人事件はたびたびパリに報告された。数ある例の中から、一八五〇年十二月に起こった事件を挙げよう。ニュー・カレドニアのボリュドに近い海岸に上陸した十数人の水夫が、メネム族とボレップ族にさらわれて食べられたのである。事件はすぐに忘れ去られることもあるが、強い反応を引き起こすこともある……。例えば一八四七年に三人の宣教師が原住民に殺されて食べられた時がそうである。フランス政府は復讐するために、軍艦を送った。海岸を爆撃し、陸上部隊を編成して、農作地を破壊し、村を焼いたが、原住民

（上）ニュー・カレドニアの食人者。1905年。（資料 M. M）
（下）パプア人の人食い人種。1875年。（資料 M. M.）

「食べられた」有名人

◆ジョン・ウィリアムズ　イギリス一有名な宣教師

クック諸島の中でもっとも美しく、もっとも人口の多いラロトンガ島を一八二三年に発見したのは、イギリス一有名な宣教師ジョン・ウィリアムズである。彼はオセアニアで十一年間にわたり布教活動を行ったが、原住民たちはあまりに説教臭いこの白人を食べることにした。その役目を負ったのは、ニュー・ヘブリディズ諸島に近いエロマンガ島の人食い人種たちだった。このニュースが伝わると、イギリス政府はシドニーからエロマンガ島に軍艦を送った。食事はずっと前に終わっていたが、人食い人種たちはあまりの兵力に驚き、骨と頭蓋骨を返して死体を食べたことを謝った。

◆ウィンストン・チャーチルの親戚

ウィンストン・チャーチルの親戚で哲学博士であったヴェラ・ヒューエット夫人は、五十八歳だった一九五一年にスワジランドの自宅で、儀式的食人のために殺された。死体は腹が開かれ、肝臓や脾臓、胆汁、心臓などが取り出された。次に舌と左乳房が祭式執行者によって切り取られて、食べられた。残りは贖罪のための火葬台で焼かれた。

この時代、アフリカでは儀式的な殺人がまだ頻繁に行われていたが、この事件には前例がないとまでは言えないものの、特殊な点があった。奥地で呪術師がするのと同じことをしたのは、白人の商人たちだったのである。出廷したドイツ出身の六人の人食い、ヘルムート・シュテファン夫妻と四人の子供は、ムババネ裁判所で、この血なまぐさい風習を実行したのは、自分達が本当のアフリカ人になったからだと主張した。

◆ロックフェラーの息子

ニューヨーク州知事でのちに合衆国副大統領になるロックフェラーの息子マイケル・ロックフェラーは、一九六一年、人類学者として学術調査隊に参加していた二十三歳の時に、ニュー・ギニアの部族に食べられたのだろうか？　数年の間、さまざまな仮説が世界中をめぐった。彼は双胴船の転覆後に溺れ死んだのか？　ワニに食べられたのか？　それともサメに？　自ら文明を捨てたのか、あるいは奴隷にされたのか？　いや、違う。彼は人食い人種に食べられたのである。第一の証拠はドイツ人ジャーナリスト、ペーター・クリプスが一九七三年にもたらした。クリプスはアマ部族で祭式を司っていたアジャムなる人物が持っていた、青年の眼鏡を見つけたのである。アジャムが打明けたところによると、「我々がオランダ警察に殺された戦士の死を追悼するために部族の儀式をしていると、一人の外国人が来ました。この人は七本の矢で打ちぬかれて、神が遣わした復讐の的として食べられました」

一九八六年、今度はイタリアの二人の探検家モスカオ・レイグブとアドリアノ・ゼッカが、宴に参加していたクコイとアリという人物に出会った。祭式長になっていたアリはこう語った。「外国の飛行機（水上機）やボート、たくさんの兵士が、海岸から我々の地域まで探していました。彼らが探していたのは行方不明になった白人でしたが、その人が海岸で疲れ果てていたのをアジャムと村人たちが発見していました。アジャムはこの人を生け贄に捧げるべきだと言いました。全員が賛成したわけではありませんでしたが、アジャムは祭式長でしたから、争いになりました。結局白人を斧で切り刻みました」

◆レーガン大統領の叔父

一九八〇年十一月、名高い科学者でカリフォルニア大学の系譜学教授ポール・リグスはアメリカ人たちを沸かせた。当時大統領候補であったロナルド・レーガンの大叔父たちが食い合いをしたと、証拠を挙げて主張したからである。レーガンは民主主義者ではなく共和主義者である、それが彼の公平さの証拠だと確認したあと、リグスは恐ろしき大罪の証拠を発表した。母方の二人の大叔父、ダニエルとチャーリーはアレクサンダーを「貪り食った」。「ブルー三兄弟は果てしない吹雪の中、コロラド州の岩山の洞窟に避難した。二週間後、空腹に耐えきれなくなった二人の兄弟は、傷を受けて死んだアレクサンダーを食べることにした」。「小さく切って」とリグスが発見したデンバー裁判所の判決文には明記されている。「裁判所は二人の兄弟が飢えによる錯乱状態にあったとみなして、無罪を言い渡した」。この資料が暴露されたあと、レーガンはテレビでこう宣言してアメリカ人を安心させた。「慌てないで下さい。食人は遺伝しませんから」

は一人も捕えられなかった。その二年後にまた別の宣教師が食べられた時、旅行誌はこうコメントした。「一八四七年に砲撃を免れた人々がいまだ未開状態のまま生きている」

しかも、宣教師が伝える「福音」は必ずしも正しく理解されなかった。信徒に自らの肉体と血を与える神は、新たに改宗したアフリカやオセアニアの未開人が、自己流とはいえ筋の通った解釈をすることを認めた。例えば一九七六年にバートンとブラッドリーが語ったところによると、ニュー・ギニアのあるパプア人は、キリスト教の教えに応え、「白人の道を辿ることによって部族に永遠の天国を教え、救世者たる預言者になる」ことをめざし、アブラハムが犠牲を捧げたことにならって、自らの子供を殺して食べたという。

イギリス人もまた自らが支配する地で問題を抱えていた。前世紀末の一七七九年二月に、最高の海洋探検家である有名なキャプテン・クックがサンドイッチ諸島で殺され、おそらくは食べられたのである。

その前年、クックは以前彼が発見した時にフェルディナンド・デ・キラスがサギッテール島と名づけたタヒチに着いた。彼は引き返す方が慎重だと判断して、航海日誌にこう書いた。「オタヘイテ島の人々は恐るべき食人にふけっていると考えるのが正しい。祭司が犠牲者の左目を王の口に入れるのを、我々の仲間が何人か目撃している」

フィジーの原住民については、イギリスの役人を含むあらゆる航海者がその噂に怯えていた。一八七一年にボラバの谷にある村が敵の部族の夜襲を受けて、全員が食べられた。イギリスのヴィクトリア女王はこの事件で一六一人のオセアニア人臣下を失った。この一〇年後には、同じフィジーで数人の船員が細切れにされて深鍋の中で生涯を終えたことを、メイン・リード大尉が海軍大臣の前で認めた。さらに二年後の一八八三年には、十七人の乗組員全員が人食い人種のキオネ族に食べられた。

ソロモン諸島でイギリス人が何よりも恐れていたのは、諸島東側にある島々の大部分に住んでいた恐ろしきファタレガ族である。しかしこの地域で食人をするのはこの部族だけではなく、彼らと領地を接するバエングウ族、ライ族、バエレレア族、クワラアエ族も、キリスト教宣教師やイギリスの役人の努力を横目に、食人を行っていた。

ファタレガ族は二〇世紀初めまで自らの食人風習を散発的とはいえ続けた。この部族についてとくに研究したレモ・ギディエリによれば、彼らが最後に人肉を食べたのは一九四四年であろうという。「当時日本とアメリカが太平洋のとくにガダルカナル付近で戦っていたため、住民に対する役所の力が弱まった。そのおかげで人々はしばしの間独自の文化を楽しむことができたのである」

十九世紀のイギリス人が人食い人種の問題にもっともてこずったのは、オーストラリアにおいてであった。人食い人種自身を恐れたからではなく、すでに十六世紀にポルトガル人が、十七世紀にオランダ人が指摘していたほど広まっていた風習に、歯止めをかけようとしたからである。

十九世紀の有名な探検家コンスタン・アメロは一八九一年にこう書いている。「植民地化が始まった頃、黒人が人肉を食べる習慣は途切れることなく続いていた。現在でもほとんどの場合入植者は人食いの光景に無力なまま立ち会っている」。オーストラリアの原住民は「よそ者」しか食べない。一六六二年にマック・ダニエル・ステュアートが探検した時、一人のイギリス人が近くに水を汲みに行ったところ、運悪く人食い人種に出くわした。一八八九年にカルル・リュムホルツは踏査のためこの国の北東部に入り込んだ。「男たちはアフリカの黒人よりもひょろ長く、筋肉質でもない。口は桁外れに大きく、歯は多少出っ歯である。鼻はぺちゃんこで鼻孔はほとんど水平、目は眉弓に深く落ち窪み、まぶたはたるんで垂れ下がっている。その顔は他のどこでも見られないような、ぞっとした形相である」

この探検家によれば、部族同士が憎み合うのは、黒人は呪いによって別の部族の中に死を撒き散らすことができると信じているからである。したがってできる限り敵を殺そうとする。彼はこう書く。「彼らは禁じられた地域での追撃に対する復讐をするために行動するが、もっとも強力な行動原理は彼らが人肉を好むことにある。彼らは『トルゴロ』と呼ぶ人肉を得るためだけに、わざわざ遠征隊を組織する」。カルル・リュムホルツはこの原住民の人間狩りの方法について長々と説明している。要約するとこうだ。「彼らは三人か四人のグループで夜に攻撃する。子供を含めて一般に五、六人の小さな家族集団を襲おうとする。捕まえて食べるのはほとんどの場合老人である。もちろん女も獲物だが、若くなければ食べはしない」

他の地域については他の探検家たちが報告を残している。クイーンズランド北部の人食い人種は同じ部族のメンバーは食べないと言われるが、そうではないケースが多いと証言する者も多い。母親が子供を食べる光景が目撃されているからである。カーペンタリア湾では食べるために殺すことはしないが、自然死した人の肉を味わう。一つ言っておくと、白人の肉は、オーストラリアの人食い人種が嫌う塩の味がきついため、あまり評価されない。それに対して、鉱山を開発するために船で連れてこられた中国人は、しばしば「ボルボディ」の犠牲になった。

スパイスは欠かせない

◆スパイスをきかせた人間の脳みそ

一九九四年一月、ある男が、八人を殺して脳みそをとった罪で処刑されたと、中国北東部、黒竜江省の法律関係誌が伝えた。仮釈放されて羊の串焼きを売っていたこの男は、頭蓋骨の上部をはずす「独得の技術」を開発していた。裁判での供述によると、最初の人間の脳は味がなさすぎたので食べなかったが、次からはスパイスをきかせてフライにしたことで、問題は解決したという。

◆唐辛子をきかせた肝臓の串焼き

三〇歳のギニア人デンバ・アブーは、一九九五年九月、若い女性を串焼きにしたことで逮捕された。コナクリの北東一五〇キロメートルに位置するキンディア出身のこの人食い男は、ギニアの通信社によれば、隣村の市場に来ていた女性を捕まえたという。強姦後、食べたいという欲求がつのり、大鉈で首を斬ったあとで頰を生のまま食べた。腹を裂き、肝臓を取り出すと、小さく切って串焼きにする。調味料がないとおいしく食べられないと実感すると、隣の家に入り込んで鉈で脅し、塩とこしょう、唐がらしを要求した。そして最後の一口まで食べ終わった時、デンバ・アブーは村人たちに捕えられ、警察に引き渡された。

◆ホテル業教育

ブルンディ生まれの二十六歳のベルギー青年ギヨーム・ポチエは、一九九四年十二月、三十八歳の友人フィリップ・ファン・デル・ストラテンを殺し、遺体から肉を数切れ取って生のまま食べた。警察に通報したのは死体を切る音をうるさく思った隣人だった。ポチエは動機が説明できず、移送された病院の医師に「ぼくはちょっと前にホテル業の職業教育を終えたところです」と繰り返すばかりだった。

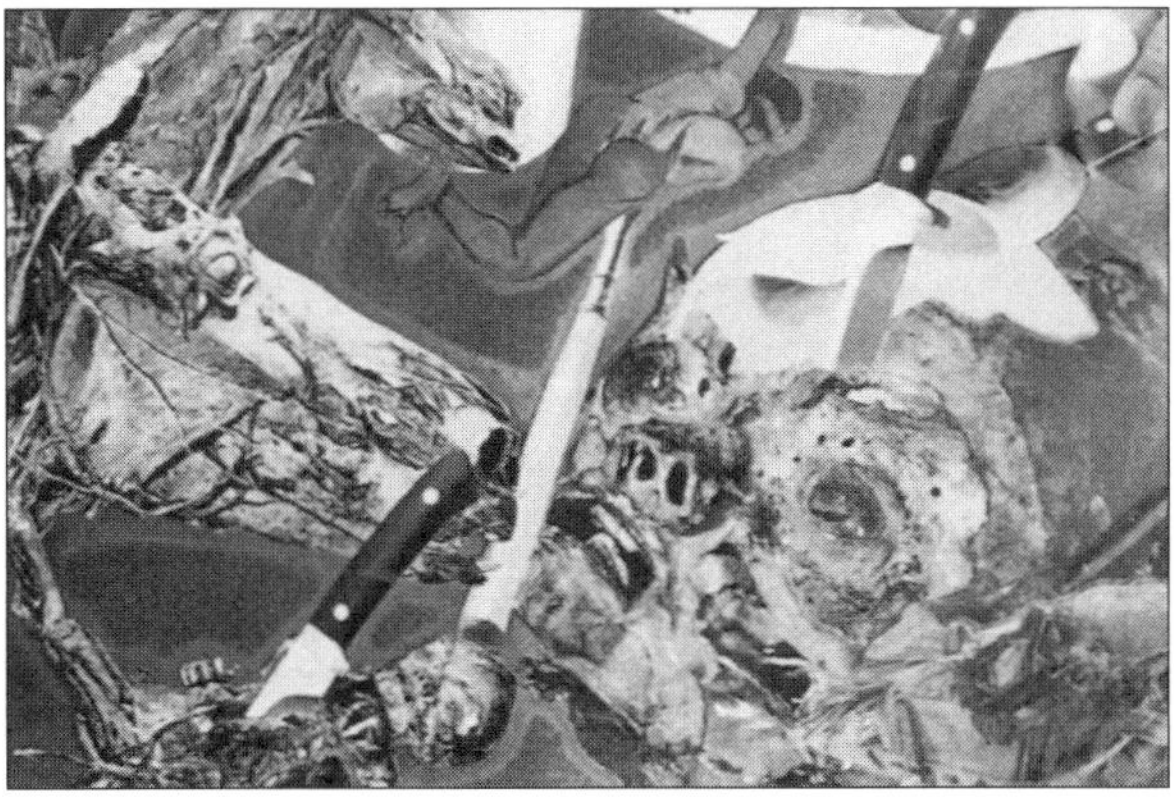

（上）おいしい腕
（下）人間の獲物を持ちかえる食人部族。1904年。（資料 M. M.）

これは人肉を食べるために集まる未開人に付けられた呼び名である。

ヨーロッパ人が植民地の奥地の人々をどれほど軽蔑していたかを示す例がある。「白人の大狩猟者」が獲物のリストに人食い人種を加えたのである。一八八一年にスパルトマンなる人間サファリの主催者が南アフリカの人食い人種狩りの方法についてイギリスの雑誌に詳しく語ったものが、フランスの週刊誌にも再録された。「確実に母親を捕まえるには、子供をさらって餌にする。男か女が見えたらすぐに、彼らの方に向かって犬を放し、猛獣に対するよりももっと勢いよく馬を走らせる」。この新しい娯楽の専門家は残念がる。「これらの人種はすぐにいなくなってしまうかもしれない」

私は一九八〇年にブラジルで、アマゾン川流域のインディアン狩りを主催する人たちに出会ったが、彼らはこう言って申し込み金の値段を正当化していた。「このインディアンたちはチベットの山羊よりも遙かに頭がよくて、殺すのも難しい」

二〇世紀の食人風習

アフリカでは、二〇世紀初頭になるとそれまでのような慣例的な食人は各地で衰退するが、呪術が正当化する儀式的な殺人という形で、もう一つの人食いが存続する。食人を行うのは、一人あるいは数人の呪術師の下に集まった秘密組織である。

動物人間

こうした秘密組織はケニアやタンガニーカではライオン人間の名で知られている。コンゴではワニ人間、ギニアではヘビ人間、そしてギニア湾、森林地帯、シエラ・レオネ、リベリア、カメルーンを含むアフリカ大陸中央

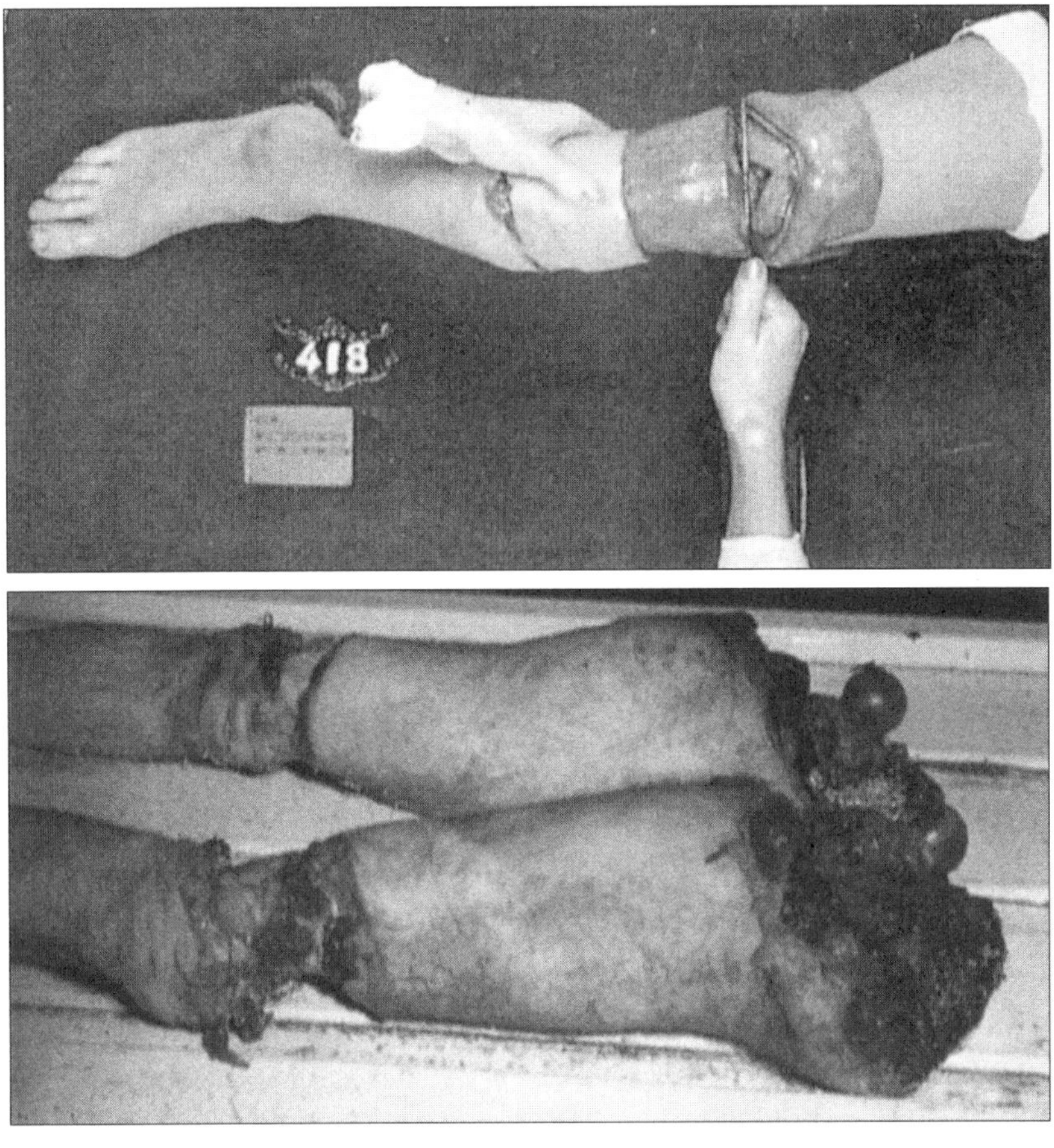

切断技術。（資料 M. M.）

敵の煮炊きを準備するフィジー島の食人者。1880年頃。(Photh Roger-Viollet)

部、さらに南のアンゴラまでを含む地域では、ヒョウ人間である。

秘密組織を取り巻く民間信仰は、どこの地でも同じである。動物人間が自らの肉体としての形を小屋に捨てて眠らせておく一方、彼らの分身は野獣の姿を借りるというのである。どうして呪術師はこうした力を他の人々と共有する必要があるのかという疑問が生じるが、これについては呪術師自身が答えている。「呪術師は皆ヒョウに変身する力を持っている。しかし一度この変身を行うと、その力は失われる。そのためヒョウの本当の力を獲得するためには、他の者と協力する必要がある」。一般に仲間の数は、動物の頭と四肢を表す五人か、それに胴体と尻尾を加えた七人である。

新たな立場になりきるために、また場合によっては存在する証人に変身を納得させるために、組織のメンバーは長衣をまとい、生まれ変わる動物の毛皮で作ったかぶり物をつける。意図的に死体あるいは死体の一部を人目につくところに打ち捨てる時には、その死体にヒョウの爪あとを真似た深い傷あとを、鋼鉄製のナイフか道具でつけておく。人々が信じ込むよう、死体の周りや村の周囲に獣の足跡を完璧に付けることさえする。

村の人々は当然ながら恐怖にかられる。考えた末、あるいは偶然にインチキを発見しても、暴くことはしない。この沈黙によって、集団の神秘的で不思議な側面が維持されるとともに、処罰が避けられ、集団の力が強まる。結局のところ、動物人間は人々を次の狩りで確実に殺される小さな獲物に変身させる力を持っているのだと、多くの人々が信じているのである。いずれにせよ、村人たちは生者であれ死者であれ、痕跡を少しも残さずに姿を消しつづけている。

アフリカの動物人間については、信頼できる民族学的資料がわずかながら存在する。例えば一九二九年にバマコの教師マンビー・シデレが発表した『人間を食べる呪術師』、一九一七年のダンポー著『ヒョウ人間の集団』、もっと最近では一九四八年のR・G・ブラン著『人間を食べる人間たち』がそうである。幸いにも、ヒョウ人間の集団内部にまで入り込んだ異例の資料も二つある。一つは四〇年代にコナクリ・アフリカ・フランス研究所が作成した資料、もう一つは一九一六年にアンリ・シャルボニエが書いた資料で、こちらの方がはるかに内容が濃い。行政官エリック・ラウはこの二つの資料を使って、一九七四年にフランスで『判事と呪術師』を刊行した。

アンリ・シャルボニエの調査は、トラ人間によるといわれる一連の犯罪から始まった。トラがとくにアジアの動物であることを思えば、トラ人間というのはおかしな表現であるが、アフリカではしばしばこの言葉が使われる。フランスの役所は民間の迷信だろうと思って、事件に関心を寄せなかった。旧フランス領赤道アフリカの領土部長だったアンリ・シャルボニエは、重大事と見て個人的に調査し、最終的に一〇人が殺人罪で逮捕、処刑されるという結果まで導いた。こうしたことから彼はヒョウ人間の風習に関して膨大な知識を得るにいたったのである。あまりに驚くべきその事実を知ったジャン・ジロドゥーは、『トラ人間』のタイトルで一九二六年にその要点をまとめている。

ヒョウ人間やトラ人間、その他のメンバーを集める方法は、地理的に離れていてもどこでも同じである。呪術師が勧誘して、力のある人間と近づきになれることを喜ばせ、自分も魔法の力を受け継ぐことができると期待させるか、あるいはもてなしの食事をともにしようと誘うなどの策略を使うかである。最後の一口を食べ終わるやいなや、食べたのは人間だと呪術師が招待客に告げる。この時からその人は秘密組織に加入したことになり、秘密を守らなければ死刑になる。多くの場合、貪り食った肉は生殖器官の一部であり、麻薬も飲まされている。

次に他のメンバーの前で加入儀式が行われる。これは勧誘員の意のままに行われるが、一般には踊りやまじない、極めて残酷な肉体的な試練等を含んでいる。人食いの宴が終われば、徴集された者は当然ながら完全なヒョウ人間になる。

アンリ・シャルボニエはこの宴についてこう書いている。「全裸の五人の男に殺された犠牲者は、細かく砕いた葉を一杯に入れた深鍋の上で血を抜き取られる。呪術師は湯気の出ている血を飲むと、鍋を参加者に回す。次に犠牲者は仰向けにされて、細かく切り刻まれる」。頭を胴体から切り離し、頬を裂き、舌を引き抜いて洗い、軽く蒸して会食者に分け、レアにして食べる。その後大鉈で胸を開き、心臓、肝臓、肺、脾臓を取り出す。右手は手首と肘で切り、前腕の皮をはぎ、肉を取って残りは捨てる。呪術師はすべてのものを会席者の人数分に分け、自分用には心臓をやや大きめに残しておく。すべてを鍋に入れ、火にかける。鍋の中身に半分火が通った頃に、一人ずつに分ける。全員が食べ終われば、生け贄の儀式も終わりである」

　儀式の終わりの歌を歌ったら解散となり、深鍋が呪物となり、呪術師は鍋を持ち帰る。アンリ・シャルボニエは、他の動物人間と同様ヒョウ人間にとっても、深鍋が呪物としての役割を果たしていることをとくに強調している。呪術師はこの鍋に細心の注意を払う。まず最初に、殺された犠牲者から流れる血でこの鍋を満たす。こうすることによって鍋は命を与えられ、聖なるものとなる。生きつづけて絶えず栄養を求めるこの専制的な崇拝物には、定期的に食べ物を与える必要がある。宴のあとで呪術師が鍋を運ぶ時には、四角く切った犠牲者の皮膚で覆うよう気を配る。これは胸の皮をはいだもので、このためにあらかじめ取っておく。鍋にはまだ血や肉、骨の残り、手足の指の骨、軟骨、爪が入っている。これらによって呪術師は多くの媚薬や呪物を作ることができる。この鍋にヒョウなど獣の名前が付けられている地域もある。

　人食いの宴に参加した者は誰でも、「信用契約」という恐ろしき義務を追う。それぞれ順番に生け贄に捧げる犠牲者を指名、提供しなければいけないのである。犠牲者が指名されるとセクトのメンバーがさらう。ひじょうに複雑で神秘的な理由によって、呪物と聖なる深鍋は、犠牲を捧げる祭司の血に似た血を求める。そのため祭司のごく身近な存在である子供や配偶者、叔父叔母などが選ばれる例が何度も目撃されている。メンバー数人が夜陰に乗じて犠牲者を殴り倒し、来た時と同じようにできる限り静かに、他のメンバーが待っている場所へと運ぶ。呪術師は爪をとがらせた指を二本、犠牲者の喉の中に入れ、頸動脈の両側に当てて手前に引っ張る。頸動脈が切れ、聖なる鍋が血で満たされる。これでおぞましい儀式を始めることができるわけだ。

　アフリカではこうした動物人間の結社によって数多くの犠牲者が出ている。植民地化によって大虐殺は終わったものの、この種の集まりは根絶してはいない。一九五四年にはヒョウ人間がブラザビル郊外で一人の犠牲者を出した。イボニという名の青年が殺されて食べられたのである。「すでにヒョウに変身していた年老いた呪術師ムインガと、その手下であるディジョウマとムエニが、若きイボニの首を摑んでいた」と証言する証人が二人いる。老いた呪術師ムインガの方は、自分はイボニに飛びかかった時に、「ヒョウに変身した。彼を食べたのはヒョウの歯と爪によってである」と予審判事に主張した。五〇歳のこの男は検察局の調べを受けたが、精神異常は一切ないとみなされた。しかし、おそらく体面を保つためであろう、彼は重罪院に出廷する前に死んだ。

それから二年後の一九五六年、一連の不審な死の犯人として、デュブレカ地方のヘビ男が浮かんだ。カッシクレの小集落で、タンバルンベすなわちツノクサリヘビに嚙まれて、七人が相次いで死んだことからコナクリの検察官が調べた結果、ヘビに変身した七人の呪術師に容疑がかかったのである。一九五六年七月二十三日に行われた公判では、信仰が確信として再び主張された。ことの起こりはオレンジの所有権に関するいさかいだった。クトゥヌの小郡長の前に引き出された被告たちは最終的に釈放され、そそくさと姿を消した。

一九五九年には旧ベルギー領コンゴのポンティエビル地方で、今度はワニ男がスタンリービル検事局に起訴された。この五人の男は川辺の葦の中に隠れて犠牲者を待ち伏せした。彼らはトカゲの皮で作ったワニの変装服を着て、ナイフを持って夜か明け方に攻撃した。調査のために死体を掘り出したところ、犠牲者は解体され、一部食べられていたことが明らかになった。儀式のためであったが、おいしい物を食べたいという気持ちもあった。裁判所はこの男たちに禁固二〇年から四十四年の宣告を下し、「この一味は犠牲者の肉にワニの歯の跡をそれらしくつけるのがうまかった」と強調した。

よみがえる呪術師

二〇世紀後半になっても、アフリカでは伝統的な呪術が相変わらず活発に行われている。男や女が、前世代の人々と同じように、時には野蛮で神秘的な儀式に没頭していることもまれではない。この奇妙な儀式によって、金や権力、名声を得たり、愛する人を戻らせたり、寿命を延ばしたり、病気を治したり、敵を全滅させたり征服したりする事ができると信じているのである。

一九六〇年にはローデシアで二人の女呪術師が勢力争いをし、互いに相手の赤ん坊をさらって食べた。「私は呪術師であり、それを誇りにしています。私が殺して食べた子供は、私に敵対する者の子供です。向こうが先に私の子供に同じことをしたのですから、私は彼女の力から身を守らなければならなかったのです」と一方は語った。

一九八八年三月にはモンロビアで、一人の女を含む四人の人間が、一歳半の子供を焼いて食べたと訴えられた。四人の容疑者は、礼拝と称して息子と母、娘と父の近親相姦を行うような「神々」のカルト集団に属していた。ガボンとカメルーンに挟まれた旧スペイン植民地、赤道ギニアでは、一九九八年に、人間の生殖器の密売網を壊滅させようと警察が一年がかりで働いたものの、失敗に終わった。七歳から一〇歳の二人の少女と一人の少年を不法監禁した男が捕まったが、この男の目的は、三人を解体して生殖器官を採り、近隣諸国に売ることだった。カメルーンとガボンとの国境に位置するバタとエベイエダンでも、行方不明の子供たちがいると指摘されている。こうした犯罪の容疑者たちは一時的な契約によって動いているようだ。犠牲者の一人である修道女は乳房を切り取られて食べられた。こうした「野蛮な風習」についてはアフリカの新聞もたびたび告発している。この種の犯罪は数多く、一〇〇件以上が記録されている。

第二次世界大戦後になっても、ヨーロッパ人はおぞましい性質を保ち続けるアフリカの人食い人種を、人類がその起源へと後退した姿であると考えていた。揺籃期に戻った社会の、一種の小罪というわけだ。これは時代の資料を読めば分かることである。一九六〇年、当時フランスの大統領であったシャルル・ド・ゴールは、植民地解放に際してアラン・ペイルフィット大臣にこう言った。「大部分のアフリカ人はヨーロッパの中世にも程遠い

敵の肝臓を食べようとするカンボジア兵。1888年。(資料 M. M.)

状態だ。彼らは再び部族闘争や妖術、食人に戻ることだろう」

都市の食人と都会人

コート・ディボアールに長く住んでホワイトゴールドを探している或る人物が、一九八九年にジャーナリストのステファン・スミスにこう語っている。「国境付近での儀式的な殺人が終わりを告げたと思いますか？　呪術師が戻って来たことはアフリカ大陸の各地で容易に確認できますが、これには説明が必要です。黒人は、白人のように学校に行きさえすれば、彼らのように話したり、彼らの進んでいるような道に進んだりできる、要するに白人のように生きられると信じていました。ところが現在ではそうしたアフリカ人たちは騙されたと思っています。あらゆることをしたのに、何一つ得ていない。もっとひどいことに、以前持っていたものさえ失っているのです！」

当時アビジャンにいた外交官によれば、食人の慣習はコート・ディボアール西部やギニア湾沿岸部で広く見られるという。「一つ明らかなのは、英語圏諸国だけが呪術による犯罪を公にするということです。フランス語圏の国ではどこでも情報は消されてしまいます」。雑誌「若きアフリカ《ジュンヌ・アフリック》」は、一九八九年にこれに関する調査を行った。ガーナでは墓に対する異常嗜好を持つ人間が夜になると墓地に出没して、まだ新しい死体を切り刻もうとする。一九八八年一〇月には、三件の儀式殺人事件で二人の人間が死刑宣告を受けて、処刑された。ベニンでは、ダントキャの広大な市場で、呪術的な食事や護符を作るために、猫の足やヘビの切れはし、人間の胎児を買うことができる。ナイジェリアでは、西部のオケーネ地方で、多くの犠牲者がベッドの中で頭を割られ、死体を儀式用に利用されている。東部のポート・ハーコート地方では、呪物崇拝者の一団が人間の頭蓋骨と脳みそを密売している。脳みそなしの頭蓋骨は三〇万円、脳みそつきは五〇万円、せむしの死体は途方もない値がつくという。

呪物崇拝や神秘信仰、伝統的呪術は遠い僻地の村だけのものだと思ってはならない。こうした慣習は都市の真

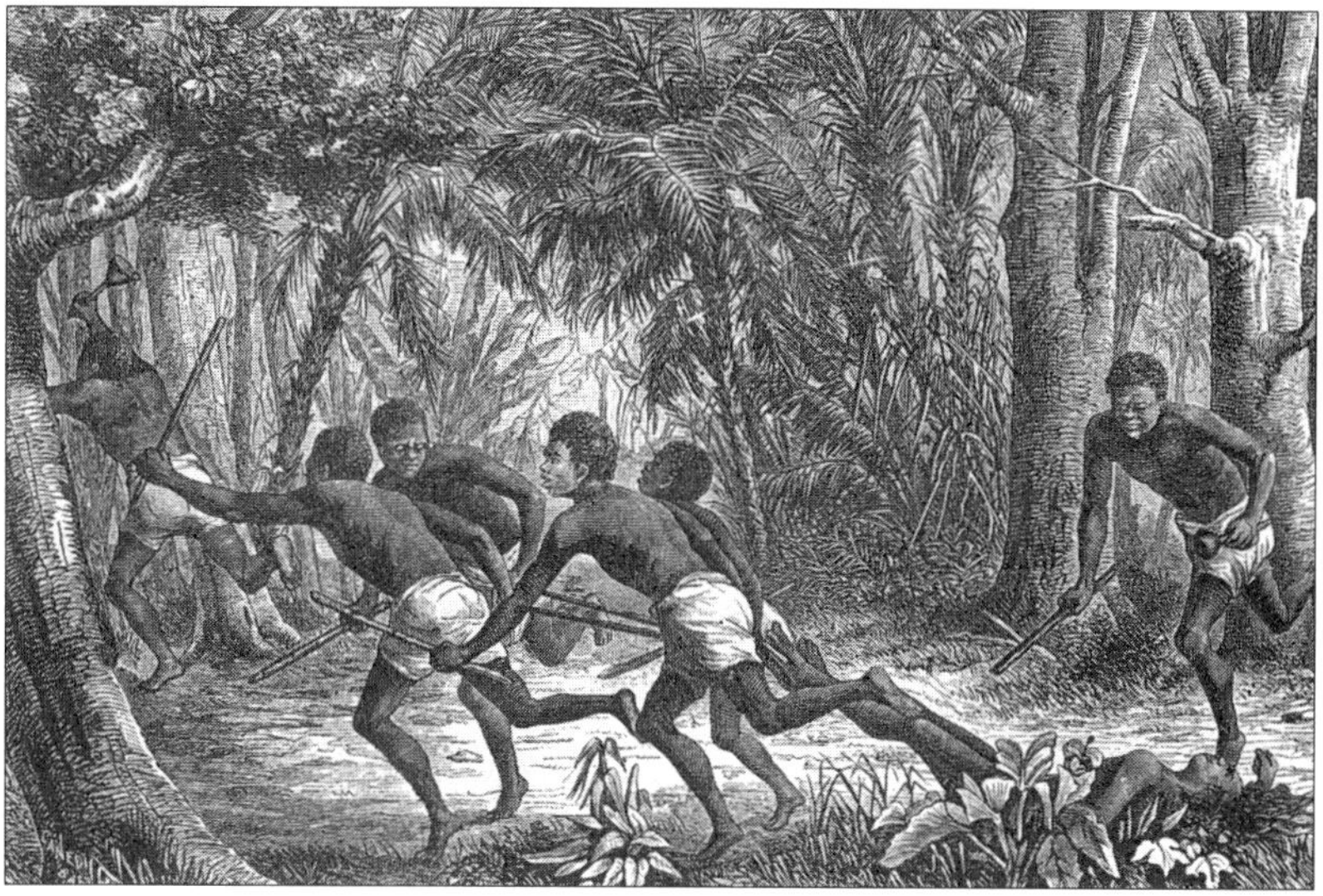

食用にする敵を引きずるソロモン諸島の食人者。1885年。（資料 M. M.）

ん中や都市近郊、そしてとくに、土地は捨てたが伝説や信仰は守り続ける農民が大部分を占めるスラム街で、いまなお保たれている。

今晩は先生だ！

一九九八年にガボンで一風変わった裁判が行われ、英語教師をその同意の下に食べた容疑で六人が訴えられた。三十四歳のテオフィル・ムバ・ヌテムはガボンの鉄道会社の職工長であったが、アニミズムを信奉するカルト集団アラン・ムオエニングも率いていた。彼はガボン北部のオエムで、ガボン人の英語教師アンドレ・オンド・ヌドングを殺して食べたために逮捕された。この被害者は家族問題を抱えており、魂と肉体の病気を治療するというテオフィル・ムバ・ヌテムの評判を聞いて、夫婦の平和を取り戻すためにリーブルビルに行った。「呪術師テオフィル」と呼ばれる男は尋問を受けて、若い教師を拷問にかけたが、それは本人のためだったと主張した。「彼は悪霊に取りつかれていました。殺してくれと私に懇願したのは彼の方です。他の肉体に生まれ変わったり、タイムトリップをしたりすることにうんざりしていたのです。悪霊を祓うために自分を水の中に投げ入れてほしい、転生を妨げるために体の一部を取り除いてほしい、と彼から頼まれました」

調査によると、ガボンの鉄道会社に勤めるこの模範的な従業員は、犠牲者に幻覚剤イボヤを飲ませたあと、呪いの言葉を発しながらナイフで殺した。この儀式には、ゆうに一〇〇人を超すセクトのメンバーのうち、五人が立ち会った。場所はリーブルビルに近いオウェンド。現代人であるテオフィルは儀式の模様を録音していた。おかげで、太鼓のリズムとチターのメロディーの響く中で、若い教師がおそらく麻薬の力を受けてであろう、「私はセクトのために身を捧げます」と宣言するのを警官たちははっきりと聞き取ることができた。呪術師テオフィルは、自分は実の名をルシフェルという悪魔の化身であり、妻や子供たち、家、そして自らも自然の過ちから生まれたものだと彼に教えていた。最初に話した日からこの運命の日までの間に、セクトは犠牲者の銀行口座から不浄な金をすべて引き出していた。

ひとたびアンドレ・オンド・ヌドングを殺すと、テオフィル・ムバ・ヌテムは清めのためにその死体を「聖なる池」に浸したあと、死体から胃と肝臓、心臓、肺を取り出して妻に渡した。妻がすぐに独得の方法で肉と野菜半々のスープを作ると、セクトの信者たちは神の加護や力、義務の免除を得られると思って、それをがつがつと食べる。「呪術師テオフィル」は古いオーデコロンのビンに教師の舌を漬けた。今後やって来る相談者にこれを塗れば、「嘘偽りのない真実」を言うはずだ。頭蓋骨の皮膚と髪の毛も魔よけを作るために別に取り置かれた。生殖器は、かつて師事した大呪術師エッソノ・ムバ・フィロメノに、赤道ギニアの郵便局から送った。その日の会食者たちは十七歳から二十九歳で、全員が殺人、食人儀式、呪術、犯罪非通知の罪で訴えられた。殺された教師は呪術師テオフィルの六人目の犠牲者だった。五人目は六ヶ月の女の赤ちゃんだった。しかも彼の子供だ!

リーブルビルの重罪院は彼に死刑を、料理の支度をした妻に五年間の強制労働の判決を言い渡した。会食者たちは執行猶予つきの軽い刑だ。裁判所は事件について積極的に証言したこの被疑者たちに軽減情状を認め、弁護人たちがしばしば繰り返した理性では解せないものであるという主張を完全に遠ざけることもしなかった。事実、被告たちが説明した「霊」がすべての始まりだったのである。

ガボン当局がこの事件を見せしめにするために広く伝えたことから、ヨーロッパの人々は宣教師を煮る深鍋や痩せこけた未開人という、忘れかけていた恐ろしさを思い出した。これを助長したのはガボンの有力日刊紙「ユニオン」が裁判後に掲載した記事で、それによると国民の約一〇パーセントは治療と保護のための儀式ムビーリとムビーティに参加しているという。呪物師業——「呪術師」という語は使われない——は、無知な人、単純な人しか受け入れない、信頼のあついアニミズムのカルト集団に守られて発展した。

古くからの食人の名残はもちろんアフリカだけでみられるものではない。民間儀式が多少とも遠い昔の食人風習に根ざしている地域では、いたるところで呪術師がこの方法に頼っている。一九五七年、グアテマラの警察は

頭、だいじょうぶ？

◆好奇心による人食い

一九九六年一月十八日、パリのフォーラム・デ・アールの写真現像所に現像のために預けられたフィルムが、尋常ならざる食人事件を明るみにした。「好奇心による食人」である。自動焼きつけ機とネガの質をチェックしていた職員は、自分の目を疑った。衝撃的な恐ろしさに吐き気がした。目の前に現れた写真は、まさに殺人と食人のプロセスを写し出していたのである。最初の写真には、後ろ手に縛られてジャングルにひざまずく、二人のアジア人が写っている。レンズを見据えるその目には、恐怖が見て取れた。

二枚目の写真では彼らは死んでおり、体に数ヶ所穴が空けられている。次の写真では、イノシシを解体したように、死体が喉から恥骨まで大きく裂かれている。その次の写真では、腹部から器官が出されており、肝臓と心臓は他の臓物と分けられている。

このフィルムを預けた青年は、作業服姿で写っていた。おそらく切り裂く間に死体が動かないようにするためだろう、編み上げ靴をはいた片足を犠牲者の喉にのせている。最後の数枚の写真には肝臓を食べるアジア兵たちが写っていた。編み上げ靴の男は、手を血だらけにして、一緒に食事をしている。このカラー写真には、何ともやりきれない思いがする。

現像所が警察に通報し、張り込みが行われた。午後六時頃、二十五歳の青年が写真を取りに来た。尋問され、警察に連行されたが、精神に異常はない。彼は外人傭兵だった。盗みが原因でフランス軍から追い出された彼は、コモロでクーデターが起こった時にはボブ・ドナルドの側につき、その後ボスニアではクロアチア人側についた。写真を撮った時には、雇われてミャンマーに行って指導的立場につき、ミャンマー当局と戦う約三〇人のカレン族の叛徒を教育する任務を負っていた。写真？「私と生徒たちは、ミャンマー正規軍に属するこの二人の男を襲いました。ええ、彼らの肝臓を食べたのは事実ですが、これは地方の慣わしです。こうするともっと強くなれるというので、試してみたかったのです。友達にも見せたいと思いました。写真がなかったら、信じてもらえませんからね！」

この若き傭兵は一九九九年に自殺した。

◆自慢のための食人

六〇年代、五十六フランの賭けに勝つために、解剖死体から取った人間の脳みそを食べたイスラエルの医学生が、エルサレムのヘブライ大学から二年間の停学処分を受けた。

賭けに加わったほかの四人の学生も同様の処分を受けたらしい。大学によれば、学生たちが復学できる可能性は極めて低いため、この処罰は退学に等しいという。

◆抽象的哲学的な食人

トビアス・シュネボムのケースはユニークである。戦前のことだが、自分の生まれた国を嫌悪したこのヨー

（上）デイヴィッド・リヴィングストン。
（M. M. 資料）
（下）ジョン・スタンリ（資料 M. M.）

ロッパの知識人は、ペルーのインディアン社会に永住する決意をして、アマゾンの森の中で研究をつづけた。新たな社会に加わりたい、完全に溶け込みたいという願いから、彼は食人の宴に参加した。戦いで殺した敵の肉を細かく切ったものが用意された。彼は自らこう書いている。「翌朝、私は恐怖で目覚めた。（…）私は人食いだ。この言葉が頭に響き渡る。どんなに心の奥底に葬り去ろうとしても、この言葉はそこを抜け出し、ごく些細な考えの中にも入り込む……」

トビアス・シュネボムは非難していた文明へと引き返した。これについてレヴィ＝ストロースはこう書いている。「彼にとって食人行為は、『他者』に決定的に帰属したしるしし、インディアンに永久に同化したしるしであったにちがいない。しかし彼は、この行為から受けた衝撃によって故郷の社会の力を思い知らされ、結局は社会の外側に放り出されたのである。（…）」

カルト集団に属する二人のインディアンを逮捕した。十三歳の少年の首を斬って、その血液といくつかの器官から寿命を延ばすという水薬を作ったからである。

ニュー・カレドニアでは一九五〇年代初頭に、カナク族の若者たちが古来からの食人風習をほとんど捨てたようにみえた。しかし老人たちは人肉をちょっぴり味わいたいという欲求を抑えきれないことがあった。伝統的な儀式に従って少女が殺されて解体され、食べられるという事件が二件、裁判所に持ち込まれている。ボンベイでも一九五七年に同様の儀式的な料理が食された。十五歳の少女が、呪術に精通した六人の近親者から、父親を殺して調理するよう命じられ、言われたとおりその不吉な食事を分け合ったのである。

カンボジアの食人兵

国連の報告書によれば、一九九四年八月、カンボジア北西部で、民間人数十人がクメール・ルージュに共鳴していると非難され、軍事責任者と兵士によって処刑された。処刑後、兵士たちはいくつかの器官をフライにしたり焼いたりして食べた。報告書にはとくに九人の士官とその部隊、すなわち九一特別部隊と陸軍情報局に属する大隊の名が挙げられている。この二つの部隊は、おもにバッタチャニー、バンティー・ミンシー、シャム・リープの各地方で活動していた。

国連人権委員会は計り知れない残忍さや醜悪な行為、人間の尊厳を傷つける最悪な侵害について述べ、カンボジア当局にこうしたことを止めさせること、とくに罪人を見せしめとして罰することを求めた。しかしこれはカンボジア部族の歴史を完全に無視した命令であった。この行為は西洋人から見れば許し難いものに思えるが、実際は、ひじょうに古くからある儀式を復活させたもの、正確に言うならば「明るみに出した」ものに過ぎない。明らかに十四世紀にまでさかのぼるこの儀式は、途絶えることなく続けられてきた。肝臓、胆汁、心臓は兵士に不思議な力を授けるもので、これによって兵士は敵の力を自らの物にすることができる。一九七五年から七八年までのクメール・ルージュによる民主カンボジア時代には、こうした兵士の儀式的な食人が頻繁に行われていた。一九九四年に国連が抗議し、罪人に対する処罰を要求したにもかかわらず、カンボジア政府は何一つ実行しなかった。これには多くのヨーロッパの監視人や外交官が憤慨した。とはいえ政府内の権力闘争もある以上、しかるべき地位にいる指導者にとって、人々の心に根づいた数百年来の慣習を罰することによって、一部の民衆やとくに軍隊を離反させることなどできない相談である。しかもカンボジアだけでなく、インドシナ半島の非常に多くの地域で続けられてきた慣習だ。パイピングの戦いを思い出せば分かるだろう。その間トンキン地方の「黒旗」たちは、捕虜の肝臓をほとんどつねに食べていたではないか。

リベリアの子供の食人

一九九〇年代、リベリアでは食人がかつてないほどの広がりをみせた。ほとんどのヨーロッパ人は知らないが、一五〇年以上前に建国されたこのアフリカ一古い共和国は、一九八九年十二月以来激しい内戦の舞台となっている。六つの部族と制御できない過激派がおもに国の北東部にあるダイヤモンド鉱山をめぐって争っており、一時代前のような筆舌に尽くし難い悲惨な状況になっている。この全国的な無政府状態と流血をともなう混乱を前にすれば、ほとんどの人道団体も退去せざるをえない。外国の産業投資家も同様である。ヨーロッパは財政援助を打ちきった。世界銀行と国際通貨基金は、援助を中断した。西洋社会から見放されたリベリアは、あらゆる面で古来からの宇宙観に少しずつ浸るようになった。悲劇的なことに、呪術師や儀式的殺人、食人などの力に回帰していったのである。リベリアで一〇年前から見られる食人には三種類ある。飢餓を原因とする生き残るための食人、政治的な食人、そして古来からの信仰に基づく儀式的な食人である。生き残るための食人は、飢えた大衆によって広く行われている。何しろ人々の五人に三人は極貧状態で移住や避難をしながら生きており、一九九六年から九八年の間には二〇万人以上の人々が餓死しているのである。飢餓撲滅運動の代表者ジャック・セルバは一

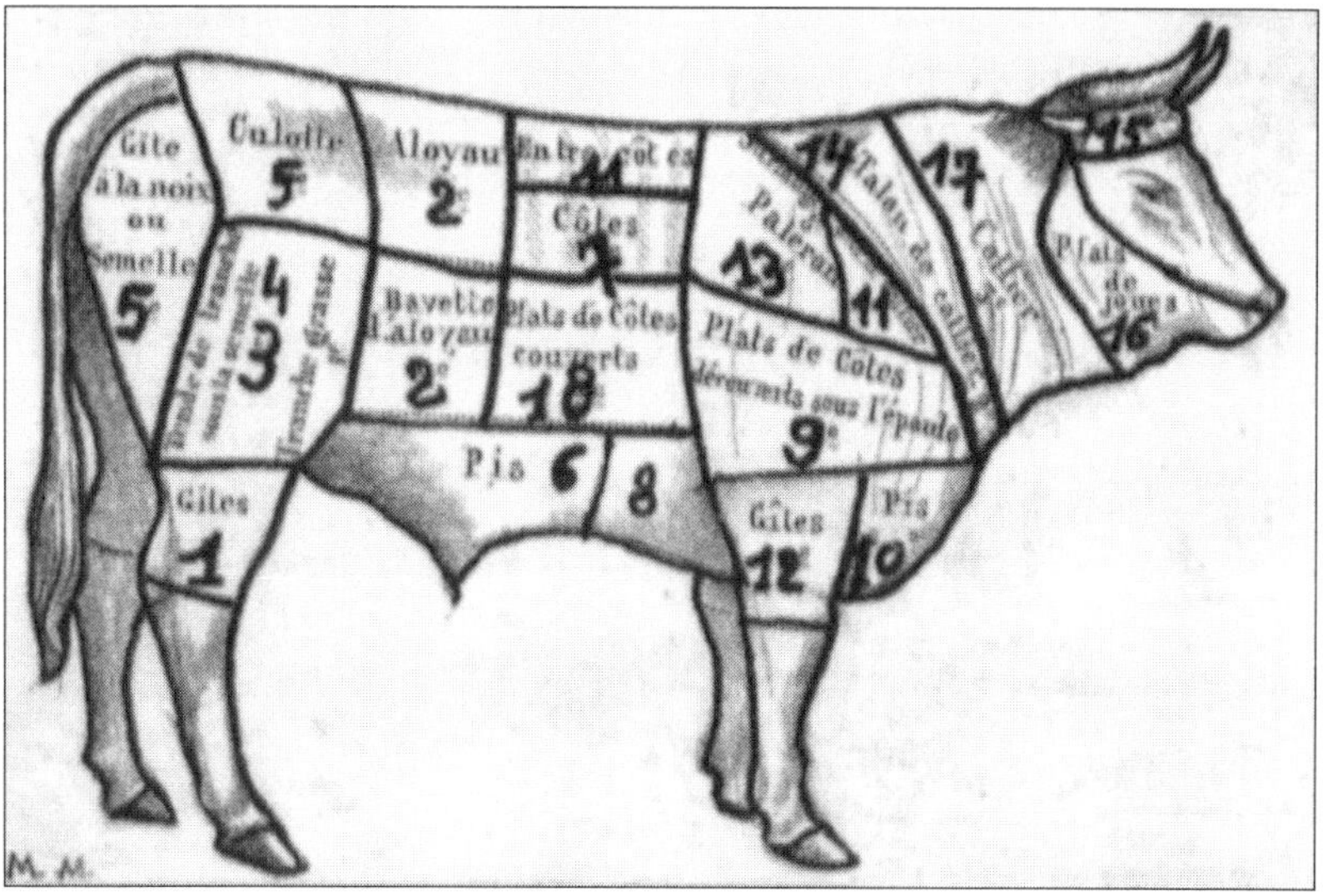

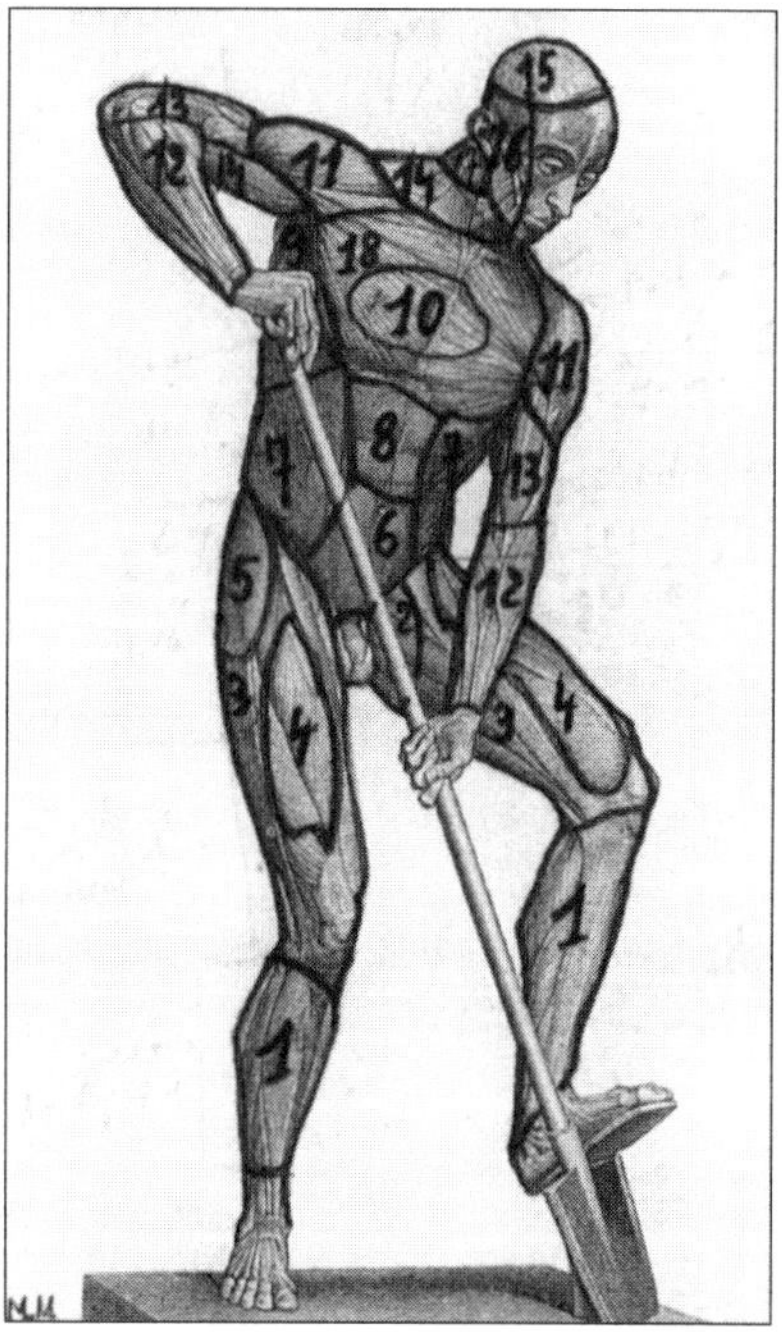

適切な部位を選ぶために

1　後部上すね肉、すね肉、すね肉先端部
2　バヴェット（かいのみ）、アロワイヨー
3　中腿肉、ともさんかく、ランプ、らんじり
4　骨盤周辺肉
5　そともも、尻肉（いちぼ）、外腿肉
6　腹部肉とアンプ
7　ヒレ、サーロイン、ヒレ肉の切り身
8　そとばら、後部の胸肉（ともばら）
9　前部骨付きばら（肩ばら）、肩ロース
10　胸部肉
11　肩肉、ビフテキ用ジュモー（まくら）
12　前部上すね肉
13　肩甲骨付きの肉、マクルーズ、うで
14　下部首肉
15　脳みそ
16　頬肉
17　ネック（首肉）
18　後部肋間肉、ばら肉周辺部

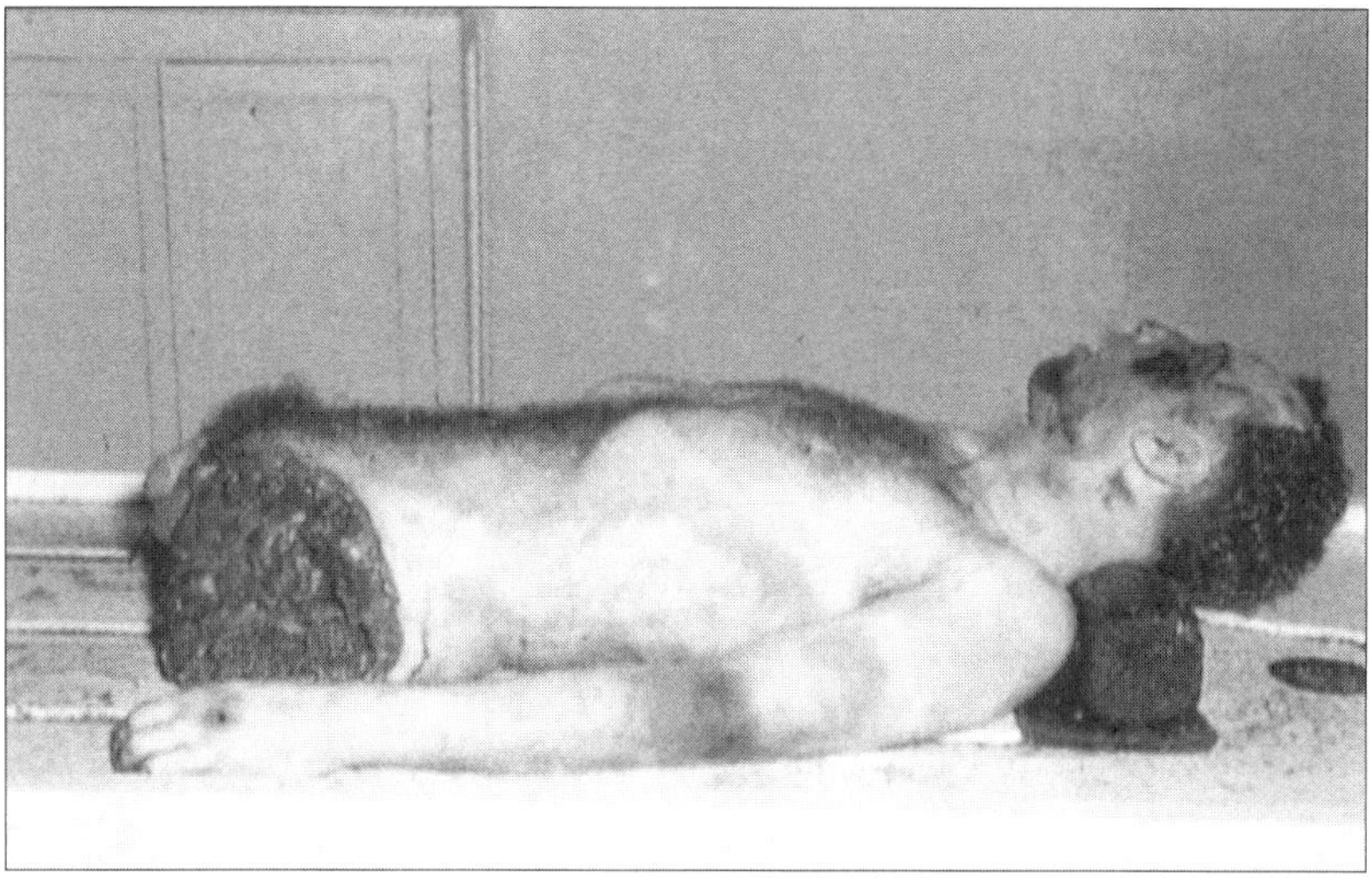

切断技術

九九六年にこう証言した。「軍の上層部は大衆を飢餓状態におき、飲料水も食糧もない難民キャンプに居住させつづけている。国際援助機関に目をむけさせ、横領するためだ。(…)私が目撃した光景は、人間の理解を超えるほど悲惨なものであった。ここでは食人の光景もたびたびみられる。これによってその場の恐ろしさは一段と増すのだ」

政治的な食人、もっと正確に言うならば政治目的で利用される恐怖の食人はどの派でもみられるが、際立っているのは、NPLF(国民愛国戦線)ととくにLPC(リベリア平和会議)である。避難民たちは敵対する党派に協力したと疑われた民間人がどんな罰を科されるかについて、詳しく語っている。ブキャナンの難民キャンプで「ニューヨーク・タイムズ」紙のジェフリー・ゴールドバーグ記者が二日間インタビューしたところ、食人に関する証言が十四件出た。「彼らは私たちを立ち去らせようとしたのです。それで私の目の前で夫と長男を殺し、心臓とペニスを食べたのです」とある女性は語った。バサ族の首長の証言によれば、村の住民を退去させるために、民兵たちは一人の男を捕えて腹を開き、腸を取り出して切ってフライにしたという。

全員が見ている前で民間人に対してなされる食人は、人々に恐怖を与えるためのものであり、事実人々はショックを受けて、逃げ出していくのだった。「言いかえれば、リベリア平和会議やその他のいくつかの党派は、ちょうどボスニアのセルビア人がレイプを使ったように、食人を利用しているのです。要するに、民族を浄化するための手段としてです」とある国連職員は語る。

リベリアで広く見られる第三の食人は儀式的な食人で、人々の生活全般に影響を与えている呪術、「ジュジュ」からきたものである。この国にはまだ「ジュジュ」という便利な呼び名で知られる恐るべき秘密組織が数多く存在し、人々に恐れられている。ジュジュという語はギニア湾全域で、ブードゥー教、呪術、呪物崇拝、黒魔術などを指す言葉である。昔は「ジュジュ」は森の邪悪な力から身を守るためのものであった。内戦によって各地に広まったのは「ジュジュ」の極端な姿である儀式的な殺人で、これはこの国の民間信仰の一部をなしている。とくに東部のハーパーやマリルクランド・トランスポルル地方は神秘的な儀式が盛んな地で、毎年手足を切断された死体が数十体発見される。呪術師はこれを「原材料」として軟膏や護符、お守り、魔法の食べ物を作る。呪術師が行う「ジュジュ」は、ここでもまた人体のある部分には確かな生命力が授けられているという信仰を基にしたものである。

強くて男性的な男の体で貴重なのは、ペニス、心臓、足の裏、そして手のひらである。呪術師が好む子供の犠牲者の場合は、まぶたと耳たぶ、唇、陰囊つきの性器がひじょうに有効な力を与えるものとみなされる。女ならば処女か妊婦の乳房、亀背ならば場所は問わない。

一九九〇年には、小教区の信者に「人を殺す迷信」の非を訴えるために、モンロビア大司教であるティクポル神父の右腕が説教壇の上にのせられた。この風習はそれほど広まっていたということだ。実際はただの殺人にすぎない儀式的殺人に伴って、各家族から順番に一人ずつ提供して呪術的な食事の材料にするという古来の風習も復活した。その目的は、集団の連帯と統一を強めることにある。「信じ難いことではあるが、これは事実だ」とリベリアの人権擁護派弁護士ベネディクト・サンノーは、ジェフリー・ゴールドバーグに語った。かつては、部族の首長と秘密組織の宗教的リーダー「ゾエ」が、食人風習を抑制し、また国内の生活を律していた。しかし戦争によって、確立した秩序は無に帰した。現代では、呪術はAK-47拳銃と同様、逆上して殺人を犯すような精神状態にある子供兵士の手に委ねられている。

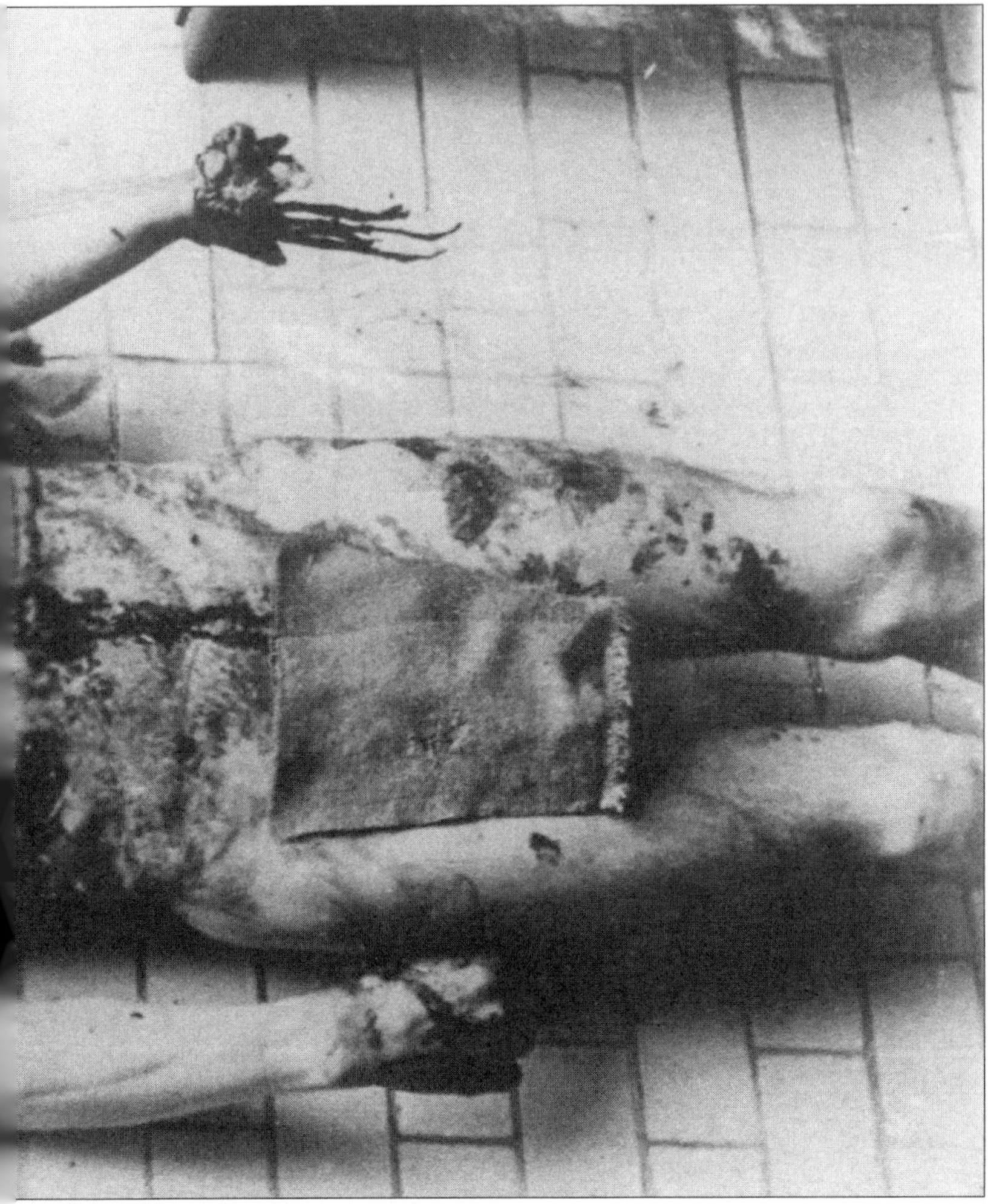

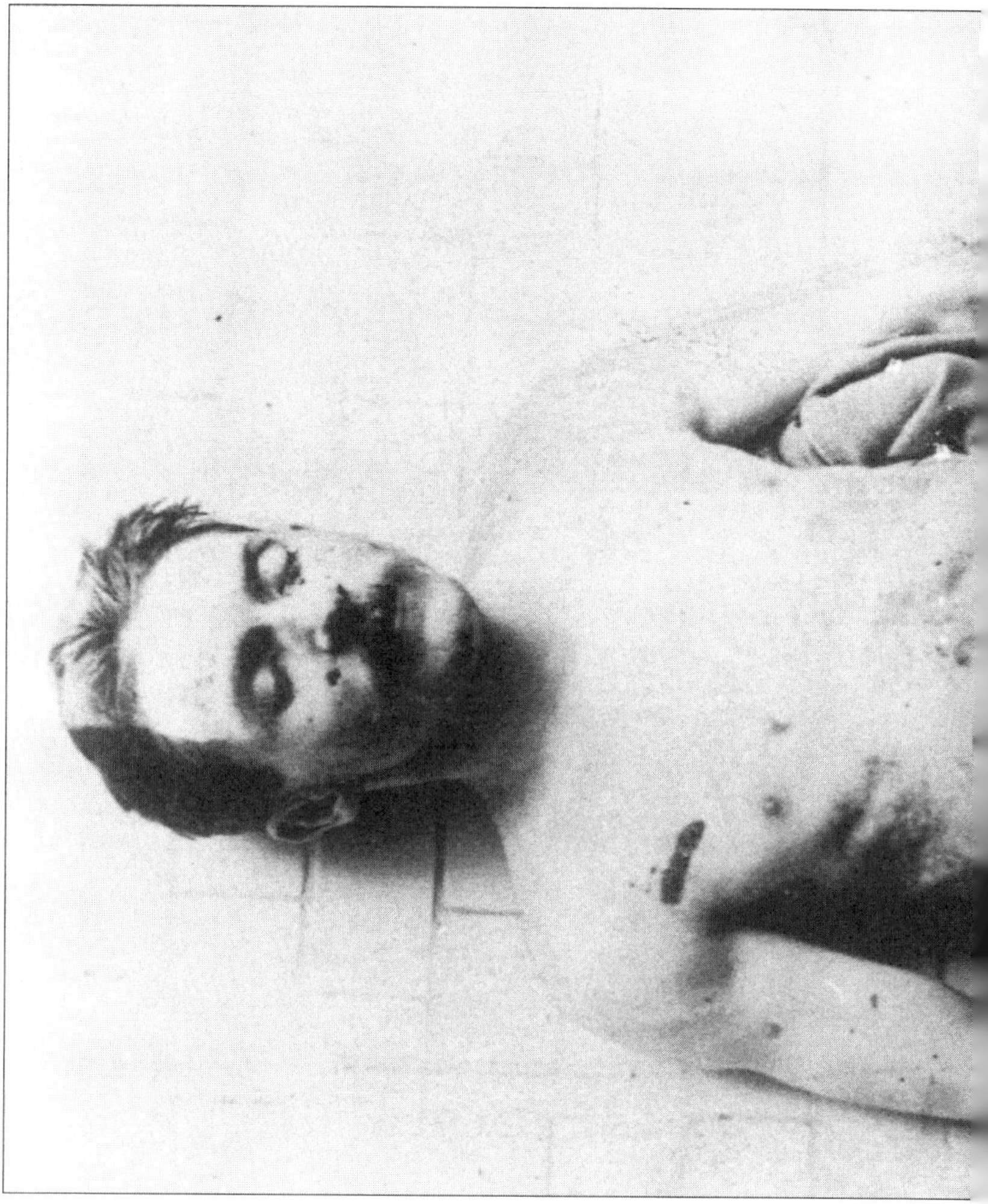

精神病質の食人鬼は、
犠牲者のペニスと手か
ら食べ始めることが多
い。（資料M. M.）

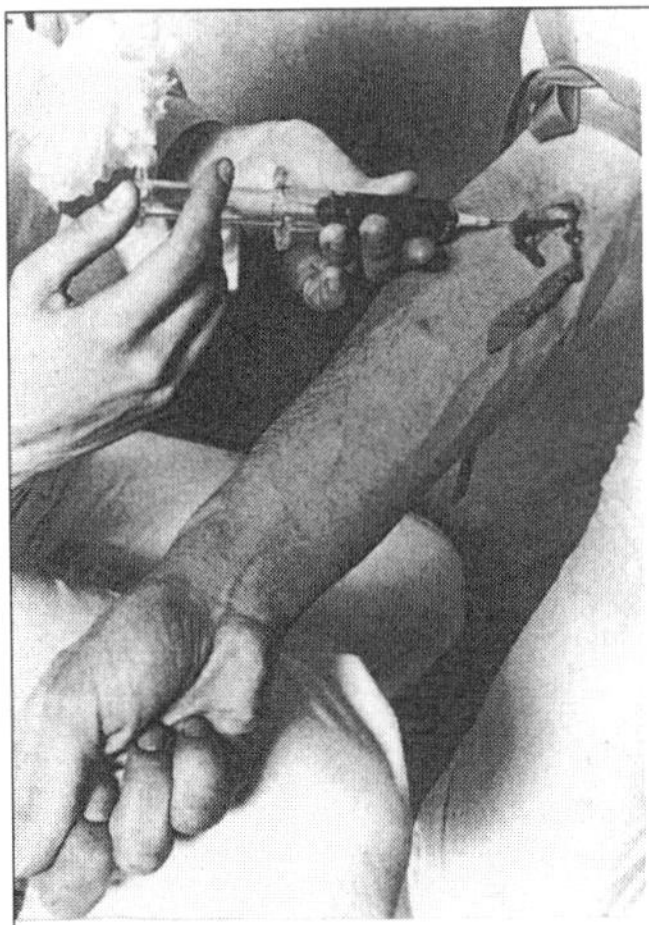

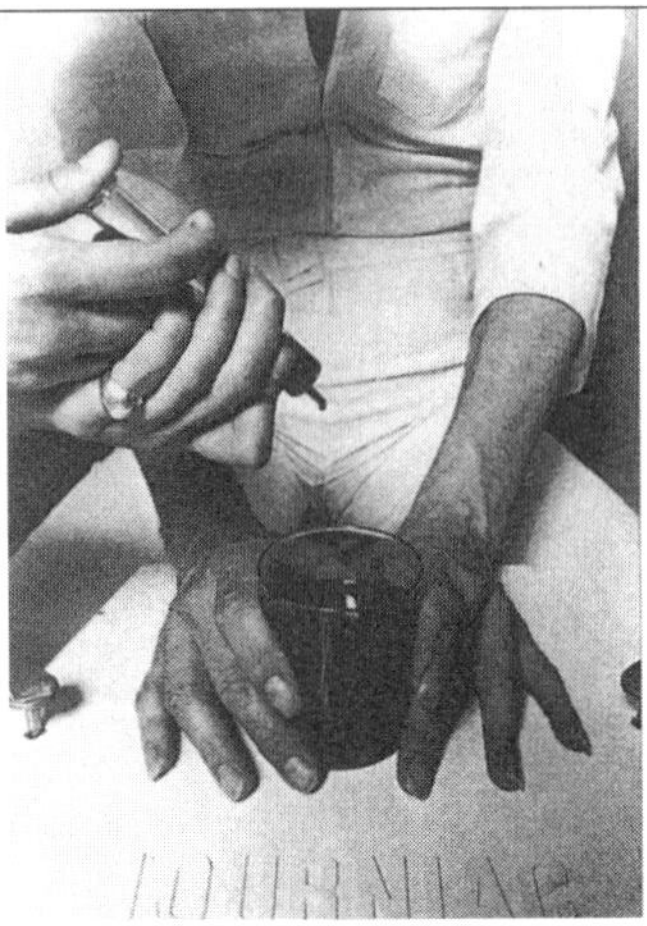

芸術家ミッシエル・ジュルニアックは自分の血でソーセージを作って周囲の人々に与えた。(D. R.)

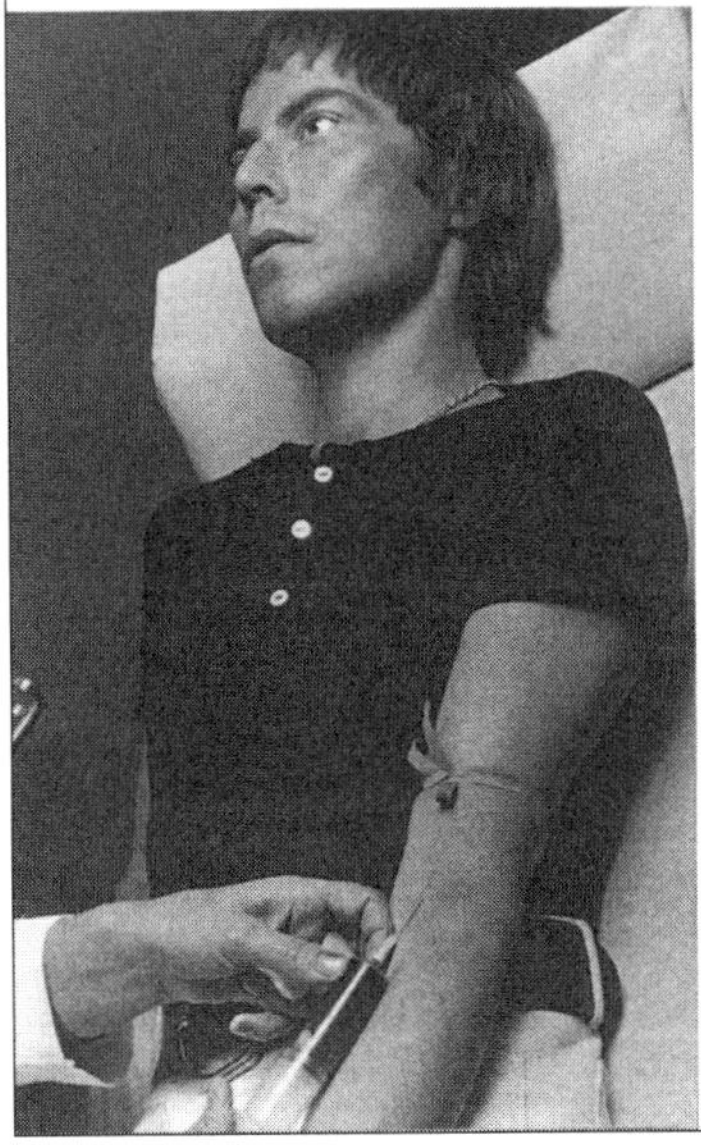

C'EST LE CANNIBALE DE L'ILE SAINT-LOUIS

IL fait du boudin… …avec son propre sang…

UN CANNIBALE? UN VAMPIRE? NON, SIMPLEMENT UN GASTRONOME ET UN GOURMET RÉPOND MICHEL JOURNIAC

M. JOURNIAC NE NOUS DIT PAS SI SES INVITÉS SE RÉGALENT MAIS EN TOUT CAS, IL NE FAIT PAS MYSTÈRE DE SA RECETTE. IL EN A MÊME D'AUTRES, DIT-IL, ET DE PLUS FAMEUSES ENCORE, QU'IL COMPTE BIEN RÉVÉLER UN JOUR. IL A MÊME PROMIS DE DÉCOUPER UNE PARTIE DE SON CORPS ET DE SE DÉGUSTER AVEC DES CAROTTES.

…et il le mange en contemplant un squelette

Chauffez à feu doux

Une recette très simple

Gérard GILLES

… IL OSE MÊME EN PROPOSER À SES INVITÉS

人食いに出会った人たち

アフリカで自らの名声を不朽のものにした人物は数多い。例えばスタンリ、リヴィングストン、カメロン、ド・コンピエンヌ、マルシュ、サヴォルニャン・ド・ブラザ、ポンセ、ラルジョー、ボナ、シュヴァインフルト、フンボルトなどで、そのほぼ全員が、人食い人種と出会ったという直接の証言を残している。いくつか選んでみよう。

◆ジュール・ガルニエ

フランス人技師。一九〇四年没。一八六三年にニュー・カレドニアの鉱山の仕事を請け負う。この国の財産となるニッケル鉱石を発見したのは彼である。情熱的な冒険者であった彼は、オーストラリアをはじめとするオセアニアの大部分を探検し、とくに人食いのカナク族に愛着を持った。

「敵を皆殺しにして食ってやる、と彼らは飢えたオオカミのように歌っていた……。私は老人と言ってもよいようなウエン島の男が、死んだ敵の首長の腕を斧で切り落とし、勝利のしるしとして頭上に振りかざしたあとで、まだぴくぴくしている肉を歯で嚙み切っているのを見た。（…）

ある日ニュー・カレドニアで、首長が近づいて来た。彼がしたがえている戦士は、戦いで負けた犠牲者の足を肩にかけていた。その戦いを私も見ていた。『これはあなたと私の敵の肉だ。あなたとあなたの味方のために好きな部分を選びなさい』。私が贈物をことわったので、カナク族はひじょうに驚いた」

この探検家は自分が見た食人儀式についても記している。「十二人の男が大きな火のそばに座っていた。私が昼間出会った首長たちもいた。大きなバナナの葉の上には燻《いぶ》した肉がのせられており、そのまわりにヤマノイモとタロイモが添えられていた。（…）我々の友人たちはすでに野蛮な宴に夢中になっていた。おそらく戦いで殺された不幸なポネリブアンが犠牲になったのだろう。そこにあった皮は、斧で切断した四肢を焼く時に包んだものだ。（…）彼らは両手で食べていた。私の注意をとくに引いたことがある。私の目の前に、白く長いひげを生やした年老いた首長がいたが、胸にしわがより、貧弱な腕をしたこの首長は、厚い肉がついた大腿骨ではなく、頭にかじりついていたのである。（…）」。ニュー・カレドニア、一八七一年。

◆アシル・ラファイ

オセアニアに何度も行った、フランスの探検家。

「カロン族は戦いで殺した敵しか食べない。哺乳類には珍しく、彼らは木の葉を食べて生きる生活を余儀なくされている。したがって敵の体は、この飢えた貧しい人々にとってあまりに誘惑的な食糧なのである。（…）彼らの食人に、野獣のような食欲からくる極度の興奮以外のものを見てはいけない。この食欲に加えて、敵の死体を前にした勝者であるという状況がある。（…）脳みそはもっともおいしい部分であるとみなされている。これをでんぷんに似たサゴの生地に混ぜて、熱湯に入れるとゼリー状になる。死体の残りの部分は細かく切って、竹の中に入れて焼く。(…)」。ニュー・ギニア探検、一八九八年。

◆フェルディナンド・ド・オシュステテル

「勝者は数分間追跡したあと、戦場に戻って勝利を喜ぶ。怪我人は運ばれる。死んだ敵はその場で焼いて食べる。最初に殺した敵だけは神々のためにとっておく。負傷した敵に対しては、あざけりの言葉を投げつけたあとでとどめを刺す。敵のリーダーはその前に恐ろしい拷問にかけておく。サメの欠けた歯で作った道具で喉をかき切り、まだ生きたまま焼く。(…)」。ニュー・ジーランドへの旅、一八五八年—一八六〇年。

◆キャプテン・クック

ジェイムズ・クック。三回にわたってオセアニア発見の旅をしたイギリスの航海家。彼はサンドイッチ諸島で原住民に殺され、おそらく食べられたものと思われる。クックは航海家、海洋探検家としてもっとも功を上げた人物とみなされている。

「数人の士官たちは、原住民たちの間で時間をつぶすために上陸したが、そこで彼らは最近殺されたひとりの若者の頭と内臓を見た。心臓は二股に分かれた棒に突き立てられ、いちばん大きなカヌーの船首に固定されていた。ジェントルマン諸君は、その頭を船に持って帰った。(…)一片の肉片が焼かれ、大部分の士官たちの面前で、原住民のひとりがそれを食べた。(…)私は(…)一片の肉を焼いて後甲板に持ってくるよう命じた。それらの食人種たちのひとりは、船の全乗組員の前で、さもおいしそうな顔をしてそれを食べた」。『太平洋探検下』「第二航海誌」(増田義郎訳、岩波書店)、一七七三年。

◆ポール・マーコイ

十九世紀半ばのイギリスの旅行家。

「メサイヤ族は、自らの手中に落ちたミラニア族のおいしい部分に、赤色オーカーで印を付けた。翌日食べるつもりなのである。頭を切り落とすと、体の方は足を引っ張って近くの小川まで運ぶ。料理に長けた老女たちがその体を開き、洗って細かく切る。それからすべてを大鍋に入れ、水と唐辛子を加える。やがて吐き気のするようなシチューが煮えたぎる。程よいところで老人や戦士、女、子供が輪になって座り、スプーンのようなものを持った料理人がそれぞれのどんぶりにミラニア族の肉を入れ、ソースを少しかける。前もって洗っておいた臓物と腸は燃え盛る火で焼き、骨は折って骨髄を吸う」。アマゾン上流への旅、一八六五年。

◆サボルニャン・ド・ブラザ

下部コンゴの右岸を平和的に征服したフランス人探検家。

「シャティー族は近隣の部族のように人食いではない。この部族はファン族が熱心に行うことをする代わりに、人を騙したり怒り狂ったりするのだ。ファン族の人肉好きについては、おそらく少し大げさに言われすぎている。彼らは戦闘意欲に燃えて死者を食べる。負傷者や捕虜を食べることも多い。こうして敵の憎しみを自らの内に含むことによって、彼らは犠牲者の呪術的な力と勇気を受継ぐことができると信じている」。旅行記。

◆ゲオルク・シュヴァインフルト

ドイツの探検家、博物学者。恐ろしきニャム・ニャム族とモンブトゥ族のもとに初めて赴いた。カイロのエジプト研究所の創立者。

「ニャム・ニャム族という未開人の恐ろしい名は、ディンカ語から来ている。これは『大食いの人』を意味する言葉で、彼らが人食いであることをほのめかしている。彼らは自らをザンデと呼んでいるが、近隣の部族からは部族ごとに異なる呼び名をつけられている。ボンゴ族はモンドかマニアナ、ディウル族はマディアカ、ミトン族はマッカラタかクダ、モンブトゥ族はバブンゲラ、と呼んでいるのだ。(…) 彼らの居住地の大部分は北緯四度から六度に位置している。私はこの部族に属する三十五グループのそれぞれの首長と会う機会を与えられた。彼らはトウモロコシを栽培しているし、食肉用の犬も持っている。しかしニャム・ニャム族は極端に肉食性である。肉！　肉！　というのが彼らの合言葉であり、怒りの叫びであり、願望の叫びである。(…) 彼らの言葉では、肉という語と食べるという動詞は同音異義語である。(…) 私が見たことから判断して、彼らが食べた人間の頭蓋骨はいたるところにあるし、人間の脂肪は彼らの日常的な取り引き材料である。(…) ヌビア人によれば、ニャム・ニャム族は、運んで疲れて死んだボンゴ族は、掘り出されて食糧にされたという。(…) 食人を恥じないニャム・ニャム族は、皮膚病にかかってさえいなければ、どんな死体でも食卓に出してよいと言う。(…) 食人という点でライバルになりうるのは、ガボンのファン族だけだ」。中央アフリカ未探検地帯への旅、一八六八年—一八七一年。

◆ジョン・デニス・マクドナルド

十九世紀半ばにオセアニア地方を巡ったイギリスの探検家。

「ウィディ族（フィジー人）の食人は、大部分の未開部族とは違って、抑えきれないほどの復讐心を必要としない。言うなればこれは特別な好み、偏愛であり、食道楽の極みである。人肉はこの上ないごちそうであり、これを手に入れるには口実は必要ない。罰もない。村と村とが戦う唯一の理由、唯一の目的がここにある場合も多い。求められる料理が全員の欲求を満たすほど充分にはないので、首長は自分だけのためにとっておき、特別な恩恵として与える以外は、おいしい食べ物を目下の者に譲ることはない」。ビティへの旅、一八五七年。

◆ジョン・ローランズ・スタンリ

イギリスの有名な探検家。リヴィングストンを捜索するために赤道アフリカを探検した。

「危険を小さくするために、我々は流れの中央を行った。突然、槍と黒塗りの大きな盾で武装し、頭に羽飾りをつけた人々が、両岸から我々に向かってきた。『サンネネ！　サンネネ！（仲良くしよう）私たちは友人だ』と我々の通訳が叫ぶと、彼らは『友情なんか欲しくない！お前たちを食いたいんだ！』と答えた。岸ではラッパと太鼓のものすごい音も響いていた。船首の尖ったカヌーが、トビウオのように水面すれすれを進んで来た。乗っている人たちは、我々の言葉を理解しない。四、五〇メートルまで近づくと、彼らは我々に槍を投げながら、『肉だ！　肉だ、ボボボ、ボロ、ボボ、オオ！』と叫んだ。（…）時々、あれは夢だったのではないか、恐ろしい悪夢だったのではないかという気がした。私と私の仲間を肉としか見なかった人々がいたなんて、どうして考えられよう。我々が肉だなんて！…」神秘の大陸、一八七七年。

◆デイヴィッド・リヴィングストン

スコットランドの探検家。とくにザンベジ川とニヤサ湖を発見した。

「マモヘラに向けて出発した我々は、四月二十七日にチタムボ（タンガニカ）に到着した。ムアナムプンダは草を踏みならした場所に私を連れて行き、『我々はここでモエジアの男を殺して食べた』と言った。バナナと一緒に焼くために切り分けたその男の肉を、マムブルからやって来たダガンビの人たちも見ている。（…）しかし家畜や獲物の肉はどこの村でも不足してはいない。したがってマニェマ族が食人をする理由は、人肉を香り高いものとして求める、彼らの異常嗜好以外には考えられない。（…）森に遺体を埋めて、二日後にその肉を取り出すこともある。こうすると、気候のおかげで肉がほどよく腐敗するからである」。「最後の日誌」、一八六六年—一八七三年

第5章

人食い人種の慣例的料理

（前頁）南米での食人。16世紀。（D. R.）
（上）西洋人が人食い人種の食事を発見。コンゴ。1907年。（Photo Roger-Viollet）

強烈な食欲

食人とは単に人肉を野蛮にがつがつ食べることだと思ってはならない。それどころか人肉料理は、準備、研究され、場合によっては称えられた食べ物である。他のあらゆる料理と同様、一世紀の間に何度か、「時代の産物」になることさえある。ここには方法やしきたり、経験を通して、視覚、臭覚、味覚、触覚という、グルメの磨きぬかれた四つの感覚が介在している。聖なるものとの関係を表すこの料理は、人付き合いやもてなしの一部である。切断し、骨をとり、分配し、盛りつける方法は、解剖学や生理学、器官に関する知識に基づいている。独自のスタイルや決まり事、調理法、繊細で示唆に富む細部があり、技術だけでなく価値というものにまで関わっている。要するに食人料理は、食の喜びと無縁ではないと断言できるほど、優れた点をかねそなえたものなのである。

地獄の食欲

哲学者が言うように、動物は餌を食うが、人間はいかなる状況であっても食事をする。しかも人食い人種は大食いでさえある。大衆向けの版画では、人食い人種はいつでも並外れた食欲を持つ者として描かれる。歴史上の多くの文献がこの見方を強固なものにした。スペインのイエズス会修道士が計算したところによると、チリグァノ族はスペインによる征服から一〇〇年の間に、古くからの敵チャネ族を六万人近く食べたという。恐ろしい数字のようではあるが、一年に六〇〇人となれば、そんなものかとも思える。一日の消費量にするとほとんど取るに足らない量になる。当時二万人いたとされる原住民に対して、一・五人になるかならないか程度なのだから、一人当たりで計算すると、四グラムから五グラムにすぎない。

何らかの機会にかなりの食欲を見せる部族は多い。オセアニアでは、部族全員が協力する大きな祭りの時に、一度に二〇人の人間を焼くことがあった。ニュー・ジーランドのある部族は一八二六年に、八日間で敵を三〇〇人食べた。この敵の方は一八三三年に相手側の戦士を二日で七〇人食べて復讐した。

普段はひじょうに理性的な食人者であっても、思わぬ獲物を前にすると突然激しい食欲にかられることがある。十九世紀半ばには、メラネシア人がアジア人の肉の愛好者であることが広く知られていた。中国船が近くの海で沈没すると、不幸な遭難者は骨だけになった姿で見つかるのが常であった。フランスの航海誌には、香港から出航したフランス船サン・パトリック号の記録が残されている。二〇人の船員のうち十一人はヨーロッパ人で、他にオーストラリアの鉱山開発のために雇われた中国人が三一七人乗っていた。この船はメラネシアのロッセル島のそばで座礁したが、全員が陸に辿りつくことができた。船長は熟慮の末、一艘だけあるボートを使ってオーストラリアのイギリス植民地に行くのが全員にとって最良の方法ではないかと提案し、十一人のフランス人水夫が船長とともに乗り込んだ。ボートは海の真中でイギリスの帆船プリンス・オブ・デンマーク号に助けられ、生存していた七人がニュー・カレドニアに送られた。中国人の救助が計画され、一八五九年一月五日、救助船がロッセル島の海岸に着いた。発見された生存者は二人だけで、不思議なことに土着部族の養子にされていた。六〇人ほどからなるこの部族にとって、他の三一五人の中国人を「食べる」には、数週間あれば充分だったのである。彼らが存在した証拠として、山と積まれた衣服と三つ編みにした毛髪だけが残されていた。

フィジー人はすべての航海者から「大食い」とみなされている。幅四五〇キロ、長さ四〇〇キロにわたる、一五〇の島からなるこの諸島で、まさに記録を打ち立てた部族もいる。一八七一年、ボラブの谷で、二六〇人の村人が数日で食べられたのである。他の島では、一晩で二人の女を食べた三人の土着民が消化不良で死んでいるのを、宣教師が見たと伝えている。フィジーの首長の中には、同時代の同胞からさえも大食いと思われた者がいる。ロンドン地理学協会から派遣されたイギリスの外科医ジョン・デニス・マクドナルドは一八五七年に、フィジー人からみても驚くべき人物であったラ・アンドリュム首長の例を挙げている。この人物の使うフォークは「ウンドロ・ウンドロ」という特別な呼び名に値するものであった。「重荷に耐える」という意味である。この人食い男の息子ラ・ヴァチュは、父親が食べた人間の数を教えるために、並べられた石の列をマクドナルドに見せた。八二二個あった。「もし誰かが盗まなかったら、九〇〇以上になっていただろう」とマクドナルドは報告書に書いている。ラ・ヴァチュによれば、父親はこの数の人間をすべて一人で食べきり、決して誰にも分け与えることを許さなかったという。ノムガヴァリという別の首長も同じことを始めていたが、その石の数は四十八で終わった。キリスト教への改宗を機に、そのコレクションをすっぱりと止めたからである。

前代未聞の大食いといえば、間違いなく一八五三年のオーストラリア原住民であろう。解剖標本をロンドンからシドニーの医学学校に運ぼうとしていたイギリス船が遭難し、船に乗っていた科学者は標本の入っている三つのケースを守るために岸に下した。そこに原住民がやって来て、荷物を盗み、直ちに開いた。彼らは、乗組員たちが食糧の蓄えを独占するために隠していたのだと即座に信じ込んだ。一八七八年四月の航海誌は、この種のものとしては独得の、この時の食人について、詳しく伝えている。「ご存知の通り解剖標本は変質しないように加工されている。静脈や動脈には凝固剤が注入されており、萎縮しないでもともとの直径を保つようになっている。注入する物質は、静脈用が青、動脈用が赤である。さらに、肉の色合いも染料とニスで保たれており、本物と区別がつかないほどである。(…)それは人食い鬼だった。彼らはこの板紙のように乾燥した遺骸を、狂ったように奪い合った。恐ろしいほどの食欲を直ちに満たそうと、彼らは大きな火を六ヶ所で燃やし、標本をすべて串焼きにし始めた。見つめるその目には、解体のうまさに対する尊敬の念が、欲望とともに見て取れた。

この異様なロースト肉は熱で少し柔らかくなった。注入剤はどろどろになり、料理人たちが肉汁受け代わりに下に置いておいた真珠色の大きな貝殻の中に流れ落ちた。彼らは器用なだけでなく用意周到なのである。(…)

我々は七十五度のアルコールに漬けた六つの脳みそと諸段階の胎児も持っていた。新たな掘り出し物を見つけ

解剖標本を食べるオーストラリアの人食い人種。1878年。(Photo Roger-Viollet)

て、未開人はゴリラのような身振りをした。彼らは宗教的とも言えるほど注意深く、大きな壺のふたをとると、うっとりと、またむさぼるように、中の液体を飲んだ。この地獄の液体が彼らのはらわたに火をつけたに違いない。彼らは極度に酔っ払い、不幸な屍骸を飲み込んだ。これを研究し、切断しても冒瀆とならないのは科学だけなのだが。酔っ払い、食べまくって幸せなこの忌まわしい未開人たちは、その至福に腹を打ちながら、千鳥足で歩き、大声でほえ、結局はアザラシのように寝入った。(…)翌日、彼らは元気一杯で目覚めた。(…)何本かの骨が残っていなければ、前日に恐怖の大宴会があったことなど、決して信じられない。(…)約束に忠実な彼らは、我々をバララットまで連れて行ってくれたが、そこで我々は実に困った状況に陥った。最後にこの未開人たちから、どうか『火の水に漬けた小さい白人』を船いっぱいに積んで来て下さいと懇願されたからだ。(…)三日後、我々はメルボルンに着いた(…)」

肉の保存

人食い人種にとって肉の保存は大問題である。彼らは捨てる羽目になることを恐れて、しばしば必要以上に食べてしまう。解体された人肉は、いったいどのくらいもつのだろうか。保存可能期間はもちろん季節や高度、気候その他の目に見えない要素によって異なる。一九九二年、カザフのスジル・オルドンに住む大麻畑の番人ズサリーは、これを確かめるような経験をした。麻薬撲滅運動中に偶然捕まったことから、彼が仲間を食べていたことが明るみにでた。申し立てを求められると、彼は一〇日のあいだ人肉が唯一の食糧であったと警官に説明した。それ以上経つと肉は食べられなくなったというのである。とはいえしっかりと塩に漬ければ、あと三、四日は食べられるはずである。

部族によって、それぞれ賞味期限を伸ばす方法がある。人類学者のJ・H・バウアーが一八七九年に書いたところによると、アフリカのカフラーリア人は貯蔵用の生肉を、このためにしつらえた洞窟の中で保存するという。当座は必要ない犠牲者をそこに入れておくわけだ。この種の食品貯蔵庫は、多くの部族に共通して見られる。西洋人にとって人食い人種の代名詞となったニャム・ニャム族は、飽くことを知らない人食いである。「ニャム・ニャム族は社会的に劣った状態にある黒人部族に囲まれており、彼らを軽視している。これらの部族のことを狩猟の対象にすぎないと思っているのである」とアンリ・クパンは語る。戦いで負かした敵の体はすぐに分配し、細長く切ると、その場で燻製にする。そして食糧として運ぶ。「捕虜は羊のように群れにして、後日のためにとっておく。勝者が次々と喉をかき切るのだ」とシュヴァインフルトは書く。パプアのいくつかの部族はこの方法を明らかに改善した。科学者ウィルフライド・ウォーカーによれば、彼らも貯蔵庫に犠牲者を生きたまま保存することに変わりはないが、必要に応じて部分的に肉を切り取ることによって、貯蔵物の新鮮さを長く保つのである。ニュー・ギニアのドドデュラ族は出血を抑える方法を使って、捕虜を一週間以上も生きたまま薄切りにしていった。

古来からの慣習

この方法は何百年もの間有効なものとして利用されてきたものの、ヨーロッパの植民者から圧力を受けたために、廃れていった。その原因となったのは、一九五七年にウィルスによる病気「クル」が、国の中央部台地に住む部族を集中的に襲ったことであった。これは震えと吃音、ぎくしゃくとした動きを伴う、致命的な病気で、一般に「狂牛病」と呼ばれるクロイツフェルト・ヤコブ病の人間版である。感染性のあるたんぱく質プリオンを原因とするこの病気は、部族の食人習慣から起こったものであるとすぐに考えられた。人間の脳や、とくに暑くて湿気の多い天候の中で腐りやすい肉を食べる点が問題なのである。毎年一〇〇人から二〇〇人が「クル」のため

頭部と内臓はしばしば一緒に煮炊きされる。(D. R.)

に死んでいた。一〇年後の一九六八年に、ニュー・ギニア大学人間生物学研究所のアルナブローク所長は、原住民たちが心ならずも人間の脳みそをあきらめて以来、この病気は減少していると発表した。最新のニュースによれば、「クル」は腐肉を食べる食人を止めただけでほぼ完全に撲滅されたようである。今では病気や事故で死んだ人の遺体を掘り起こすことはほとんどせず、葬儀が終わるとすぐに食べる。このように改善がみられたにもかかわらず、民族学者や医者は何百年も続いている古くからの慣習を根絶させようとしている。とはいえ、科学的に進んだ考えを教えて、消化が悪く、できものや皮膚病の原因になると言っても、それがフォレ族の頭の中で、勇気ある戦士の柔らかい肉二五〇グラムと「同じ重みを持つ」かどうかは定かではない。意味不明な言葉、嚥下不可能、排泄困難、足や頭、胴体の震えとして表れる「クル」は、彼らにとっては、敵から投げつけられた呪いのしるしにすぎないのだから。

味と香り

有名なキャプテン・クックは土着民の料理に関心をもった。三度目の航海から戻った時に語ったところによると、彼はサンドイッチ諸島の人食い人種に隣人を食べるのかと疑わしげに聞いて、ひどく馬鹿にされたという。「それは素晴らしい食事だ。おいしい食べ物だ」と老人は笑いながら答えた。

すでに十六世紀初頭にレリーがこの味について強調している。「女たちは肉を歯で噛んではまた噛み直す。少しでも無駄にしまいと、人間の脂肪が数滴落ちた棒まで舐める」。セネガルのボボ族は野禽獣が充分いる地に住み、羊の群れも所有しているが、美食を求めて食人をする。彼らにとって、人肉は「何にも勝るおいしい一品」なのである。十九世紀には探検家で作家のルイ・ド・ルージュモンが『南極周辺の諸島への信じ難い冒険』の中で、家族中がこの喜びを共有していることを強調している。「私は優しい母親たちが、ある者は腕を、ある者は足を奪うのを見た。一方子供のオーストラリア人は、大声で自分の取り分を要求しながら、母親たちのまわりで押し合いへし合いしていた。他の地に住む同じ年頃の子供たちがボンボンをねだるのと一緒だ」。二〇世紀の食通もこの味わいを認めている。中央アフリカの元皇帝ジャン・ベデル・ボカサにとって、「人肉はもっともおいしい、もっとも風味の良い」ものであった。

正確にはどんな味なのだろう？　大の美食家で料理批評家のキュルノンスキーことモーリス・セランは、中国に旅した時に人肉を食べたと断言しているが、不思議なことに彼は固ゆで卵についてまで長々と意見を述べているというのに、この珍しい体験については実のところ一切評価を下していない。アマゾンの人食いにとっては、人肉は他の何とも似ていないという。どんな獲物よりもおいしいというのは旧コンゴのバンガラ族の意見だが、彼らがこの自由な意見につけ加える説明は、『道徳の形而上学』の著者カントも認めるに違いない。いわく、「人肉を食べるのは上品なことである。なぜならそれは名前の付いた肉だからだ」。要するにブランド品というわけだ。獲物が卑しい食糧であるのに対して、話をする肉は高貴な食べ物である。

十九世紀の有名な探検家W・B・シーブルックはコート・ディボアールのゲレ族のもとをたびたび訪ね、自ら食人の経験を何度かしたが、その結論はこうだ。「ヤシ油をかけて串焼きにすると、本当に子牛のようだ」コンゴの部族は人肉をイノシシの肉のようだと感じている。ニュー・ギニアでは「パプア人の料理人」が人肉をダチョウの肉と比較している。メラネシアとポリネシアの消費者の言を信じるなら、人間は豚肉の味がするという。イロコイ族はクマやシカの肉に近いと思っている。

味覚は文化的なものだと言われる。エレーヌ・クラストルはグアヤキ族に関する研究の中で、食人をする者としないものの二つのグループについて言及した。人食い人種たちが「我々が人肉を食べるのは甘いからだ」と言うのに対して、食人をしない者たちは「我々が人肉を食べないのは苦いからだ」と言うというのである。

当然ながら意見は分かれるが、それもそのはずだ。伝統的な肉屋が三歳のシャロレー種の肉と八歳のホルスタイン種の肉とを比較することなどありえない。人肉でも同じことだ。臀部、肩、腸、生殖器など人体の各部分は、後で見るように調理や加熱の方法、付け合わせ、調味料によって、それぞれ独得な味や香りをかもし出すからである。

グルメの意見

何百年にもわたる人食い人種の風習について調べていくと、民族ごとの人肉の評価に多少なりとも一致する点があることに気づく。例えばアメリカインディアンの肉はオセアニア人や黄色人種の民族と同様、素晴らしいとみなされている。黒人の肉は、その消費地ではどこでも、かなりいけると思われている。それに対して、白人の肉は十六世紀初頭から通の間で大きな議論を呼んでいた。ある者たちは、塩辛すぎるし、胸が悪くなるようで、吐き気を催すと言う。例えばアブヴィルのイエズス会士が十六世紀初頭にそう伝えている。これに対して、他の肉よりも手間がかかるとはいえおいしいと見るむきもある。「念入りに調理してよく火を通せば、ハムのように柔らかくなる」

もっと現代に近い十九世紀末には、食人に挑戦した探検家ロベール・ショーヴロが、何がおいしいか尋ねられてこう答えている。「黄色人種の肉はいたんだ油の臭いがする。黒人の肉は一般においしいが、全部がおいしいとは限らない。白人の肉は塩辛くてまずい。人肉でもっともおいしいのは、間違いなくオセアニア人の肉だ」

この意見を裏付けるのはピエール・ロチの証言である。ロチから人肉の味について質問されたタヒチの人類学者はこう答えたという。「白人の肉はおいしくないが、適度に焼けば熟したバナナの味がする」。フィジー島の原住民に同じ質問をしたところ、こんな返事が返ってきた。「白人の肉は塩辛すぎるし固すぎる。一番おいしいのはポリネシア人の肉だ」。一八七四年、あるフィジー人は探検家のフレデリック・ディラージュに、「白人の肉はタバコの味がする。まずくて火を使う価値がない」と言った。オーストラリアの人食い人種も一家言を持ってお

フィリピンの人食い人種。人間も犬も一緒に煮炊きする。1903年。(Photo Roger-Viollet)

り、十九世紀を通してその考えを守った。「白人の肉は味がない。ひじょうにおいしいのは黒人の肉だ」

地方産の肉

白人の人食い人種が同民族を食べる場合を除けば、一般に「白人」の肉は人食い人種に人気がない。ドミニコ会神父のレイモン・ブルトンとジャン＝バチスト・デュ・テルトルが十七世紀半ばに『セント・クリストファー島、グアドループ島、マルティニク島の歴史』で伝えたところによると、グアドループ島の原住民は、サント・ドミンゴで五人の白人を捕まえて以来、キリスト教徒の白人の肉を食べることを断固拒否したという。「いつもとは違うものを食べて大変な目に遭い、吐き気を催したので、彼らは二度とそれに触ろうともしない」。人食い人種が多くの西洋人修道士を殺していたプエルト・リコの例もある。「何人か食べたあとで重い病気にかかった。

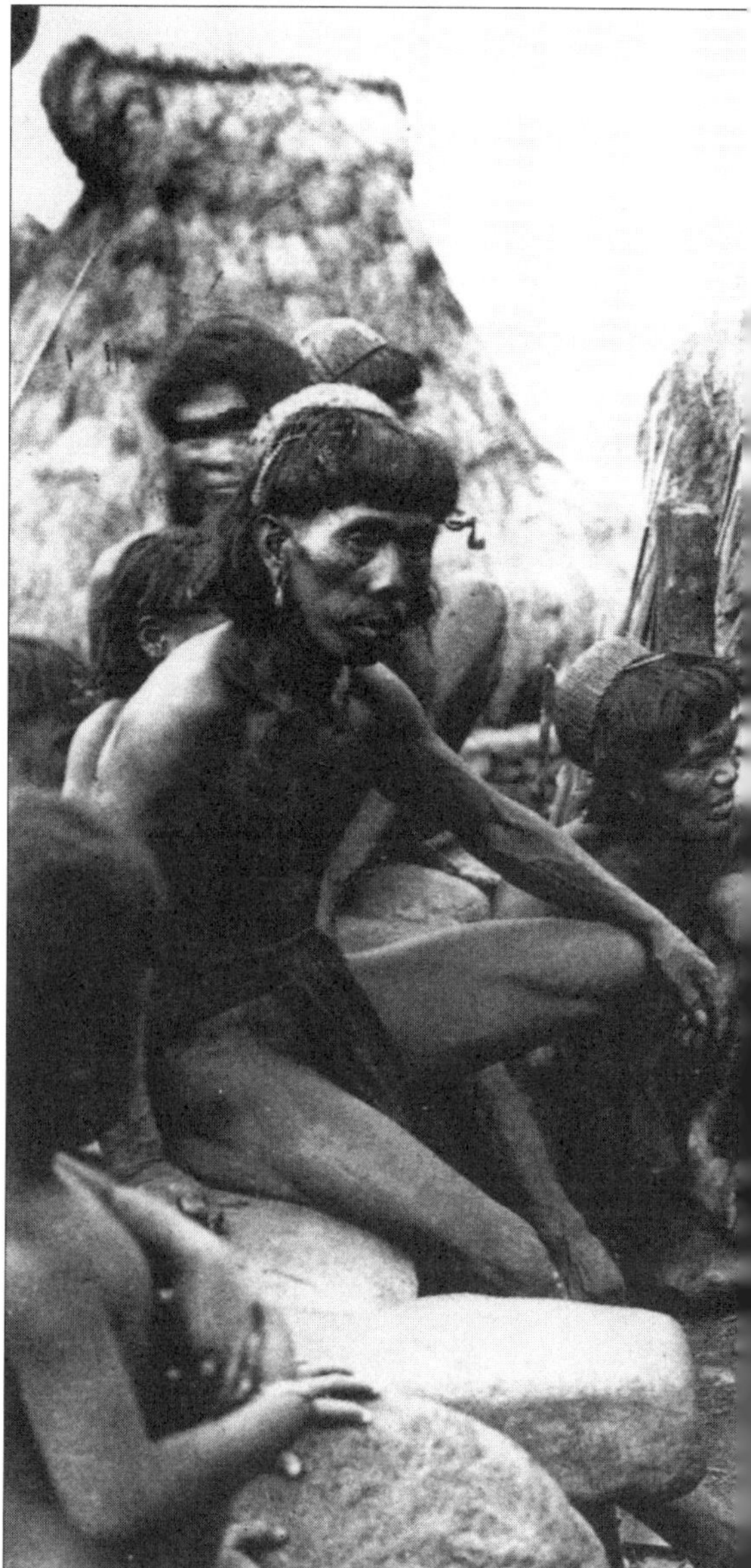

それ以来、彼らは殺しても手をつけずにそのままそこに放っておく」

白人の肉に対するためらいはかなり各地で見られる。イエズス会士でカナダの宣教師ブレッサニ神父は、イロコイ族に嫌悪感を持たれたおかげで命を救われた。一緒にいたヒューロン族は茹でて食べられたが、神父は手を切断され、足首の関節を外され、体中を傷や害虫に覆われた姿で、彼らの同盟者でフランス人の敵であるオランダ人に売られるだけですんだのである。パラグアイでも、メンドザ神父が同じ理由で命を救われた。彼に仕えていた二人の若いインディアンは食われた。先に挙げたブルトン神父とジャン＝バチスト・デュ・テルトル神父の二人の宣教師も、イロコイ族はヨーロッパ人を食べないと主張している。しかし、納得するまではためすという考えにおそらくしたがったのであろう、イロコイ族は彼らを食べた。二人は彼らにとって初の「ドミニコ会修道士」であった。しかもこのインディアンにとくに嫌われているフランスの修道士である。

ある種の人肉に対するためらいは、単なる迷信による場合もある。インディアンのツカナ族が白人を食べないのは、不幸を呼ぶからというだけの理由による。

とはいえ白人といってもいろいろある。アンティル諸島やラテンアメリカの各地では、フランス人の肉はスペイン人の肉よりもよいと考えられている。イエズス会の宣教師によればカナダの人食い人種の大部分がそう思っているというのだから、この意見は大陸北部にまで広まっているわけだ。「彼らはやって来る民族すべてを味わった。食べてもっともおいしいのはフランス人で、スペイン人は硬くてなかなか噛めない」。ジュネーブの牧師ユルバン・ショヴトンはイタリアのジロラモ・ベンゾーニの『新世界全史』を翻訳し注釈を付けた人物であるが、そのショヴトンは、「スペイン人を食べるのは良くない。食べる前に三日間浸して柔らかくしない限り、肉が固すぎる」と言っている。この点では意見が一致するようだ。シャルル・ド・ロシュフォールは『アンティル諸島の博物・道徳史』の中で、原住民についてこう書いている。「原住民は硬いスペイン人を嫌って、よりおいしいフランス人をあからさまにえり好みする」

二〇世紀になっても「白人」の肉は相変わらず論争を免れ得なかった。深い信念もなく食べられることもあるし、逆に絶賛されることもある。白人の肉は日本の食人鬼、佐川一政を熱狂させた。

実際、味わいや香りに関しては、多くの人々が特定民族に執着していると結論できよう。「地方産の肉」にこだわっていれば幻滅することもない。こうした伝統の力を示す一例を挙げてみよう。十二人の中国の苦力《クーリー》が、西ベンガル、ジャラの茶畑で働いていた。一九五三年、彼らは伝統的な食人の宴を開いて、新年を中国式に祝うことにした。この宴に参加した十二歳の少年は、「中国人を食べることにみんなで決めた。インド人やベンガル人よりも確かにおいしいからだ」とインドの警察で証言している。苦力はよく太った中国人を選んで殺し、骨付き肉のローストをきつね色に焼いた。少年によれば「美味」なのだと言う。

試すことは採用すること

二〇世紀に食人事件を起こした犯罪者たちの証言をみれば、人肉の持つ味の魅力が現在でも衰えていないことが分かる。最初の一口に我を忘れて以来、好きになったと全員が認めている。この肉の素晴らしい味を求めて、同じ犯罪を重ねる者さえいる。

例えばリチャード・チェイスは、最初は「たまたま」人を死なせたことから、犠牲者の血と肉を味わったという。「深い考えもなく、ためしに」だというが、この時大きな食の喜びに捕らえられたことから、その後乱暴な犯罪を何度も重ね、一家全員を皆殺しにして食べることまでした。ポケットに人間の指をいれながら散歩したというカリフォルニアのスタンレー・ディーン・ベイカーは、「最初の食人経験で人肉好きが開花した」と語っている。五十三件の殺人とそれに続く人肉食いの容疑者であるロシアのセルゲイ・ジャマガリエフは、「肉好き」が原因で行動を起したと言った。人食い爺のアルバート・フィッシュは、小さな犠牲者がとてもおいしかったので、「お子さんがどんなによい味だったか」についてその両親に手紙を書き送った。

トゥピナンバ族の食人風習。16世紀。(D. R.)

たしかにすべては感じ方次第であるが、ロシア内務省犯罪事件中央局の専門家によれば、「人間の肉には他にはない非常に独得な匂いがあり、とくに焼いたときにそれが強い」と言う。さらに付け加えて言うには、「実際味は犠牲者自身によって異なり、同国人であっても、タバコを吸うか吸わないか、甘いものが好きか、塩辛いものをよく食べるか、薬物療法を受けているか、大酒飲みかなどによって、さまざまである」。この最後の点は確かな事実であり、コンゴのバンガラ族は肉に特別な味わいを持たせるために、前もって犠牲者に酒を飲ませていた。

アメリカ人は食べられない

一般に富は貧困よりもよいものであり、健康な人間は病人または不健全な暮らしに浸る者よりもよい。この一見明らかな事実のために、地球上の人食い人種は他の物を食べるあらゆる消費者と同様、自らの食べ物に気を配る。一九六三年三月、ポリネシアの島々に残っていた最後の人食い人種たちは、「アメリカ人」はまずくて食べられないと言って、これを食べないことに決めた。UPI通信が世界中に流した情報によると、アメリカ人が消費に適さないのはDDTの乱用のせいだという。アメリカ人の脂肪は毒性のものになっている。この新事実にイギリス上院は奮い立った。「調査から漏れているイギリスの食人者たちに中毒の危険はないのだろうか？」と新聞は疑問を投げかけた。シャクルトン卿は、毒性の化学農薬に関する確実な資料に基づいたレポートの中で、「アメリカ人の人体におけるDDTの割合は一〇〇万分の十一に達しているが、イギリス人は一〇〇万分の二である」と書いて、同胞を安心させた。結論を言えば、イギリス人はまだ食べられる。

誰が誰を食べる？

社会の体制がどのようなものであれ、人食い人種の社会では「食べてもよい」人と「食べてはいけない」人がいると考えられている。比較的最近の専門用語によれば、民族学者は食べてもよい人をさらに二つに区別している。「アンドカニバリズム」と「エグゾカニバリズム」である。

アンドカニバリズム

「アンド」という接頭辞は「中で、内部で」を意味するギリシア語から来たものである。したがってアンドカニバリズムは身内の死者、一般には病人や死んだ親族を食べる集団を意味するが、必ずしもそれだけではない。オセアニアやアフリカの部族は埋葬の儀式のあとで死体を掘り起こして食べる風習をもつ。お皿に直行するのは例えばニュー・ジーランドで、ここでは比較的最近まで、首長が死ぬと、未亡人は喉をかき切られて、一族全員に食べられていた。

しきたりはさまざまである。グアヤキ族は集団内の死者を食べるが、集団の掟によって性関係が禁じられている相手は食べない。父は娘を食べないし、母は息子を、兄は妹を食べないのである。逆もまたしかり。

今世紀初頭にベヴァリジが語ったところによると、オーストラリア南部のディエリ族にはこのタブーは存在せず、一般に母親は子供を食べる。父親と子供だけは互いに食い合ってはならない。

ラテンアメリカやアフリカには、いずれ食べられることに何の恐れも感じず、「後継者」たちが争わないように、死にゆく人が家族や部族のメンバーに自らの体を割り当てておく部族もある。ニュー・ギニアのフォレ族の場合は、死者の両親がその肉を食べる権利をもつが、瀕死の人がその両親への配分まで決めておく。慣習で両親を食べることが禁じられている部族は、これほどの宝を放棄することを明らかに残念がり、交換というシステム

空腹と食人

通常二十四時間の間に三、四回現れる空腹感は、排泄物によって体重が五〇〇グラムか六〇〇グラム失われることから生じる。

食欲と空腹とはそれぞれ異なる概念である。食欲は心身の影響や感覚的な印象から生じるもので、この印象は一般に心地よく、視覚や臭覚、記憶によっても感じうる。空腹の方は、体の組織に栄養物が不足し、はりめぐらされた神経系がその影響を感じた時に起こるもので、この欲求は、組織に栄養素を与えるために食べなければいけないという絶対的な必要として現れる。

空腹が満たされないと、人は飢えで死ぬ。空腹感が苦しみになるのは早く、しかも時とともに苦痛が耐え難いものになる。これによって悪事が引き起こされることもあるし、「生き残りのためのカニバリズム」と呼ばれる食人へといたることもある。

によって問題を回避する。ルトゥルノーは一八八八年に発表した『食人に関する論議』の中で、ガボンのファン族はその時代、隣の部族から病死した人の死体を買っていたと伝えている。この取引きについては探検家のハチンソンも、「ファン族には墓地がない。死んだ親族を食べるのを好まないため、彼らは近隣の部族の死者と交換する」と書いている。これと同じ慣習は、十九世紀末になってもニュー・ヘブリデスの人食い人種に見られた。「彼らは戦争捕虜を食べるだけでなく、死んだ親族の死体を掘り起こして、吐き気を催すような腐敗した肉に同じく目がない近隣の部族の死者と交換する」

エグゾカニバリズム

接頭辞「エグゾ」は離れていることを意味するものであり、エグゾカニバリズムは自分の集団以外の人間を食べる人食い人種を指す。食べる相手は戦争で死んだり捕虜になったりした者の場合もあるし、近隣の部族と交換した者の場合もある。長い間ブラジル沿岸地域のインディアンの総称であったトゥピ族の場合は、親族や同盟者が互いに食べ合うことはないが、「義兄弟」と呼ぶにもかかわらず、敵は食べた。トゥピ族は捕虜にした敵は例外なくすべて食べる。ブルゲイ将軍によれば、ニュー・カレドニアのカナク族にも植民初期に同様の慣習がみられたという。ウアレル族、ブルパリ族、ウマ族、トゥアウソン族、その他多くの部族は、いかなる捕虜も決して許さず、最後は必ずかまどで煮炊きした。シンガポールやスマトラでは一八九五年になっても同じような状況だった。イロコイ族の場合は、厳密な意味での外国人しか食べない。連合している五部族のメンバーは絶対に食べないのである。

選ばなければならない！

食人風習をどうしても分類化したがる人類学者は困惑するだろうが、エグゾカニバリズムにもアンドカニバリズムのどちらのカテゴリーにも入らない部族がある。身内の死者や病人に対して食べ物として関心を示しながらも、敵を食べる部族である。ニャム・ニャム族のように他ではほとんど見られない慣習を守る部族もある。家族のない者が貧窮なまま孤独に死ぬと、その人が生きていた地域内で食べるのである。

セネガルのボボ族は身内の人間が病気になると、死ぬのを待たずに食べる。しかし、用意周到な彼らは、敵の捕虜はとっておいて、首長の死など特別な機会に食べる。もしそうした必要時にいなければ、近隣の部族から買う。人肉に対して激しい情熱を見せる中央アフリカのファン族は、長い間エグゾカニバリズムに属するとされてきたが、これはコンピエーニュその他の探検家によって否定された。コンピエーニュはこう書く。「この掟はしょっちゅう破られている。私はファン族の村で、村民の死体が煮炊きされているのを何度も目撃した。(…) 彼らは戦いで捕えたり殺したりした敵だけでなく、集団内の人間も同じように食べる。死者が誰であるかはほとんどどうでもよい。病人に強い関心をよせ、死ねば食糧として他の村に与えてお返しをもらうのもそのためである (…)」

人食い人種の大部分は多食性で、新生児もよぼよぼの老人も食べる。とはいえ特定の嗜好というものはあり、伝統や宗教心、そして食べてきた経験によって好みが違う。この三要素が混ざり合って、これこれの部族はこれこれの肉が好き、となることもある。シュヴァインフルトによれば、ニャム・ニャム族はとくに老人が好きだが、オーストラリアのヌガリ族は新生児に目がないという。

女の方が柔らかい

食べて満足を感じるのは女性の肉だけだという考えは、ひじょうに多くの人食い人種にみられる。例えばダオメー人、アシャンティ族、ガボン人、マルキーズ諸島やフィジー諸島の原住民がそうである。デュモン・デュルヴィルは食通のフィジー人に見られるこの好みについて、「お偉方は自分の食卓につけたい女や少女の肩を竹で叩く。いや、むしろ食卓にのせたいと言うべきか」と書き、さらにこうも言っている。「勝者は広い死体置き場に死体を積み上げる。この人食いたちにとって死体の運搬は祭りのようなものだ。食用にする数百の死体は、彼らの恐ろしい食欲に訴えかけるまなざしである。ブランダム首長の丸木舟に置かれたたった一つの平台には、四十二人もの死体がのっていた。それらを陸地に並べて選別する。ブランダムはその中に一体だけあった少女の死体を見つけると、自分用の特別な料理のために取っておくよう命じた……」

男の方が味が良い

マルキ・ド・サドは『ジュリエット』の中で、女の肉はあらゆる動物のメスの肉と同様、男の肉より劣るという意見を述べている。これと意見を共にするのは、トゥピ族、グワラニ族、タプヤ族、マンパ族、ノセス族で、

子供を焼く男。ハイチ。1896年。（資料 M. M.）

パガンシェ族にいたっては絶対に女を食べない。カナダのイロコイ族とルイジアナのアタカカパ族はこの掟に背いてはいるものの、若くて筋肉質の男の方がよいということは認めている。カリブやウバンギ川流域、ソロモン諸島の部族には、肥満した男しか食べず、太らせるために去勢さえさせる部族が多い。ナイジェリアの食通は、若い捕虜にバナナを食べさせて太らせてから、食卓にのせる。同じことをブラジルのバンガラ族はヤマノイモで行う。

子供を食べる

女を食べる人々も男を食べる人々も、一般に一点では一致する。一番おいしいのは子供の、それも一〇歳以下の子供の肉だということである。未成年者を食べることをテクノファジーと呼ぶが、これは人食い人種の間では比較的よくあることである。民族学者の中には、おそらくことをオーバーにしないためであろう、ここに人口を調整するという意味があると見る者もいるが、これに対しては、殺すだけで充分ではないかと反論しうる。アフリカのモンブトゥ族は捕虜にした敵の子供をしばしばお菓子とみなし、王の料理用にとっておく。ドイツの有名な探検家シュヴァインフルトによれば、この民族の数人の小王は毎日の昼食に子供を一人要求するという。自らの子供を愛好する部族もある。アマゾン川流域地方のトゥピ族やグアヤキ族をはじめとする多くの部族は、自分の子供が死ぬと食べる。同様の例は二〇世紀初頭にも、モンブトゥ族やカフラーリア人、ニジェール川デルタ地帯のイボ族、オセアニアの多くの部族で報告されている。一八九五年、ニュー・カレドニアで布教したブジュグロン神父によれば、部族の首長アレキ・カイは仲間からピキニ・カイカイ、すなわち「小さい子供を食べる人」というあだ名をつけられたという。神父が山と積まれた枝を好奇心から持ち上げて見ると、「五人の子供の死体が隣り合わせに寝かされていた。民衆の大きな祭りのために使うものに違いない」

胎児を食べる

巣から落ちそうな小鳥ズアオホオジロを食べる食通のように、多くの人食い人種が胎児や胎盤、そしてとくに生まれたばかりの子供のへその緒を食べる。

中央オーストラリアの部族は中絶して胎児を焼いて食べると、カルボニ、グローコ、ノビリが『嬰児殺しの現象学と人類学』に書いている。この三人の科学者によれば、母親と兄弟姉妹は「もっと丈夫になるために」胎児を食べるのだという。ユニ族、ピンデュリ族、ヌガリ族、ナンブジ族では、食糧不足が原因で胎児を食べることがたびたびある。

調達の容易さ

人食い人種にとって人肉の第一の供給源は戦いと死者である。敵を食糧貯蔵庫とみなしていると、それがごく当たり前のことに思えてくる。あるパプア人はデュモン・デュルヴィルに、「ココヤシとバナナと魚と食用の人間は隣の島にある」と語った。とはいえ捕まえる必要はある。危険だから敵と戦いたくはない、でも人肉のおいしい部分の素晴らしさもあきらめられないという人のための手段もある。例えばいくつかの地方では、一種の市場が形成されていた。一方には人間を捕らえる狩人がいて、もう一方には消費者がいる。消費者は人肉が人肉として売られている広場に定期的にやって来る。こうしたことは中国では十二、三世紀から指摘されており、人肉が犬肉の五分の一から六分の一の値段で売られていた。

ニュー・ギニア島北東にあるビスマーク諸島の大きな島の一つニュー・ブリテン島では、十九世紀初頭に人肉がヨーロッパの肉屋の肉切り台に似た台にのせて愛好家に売られていた。十九世紀後半を通して、人肉は多くの

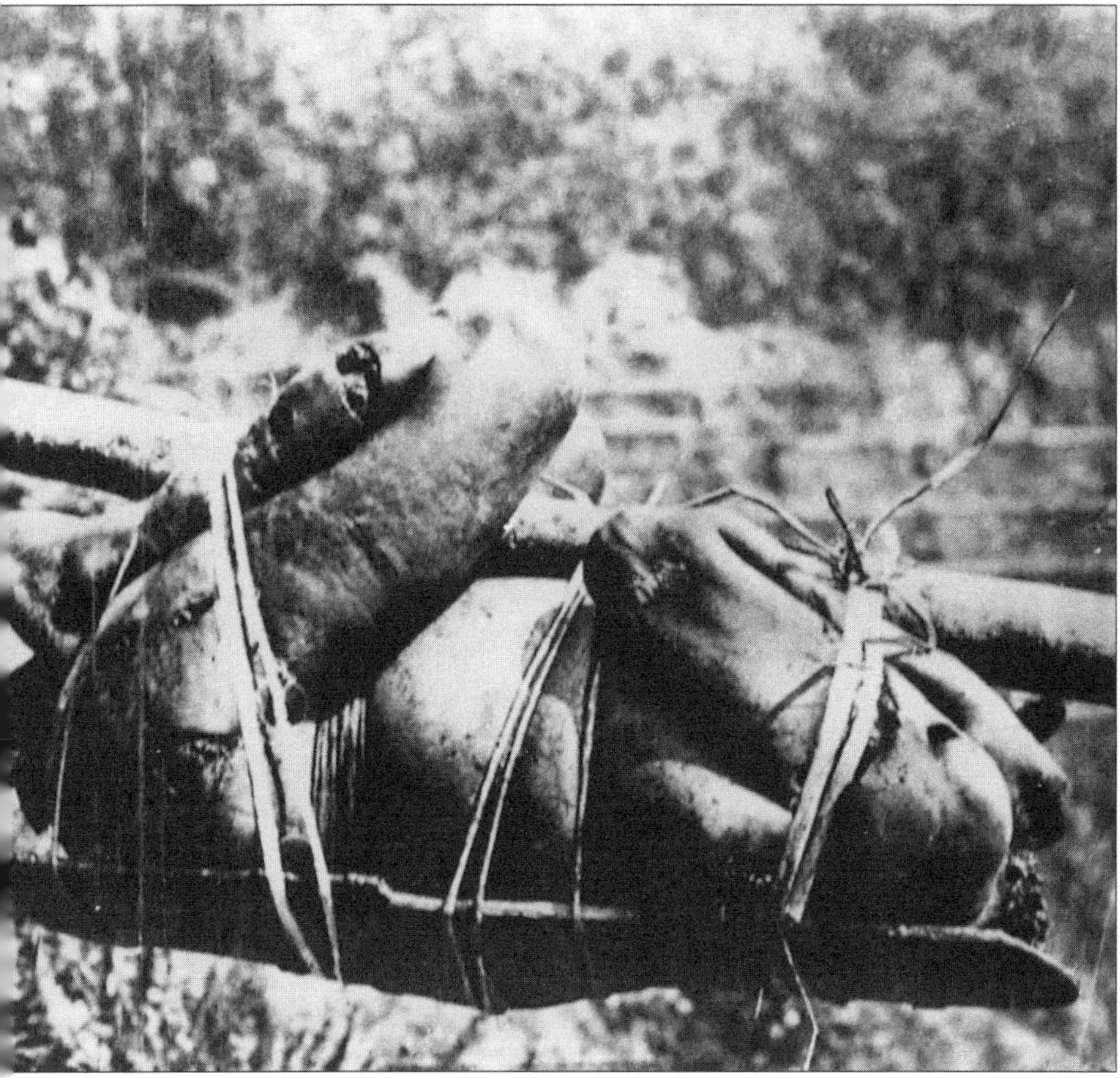

国で一般的な商品の一つになっていた。宣教師や探検家などヨーロッパからやって来た人々で、アジアや中央アフリカでのこの現実を確かめた者は多い。香港では一八八九年になっても切り分けた若者の肉が売られていた。中央アフリカやオセアニアの市場はもっと「商業的」で、消費者は切っただけの肉か骨を取った肉かを選ぶことができただけでなく、例えばギニアでのように、生きた人間の欲しい部位を指定することもできた。ウバンギ川流域でも同様だが、ここでは家畜化された人間が客の間を連れまわされたり、あるいは手足を杭につながれた姿で狭い柵の中で単に見せられたりしていた。売主は捕虜の体の上に予約済みの部分をチョークで書いていき、全部あるいはほぼすべてが売れると、解体を始める。生身の人間を前にその場で選ぶこの方法については、探検家のフルエストも一八八〇年頃にオゴウエ川沿いに住むペンハウエン族のところで何度か目撃、記録している。ダオメーでは、同じく十九世紀に人肉の「市場」が頂点に達した。「煮炊き用の囚人や奴隷が次々と供給される食糧

首を切断した人間の獲物を村に持ちかえる人食い人種の戦士。オセアニア。1910年。
(Photo Roger-Viollet)

センターがあった。殺害場所や肉屋には誰でも行くことができた。王と高官は健康を維持するために体を人肉でこすって、範を示した」とR・ヴィルヌーヴは書いている。人肉の公然たる売買にはクレマンソーも無関心ではいられず、『社会の混沌』の中でこう書いている。「ぎらぎらした目と鋭い歯をした仲間にそっと触れられる哀れな黒人の思いは、悲惨なものに違いない。仲間はその胸にチョークで骨付き背肉の部分を描き、あとで肉屋でもらうのだ……」

闇取引き

現在では人肉の売買は事実上なくなったが、それでも定期的に復活して、人々を驚かす。一九六七年八月二十八日付けの「ジャパン・タイムズ」紙によれば、広東で通りを歩いていた人が、人肉のスープを味見して買うよう勧められたという。生きたまま解体した人間を大鍋で煮て、スープのベースにしたものだった。買おうとする者は自分の皿に浮かせたい部分を指さすよう促されたという。私は一九七〇年代半ばにトーゴのロメで、子供を生のまま細かく切って売った男が逮捕されるのを目撃したことがある。

火を通すか通さないか――料理戦争

人食い人種には人肉を生で食べる者と加熱して食べる者とがあるが、それは文明の度合いや宗教とは無関係である。どちらの慣習にも忠実な実践者がいるが、一方の支持者が場合によっては他方に移ることもある。この種の例は戦いで高揚した時などに何度も目撃されており、普段は肉を焼く集団の戦士が生のまま食べたという目撃証言は数多い。テヴェは『南極フランス異聞』(『フランスとアメリカ大陸1』所収、山本顕一訳、岩波書店)の中で、ブラジルのトゥピナンバ族についてこう書いている。「戦争のさい彼らが敵を捕えたとき、それを連れて帰るほど軍勢が強力でない場合には、せめてできることをして、敵がまだ巻き返しに来ないうちに相手の腕や脚を切り落とし、残りを置き去りにして逃げる前に、切り取ったものを食べてしまうか、めいめいが大小の肉片をつかんで持って行く」

多くの部族が、料理用の人間は部位によって火を通したり通さなかったりして食べるべきものだと思っている。例えばデュモン・デュルヴィルが出会ったペルタイ族。「体が切り開かれると、首長は脳みそにバナナを入れてそのまま食べる。それをすべて平らげたあとで、ようやく腿を食べ始め、次には手、最後に腎臓へといく。残りの部分は民衆に与えられるが、その前に生殖器は取って、バナナの葉で包んでおく。これはかまどで焼いて最高の首長に捧げられる」。新世界の発見者たちとそれに続いた人々は、同盟を結んだり物々交換したりできる普通の人食い人種と、「調理用の火」を知らない、おぞましい獣性を持った人食い人種とを区別するようになっていく。例えば、十八世紀末まで、ブラジルに住む残忍なウエテカ族は、ヨーロッパ人から恐ろしき野蛮人の極みとみなされていた。「彼らは生の人肉を食べ、自然や文化、人間の良識に挑戦して、理性をもたない野獣のような激高をあらわにする」

バタク族も同様である。十九世紀初頭に何度も彼らのもとに赴いたヴェルノー博士は、「彼らは普段は人肉を加熱調理するが、おいしい部分にコショウを振りかけて生のまますぐに食べるのも大好きである」と書いた。一九七九年、ジャック・ヴィルヌーヴは人食い人種に関する研究の中で、人肉を加熱することは文明が進化していることを示す第一のしるしの一つであるという考えをいまだに擁護して、こう書いている。「食べ物やその調理に対する愛情からくるこの選択の中に、おそらく人間が肉食獣に優る点がある」

生きながら焼くか

二つの方法を試した者は加熱した方を選ぶ傾向にあるが、実際は単なる好みの問題である。火を通すともともとの味をとどめないほど食物の味が変わる。一九七二年にアンデス山脈で飛行機事故が起こった時、人肉を食べるこ

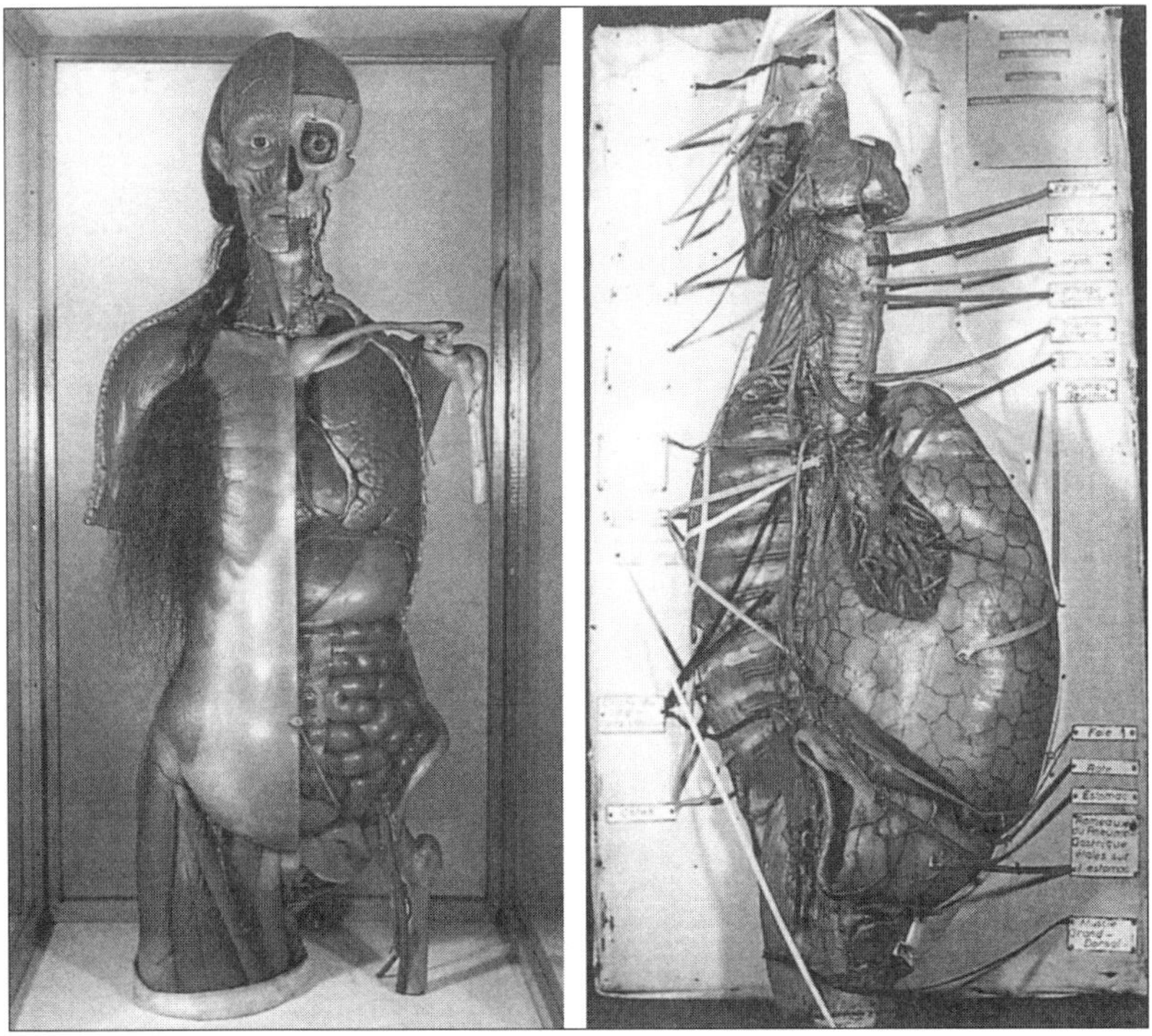

豚と同様、人間はすべて食べられる。人食い人種はとくに内臓や諸器官を好む。（資料 M. M.）

とを強くためらった人たちも、加熱すると食べてみようかという気になって近づいて来た。生還者の一人は、「火であぶると肉はずっとおいしくなった。牛肉と同じような味だが、もっと柔らかかった」と語っている。

実際、食人がもたらす残酷さと本当に関係しているのは、火を通すか通さないかではなく、食用の捕虜を殺すという点である。人肉に火を通して食べる人食い人種は、捕虜を生きたまま焼くことがあるのに対して、生で食べる部族は一気に殺した人間から肉を取る。したがって火を通すか通さないかの問題は、もっと重要な、食べる儀式に関わる第二の問題、人食い人種自身も無関心ではいられない問題へと通じる。十六世紀半ばに、九ヶ月にわたってブラジルのインディアンの捕虜になったシュターデンが書き残したものによると、彼の見張り役だった人食い部族トゥピナンバ族の看守は、敵であるグアヤキ族のことをとくに邪悪な人間とみなしていた。それというのも彼らが「怒りにまかせて、殺しもしないうちに捕虜の手足を切って食べる」からで、「他の部族は少なくとも食べる前に殺す」

食用人間の殺し方

食用人間の殺し方は実にさまざまであり、肉に火を通す通さないにかかわらず、人食いの宴における準備段階の儀式をなしている。いくつかの部族は一気に殺す。例えばニュー・ヘブリディズ人。犠牲者は両手両足を合わせて縛られ、横向きに寝かされる。不幸な男のまわりで人々が踊り、その後一定の時が経つと首長が見物者の集団から離れて、犠牲者のうなじに棍棒で激しい一撃を加える。これで即座に殺すのである。これに対して、犠牲者をできる限り長く生かしながら解体しようとする部族もある。普通こうして串刺し、張りつけ、徐々に強くなる押しつぶし、四つ裂き、八つ裂きと、極めておぞましい拷問が科せられる。「部族にも一族にも属さない人間は、単なるモノ、動物、人間の獲物にすぎないと考えられている。話を聞きもしないし、見もしない」とウィルフリド・

薫製の準備をするインディアン。1892年。
（M. M. 蔵）

ウォーカーがパプア人の部族について説明している。

ベルナール・ピカールは『アメリカの宗教儀式』の中で、ペルーのインディアン、アンティス族の慣習について記している。ここにはあわただしさは全くない。「彼らは捕虜を裸にして大きな杭につなぐ。そして剃刀やナイフ、その他削った小石で作った刃物を使って、体中に切りつける。まだ切断はせず、ただ足や尻、腿の脂肪など一番肉付きの良い部分の肉をそぎ落とすのである。その後、男や女、子供たちは被害者の血で染まりつつ、まだ生きている捕虜の肉を食べ始める。女たちは乳首に血をこすりつけて、敵の血が混ざった乳を子供に飲ませる。これによって赤ん坊の養育に必要なものが供給されるわけである」

獲物にされた人間の苦しみ

『航海日誌』には、十九世紀後半にスマトラのバタク族のもとへ探検に行った時の報告が残されている。「首長は受刑者がまだ生きているというのに、その尻の肉を切り取る。それからそれぞれが同じことをするのだが、自分の分を取るのは位の高い順である」。探検家ヴィアラはこう報告する。「フトゥーナ諸島では、しばしば生きた人間を供する。手足を切断して生のまだぴくぴくしているのを食べ、最後に頭を切り落とす」。これとは反対に、オセアニアの多くの部族は肉に火を通して食べる。とはいえ生きたまま炉の上に置かれて、何時間も弱火で焼かれるのだから、獲物にされた人間の苦しみは変わらない。焼く前に釣り鉤で舌を引きぬき、血を飲むことが多い。

目をえぐりとる

同じくオセアニアでは、焼く前に手足をもぎとって、一本ずつ焼き網に運ぶことがある。人々はその手足を見て、「私は手を食べる」「私は足」などと叫ぶ。囚人の苦しみは出血によってようやく終わる。

一八九〇年にフィジー諸島で、食用の人間が頭骸骨を岩にぶつけられ、砕かれて殺された。男を後ろ手に縛って逆さに吊るし、頭が岩でココナッツのように砕けるまで激しく揺するという方法である。部族が違えば方法も違う。C・F・デイヴィスによれば、フィジー人の一部は捕虜を棍棒で激しく殴ったあと、熱したかまどに入れて正気を取り戻させ、苦しみを感じさせるのだという。

ニュー・ギニアのククク族は、まず最初に捕虜の足を折り、次に子供に石を投げさせて殺す。

オレゴンのフラットヘッド族のもとから一八八〇年に戻ったF・ド・メイによれば、食べる前に「捕虜を木にくくる。足、腿、首、腹に火をつけたあと、肉をそぎ、手の指を次々と関節から切り離す。それから目をえぐり取り、鼻を二つに裂いて、次に首にナイフを刺す」。カナダのインディアン、ブラックフット族は、かつてのチリの部族と同じように、十九世紀になっても心臓食いをしており、敵の胸を開いて生の心臓と臓物とを食べていた。宴の前の儀式として、おそらくもっとも凝った拷問を行っていたのはイロコイ族である。これに関する情報

捕虜を焼くオーストラリアの未開人。1875年。(資料 M. M.)

は大部分がプロテスタント布教団が伝えるものだが、この布教団はしばしば悲劇的な経験をした。一六三二年のポール神父の報告によると、イロコイ族はまだ生きている捕虜の体を小さな部分ごとに焼き、焼けた部分を慎重に切り離して味わっていたという。

煮炊きのさまざまな方法

人肉に火を通す方法は、極めて体系化された確固としたしきたりにしたがう場合もあるが、宗教的信仰や迷信とは何の関係もない原則にしたがう場合もある。つまり単に料理としての指標に則ったものである。食人料理はさまざまな調理法を生み出した。酢を加えて煮ることもあれば、フィジーでのようにソーセージ風にすることもある。アラウカノ族のように挽肉にすることもある。ウバンギ川流域やコンゴ、ナイジェリアの一部では大きく切り分けて油に漬ける。すでに見たように、死体をそのまま火にかけて、焼いた後で切る場合もある。

肉に火を通すからといって、必ずしも温かいうちに食べるというわけではない。J・H・P・マリーによれば、ニュー・ギニアでは赤ん坊は完全に煮えてから解体し、生温かいままでも完全に冷えてからでも食べるし、温め直すこともあるという。

人食い人種は犠牲者をまるごと巨大な鍋に入れて煮るという通俗的な考えは、現実を直視して捨てるべきである。こうした方法が行われたことは一度もない。一部の部族が、いくつかの部分、とくに頭部や睾丸を小さな鍋で煮るだけである。

実際、人食い人種が用いる煮炊き方法は四種類で、大陸や民族によってこれにさまざまなバリエーションが加わる。焼く、茹でる、煮込む、蒸すまたは燻製にするの四方法であるが、いずれにせよ、厳密な掟にしたがっている。責任をもって調理するのは、いつでも最高の料理人である。

ロースト

人肉をローストする方法は主に二つある。鶏にするようにまるごとの人間に大串を刺してひっくり返す方法と、あらかじめ切り分けて部分的に焼く方法である。

マルキーズ諸島では、まだ生きているロースト用の捕虜の手足を折って、骨髄を肉にしみ込ませる。その後で、回せるように体の端から端に大串を突き刺すが、その前に、叫び声を聞かずにすむよう肺に穴をあけておく。大串には実に多くの種類があり、それぞれの違いも明らかである。炉が土を掘った穴の中にあるためにごく低い位置にある串もあるし、逆に、ひじょうに高い位置にある串もある。例えば一八七八年にジュール・ガルニエが伝えたものはこうだ。二本の杭を地面に突き刺し、およそ二メートルの高さのところで交差させる。そこから三メ

肉を新鮮に保つ方法。中国。1895年。
(資料 M. M.)

ートル離れた所に別の杭を二本同じように突き刺して交差させる。長い棒をその二つの支えにかけて、巨大なソーセージのようにそこに捕虜をくくりつける。そして充分な長さにわたって火を燃やすのである。「ようやく焼けた捕虜を外すと、それは煙で黒くなった全裸の死体で、腕は硬直し足はまっすぐになっている」と、この探検家は記している。あとは切り分けるだけだ。

蒸す

人肉を蒸す方法は世界各地で見られる。例えばオセアニアではほぼ全域でこの方法を使う。ソロモン諸島についてはL・ヴェルゲが、ニュー・カレドニアについてはR・ヴェルノーが、ほぼ同じことを伝えている。まず地面に穴を掘り、平らに磨いた石で満たす。その上で大きく火を燃やして石を熱する。その形は死体を丸ごと焼くか解体するかによって異なる。解体しないで焼く場合には、大部分の人食い人種は木や石で肛門を塞ぎ、何一つ流れ出ないようにする。いずれにせよ、石が焼けたらバナナか他の植物の大きな葉っぱで包んだ肉をそこにおく。さらに温めた別の石やさまざまな葉、湿った樹皮をその上にかぶせる。そして最後にすべてを木と灰で覆うのである。石が冷えたら取り除いて熱い石と代える。こうすると肉にゆっくりと火が通り、味わいも全く損なわれないようだ。ただ一つ注意するのは、頭髪を燃やさないようにすることで、体が完全に焼けると、毛髪は普通頭と顔の皮膚とともに丁寧に取り除く。これでココヤシを包んで、臣下からの尊敬のしるしとして必ず首長に捧げるのである。「こうして調理したメラネシア人の肉は、真っ黒になる」とL・ヴェルゲは書いている。

煮る

人肉を煮る人食い人種は、前もって多少なりとも大きく肉を切り分け、普遍的で古典的な方法によって、水か油を満たした容器に入れて煮る。この原則を見事に洗練させた部族もある。例えばニュー・ギニアの原住民は、小さく切り分けた肉を節をくりぬいた大きな竹の中に入れ、肉を浸した水が沸騰するまで弱火にかける。とはいえ竹による調理にも不都合な点はある。中身を入れすぎて竹が蒸気で破裂し、食事が料理人の上に飛び散ることがしばしばあるのだ。

燻製

カリブ語の「ブカキュイ」を語源とするこの方法は、動物の肉を腐敗させないために考え出されたもっとも古くからある方法の一つで、長い時間煙にさらして乾燥させるというものである。これはアメリカとオセアニアの人食い人種がもっとも用いている方法であるが、アフリカの部族には多くは見られない。フルエによれば、ペヌアン族は食用の捕虜を燻製にするという。「捕虜を網に入れて、燃え盛る火の上に吊り下げ、ゆっくりと燻す」。

保存されたビル管理人

精神病理学と鋭い味覚を両立させたような事件が起きた。一九六八年七月、行方不明のビル管理人を捜索していたロンドン警視庁の捜査官は、イギリス連邦からの移民が住むアパートから遺体の一部を発見した。遺体はぞんざいにではなく、伝統的な調理法にのっとって解体されていた。警官が最初に発見したのは鍋の中にあった足で、骨のついたまま圧力鍋に入れてとろ火で煮たものだった。水の中には片目が浮かんでいた。肉の大部分は圧力鍋で調理されてガラス瓶に保存されていた。手足の一部、とくに膝から上の二本の腿は、ハムのように塩漬けにされていた。

嫌疑をかけられた一家は、管理人を来年食べるつもりだったと認めた。イギリス国民が「衝撃的な出来事」と言ったこの事件は、労働党ハロルド・ウィルソン政権の移民政策に反対する者たちにとって、何ヶ月ものあいだ有効な説得手段として役立った。「サンデーテレグラフ」紙は、「このカニバリズムがイギリスの人種間の緊張を高めるのは必至」というタイトルをつけた。

多くの場合、炉の一メートルから一・五メートル上に焼き網か木のすのこを置いて、薫製にする。イギリスの船長P・ドーソンが小アンティル諸島のセント・ヴィンセント島で、人食い人種に捕えられた助手を救ったのは、彼がまさに薫製にされようという時だった。「我々が洞窟に入った時、不幸な助手は薫製にされ始めていた。(…)彼は漁網できつく絞め上げられ、炉の上ではなくそのごく近くに寝かされていた。三人の女が火勢を強めていた」

実際、人肉の調理には何の制約もない。彼らは経験によって、どの部分を焼いて、どの部分を揚げればその持ち味が引き出せるか、また他のどの部分を薫製に、あるいは煮物にすべきかを知っている。頭部と腸は鍋で煮て、筋肉部分と心臓、肝臓、肺、生殖器といった重要器官は焼くという部族もある。これに対して、体内器官は煮込んでそれ以外はすべて薫製にする部族もある。青年は焼くがごく幼い子供などは煮るという部族も多い。

多くの場合、頭部は体のほかの部分とは違って特別な運命を辿るといえる。とくに頭部を勝利記念として保存する部族では、極めて洗練された調理法がみられる。ニュー・ジーランドの部族に関するその一例を、ジョルジュ・ベネット博士が挙げている。それによると、まず頭部を胴体から切り離し、鬚を剃る。石で頭蓋の上部を砕き、脳みそをすべて取り出して食べる。頭蓋の内部を何度か洗ったら、数分間沸騰した湯に入れる。こうすることによって、表皮がすべてなくなる。この作業の間、毛髪には触れないよう注意する。鼻には両側から小さな板を当てて、自然な形を保つようにする。それから変形を防ぐために鼻孔に小さな木片を入れる。目をえぐりとった後で、口と瞼を縫い付ける。取り出した眼球は脳みそと同様、食べる。こうした準備が終わったら、火を通すわけだが、そのためには、まず地面を掘って赤く熱した石で満たす。次に四方が閉じていて上だけが開く、一種のかまどを作る。その開口部は頭部の上部にできている切り口とぴたりと一致させる。熱い石に絶えず水をかけて煙を出させ、水を浸した葉を定期的にかまどに入れることによってさらに煙を増やす。こうすれば、熱と煙が頭の内部にまで入り込むわけだ。水と焼けた石は頻繁に代える。顔にしわを残さないように、また顔つきがまったく変わらないように、祭式執行者は絶えず顔の上に自分の手をあてがう。およそ二〇時間か三〇時間後に、頭部を棒の上に置き、日光にさらして乾かす。あとは油を通して輝きを出すだけだ……。

今日はどこを食べる？

注目すべきいくつかの例外を除いて、人食い人種がとくに好む部位は尻と腿で、ここはとくに柔らかくておいしいとみなされている。新世界の原住民がとくにこの部分を求めると旅行記に書いてあったことから着想を得て、ラブレーは『ガルガンチュワ物語』（渡辺一夫訳、岩波書店）を書く際にこれを利用したに違いない。彼の意見によれば、腿に人気があるのはつねにすがすがしいからで、その理由は三つある。「ソノ一《プリモ》には、水がそこに沿うて流れ出るから。ソノ二ツ《セクンド》には、陽の光が射さず蔭になって人目にかからず、仄《ほの》暗い場所である故に。また第三には、絶え間もなく、あえかなる洞《ほこら》の風やら長襦袢《じゅばん》の風が吹き寄せ、更にまた股袋《ブラゲット》の風も当たるから（…）」。聖ヒエロニムスは『アドヴェルスス・ジョヴィニアヌム』の中で、「アッティコートのガリア部族はとくに少年の尻と処女の乳房を求める」と、すでにその時代のある種の好みについて指摘している。コート・ディボアールのゲレ族は腿の上部を好み、尻、手のひら、わき腹よりも価値をおいている。イロコイ族はどこよりも首を好む唯一の部族のようだ。

特定の器官を好むのは、一般に先祖代々の宗教心や迷信から始まって、しだいに習慣になるからである。そうなればそれを食べる喜びをあらわにすることもできる。対象となるのは心臓、肝臓、脳みそ、目である。

目を飲み込む

ニュー・ジーランドのマオリ族は目を食べることをひじょうに好むが、なかでも好きなのはワイドゥアと呼ぶ敵の左目である。そこに魂と力と勇気が集中していると考えるからである。「戦いの真っただ中にあって、戦士

袋の中に入れられる男。（資料 M. M.）

は何よりもまず獲物を逃さないよう気を配り、殺した敵に駆けよって、そのワイドゥアをえぐりとると、がりがりとかじって飲み込む」とデュモン・デュルヴィルは書いている。マルキーズ諸島では、目は最高の戦士のために取っておく。十九世紀中頃、タヒチでは、フランスの保護領となることに全力で反対し、暗い思い出を残した女王エマラ・ポマレ四世が、食用にする目を可能な限り獲得しようと努めた。目を洞察力を象徴するものと考えたからである。

「目」は二〇世紀になってもその魅力を少しも失わなかった。マラパルテは第二次世界大戦後に発表した『壊れたヨーロッパ』（古賀弘人訳、晶文社）の中で、クロアチアの元首アンテ・パヴェリチに迎えられた時に机の上に二〇キロもの人間の目が置かれているのを見たと記している。現代の食人犯罪者でも、その三分の一以上が、単なる嗜好から犠牲者の目を食べたと認めている。

心臓

アジア、アフリカ、アメリカの多くの部族が、心臓に対する強い嗜好を明らかにしている。この好みを信仰によって正当化する部族もある。フィリピンのアエタ族は心臓を知性の宿る場と考え、スマトラのバタク族やカンボジアのクメール族は勇気の宿る場と考えた。単なる味の問題としては、インディアンのブラックフット族やカナダのイロコイ族、チリ南部の人食い人種は、心臓を内臓と一緒に煮込む。心臓と肝臓のまわりについた脂肪は、世界中の多くの部族で、重要な招待客に特別な敬意を表すための贈り物とみなされていた。

はらわた

内臓に対する評価はさまざまである。グアテマラのいくつかの部族はこれをひじょうに高く評価する。「捕虜のはらわたは、これを要求し続ける老女に与えられる」とブルトンは書く。ギニアでは食卓に移る前に、これで運命を見る。「臓物は毎年ポトフのようにして調理される。すべての戦士はこれを食べなければ死刑とされた」

バルト博士によれば、「調理の前に呪物崇拝僧が古代ローマの腸占い師のようにやって来て、開いた捕虜の腹の中でまだぴくぴく動いている器官を調べ、予言する」

消化器官である胃や腸は食物が発酵する場であるため、保存がひじょうに難しく、取り出したらすぐに火を通さなければならない。ピエール・クラストルは一九七二年にグアヤキ族についてこう書いている。「時には内臓を食べないこともあるが、それはタブーだからではなく、あまりに悪臭がひどいためであり、こうした場合にはそれを土に埋める」

性器

一般に男性器は女性に与えられる。女性器の方は、部族や民族にかかわらず、儀式的な食人では決して食されない。部族の「根源」とみなされたり、永遠の不浄物とみなされたりするからであるが、いずれにしても地中に埋められる。

男性性器をとくに好む部族としては、ニュー・ギニアのカッサイ族を挙げねばなるまい。この部族はバナナのピューレの味を引き立たせるための薬味として性器を利用する。性器は何段階にもわたって調理され、一般に最終的には凝りに凝った料理となる。これは部族のエリート用にされることが多い。

体の先端

多くの人食い人種の食通は、体の先端に引きつけられることが多いようだ。とくに人気なのは手首から先とくるぶしから下である。先に挙げたコート・ディボアールのゲレ族がそうであるが、彼らだけではない。ソンド島の原住民の食事は必ず手のひらか足の裏から始まる。この二つはボルネオのダヤク族も大好きである。アフリカのカフラーリア人は指を切断するが、食べるのではなく血を吸う。セネガルのボボ族から見れば下劣な行いだ。彼らは手足を犬にくれてやる。体の先端の中でも耳と乳首について言っておくと、これらは一九六〇年代にマウマウ団に属する女が熱心に追い求めたものである。

脳みそと頭部

頭部も人体の他の部分と同様食用にされるが、その扱いはさまざまである。単に投げ捨てたり戦利品として手を加えたりする部族もあれば、おいしく味わう部族もある。その場合、頭部は人体の先端の一つとして、とくに重んじられる。ボルネオのダヤク族は脳みそしか食べないが、これは内も外も食べるマレーシアのバタク族やニュー・ギニアのパプア人からすれば実にもったいないことである。

内容物は自然にできた穴からうまく流れ出るか、あるいは単に頭蓋を開いて取り出す。この作業は丁寧に行う場合もあるが、アフリカのファン族のように乱暴に行う場合もある。この部族は、まるでココヤシか何かのよう

食人クラブ

スタンリー・エリンやロバート・ルイス・スティーヴンソンをはじめとして、多くの作家が、都市の中心部にある閉鎖的な秘密クラブの存在を中心に据えた、実話に基づく小説を書いている。人肉のおいしい料理を味わうクラブだ。

ほとんど知られていないことだが、閉鎖的なクラブに集まって、カニバリズムの復活をめざして信念をもって体系的に活動するグループが、今も昔も世界中に存在している。一九九七年、ほぼ三年間続いたあるインターネットのサイトが、FBIによって閉じられた。食人経験を証拠写真入りで詳しく書き込んでいくサイトで、最後はいつも同じ、「すごいぞ、試してみたまえ！」というものだった。

フランスでは一九七八年にCIAP（国際食人実践委員会）なる略号の下、人肉料理の復権を目的に一〇人ほどのメンバーが集まった。ブドウ糖だけでなく他の栄養分も多く含むこの料理で、飢えた人々は同胞を大好きになるにちがいないというわけだ。

に二つに割るのである。いずれにしても、最高の宝物、すなわち一般にもっとも上質でもっともおいしく、もっとも洗練された食べ物とされる脳みそに辿り着くことに変わりはない。それぞれの部族に独自の味わい方があるとはいえ、脳みその味に対する高い評価は世界中でみられる。ペルタイ族は、薄切りにしたパンに半熟卵をつけるように、バナナに生の脳みそをつけて食べる。ペルーのウイトト族は焼いて赤唐辛子を添えて食べる。アラウカノ族は細かく刻んで「ブルー」にして食べる。A・P・プルーによれば、これに対してニュー・ジーランドのマオリ族や南アフリカのズールー族は、大きく切り分けてから長時間茹でる。ニュー・ギニアの大部分の部族は脳みそを頭蓋骨の中に入れたまま火を通す。頭蓋骨が鍋代わりというわけだ。

骨を捨てないで！

人体には、捨てる部分は一つとしてない。骨もそうだ。ラテンアメリカの部族は骨を折って骨髄を出し、その再生力ゆえに老女に与える。ヨーロッパの年配の女性が人間の胎盤や胎児からの抽出物をベースにした若返り療法をするのと全く同じだと言えよう。ラッセル・ウォレスによれば、アマゾン川流域のいくつかの部族は、骨を集めて洗ったあと、こまかい粉になるまですりこぎですりつぶし、スープや飲み物に混ぜるのだという。ヤノマモ族は同様にすりつぶした骨をバナナのピューレに混ぜる。

首長はいつでも正しい

「あなたが力を得るかろくでなしになるかによって……」とラ・フォンテーヌは書いたが、人食い人種の社会にも特権の順位はある。年齢や性別、立場やとくに身分が違えば、同じ部分を食べることはできない。食人の宴が儀式化されてはいても、首長や名士が最良の部分を占有してしまう。どの部分を選ぶかは信仰的な考えとは関係がない場合が多く、部族や地域によってもさまざまである。マルキーズ諸島では、首長と呪術師は尻を取る。バ

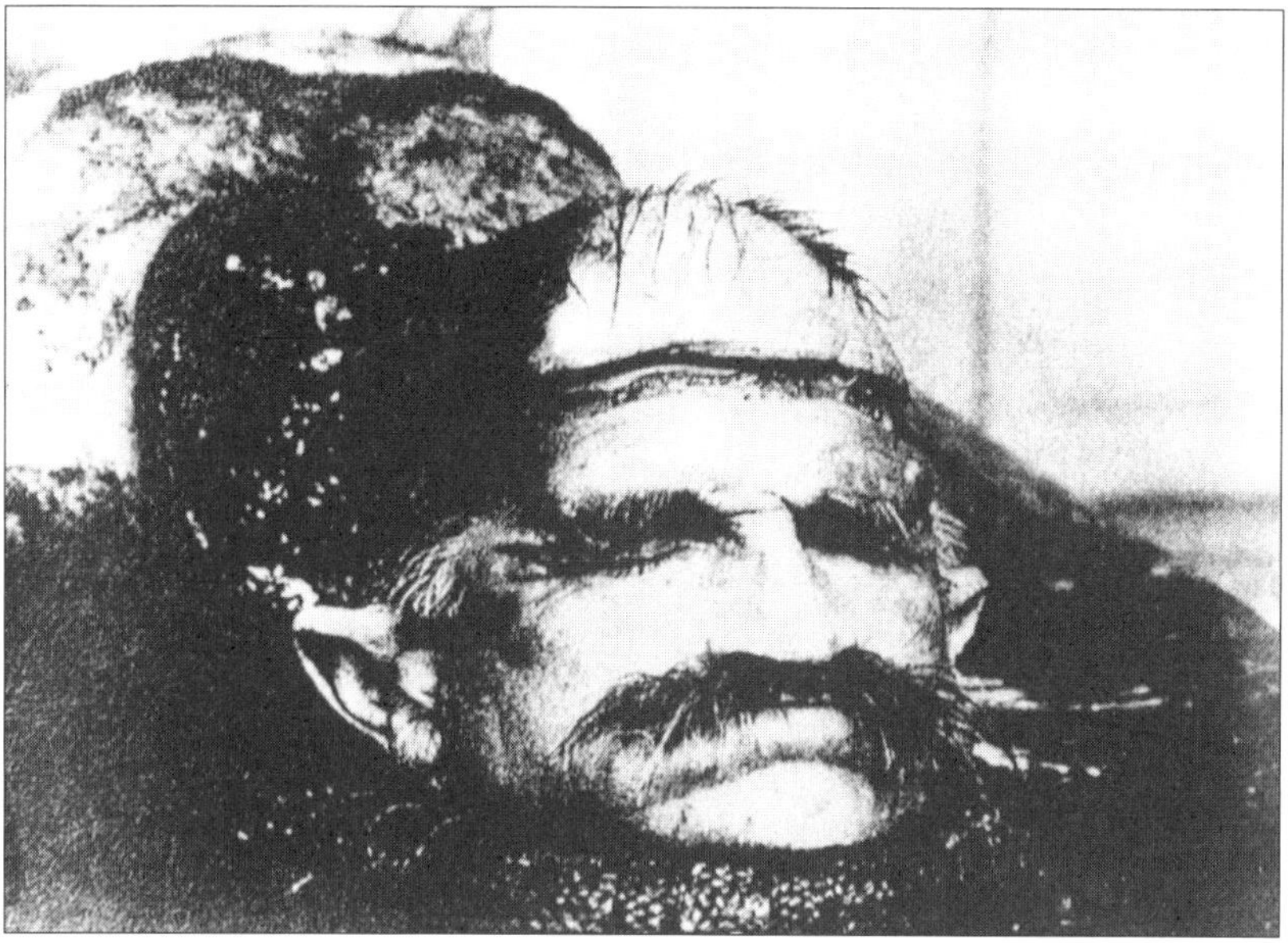

脳みそを取り出すために額の真ん中を切る。(D. R.)

タク族の首長は脳みそを、小首長は心臓と足の裏を取り、その他の人々は残り物で我慢しなければならない。ニュー・ジーランドでは、犠牲者が男であれば頭部はつねに氏族の長に与えられる。これが女であれば乳房になる。マレーシアのダヤク族の首長は、敵の耳と肝臓を取る。こうした例は限りなく挙げられるが、締めくくりとして言えるのは、部族にかかわらず、首長は食いしん坊の特権を持っているということである。

野菜と一緒だととってもおいしい

L・ヴェルゲによれば、ソロモン諸島で食人の大宴会の支度をする時には、「ココナッツを割って中身を細かくつぶし、根とヤマノイモをすりおろして、焼いている死体に添える」。あらゆる料理法の中でも、「若者のバナナ添えは完璧においしいとみなされている」とJ・W・パージュは言う。「かまどに入れた石を薪を燃やして熱したあと、あらかじめバナナの葉で包んでおいた肉を入れる。その上にヤマノイモやタロイモ、パンノキの実を置く。それらすべてを土で覆って、熱を逃さないようにする。数時間したら、肉がほどよく焼けている」

パプアのリオ・グランデ・ドスル地域では、有名な人肉とヤマノイモの煮込みに、必ずサツマイモが添えられる。ニュー・ジーランドでも人肉にバナナとヤマノイモを添えるが、貝や新鮮な魚を加える料理法もある。ニュー・カレドニアの原住民は、人肉を家畜豚や、臓物を取り出さずに食すオオコウモリと同じようにして食べる。詳しく研究したヴォー男爵によれば、肉片にココナッツとサトウキビを添えるが、「不足している時には食べられる土を使う。これはジャワ島でも見られる伝統である」。グアヤキ族がペニスや内臓に添える野菜は、一般にヤシの芯とフリッターである。内臓を引き出したあとの血まみれの穴には、普通バナナを詰めてからローストする。ニュー・ギニアでは、人肉は豚の細切れ肉と混ぜて、焼いた根や葉とともに、樹液から作ったソースで食べる。

付け合わせるものはそれが何であれ、ある程度の調理を必要とする。一番多いのは長時間煮込むことである。

マレーシアのバタク族は、「簡単に食事を済ます」人としても知られている。一九〇五年にアンリ・クパンはこう書いている。「大遠征をする際に、怪我人にとどめを刺してその肉を分け合うことは、彼らにとって珍しいことではない。腰に携帯している竹筒にコショウを入れておき、それを振りかけるのだ。彼らは旅をしながら、人肉の小さなかけらに塩だけをかけて、歩みをゆるみもせずに急いで食べる」

飲み物は何？

人肉料理は特異なものであり、その特殊性に見合った飲み物を必要とする。オトマク族が飲むのは、キャッサバとトウモロコシの根からの抽出物に、ニオッポの粉を混ぜたものである。ニオッポとは、オリノコ川にたくさんいる軟体動物の貝殻からとった石灰に、ミモザの葉を混ぜて作るものである。中央アフリカではヤシ油に人間

フィジー人の食人の宴。1896年。（資料 M. M.）

の脂肪を溶かして微妙に混ぜ合わせたものを多く飲む。アフリカ南部のバストランドでは、血とビールとを混ぜる。スラウェシ島でも、発酵飲料に血を加える。人食い人種のなかでも味の好みが正統派のバタク族は、人間の血だけを竹に入れて飲む。

テーブルマナー

食人の宴は儀式の最終段階である。ここでもまた、きわめて体系化された厳密な慣例と風習にしたがわなければならない。地域住民が全員祭りと踊りに参加したとしても、必ずしも全員が食卓につくとは限らない。この食事には、全員が参加する場合もあるが、反対にごく数人しか参加しない場合もある。

イロコイ族ではアンティル諸島や南米の大部分のインディアンと同様、全員がご馳走に与かる。乳飲み子も例外ではなく、新鮮な血を飲む。遠い村の人と食事をともにすることもあり、友好のしるしとして何片かを供する。

全員分はない

同じ集団内の死者を食べる時に死者の両親を宴から除外する部族は多い。氏族とは無縁の捕虜を食べる時には、調理の直前に殺す係に指名された執行人が除外される。アフリカのいくつかの部族では、締め出されるのは食べられる者の両親だけでなく、兄弟姉妹、叔父叔母にまで及ぶ。実の従兄弟はこの締め出しを免れる。

マルキーズ諸島では、女が宴に参加してはいけない。女の排除はメラネシア全域にかなり広がっている。カトルファージュはニュー・ヘブリディズの原住民についてこう書いている。「女と地位の低い男は人肉を食べることはできないが、食事のあとで骨をしゃぶる権利を持つ場合もある」

ファタルカ族では、首長が死ぬと例外なく全員で食人を行う。それが首長の永遠の命と、部族の不滅を保証するものだからである。理由もなく欠席すると、今度はその人が食べられてしまう。もし会食者の一人が嘔吐すると、他の者がすぐにその吐瀉物を食べなければならない。食べさえすれば、死んだ首長が集団を死んだ魂の攻撃から守ってくれるからである。

人肉の食事が会食者のまさに歓喜をもたらすこともある。宣教師で探検家のルネ・アンドレ・デュペイラは一九五二年にニュー・ギニアで人肉食にあずかった。彼は食事がどのように始められたかについて伝えている。「周囲の熱狂をよそに、バナナの葉によるそれぞれのお皿は丁寧に準備され、女たちはすでに出されている肉片に野菜を加えていく。『分け前』は長く平行に二列に並べられている。腹をすかせた大勢の人々が囲んでいるその二

石臼で骨を砕き、肉を柔らかくする。中国。1896年。
(資料 M. M.)

列の間を、厳かな沈黙の中で年老いた首長たちが歩き回る。最年長の首長はそれぞれの取り分の前で立ち止まり、足を踏み鳴らして勝利した時のように振る舞い、いくつかの同じ言葉を熱っぽく叫びつづけ、最後にその皿を割り与えられた人の名を呼ぶ。呼ばれた人は盗まれることを恐れるかのように急いで皿を摑み、自分の取り分を持ったまま庭のまわりを一、二周し、跳ね回ったり飛んだり叫んだりする。そしてようやく自分の家に戻り、その醜悪な取り分を食べる」。この証人はさらにこう語る。「自分の分を食べ終わると、脂肪と汗でてかてかした戦士たちは犠牲者の骨を振りかざし、妻や娘たちが手にした樹脂を燃料とするたいまつの光の中で、太鼓の音に合わせて一晩中歌い、踊る」

ブラジルのトゥピ族では、宴の最後に時としてシラミを取ったり、会食者が互いに害虫を探し合って食べたりすることがある。「害虫は敵だ。だから他人のように扱わなければならない」と彼らは言う。「食事の出し方」に強い関心を見せる人食い人種は多い。肉料理では死体の内側も外側も、羽や葉、つる植物、あらゆる種類の花で飾られる。実に楽しい名を持つニュー・ジーランドのククク族は、供する肉片を羽だけでなくひじょうに珍しい貝で飾る。この部族について重点的に研究したハーヴィ博士とアルフレッド・セイント・ジョンによれば、彼らは死体をしばしば座った姿勢で丸ごと焼き、手に扇を持たせ、顔に巧みに色を塗って、客に出すという。

フィジー人は供される人肉をひじょうに高く評価して、「最高の肉」と名づけた。彼らはそれを他の食べ物のように指では食べずに、父から息子へと伝えられる聖なる木のフォークを使って食べる。このフォークで他のものを食べると、誰であってもすぐさま処刑され、今度はその人が食用にされるために程よく焼かれる。共同体全体を危険に陥れる過ちを犯した者を罰することは社会の義務だからである。

指で食べるにしても、方法はさまざまである。一八六八年にジュール・ガルニエは、『世界一周』の中で、優雅な頭部の食べ方について初めて書き記した。「それは完全なものだった。頭蓋骨を戦勝品として保存していて全く壊していないからだ。毛髪は丁寧に燃やされていた。頬にひげはなかった。老首長はこの顔に飛びつくと、鼻や頬など肉付きのよい部分を取り去った。残された半開きの目はまだ生きているようだった。老首長は尖った木片を取って二つの目に深々と突っ込んだ。頭蓋骨を空にしてその中身を味わうためだ。彼は尖った木片で頭蓋の中を何度かかきまわし、炉の石の上で揺すって柔らかい部分を落とした。この作業が終わると、それを手に取って口に運んだ。実に満足気だ。この方法だけでは脳みそをすべて出しきることはできない。経験豊かな年老いた未開人は、この頭の後部をもっとも激しいところに置いた。激しい熱で脳みそは完全に内部の膜からはがれる。頭蓋骨に開いたいくつもの小さな開口部から、彼は数分のうちに内容物の残りを出した」

即席のピクニック

「魔がさして悪事を働くことがある」とことわざにもあるように、長い儀式に続くしきたりに則った宴の他に、即興的な食事もある。この場合には、気取らずに食べるだけで、いかなる種類の特権も席順も器官に関する優先権もない。ハンガリーの有名な探検家トルナ伯爵は、今世紀初頭にオセアニアを詳しく調査し、即興的な試食について伝えた。この探検家はたくさんのタバコやガラス製装飾品、ナイフを持って船から下り、「立派な風貌の王子で誠実に迎えてくれた」首長に、食糧と交換してもらった。伯爵はそれからこの首長と、「この上なく優雅に会談に加わった」従者たちと一緒に写真を撮った。そこにまた別の首長が戦士たちを連れてやって来て、先に来ていた者たちに場をあけるよう命じた。最初の首長が断ったので、戦いが始まった。「私と船員たちは完全に中立を守った」とトルナ伯爵は書く。あとから来た者たちが勝ち、敗者としていた取引きを自分たちとするよう探検家に要求した。一つのグループは取り引きをしたが、もう一つのグループは、トルナによれば「死体に飛びかかって解体した。その時他の者たちは乾いた枝を集めて火をつけていた。私が自分の船に乗り込むと、原住民たちは全員グループごとに海岸にしゃがみ込んで、人肉の食事を始めた」。「だからといって、人食い人種がおいしさだけを求めて人肉を食べるという証明にはならない」と、彼の結論は慎重だ。

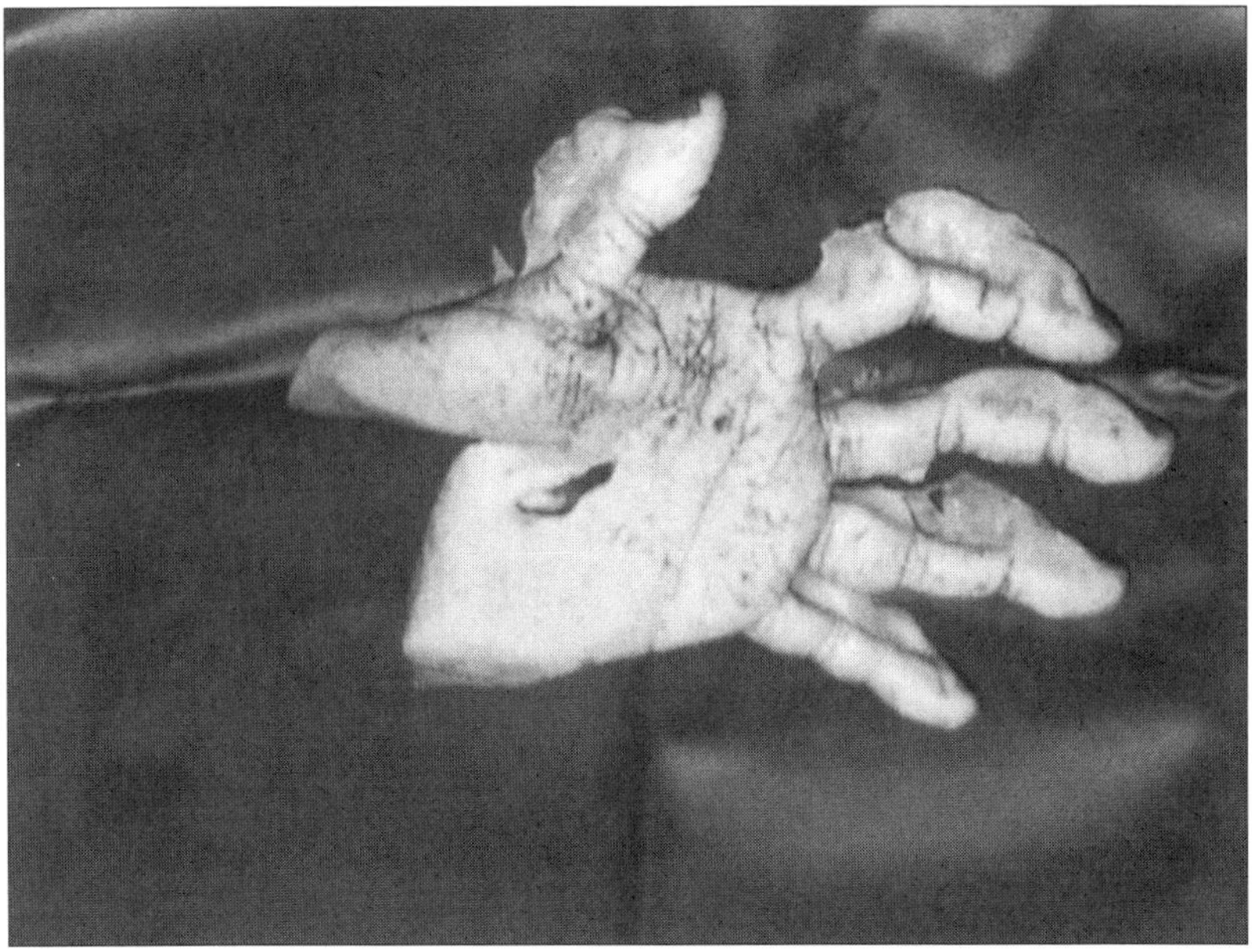

人間の皮膚の手袋。（資料 M. M.）

小さく切る前に縦にのこぎりを入れる。中国。1896年。(資料 M. M.)

人食い人種との食卓

食に対する好奇心はブリヤ＝サヴァランによって高尚なものと考えられるまでになったが、現代では最高刑を受けるような危険な悪癖になる可能性もはらんでいる。とはいえ、試食する者もいれば、食べる者もいるのは事実である。食べ過ぎる者もたまにはいる。

◆八十七歳の母親を食べた六〇代の女

一九五六年一月、アメリカのサンフランシスコで、六十一歳の人食い女バーバラ・モーテンソンが、八十七歳の老いた実母ミルドリッドを生きたまま食べたために尋問された。警察が彼女の家に行ってみると、彼女はドアを開けたが、その顔には乾いた血がべっとりついており、ネグリジェには真新しい血が飛び散っていた。警官はアパートの中に肉片が散乱しているのを発見した。母親はまだ生きていた。収容先の医師がみたところ、母親の体は傷だらけで、いたるところにつけられた嚙み跡には骨まで達しているものもあった。バーバラ・モーテンソンが警官に説明したところによると、彼女は抗うつ剤で治療中で、健康回復のためひと月前に母親の家に移ったのだという。

◆分類する

一九九三年、ロシアのノボクズネーツク警察は慎重な構えをとっていた。この小さな町の食人鬼が家事をしたあと、料理の残りを小川に流していたのである。脛骨や腸骨、肋骨など、四十三本の人骨が発見された。調べたところ、これらの骨は青年四人と少女一人、成人男性一人の計六人のものであることがわかった。遺伝子から、この人たちが一つの家族であることが確認された。しかし「一家失踪」事件は一件も報告されていない。その後六ヶ月間、警察は地域のあらゆる市場をひそかに調べ続けたが、成果は得られなかった。

◆黄金の家族

最近の家族ぐるみの食人事件としては、一九九〇年代初頭にイギリス、グロスターで逮捕されたウエスト夫婦が挙げられる。見たところ平凡なウエスト夫婦は、多くの場合ヒッチハイクをしていた少女たちを誘拐してクロムウェル通り二五番地の自宅に連れ込み、二度と帰さなかった。最年少の少女はまだ八歳だった。恐しいことに、犠牲者の一人は、夫婦の実の娘、十六歳のヘザーだった。イギリスの新聞が「恐怖の館」と名づけた家では、十五ヶ月の間、強姦、拷問、殺人、食人などあらゆる異常行動がなされていたらしい。

◆美しくなるために

マルセラ・コスタ・デ・アントラデは九ヶ月の間に十四回殺人を犯した。犠牲者はリオ・デ・ジャネイロ中心部をうろつくストリート・チルドレンから選んだ。首を絞めて斬り、頭部を打ち砕いたあと死姦し、「彼らの美しさを我が物にするために」血を飲んだ。彼は、インディアンは敵の力をもらうために敵を食べると説明した民族学レポートを参考にしたのだという。

◆斧で赤ちゃんを奪う

一九八九年、ザンビアのルーサカで、生後四ヶ月の赤ちゃんを焼いて食べた男が逮捕された。男は、赤ちゃんを胸に抱いていた女性に斧で襲いかかった。母親は両腕を切断され、幼い娘は耳を失った。その後、男は赤ん坊を連れて逃げ、すぐさま焼いた。そして試食の真っ最中に尋問を受けた。調べたところ、男は実の子供を殺して食べた罪で五年間刑務所に入っており、出所したばかりだった。

第6章

食糧としての食人

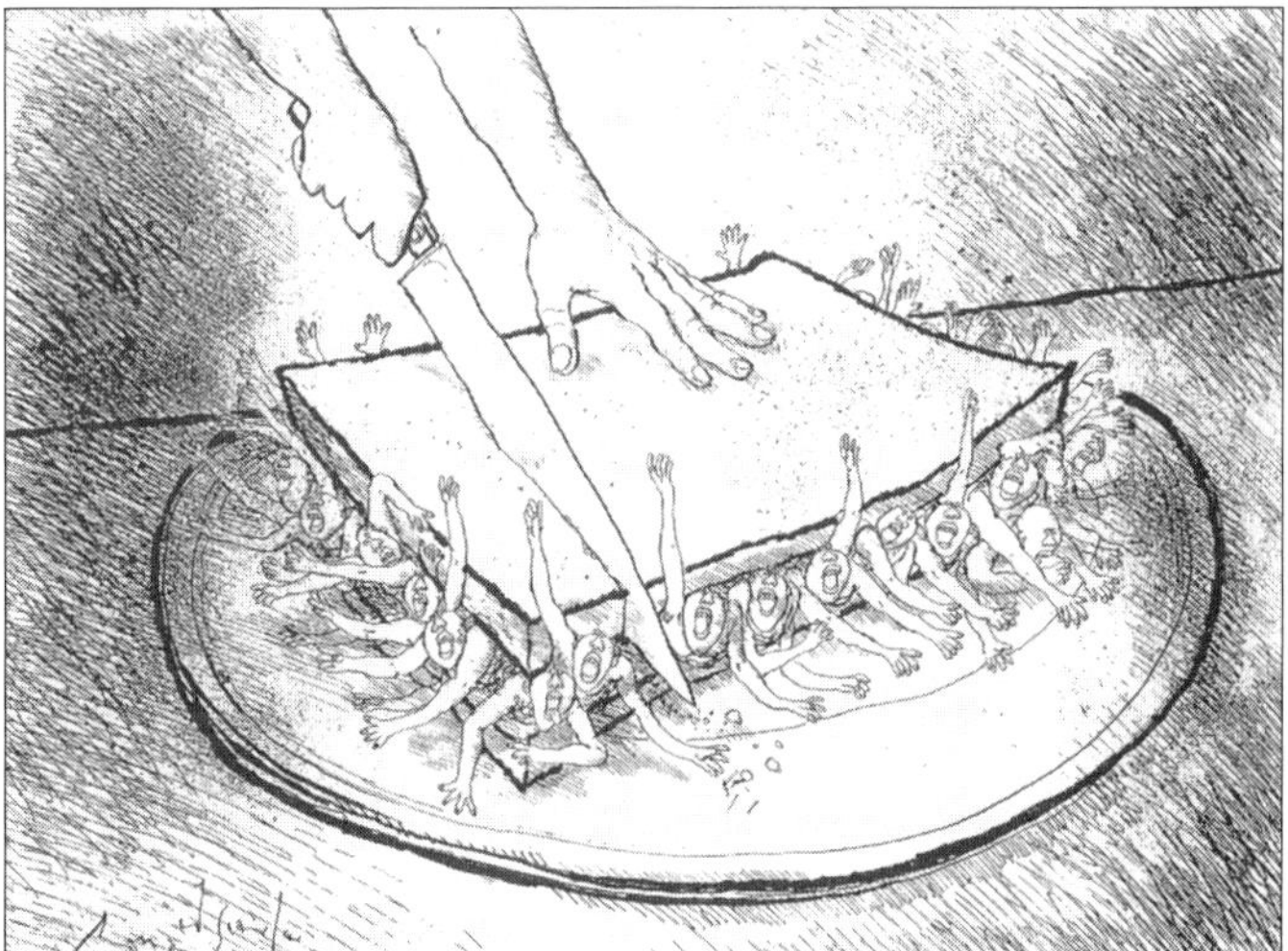

（前頁）アフリカ。フレンチトースト。ロナルド・サール作。（le cherche midi editeur）
（上）1919年の大飢饉の時に動物と人間の肉を売る農民。ウクライナ。（Photo Sygma）

「人間を食べるべき時だ」

特別な状況下でも唯一調達可能な食糧である人間を、一度も食べずに済んだ社会はない。食糧としての食人は、このタブーを犯すことは最高に忌むべき行為であると思い続けているヨーロッパ社会から見ても、理解できる、同情さえ感じうる、珍しいタイプの食人である。食糧としての食人は複雑で、普遍的な筋道など一切存在しないようにみえる。

歴史上には、恐ろしい飢餓に直面した民族が、忌まわしいタブーを犯すよりも死を選んだ例がみられる。また別の民族は、あるいは同じ民族でも時代が違えば、「人間を食べる時だ」と比較的早く決意をしている。北極近くの人気のない寒い地域に暮らすエスキモーは、資源を何一つ持たないが、決して人肉は食べない。何百年にもわたって幼虫や昆虫を食べることを強いられている、アフリカ南部に住む貧しいブッシュマンも同様である。

食糧としての食人は、二種類に分けて考えるべきだろう。一つは死か人肉かをすぐにきっぱりと選ばなければならない時の、生き残りをかけた食人で、もう一つは、「つらい日常生活を改善する」という陳腐な表現で要約しうる、食糧不足の折の食人である。ここでは明らかに異なるこの二つの行為を別々に分析することにしよう。

生き残るための食人

生き残るための食人として歴史に残る一例は、十三世紀後半にイタリアを支配した残忍非道の暴君ゲラルデスカ伯爵ことウゴリーノによるものである。彼は一二八八年にピサ大司教ルッジエロ・ウバルディーニを頭とする陰謀の犠牲となって敵の手に落ち、二人の息子と二人の孫とともにガランディの塔に投獄された。独房の鍵はアルノ川に投げ捨てられた。以後この塔は「飢餓の塔」と呼ばれている。

長男のルッジエリは父親に食人を勧めた。「父上、あなたが私たちを食べた方が、私たちの苦しみもずっと減るでしょう。我々にこの貧しい肉をつけたのはあなたなのですから、これを剝ぐのもまたあなたです」。ウゴリーノの拒否は長くは続かなかった。「彼は頭を後ろからかじったあと、頭髪に口を当てた（…）」。「哀れな頭蓋骨は、犬のような歯によって粉々にされた（…）」。ウゴリーノは最後に死んだが、その死は人々の想像力に強く訴えかけた。ダンテも「地獄篇」の三十三番の歌に導入して、『神曲』中でもっとも恐ろしいエピソードの一つに仕立てたほどである。

食人と投獄

肉を切り分けるイロコイ族。（資料 M. M.）

生き残りのための食人を引き起こす第一の状況は、自由を奪われて投獄された場合である。その生活条件はしばしば地獄のように耐え難いものになる。たとえば過密状態にある第三世界のほぼすべての刑務所がそうで、そこでは囚人のほとんど全員が精神に異常をきたしている。

工業国であるロシアも、この面では発展途上国と同列に並ぶ。一九八五年七月には、西シベリアのノボクズネーツク刑務所に仮入獄していた十二人が、暑さのために死んだ。こうした恐るべき監禁状態を逃れようと考えた二人の囚人は、気が狂ったと思わせるために食人にふけることに決めた。一九九四年七月二十七日から二十八日にかけての晩に、三人を殺した罪で死刑を宣告されていた二十三歳のアレクサンドル・マシュリシュと、懲役十五年の刑に服していた二十六歳のアレクシス・グラゾフは、次に自分たちの監房に送られてきた囚人を殺して食べることに決めた。イタル・タス通信によれば、その理由は、精神病院に移送されれば生活条件が少しはましになると思ったからだった。そしてアレクシス・ドジウバなる二十三歳の青年の首を絞め、ナイフとフォークで解体、心臓と肝臓、肺、臀部の一部を煮て食べた。二人の男はシベリア南部のバルナウル裁判所で死刑宣告を受けた。

二年後の一九九六年、いまだ処刑を待っていたアレクサンドル・マシュリシュは、再び同じ罪を犯した。新たな共犯者とともに牢獄の仲間ヴォロシャ・アリストフを殺して食べたのである。今回は鋭くしたドアノブと瓶の破片で死体を切断し、器官を取り出して、寝台のわら布団を燃やした急ごしらえの火で焼いた。裁判所で彼は、「この手料理をおいしく食べたが、肝臓はまだ食べ終わっていなかった」と認めた。その証拠に、翌朝看守が小さくしなびた器官のかけらを鉢の中に見つけている。ジャンヌ・モゾル弁護士は口頭弁論で、彼の反社会的な精神障害について説明したあと、こう言った。「彼は実に感じのよい青年ですが、ひじょうに孤独で、自分を被害者だと思っています。彼は自分が他人、とくに刑務所で知り合う犯罪者たちよりも優れていると感じています。彼はそうした人達を排除することによって、社会の救済者としての役割を果たしていると思っているのです」

フェリシア号。少年水夫から始める。1875年。
(Photo Roger-Viollet)

この前年、カザフスタンのセミパランチスクにある刑務所で、五人の囚人が同じ監房のもう一人の仲間を食べた。刑務所が「充分な食糧を与えてくれない」というのがその理由だった。日常生活の改善がアンドレイ・ヴォルチェンコフなる男によって体現されたわけで、その腕や腿、背中の肉は、一部が赤く熱した金属板の上で焼かれ、残りは電気コーヒーポットの中で茹でられた。

調査によって、過密したこの刑務所の囚人は飢えており、通常では考えられないようなことでも平気でするほどの状態であったことが分かった。モスクワの「コムソモーリスカヤ・プラウダ」紙はこう結論づける。「刑務所制度がもはや囚人の基本的な欲求を満足させられなくなっているロシアでは、こうしたことはいつでも繰り返されるだろう」

一九九〇年から一九九七年までの間に、ロシアの新聞は飢えた囚人が犯した食人事件について何度か報じている。セルブスキー研究所の専門家アンドレイ・チャチェンコによれば、人食い人種が他の場所よりもロシアに多いわけではないが、ただ「食人が現れやすい状況」にあるのだという。

アフリカの多くの刑務所もひどい状態で、食人事件も同じようにたびたび起こっている。こうしたことは、ルワンダ、モザンビーク、シエラ・レオネ、アンゴラで指摘されている。カンパラのある拘置所は、多くの人々にとって恐怖の思い出の地として、他の拘置所と一線を画している。というのもかつての国家首長イディ・アミン・ダダが、野蛮な行為に積極的に荷担した場所だからである。事件を明らかにしたのは元外交官のエドムンド・キジツ卿、ニュー・デリーの全権公使からモスクワ、次いでボン駐在のウガンダ大使を勤めた人物である。この最後の任命から二ヶ月後、不興を買った彼は、アミンに呼び戻されてただちに首都のステート・リサーチ・センターの独房に投げ込まれ、その後マキンディの強制収容所に送られた。エドムンド・キジツ卿は奇跡的に悪夢の三年間を耐えて生き延び、一九七五年に脱走してケニヤ、次いでイギリスへとわたった。イギリス女王から爵位を授かり、重大な任務をたびたび果たし、国際的な外交の世界で尊敬されているこの人物が、衝撃的な事実を明かしたのである。その真実性は疑いようもない。彼はこう語る。「私自身、殺された仲間の目や睾丸を食べるよう強いられました。(…)囚人たちはしばしば棍棒によるまさに剣闘士の戦いを、死ぬまでさせられました。残忍な看守の命令と殴打を受けて、勝者は犠牲者を食べさせられました」

イディ・アミン・ダダ将軍は定期的に刑務所に行って、決闘と食人を強制的に行わせた。意味深長なことに、住宅街の中にあるナカセロの丘の刑務所には、すぐ近くにあるウガンダ大統領の住まいに直接通じる道があった。首都の住民たちはその存在を知ると、すぐにこの道を「アミンの食糧貯蔵庫」と呼ぶようになった。一九七九年、タンザニア軍の支援を受けた新政権は、旧体制下の牢獄の中に忌まわしいものを発見していく。タンザニア兵が国家研究所の建物の中に、やせ細った囚人が数人いるのを見つけたのである。周囲に横たわる死体を食べて一ヶ月以上生き延びた人たちだった。ナカセロ刑務所の監房内からも、切断された腐乱死体が十五から二〇体見つか

少年水夫はいる？　いない？

食人へいたった遭難の歴史を研究すると、飢えや渇きで正気を失った水夫の最初の食事の犠牲になるのは少年水夫である場合が多いことが分かる。小さくて肉が柔らかく、抵抗もしないため、いっそう食欲をそそるようだ。数多くの例の中からいくつか挙げてみよう。

◆フェリシア号

一八七五年。船が座礁すると、水夫たちはまず最初に少年水夫の頭を斧で砕き、血を飲み肉を食べた。他の船に救助されたが、一人を除いて全員が衰弱死した。生き残ったその一人がこの悲劇について物語ったわけだ。

◆ヴィクトリー号

一八八四年。遭難した船で、イギリス人の船長は船員二人と少年水夫一人とともに生き延びた。船長は食べるために少年水夫を殺すよう命じた。救助された三人の男は、この殺人に関して軍事裁判所で無罪判決を受けた。

◆ブリタニア号

一八八五年。中国に向かっていたブリタニア号は暗礁にぶつかって、数分のうちに沈没した。二〇人の船員は救命ボートに乗り移ることができた。飲まず食わずで過ごした数日後、何人かの水夫は少年水夫を食べる決意をした。生存者の一人ピエール・モエルの証言。「罠を仕掛けた男が彼の喉にナイフを刺しました。少年水夫は恐ろしい叫び声を上げましたが、それはやがて苦しそうな喘ぎに変わりました。（…）殺害役は腕が震えて頸静脈を外しました。（…）船員は船の元コックに『へたくそ』と叫ぶと、ナイフをもぎ取って何度か力一杯切りつけ、哀れな男の頭を木の長椅子の上にのせて殺しました。それから頸動脈を探しながら、首を切り落とし始めたのです。（…）彼は頸動脈を探しあてると、待ちかねたように大きく開いた傷口に口を当てました。血を吸う汚らわしい音と、満足げな吐息を私は聞きました。血を吸う力がなくなると、彼は他の人に代わってやりました。こうして八人が同じことをしました。生存者はイギリスの砲艦タイガー号に救助されました。船長は事実を知ってもことを荒立てませんでした。少年水夫はただの『アイルランドの男の子』でしたが、それを食べた水夫たちの方は、立派なイギリス人です。船長は自分の隊を強化するために水夫たちを兵籍に入れ、事件を不問に付しました」

った。弱りきった状態で発見された数人の囚人は、人肉を食べて死を免れたと語った。

民族大虐殺や、死体を食べたりワニの餌にしたという話、行方不明の家族の情報を得ようとしたために皆殺しにされた家族の話なども、数多く存在する。

ソ連の強制収容所

ナチスやスターリン時代のソ連、毛沢東時代の中国の強制収容所は、収容した人々をあまりに非人間的な状態におき、食人に頼らざるをえない状況へとしばしば追い込んだ。この点では確実な証拠が集まっている。

こうした行為はソ連の強制収容所では一九八〇年代まで確認されていた。これは収容所が古典的体制の拘置所に移行していった時代である。

ソ連の強制収容所は全体主義国家が作り上げたあらゆる収容所と同様、監禁された人々が強制労働を強いられる点を特徴とする。当局の残虐な暴力と日々の恐怖によって、人々の権利はすべて打ち砕かれ、誇りは消し去られた。死なずにすんだ生還者たちは、ソルジェニーツィンを始めとして、収容所での体験に関する忘れ得ぬ著書を書いている。

一九六一年から一九九一年までソ連の強制収容所に監禁されていたアナトーリー・マルチェンコは、ウラジーミル監獄で行われていた食人について明確な言葉で詳しく語っている。一九七〇年に刊行された著書『わたしの供述』(『現代ロシヤ抵抗文集8』所収、梶浦智吉訳、勁草書房)の中で、彼は食人行為の中でも明らかにもっとも驚くべきケースについて伝え、どれほど悲惨で絶望的な状況に置かれると、収監された者たちは互いに食い合うまで追い詰められるのかを示した。「彼らは苦心の末カミソリの刃を手に入れ、何日かかかって紙をためた。必要なものいっさいの準備ができると、各人が自分の身体からひときれずつ肉を切り取った——腹からの者もいれば、足からの者もいた。血は一つのミスカに集め、その中に肉をぶち込み、紙と書物で小さな焚火をして、このごっちゃまぜのものを、いためるとも、煮るともつかぬことをやり始めた。看守らが様子のおかしいことに気づいて監房の中に駆け込んできたときには、煮物はまだ煮上っていなかった。けれども囚人たちは、大急ぎで、やけどをしながら、ミスカの中から肉のきれをひっつかんで、急いで口の中へ押し込んだ。あとで看守らでさえ、

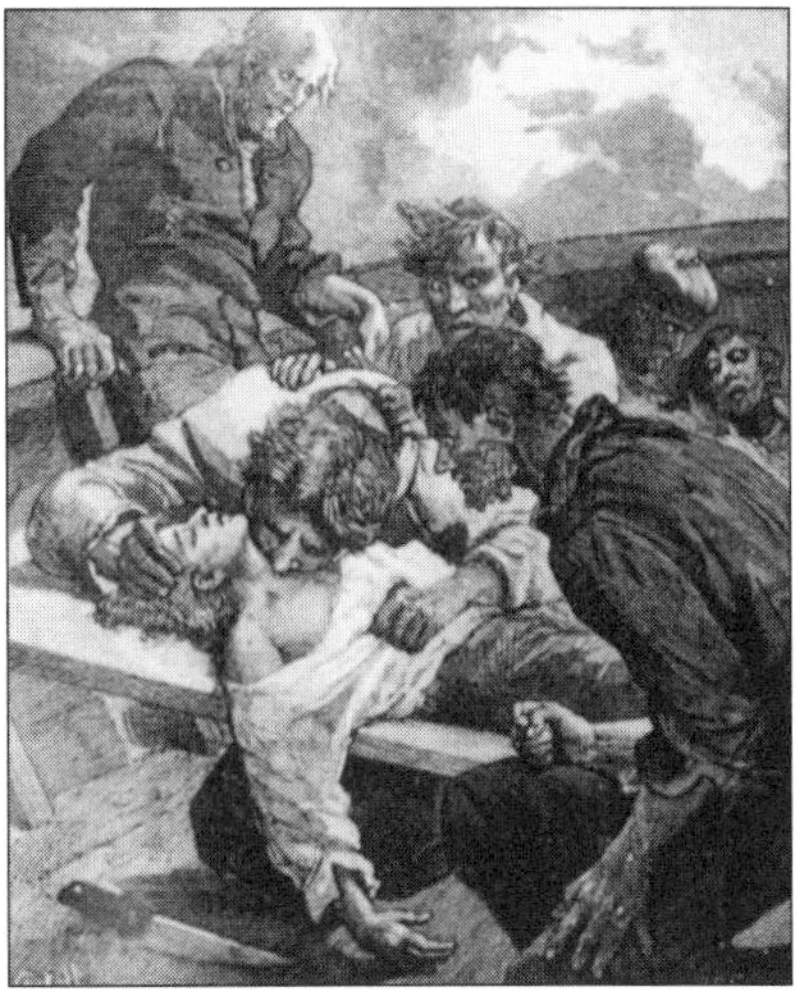
少年水夫の血を飲む。（資料 M. M.）

それは恐ろしい光景だった、と語った」

アナトーリー・マルチェンコは著書の別のくだりで、この中断された宴の参加者の一人で、個人的にも接触していたユーリー・パーノフについて言及している。「彼の身体には傷のないところがなかった。パーノフが他の者と一緒に自分自身の肉をご馳走になろうと決心したこの出来事のほかに、彼は何回も自分の身体から切身を切り取って、給食窓の看守らに投げつけ、何回も自分で腹を切りさいて。内臓物をさらけ出し、（…）。それでもともかく彼は生きてウラジーミル監獄を脱出して、（…）その第一一分所にいた。わたしたちは、作家のユーリー・ダニエルが第一一分所に来てわたしたちの仲間と親しくなったとき、パーノフのことを彼に話した。ユーリーははじめは信じようとしなかった（…）。ユーリーは懲罰房をくらい、パーノフも懲罰房にはいっていて、たまたま懲罰房の入浴があった……。ユーリーはパーノフの素裸を見たとき、あやうく失神するところだったと、あとでわたしたちに語った」。ソビエトの強制収容所で行われていた食人には二種類あった。ある者たちは極限状態で監禁されることによって食人に追い込まれるのだが、その一方で、収監される前からこれを実践していた者もまた存在するのである。

「雌牛」と囚人

シベリアの収容所の元囚人で『強制収容所マニュアル』の著者であるジャック・ロッシによれば、そうした者たちはリウドワと呼ばれていた。彼らは強制収容所内で、加重情状となる計画的殺人の嫌疑をかけられた。著者はこう書く。「ごろつきたちにとって、食人は栄光に値するものではない。(…)彼らは血なまぐさい他の罪を犯したことは喜んで認めるが、食人は自慢しない。(…)ソ連の体制が確立すると、かなり頻繁になったこの現象(食人)にも一連の独得の隠語が生まれた」。著者は「雌牛」を意味するコロヴァという語について語る。この言葉はソビエトの強制収容所で使われた隠語で、再犯者に脱走の企てに加わるよう誘われた若い囚人を意味する。こうした若者は、一般に二、三人の古参のごろつきが仲間に加えてくれたことを喜んで、自分がどんな役割を背負わされるかなど一瞬たりとも考えずに承諾する。シベリアの収容所から脱走すると、寒く砂漠のように広大な、タイガと呼ばれる地帯を横断しないわけにはいかない。その間に食糧がなくなった場合に、食糧として使われるのが、この若者なのである。

こうした行為は新しいものではなく、帝政ロシア時代に強制収容所から脱走した者たちの間でも、すでに行われていた。方法は変わらない。見つからないよう、火は使わない。時が来たら、「雌牛」の首を絞めて生のまま食べる。それから肉片を携えて歩みを進めるのだ。

ジャック・ロッシはこう書く。「スターリン体制下、『雌牛』は生き残りと救済のシンボルであった。多くの子供が第二次世界大戦をくぐり抜けて生き延びることができたのは、両親が『雌牛』を抱えていたおかげである」

樽の中に水夫が

イギリス船グレンマエ号は一八八七年十二月にメリーランドを出航してブエノス・アイレスに向かったが、エスタドス島とティエラ・デル・フエゴのあいだで遭難した。乗組員たちは島の一つに辿りついて助かったが、そこは山だらけの荒涼とした島で、木もないし草もほとんど生えていなかった。彼らはそこで数ヶ月のあいだ、「雪に覆われた裂け目から掘り出した根」を食べて生きたと言う。

十五人ほどの乗組員は好天を利用して島を離れ、四万キロ離れた灯台まで辿りつくことができた。彼らは、他の仲間は衰弱死したと語った。毎月灯台に必需品を運びに来る汽船で、彼らはブエノス・アイレスに戻った。この出来事からしばらくして、船員たちが最初に座礁した島に探検隊が入り、たくさんの木の樽を発見した。遭難時に生存者たちが海から引き上げたものであることは間違いない。開いてみると、中には七人の男の死体がそのまま塩漬けにされて保存されていた。探検隊に同行した科学者は、この死体がヨーロッパ人のものであることを確認し、「解体と調理の仕方からみて、文明人によるものである」と断言した。

調査によって、十五人の生還者は衰弱した仲間を殺して、何もない島で冬越しをしなければならなくなった場合の備えとしていたことが分かった。「備蓄品」として殺されたというのは、遭難の歴史の中でも唯一のケースである。

さらに驚きなのは、一九八〇年代に、モスクワのスルブスカ精神医学研究所のアンドレイ・タリツキーが明かした事実である。「労働させるには過酷すぎるシベリア奥地の寒い地帯で、スペツナズ（特殊工作部隊）は食べられるものは何でも食べさせられた。負傷した仲間もだ」

中国の強制労働キャンプや強制収容所では、かつて食人が行われていたし、現在でも行われているのではないかと疑われている。一九九七年に『スカーレット・メモリアル――現代中国のカニバリズム』をアメリカで出版した中国人作家は、一九六四年の文化大革命の直後に強制収容所に送られた粛清の犠牲者たちが、どのように殴

仲間を襲って生きたまま食べ始める。（資料 M. M.）

られ、拷問を受け、殺されて食べられたかについて記した。この作家は食人鬼との出会いについても語っているが、それは監禁や窮乏を原因とする必要に迫られての食人というよりも、復讐のための食人である。「雌牛」あるいは「立っている肉」のような方法は、世界中のあちこちで何度も目撃されている。一九六〇年代にはこの種の二つの事件がブラジルの新聞の一面に取り上げられた。

ベネズエラの監獄で強制労働受刑者三人が、ジャングルを横断する時の食糧として、若いコロンビア人を同行させることに決めた。二十三歳のルシンド・ロイヤス、二十五歳のメルキアデス・アギーレ、二十七歳のホセ・ヴィセンテ・フランコの三人は、一九五二年二月五日に、社会復帰が多少なりとも困難な再犯者を集めたエルドラド強制労働所から脱走した。彼らの「雌牛」はマヌエル・グチエレスなる二十三歳の青年だ。四人の男の持ち物はマッチ箱二つと大鉈だけだった。地図も計画もない。羅針盤もない。根や葉以外は食糧もない。六日たって、オオカミのように飢えた彼らは、「雌牛」を殺すことに決めて、その首に大鉈を振りかざした。若きコロンビア人はすぐに服を脱がされて解体され、その肉片が木を燃やした火で焼かれた。その後恐ろしいが栄養たっぷりの食事が始まった。満腹になった三人のベネズエラ人は、翌日のために残りの肉片を集めた。午後、彼らは金を探していた小人数の野営グループに出会い、自分たちが一週間近く同じ場所をぐるぐる回っていたことを知って、愕然とした。「エルドラド」刑務所はここから歩いて三時間のところにある。戻ろう。「もう一人はどこだ?」と刑務所長に尋ねられると、三人はほとんど一斉に囁いた。「私たちが食べました」。食人鬼たちが語る、身の毛もよだつような、しかし矛盾のない話を聞いて、刑務所長と現地にやって来たカラカス当局者たちは確信した。「雌牛」は二度と戻らないだろう。

カニバリズムとボートピープル

一九七〇年代から一九八〇年代に、共産主義体制から逃れるために救護ボートに違法乗船した一〇〇万人以上にのぼるベトナム人、「ボートピープル」は、多くの場合、食人をするにいたったフランス船「メデューズ号」の遭難者と同じような生き残りの問題に直面した。

国連難民高等弁務官事務所の記録文書には、とくにフィリピン、タイ、マレーシアの代表事務局からよせられた、食人に関する数多くの資料が含まれている。男や女、子供が一般に川や沿岸航海用の船に乗る。転覆寸前の人数で、食糧は数日分しかない。彼らは貨物船か沖合漁業船に救助されることだけを期待して、海に挑んだ。期待はしばしば裏切られる。盗みや強姦、海賊の即決処刑を免れても、すれ違う多くの定期船は一切救いの手を差し伸べてはくれない。水も食糧もないまま、海流と凪にまかせて何週間も漂ったあと、結局多くの人々は、やむを得ず同じ不幸に苦しむ仲間の肉を食べるにいたった。

航空機と食人

商用飛行が発達するとともに、旅客機を所有する個人が増えたこともあって、航空機事故が増加し、時としてパイロットは周辺に何一つない広大な砂漠のような所に不時着せざるをえないことがある。パイロットや乗客が人間を食べなければ生き延びることができなかったというケースは、第二次世界大戦以降、約一〇件ある。最近の悲劇の中でも、一九七九年五月にアイダホ州中央部の山中で起こった事件を挙げてみよう。その日の午後早く、セスナ172機はばらばらになった。パイロットのノーマン・ピシュキーは、頭に重傷を負って、不時着から数時間後に死んだ。他に乗っていたのは、五〇歳のカナダ人ドナルド・ジョンソンと十八歳のその娘ダンノ、そして娘婿である二十五歳のブレント・ダイアーの三人で、全員無事だった。夜、自分の厚い革のコートを娘にかけていたドナルド・ジョンソンが寒さのために死んだ。父親が犠牲になってくれたことで、娘は父がどうしても自分に生き延びて欲しいのだと確信した。そのため二人の若者は、飛行機の周辺に見つかったコケや種子を食べ尽くすと、祈りを捧げ、嫌悪感を乗り越えて、一方にとっては父の、もう一方にとっては義父の、死体の肉を切り取る覚悟をきめた。二人はこうして二週間生き延び、その後遠い町に徒歩で辿りついた。歩くことに決めたのは、見つけた鳥を神の使いと考え、その鳥が行くべき道を教えてくれると思ったからだと言う。事実、極度に衰弱していたにもかかわらず、二人は鳥にしたがって五日間歩き続け、不時着の現場から約三〇キロ離れた場所で救助された。

アンデス山脈での食人

マイナス四〇度のアンデス山中で七〇日間生き延びて生還したウルグアイ人の食人者たちの波瀾は、メデューズ号の悲劇の航空機版といえよう。

悲劇の始まりは一九七二年一〇月十三日。フェアチャイルドF２７２機はアルゼンチンのメンドサ空港を出発、チリのサンティアゴに向かった。乗っていたのは四十七人。そのうちの十五人はモンテビデオのラグビーチームに属する若いスポーツ選手で、それぞれが友人や家族を連れていた。飛行機はアンデス山脈の上空を飛んでいる時に、乱気流とエアポケットにつかまり、高度を下げた。事故だ。片方の翼が旧火山の斜面にぶつかった。翼がもぎとられ、尾部が切断された。機体は山を転げ落ちたあと、中腹で止まった。乗っていた四十七人のうち、十七人は不時着の際に死に、生き残った三〇人は高度四〇〇〇メートル近い、岩と氷だけの世界にいた。遭難者たちはすぐに救助が来ると信じて団結した。彼らは無傷だった航空機無線を期待に胸をふくらませながら聞いたが、こちらから送信することはできなかった。三日目の夜には悲しみのどん底につきおとされた。ニュースで捜索が打ち切られたことを知ったからである。機内に積まれていたいくらかの食糧はすぐに底をついた。空腹が耐え難いほどになってくる。三人が怪我のために死に、十六日目には雪崩に襲われて、さらに八人が死んだ。残された者たちは薬や練り歯磨き、飛行機の座席の植物繊維を食べた。

何もかもがなくなると、不幸な男たちは死んだ仲間の肉を食べることを考え始めた。死体は機体の周辺に雪に

Le Journal du Dimanche

Il y a 10 ans un avion s'écrase dans la montagne.
Les survivants en sont réduits à manger les morts

PAR VICTOR FRANCO

LES CANNIBALES DES ANDES NE REGRETTENT RIEN

（上）1972年10月、アンデス山脈に閉じ込められた人々。互いに食い合うことになった。

（Photo Sygma）

（下）世界中の新聞が数奇な事件を詳しく伝えた。（資料 M. M.）

覆われて横たわっている。何人かの間で議論が始まったが、心理的にも宗教的にも、してはならないことだと言い合った。この時の議論については、事件後しばらくして書かれたピアーズ・ポール・リードの著書にも書かれているし、また著者も出席したパリでの記者会見でも語られた。

何人かは気を失った

「これは肉だ」とロベルト・カネッサは仲間に言った。「ただの肉だ。魂は肉体を離れていて、今は天国にいる。ここにあるのは食用の肉だ。これはもう人間ではなく、我々が普段食べている死んだ家畜の肉と変わらない」。彼はためらう気持ちを消し去るために、「神の思し召し」という考えを強調した。「これは聖餐だ。キリストは我々を求道的生活へと導くために、死んで自分の体を与えた。我々の友人たちは我々の肉体を生かすために、その体を与えてくれたのだ！」

ギュスタボ・ゼルビノは、究極の決断を下す際にこう言った。「もし死んだのが私で、君たちが私を食べずにいたら、私は生き返って君たちの尻を蹴っ飛ばすよ」。もし誰かが死んだら食べるという約束が交わされた。話し合いは一日中続けられたが、この議論に当惑する人々は、機内で身動きもせずにうずくまり、沈黙を守っていた。重くのしかかる恐怖と罪の意識を払いのけるため、脳、生殖器、舌など、人間としての痕跡をあまりにとどめている器官は除外することにした。同様に、生存者にとって身近な人々の死体もまず最初に外された。

もう待ってはいられない。もっとも抵抗力のある者でさえ、力を失っていた。ロベルト・カネッサは死体の一つに近づいた。雪に覆われているが尻だけが飛び出している。彼はひざまずくと、割れたガラスの破片でズボンの尻を切り、同じ道具で、凍って固くなった肉に切りつけた。二〇片ほど小さく肉をこそげると、呆然と見ていた仲間のところに持って行った。そして機体の上に並べ、機体の内部にいた人々に、肉を乾燥させるから、食べるならば外に出なさいと言った。誰一人として動かない。そこで彼はお手本を示そうと、神の加護を祈り、一切れを手に取った。のちに彼はリードにこう語っている。「きっぱりと心を決めようと思いましたができませんでした。この行為が恐ろしくて、体が動かなくなってしまいました。私の手は口まで行くことも、肉片を置くこともできませんでした」。最後には自己保存本能が嫌悪に勝り、彼は肉片を口に押し込んで、飲み込んだ。何人かはまだ長い間ためらい、食人というこの一歩を越えられずにいた。もっとも躊躇していた者の一人であるペドロ・アルゴルタがついに決断すると、他の者たちもこれに倣った。最終的には全員が生き延びるという至上命令にしたがうことになり、多くの死体が次々と解体された。全員が、「地獄篇」の第七獄を越えたような気がした。数メートル先に横たわる怪我をした友人の死体から肉を切り取り、生のまま食べることなど、最初はほとんどの者ができなかった。多くの者は、「全部を飲み込む」ために口の中に雪を詰め込んだ。一口食べても、吐いてむせび泣く者も多かった。気を失った者もいた。

定期的になされる食人を中心として、生活の真似事のようなことが始まった。ある者は靴や眼鏡を作り、ある者は病人を看病した。もっとも精神がタフな者は、死体から肉を切り取る任を負った。ある日、一人がコカコーラのケースで火をおこし、その上にアルミニウム板を置いて肉片を焼いた。これで嫌悪感を克服できるのではないかと多くの人々が思った。「焼けば牛肉のように食べられる」からだ。しかしロベルト・カネッサは、ストローチと、とくに医学を学び始めていたフェルナンデスとともに、焼くことに反対した。「たんぱく質は四〇度以上になると破壊されるのだから、焼いてしまうと肉は栄養価値を失う。この肉で栄養を摂りたいならば、生で食べるべきだ！」

数週間して気温と気候条件が和らぐと、全員が話し合って、もっとも剛健な人たちが助けを求めに行くことにした。この任を負った者たちは、目的を果たすために栄養をたくさん摂った。最良の部分、とくに肝臓が彼らのものになった。ロベルト・カネッサとフェルナンド・パッサドは何度か試みたのち、ようやく出発した。フェルナンド・パッサドは、ばらばらにされ、傷つけられた長年の友人たちの遺体を見まわすと、あとに残る人々にこう言った。「もし食糧がなくなったら、私の母と妹の遺体を食べてくれ。もちろんそうならない方がうれしいが、もしぎりぎりの状況になったら……」

筆舌に尽くし難い状況の中、一〇日間にわたって歩きつづけ、信じ難いような行程を重ねて、二人の男は谷間に着いた。アンデスの台地に住むチリの羊飼いが、彼らを見つけ、励ました上で急を報じた。クリスマスを数日後に控えた十二月二十一日、ヘリコプターが事故現場に到着し、十七人の生存者の救出作業を行った。最初彼らは、草を食べて生き延びたと救助隊員に語った。隊員の一人が機体の周囲に切断された遺体があるのを見て、「死体を食べたのはコンドルかい？」と尋ねると、ギュスタボ・ゼルビノは「違う、私たちだ！」と答えた。パリで行われた記者会見で、生還者の一人ロベルト・パッサドは悲劇的事件についてこうまとめた。「死んだ友人たちの両親は、まるで私たちが彼らの子供の一部を内に含んでいるかのように、私たちに愛情を注いでくれました。（…）私は信じています。この出来事で私たちは以前よりも強く、自信にみちた人間になり、命をいっそう愛することができるようになったと」

食人と飢餓

生き残るための食人の特徴は、集団行動という形をとる点にある。数十人程度ではなく、数百人、さらには数千人が同じ一つの原因からいっせいに食人を行うことがある。こうした事態になるのは一般に、経済の破綻や自然その他による災害、長引く悪天候、あるいは戦争などによって飢餓状態になった時で、多くの場合、複数の要素が重なり合っている。食人と飢餓とはおぞましいカップルで、古代の歴史に忘れ難い痕跡を残しているだけでなく、現代史にもその跡を刻み続けている。

飢餓を原因とする食人に関する明確な証言の中でも、ごく初期のものとしては紀元前二二〇〇年に遡るものがある。これについてはエジプトの地方長官が自分の墓に刻ませている。中国でも、歴史を遡ると同じように悲劇的な飢餓に数多く出会う。例えば七五七年には、三万人が飢餓に苦しめられたと年代記に記されている。恐ろしい飢饉は十四世紀から十七世紀のあいだにも起こっている。

一八九二年頃、国の南部が大規模な飢饉に見舞われた。闇市で売られた肉の価格は、現在でいえば五〇〇グラムあたり一万四〇〇〇円にもなった。どんな肉でもそうだった。というのも、極度に貧しい人々が多すぎる自分の子供を売っていたため、人々は店の奥でその肉を買うことができたからである。香港に寄港したアメリカ船タコモ号の船員は、帰国するとこう語った。「裸の少年少女の体で欲しい部位を選ぶと、切ってくれる。一番値が張るのは尻の部分だ。肉が子牛肉として売られている場合も多い」

北京に駐在したフランス領事ウジェーヌ・シモンは、一八八三年に中国を襲った飢饉について衝撃的な証言を

焼くために捕虜を連れて来る。(資料 M. M.)

伝えている。「北京では盗みで死刑宣告を受ける者がひじょうに多く、それらの人々の頭部は、柳のかごに入れて晒される。悪人に対する見せしめにするために埋葬を待つことも多い。『乞食』橋と呼ばれる大理石の大きな建造物には、ハンセン病や疥癬《かいせん》にかかった人、盲目の人など数百人の不幸な人たちが半裸姿で集まってくる。私はここで、飢えに苦しむ人々がかごに入った腐敗した頭を探しているのを三度も見かけた。手を合わせたあとで食べるのだ」

両親が子供を売る

イエズス会の宣教師がこうした証言を裏付けている。市場で人肉が売られていたと言うのである。「私は町への入口で、肉のついていない人間の骨や解体された男女の死体をこの目で見た。女の死体はまだ生暖かかった。女は見知らぬ三人の男に殺されたばかりで、その三人が足を運んで来た。食人はこの地方全域で日々増えている。宿屋ではしばしば痩せた宿泊客さえもが殺される」。この宣教師はさらに、夫を食べたあと、飢え死にした息子一人と娘二人を食べた近所の中国人女性について、詳しく書き記している。

最後に彼はこう語る。「ここではもはや死体のごく一部しか埋葬しない。飢えに苦しむ不幸な人々は自分が死にそうだと感じており、死体から内臓を取り出すと、さっきまで温かかった肉を食べる。空腹感にさいなまされると、食べる肉のない者は生きている人間を攻撃し始める」

絶えず食糧不足と飢餓に見舞われてきたヨーロッパの年代記にも、同様の話は数多く見られる。たしかにある地方、地域に限定されたものも多いが、広大な地帯に広がったものもまた多い。例えば一三一五年から一三二〇年のあいだには、ひどい気象条件に中世後期の経済危機も重なって、スコットランドからイタリア、ピレネー山脈からロシアの大平原にいたるまでが、恐ろしい悲劇に見舞われた。ロシアでは、十一世紀から十八世紀までの年代記に二十三回の飢饉が記されている。平均すると一〇〇年に三回ということだ。なかには凄まじいものもあった。ロシアの年代記作家は食人事件や両親による子供の売却について、数多く記している。一三一八年にはイタリアで、飢えた人々が墓から遺体を掘り起こしたり、両親が我が子を食べたりしている。翌年にはポーランドのシュレジエン地方で、絞首台に吊るされた死刑囚の遺体をめぐって、毎日奪い合いがなされていた。ルネサンス期は一般には知的復興や華やかな芸術の時代としか言われないが、この時代にも飢餓と食人はあった。フランスでは十四世紀半ばから十五世紀半ばまでに人口が半減したが、十六世紀になると他のヨーロッパ諸国と同様、人口が増加した。例えばイギリスやカスティーリャでは、一五三〇年から一五九四年のあいだに人口が倍増して

首長は手から始める。パプア。1879年。（資料 M. M.）

いる。フランスでも同じ期間に、人口が一二〇〇万人から二〇〇〇万人に増えている。

このように人口が激増すると、恵まれない大多数の人々は、絶望的な貧窮状態におちいる。「地方の農民はしばしばカタツムリやヘビ、ミミズを食べざるをえない」とJ・シルヴィウスは一五四二年に発表した『貧民の健康のための食餌法』に記し、さらに、「人々は犬や猫、ネズミ、アナグマを料理できることを、思わぬ喜びとして求めている」と付け加えている。都市の状況はもっと痛ましかった。「貧民や浮浪者は寄り集まって、強姦し、殺し、物乞いをする。すべて生きるためだ」。人肉も生き残りにかかわる糧の一つであったことから、食人事件の結末として絞首刑や車刑にいたるケースがたびたび見られた。三〇年戦争からフロンドの乱にいたる一六一八年から一六五三年は、フランスの地方で生き残りのための食人事件が数多く起こったことで注目される。ルイ十四世の統治が始まっても、多くのフランス人の栄養状態はあまり改善されなかったわけだ。ボーヴェ司教区の訴訟代理人カロンが言うように、「人は生き延びるためとなれば何にでも飛びつく」。彼はこう書く。「もっとも貧しい人々は、空腹感を抑えるためにひどく汚い物、腐った物を飲んだり食べたりしている。例えば通りのどぶを流れる、血やはらわたといったようなものだ」。死体の肉の方が確実においしそうだと思う人もいるだろう。ヨーロッパ諸国では、農業の機械化、産業化に伴って商取引きが進んだ結果、十九世紀後半には飢饉に陥る危険は少なくなった。とはいえ地球上の大部分の国々ではまだそこまでいっていない。

現代社会でも同様の悲劇は起こっている。ここ数十年のあいだ、世界のさまざまな場所で、多少なりともまとまった人数の集団が生き残るため食人を行っている。例えばブラジル、中国、ロシア、北朝鮮、インドネシア、タイ、カンボジア、ブラックアフリカの多くの国々など、部族や民族間の争いで苦しめられている国々がそうである。

中国の食人

歴史的にも最大級の飢饉が、いまだに正式に確認されていない……。一九五八年から一九六二年のあいだに中国で三〇〇〇万人の死者がでたが、この時の飢饉は「国防機密」とされた。中国当局は飢饉の原因を一連の自然災害であるとしたが、それよりも強調したのは、これが西洋の反中国運動によるものだということだった。真実を隠すために当局が取った方法は前例のないものだった。しかも効果的だった。なにしろ、飢餓の真っ只中の一九六一年にフランソワ・ミッテランが中国に三週間滞在したのち、「エクスプレス」誌の記者にこう語ったのだから。「中国の人民はまったく飢饉になど直面していない。疑いが晴れるよう繰り返すが、中国に飢饉はない！」

一九九七年、ジャスパー・ベッカーはアメリカで『飢えた幽霊』を発表した。「共産主義者の理想社会での驚くべき悲劇、ホロコーストにも似た現実」、と歴史家や中国研究者たちは評価するだろう。「大きな波紋を呼ぶ書物、史上最大級の嘘に関する厳密で完全な調査」とロマン・フランクリンは書いている。著者は数百人の証言を集めただけでなく、中国共産党の内部秘密資料を手に入れることにも成功した。ベッカーは、外国向けの宣伝作戦のために中国が飢饉にいたり、最終的には国民の一部を食人へと追い込んだ原因と経過について示した。一九五八年、毛沢東は農民を「人民公社」に編成した。こうして集められた農民たちは、足もとの収穫物が腐っていくのを捨てておいてでも、鋼鉄を生産するよう党の執行部に強いられた。鋼鉄の質が絶望的なほど悪かっただけでなく、穀物も不足し始めた。すると中国の宣伝機関は、ヘクタール当たりの収穫量が二倍、三倍、さらには一〇倍にも達していると宣言した。「人民日報」は、子供たちがその体重を支えられるほど密生した小麦畑の上で立っている馬鹿げた合成写真を掲載した。自らの嘘の罠にはまった中国は悪循環に陥った。発表する収穫量が多ければ多いほど、国はより多くの穀物を取り上げ、餓死者が増加する。共産党幹部は一斉手入れを行って、農民の持ち物をすべて取り上げた。拷問と処刑は日常的なものになった。この数年、サイロはいっぱいだというのに数千万の中国人が餓死していた。もっとひどいことに、中国は自国の共産主義が成功していることを「修正主義者」のフルシチョフに示すために、ソ連に小麦を輸出さえした。

フランソワ・ミッテラン率いるフランス代表団に真実が見えなかったのもやむをえない。こうした例はこの時に限らない。一九七八年、「視察目的」でカンボジアを二週間旅したスウェーデン、フィンランド、デンマーク、タンザニア、イラクの移動大使たちは、共同報告の中で、「カンボジアの状況はまったく正常である」とし、「この国は充分な米の蓄えをもっている」とさえ主張したではないか。この報告書が公になったちょうどその日、テレビネットワークは政治亡命者の証言を流した。それもただの人ではない。カンボジアの公共企業の責任者だったピン・ヤセイである。この高官の証言は衝撃的だった。民衆は葉っぱやカエル、ミミズを食べているというのだから。一九七六年以降、食糧の割当量は八人に対して米の瓶詰め一つにまで減っていた。「食人事件は多い」と彼は言う。教師をしている彼の友人は、餓死した妹の死体を食べたという。

ロシアでの食人

もう一つの大国ロシアの近・現代史には、西ヨーロッパの歴史にはみられないほどの規模の飢饉が数多く残されている。一八二二年から一九三三年までの一〇〇年ちょっとのあいだに、ロシアは全国的な飢饉に十二回見舞われた。二〇世紀初頭にはロシアの三五〇〇万人の農民が飢えに苦しんだ。この不幸にはいつでも疫病、とくにコレラが加わる。一九一一年には、飢饉はヨーロッパ側のロシアの民衆の三分の一と、シベリア側の民衆の大部分を襲った。

一九一九年から一九二一年のあいだには、ロシアが経験した中でも最悪な部類に属する飢饉に襲われた。ハリソン・ソールズベリーは著書『激変するロシア』の中でこう書いている。「いたるところで人々が餓死している。レーニンさえ、一八九一年の恐ろしき『ヴォルガの飢饉』以来、これほどの食糧難は見たことはないと認めている」

人々が粘土や草を食べつつ食人も行っていたという証言は数多く存在する。最初のうち、ソビエト共産党は危機的状況であったにもかかわらず、傲慢にもアメリカからの援助の申し出を断った。しかし一九二一年にゴーリキーは、人々が死体を食べるだけでなく殺し合いまでしていることを説明して、個人的に国際連盟に援助を求めた。この年、かつてないほどの日照りで、すでに不充分だった収穫量が深刻なまでに減少した。内戦で荒廃し、完全な無政府状態になった国では、最悪な光景が日常的なものになる。食人はあたりまえの現象になった。「人肉は市場で売られている。人々は食べるために自分の家族を殺す」と語る作家のオッソルギンは、またこうも言う。「人々はとくに死んだ近親者を食べる。年長の子供は育てるが、まだ生きるすべを知らない乳飲み子は、どんなに食べられる部分が少なくても、生かしてはおかない。それぞれがこっそりと食べており、これについては決して話さない」。エマニュエル・トッドはこう言い切る。「ロシアの内戦で人肉の闇取引きが大規模に復活した。アステカ帝国崩壊以来、人類が一度も経験したことのないほどのスケールである」

ロシアの大飢饉としてもっとも新しいのは、一九三二年から一九三三年、スターリンの第一次五ヶ年計画を原因としてウクライナで起こったものである。ソビエトの修史官が半世紀にわたって完全否定していたため、この飢饉についてはよく知られていない。一九八〇年代末に、ミハイル・ゴルバチョフによるグラスノスチ（情報公開）政策とペレストロイカの名の下に、ソビエトはこの時期に関する資料を初めて公開した。スターリンは土地の共有化を強行するために、この致命的な飢饉を人工的に作り出したようだ。その結末は、四〇〇万人か五〇〇万人の死者と、食人への回帰であった。

北朝鮮の食人

一九九五年から、北朝鮮は全国的な飢饉に襲われ、一九九七年にはそれが危機的な頂点に達した。その後この国では食人行為が増加している。民衆が世界でもっとも抑圧的で秘密主義的な全体主義体制にしたがって閉じこもって生きている国ではあるが、命がけで中国に行った亡命者や、監視や拘束を受けつつ活動する人権団体のメンバーの証言によって、被害の様子をわずかながら知ることができる。例えば一九九五年以降、北朝鮮当局は海岸沿いの海藻を採ったり、樹皮や葉で作った代用食を配給したりしたが、この食べ物は何の栄養もなく、消化不良さえしばしば起こすような代物だった。不足する収穫量は一年で数百万トンにも及び、ヨーロッパから穀物を数十万トン送られても焼け石に水だった。しかもこの援助の七十五パーセントまでもが、当局幹部や軍のものにされた。

食糧計画局長カトリーヌ・ベルティーニは、一九九七年三月にフランスに戻るとこう言った。「我々が訪れた

中国の飢饉。1833年。
(Photo Roger-Viollet)

約一〇の託児所は、もちろんよく整えられていましたが、子供は二〇パーセントしかいませんでした。他の子供たちはどうも病気だったり、託児所に通うには弱すぎたりしたようです。少なくとも子供の四分の一は骸骨のように痩せこけていて、栄養失調に苦しんでいました。髪の毛の色にビタミン不足が現れている子、衰弱して身動きさえできない子もいました。子供の年齢を聞くたびに驚かされました。二歳に見える子が四歳、四歳に見える子が七歳だったのですから」。当時北朝鮮では飢饉による死者がすでに二〇〇万人に達しているとみなされていた。この国に一七〇〇トンの食糧を供給したアメリカの非政府組織ワールドヴィジョンによれば、これに匹敵しうる過去の例は唯一つ、一九五九年から一九六二年に中国を襲った飢饉だけだと言う。

一九九七年、韓国のテレビに、信じ難い食人の光景が映し出された。人肉からソーセージを作ったりしている。亡命した北朝鮮の士官によれば、食糧にするために処刑が行われることもよくあるという。国境なき医師団は一九九八年に多くの亡命者から話を聞いた。幹部のマリン・ビュイソニエールはこう言う。「私たちはインタビューした人々の誠実さを確信しています。我々が話を聞いた人々は全員、家族を一人、二人、あるいは三人失っていました。餓死や栄養失調からくる疾患による死だと言います。これらの亡命者の多くが食人の実例を挙げていました」

一九九七年一〇月七日、アメリカＡＢＣテレビは多くの飢えた北朝鮮人が食人という最後の手段にすがっていると伝えた。「人々は飢餓で頭がおかしくなっている。彼らは自らの子供でさえ殺して食べる」と中国に逃げた北朝鮮の士官は証言する。故郷の町から逃亡した別の証人の話によると、この町では五〇人の子供を殺した夫婦が処刑されたという。その肉を塩漬けにして小屋に保管し、商売をしようとしたというのだ。一九九八年から一九九九年に、この国の食人行為は増加したようだ。証言は多く、三〇〇万人の死者が出たといわれている。道端や駅に死体が転がっている。地方都市の公園に、餓死した人間の死体が二、三日除去もされずに放置されていることもまれではない。中国で活動する国境なき医師団の幹部マルセル・ルーは、一九九九年九月に最新の証言を集めた。例えば二十三歳の男性。「私の隣人は餓死しないために自分の娘を食べました。本当です。私はこの目で見ました」。十八歳の孤児は、「誰も面倒をみない孤児を食べた」自分の従兄弟の話をした。朝鮮と中国の混血児は、二歳の息子を食べた村民の例を挙げた。

生き延びるための食人と戦争

戦争は飢饉、そして食人に大きく荷担する。そうした例は古代から数多くみられるが、二〇世紀もまたこの災禍を免れはしなかったようだ。

一九六八年、ナイジェリアの兵士たちは感染した動物を作戦地域に放って、ビアフラにペストを持ち込もうとした。しかしこの時ビアフラ軍はすでに極限状態に追い込まれていた。スイスの人道団体カリタスがＡＦＰ通信に語ったところによると、ビアフラの病院に収容された十二人の病気の子供が、六月の戦闘中にビアフラ兵に焼かれて食べられた証拠をつかんだという。

第二次世界大戦中の日本兵も、数多く食人を行っていた。メルボルン大学のある日本人教授は、大日本帝国軍が占領していた地域を支配したオーストラリア軍が戦後ニュー・ギニアで入手した資料を研究することができた。資料の中には、日本の憲兵が書いた報告書が多く含まれており、オーストラリア人捕虜に対してなされた食人事件も一〇〇件以上記されていた。これらの報告書では、日本人部隊内で食人が広がった原因は食糧不足ではなく——こうすると軍幹部の責任が問われるからだろう——「規律の乱れ」にあるとしている。またフィリピンの残留日本兵に関する約一〇〇の資料によれば、何の糧ももたない兵士たちは原住民や西洋人の捕虜の死体を切断して、食いつないだという。マレーシアやビルマでも同じことが行われていた。降伏する恥辱と不名誉よりはましというわけだ。

二〇年以上にもわたってこうして「抵抗」を続けた者もいる。大岡昇平の小説『野火』は、数千人に上るフィ

攻囲と食人

古代の著述家や現代の歴史家によれば、攻囲は歴史上あちこちでみられた出来事であったが、それによって、多くの町が確実に食人の舞台となったという。数回程度のものもあれば、日常化したものもある。いくつか挙げてみよう。

◆アレジア　紀元前五十二年、カエサル率いるローマ軍に攻囲された。
◆アテネ　紀元前八十五年、スラ率いるローマ軍に攻囲された。
◆バビロン　紀元前五二八年、キュロス率いるペルシア人に攻囲された。
◆ボーヴェ　一四七二年、シャルル勇胆公に攻囲された。
◆カープア　紀元前二一二年、ハンニバル率いるカルタゴ人に攻囲された。
◆カルタゴ　紀元前一四七年、スキピオ・アエミリアヌス率いるローマ人に攻囲され、最終的に町は破壊された。
◆コンスタンティノープル　一四五三年、トルコ人に攻囲された。
◆グラナダ　一四九二年、フェルナンド王とイザベル女王によるスペイン軍に攻囲された。
◆エルサレム　紀元前五七〇年にネブカドネザル王に、紀元七〇年にティトゥス皇帝に、一〇九九年にゴドフロア・ド・ブイヨン率いる十字軍に、と三度にわたって攻囲された。この三度の攻囲は、町を全滅させた恐ろしい飢餓で知られている。
◆ラ・ロシェル　一六二七年、リシュリュー率いる王軍に攻囲された。
◆レリーダ　一六八三年、コンデ公に攻囲された。
◆マクデブルク　一六三一年、カトリック同盟軍の隊長だったオーストリアの将軍ティリに攻囲された。
◆パリ　一五八九年と一五九四年にアンリ四世率いるプロテスタント軍に攻囲された。
◆ロードス島　一五二二年、スュレイマン一世率いるオスマン・トルコ軍に攻囲された。
◆ローマ　三九〇年にブレンヌス率いるガリア人に、四一〇年にアラリック王率いるゴート人に、一五二七年にブルボン大元帥に攻囲された。
◆サンセール　一五七三年、ベリー地方の統治者M・ド・シャートルに攻囲された。
◆セリモンド　紀元前五二八年、ハンニバル率いるカルタゴ人に攻囲された。
◆レニングラード　九〇〇日にわたってドイツ軍に攻囲された。
◆シラクーザ　二一二年、マルケルス率いるローマ軍に攻囲された。
◆テーベ　大昔にポリュネイケス率いる軍に攻囲された。
◆トロイ　紀元前一一八〇年頃、一〇年間ギリシア同盟軍に攻囲された。これはギリシアの古代史の中でもっとも有名な出来事である。

◆ティール　紀元前三二七年、アレクサンドロス大王に攻囲された。この町はそれ以前にも、ネブカドネザル二世によって十三年間攻囲されたことがあった。

ここで挙げなかった多くの町でも、あるいはここで挙げた町の別の時代にも、人々は生き残り、戦いを続けるために、「人間を食べた」

リピン残留兵のうちの、数人の波瀾を描いたものである。フィリピンのゲリラとアメリカ軍とのあいだに挟まれて、戦線には戻れない。彼らは運を天に任せてジャングルに入る。大岡昇平もそうしたうちの一人だった。小説の中で、草やヒルを食べていた田村は、裸の兵士の死体をジャングルの中でたびたび見かける。尻の肉が切り取られている。彼はメデューズ号の遭難者やガダルカナルの兵士のことを思い出して、この解体の理由を察知する。その後彼は自分と同じように疲れきった二人の兵士とすれ違い、彼らの食事にあずかる。しかし二人のうちの一人が、さまよっている別の兵士に向けて平然と発砲するのを見て、田村は猿の肉だと言われて自分が食べたものが、保存食にするために殺された人間の肉であることを理解する。三人の男はそれぞれ自分が殺されて他の二人の食糧にされるのではないかと恐れてにらみ合い、最後には殺し合う。田村は命拾いしたものの、すこしずつ狂っていく。

敗残兵が仲間を食べることは多いし、現地人を食べることはもっと多い。しかし時としてこの逆のケースも確認されている。例えばイタリア、リミニの近くでのこと。コンポレジは『血まみれのパン』の中でこう書く。「恐ろしき一九四四年、ドイツの憲兵隊は不意打ちを受けて全滅した。肉は一部は生のまま、その他は塩漬けにして食べられた。たんぱく質の豊富な食糧を思いがけず配給することによって、この肉は小さな共同体の食糧危機の解決に貢献したわけである（…）」

三〇〇〇年紀を間近にした現代でも、敵の肉は変わらぬ味をもっているようだ。一九七五年三月、プノンペンから南東に一キロの所にあるコンポニー・セイラ村で、四八八人の国民兵と一〇〇〇人の一般市民が、五ヶ月前からクメール・ルージュ部隊の包囲に抵抗していた。攻囲された市民と兵士はその後三ヶ月間、人肉だけを食べて耐えぬいた。首都の方への後退に成功した部隊の隊長は証言する。「私の隊では全兵士がクメール・ルージュの死体を食べました。私、兵士、士官、市民の全家族、男に女に子供。全員がクメール・ルージュを食べました」。二人の子供の母親はこう語る。「私たちは飢えていました。あるものは何でも食べました。草もネズミもトカゲも鳥も虫もです。村にはネズミ一匹残っていませんでした。そのため掃射後、私たちは殺されたクメール・ルージュの死体を集めて、食べました」。この食人集団の中で生き残った三六〇人の大部分は子供で、十二歳くらいの子供もいた……。

封鎖や攻囲と食人

戦争中の出来事の中でもとくに人々を食人へと追いやるのは、都市や要塞の封鎖と攻囲である。包囲された人々は最後の抵抗手段として食人へ至る。すでに聖書の時代、モーセは神への義務からしだいに遠ざかっていたイスラエルの民に対する警告の中で、包囲を飢餓や食人と結びつけている。神の罰は必ず彼らの上に下されよう。町が攻囲され、裸にされ、隷属を受け、飢え、食人を強いられる。モーセはこう語る。「主は遠く地の果てから一つの国民を、その言葉を聞いたこともない国民を、鷲が飛びかかるようにあなたに差し向けられる。その民は尊大で、老人を顧みず、幼い子を哀れまず（…）。彼らはすべての町であなたを攻め囲み、あなたが全土に築いて頼みとしてきた高くて堅固な城壁をついには崩してしまう（…）」（『申命記』二一八）。そしてモーセは神が民をもっとも忌まわしい行為へと追い込むだろうと警告する。「あなたは敵に包囲され、追いつめられた困窮のゆえに、あなたの神、主が与えられた、あなたの身から生まれた子、息子、娘らの肉をさえ食べるようになる。あなたのうちで実に大切に扱われ、ぜいたくに過ごしてきた男が、自分の兄弟、愛する妻、生き残った子らに対して物惜しみをしその中のだれにも自分の子の肉を与えず、残らず食べてしまう。（…）淑女で、あまりぜいたくに過ごし、大切に扱われたため、足の裏を地に付けようともしなかった者でさえ、愛する夫や息子、娘に対して物惜しみをし、自分の足の間から出る後産や自分の産んだ子供を、欠乏の極みにひそかに食べる。あなたの町が敵に包囲され、追いつめられた困窮のゆえである（…）」（『申命記』二八）

『申命記』のこの数行はこれだけで攻囲されたあらゆる町や城塞の悲劇を要約している。古代の年代記には、比較的多かった古代オリエントの例が記されているが、聖書にもまたそれは指摘されている。『列王記』にはサマリアの、『哀歌』にはエルサレムの攻囲について記されている。「この女がわたしに、『あなたの子供をください。今日その子を食べ、明日はわたしの子供を食べましょう』と言うので、わたしたちはわたしの子供を煮て食べました」（『列王記下』六）。「剣に貫かれて死んだ者は／飢えに貫かれた者より幸いだ。／（…）／憐れみ深い女の手が自分の子供を煮炊きした。／わたしの民の娘が打ち砕かれた日／それを自分の食糧としたのだ」（『哀歌』四）。エルサレムは、ネブカドネザル、ティトゥス、ゴドフロア・ド・ブイヨンによって、三度にわたって相次いで攻囲され、住民は最後には食人へと追い込まれた。世界のまた別の場所では、ディオドロスとストラボンが、リディア人、ケルト人、スキティア人、イベリア人の残酷さに驚いたと語っている。これらの人々は、攻囲軍の手に落ちたくないがために互いに殺し合うことも辞さず、無用な人間をすべて殺してから、食人に頼ることもよくあったという。

レニングラードでの食人

攻囲の歴史に刻まれた数百の悲劇をすべて詳述することはできないので、ここではレニングラードの町が被った被害について取り上げるにとどめよう。これを例とするのは、これが攻囲された町の典型であるだけでなく、一部の住民を食人に追い込むような惨禍は時代を超えたものであることを明らかにするものだからである。

一九四一年六月二十二日、ドイツ軍はソ連に侵入、八月末にレニングラードを包囲しはじめた。町はすぐに屈するかに見えた。しかしロシア北部の誇り高き首都は抵抗を続けた。ほぼすべてを攻囲され、ラドガ湖に通じる水だけが、国の後方と一時的に連絡を取り合う唯一の道となった。ドイツの航空機や砲兵隊から日夜爆撃され、寒さと飢え、あらゆる物資の窮乏によって苦しめられた人々は、筆舌に尽くし難い忍耐を強いられたにもかかわらず、九〇〇日のあいだ、侵入者を阻み続けた。そしてついにソ連軍の巻き返しで包囲は破られる。この壮烈な抵抗には大きな犠牲が払われていた。あえて比較するならば、広島での犠牲者の一〇倍もの犠牲者を出したのである。包囲された当初はレニングラードには二五〇万人近い住民がいたが、九〇〇日間の抵抗が終わりに近づく

受刑者の頭部を食べる貧民。中国。1898年。(資料 M. M.)

一九四三年末には、町には六〇万人しか残っていなかった。最初の人口の四分の一以下である。もっとも少なく見積もっても、レニングラードでは八〇万人が餓死したことになる。この数にはレニングラード郊外で死んだ数万人も、ラドガ湖を経て避難しようとした途中に餓死した住民も含まれてはいない。

カラヴァイエフ、パンテレイエフ、モルダンスキー、ヴェルツ、あるいはディミトリエフ、ヴァルチャフスキーなど優れたロシアの研究者たちは揃ってこの問題に関する研究書を書いているが、彼らによると、レニングラードでは飢餓だけで一〇〇万人の死者がでたという。包囲の間中この町で過ごした歴史家で文学者のミハイル・ドゥーディヌは、餓死した人の数は最低でも一一〇万人であるとしている。これには砲撃による死者の数は含まれていない。彼がこの数字の根拠としたのは、ピスカリョフスコエ墓地とセラフィモフ墓地の共同墓所に埋葬された死体の数である。この数字は一般市民だけに関するもので、同じように数千人単位で餓死した軍人は入っていない。詩人のパヴェル・ルクニツキーは、包囲中でも最悪の時だった一九四一年から一九四二年にかけての冬には、毎日六〇〇〇人から一万人が餓死したと、その日記に記している。この数字を裏付けるのは、同じく悲劇の直接の証人である『ブロカダ』の著者アナトリー・ダロフと、「コムソモーリスカヤ・プラウダ」紙の特派員ニコライ・マルケヴィッチである。「町は死んだ。電気も路面電車も水もない。アパートの中では壁も床も、どこもかしこも凍っている。毎日、六〇〇〇人から八〇〇〇人が死んでいる。毎日若者が氷を割ってネバ川の水をパン屋に運ぶ。(…) 女子供の作業班は武器工場の凍てつく仕事場で砲弾や弾丸を作っている。同じく飢えた兵士たちは、ナチス軍が町に侵入しないよう阻んでいる。レニングラードの全住民の口から一つの疑問が出かかっている。『ドイツ軍を追払うことができるのか？　包囲は打ち破られるのか？』」

娘を殺し、解体して食べた女

これほど最悪の窮乏と苦しみは世界でもまれである。数ヶ月間包囲されると、町は死体で溢れた。死体は数千単位で道端や袋小路、建物の中庭や地下室を埋め尽くした。生存者は目もくれずに死体をまたいだり、その前を通ったりする。死体の山を積むトラックはめったにやって来ない。ガソリンがないため、死体の回収は普通、最

サンセールでの食人

(Photo Roger-Viollet.)

ジャン・ド・レリーは『サンセール市の書き残すべき歴史』の中で、一五七三年に八ヶ月間カトリック教徒に攻囲された後、最後の一週間にどれほど究極的で恐ろしい食人がこの町で行われたかについて語っている。

パパール夫婦の幼い娘が死んだ。ラ・フイユという名で知られる貴族の老女は、「腫瘍を治すのにちょうどよいというのに、この肉を土に埋めてしまうのは残念だ」と言って、夫を野蛮な行為へと駆りたてた。町を苦しめていた飢餓も、哀れな父親がこの行為に走ったことと無縁ではなかった。

外出先から帰った妻は不吉な料理を発見し、ジャン・ド・レリーによれば「大いにためらったものの、結局はこの食事をともにした」。攻囲中にこの町にいたジャン・ド・レリーはこう証言する。「焼いて食べられたこの不幸な娘の、骨と頭部の残り、かじった耳と食べるばかりになった指を見た。現場を押えられた時、二人は腿と足を酢とともに鍋に入れて調理していた。二つの肩と腕、手と一緒にしてあった胸部は、切り開いて食べる準備をしてあった。私はあまりに驚き混乱し、心底動揺した」

この事件が大きな反響を呼んだため、当局は市内に伝染することを恐れて、この夫婦を火あぶりの刑に処した。

後の力を振り絞ってソリを引く男たちがする。路上で死んだ人の死体や、上の階から建物の入り口にまで下された死体は、縄で大きく束ねられる。一人か二人の人間が引く小型ソリも多い。死体は信じられないほど痩せこけて真っ青で、見るも恐ろしい。ほとんど裸のことも多く、皮膚は張り、赤や紫の斑痕だらけである。寒さのためむくんではいない。これらの死体はすべてどこへ行くのだろうか？　レニングラードにある二つの大きな墓地、セラフィモフ墓地とピスカリョフスコエ墓地である。ピスカリョフスコエ墓地だけでも、飢餓による大量の犠牲者とその恐ろしさとを要約している。セルゲヴィッチ・ダヴイドフは攻囲が終わった時に、「町の半分はここに眠る」と言ったが、この言葉は数字的にも正確である。前線から戻った工兵派遣隊が、集団墓地の凍った地面をダイナマイトを使って定期的に掘る。こうした共同墓穴の中には長さが十八キロメートル以上に及ぶものまであった。作家のコーチェトフは「十月」誌にこう書く。「朝靄の中、ピスカリョフスコエ墓地に近づくと、私の髪は逆立った。積み重ねた木材に見えたものは、数日前から埋葬されるのを待っている死体の山だった。数千の死体が柴の束のように山積みにされている。墓地へ通じる唯一の道の両側に延々と死体の山が続いているため、二台の車がすれ違うこともできない」それでもこの町は、絶望というエネルギーによってみずからを守った。

この陰鬱な環境、絶望の世界の中で、レオニドヴィド・アンドレイエフの言を借りれば、「我々は一〇〇グラムの配給とニュースカイ上の死体を知り、食人とは何であるかを学んだ」。長い間ソ連の正史は事実を隠蔽しようとしたが、攻囲されたレニングラードでは確かにそれは行われていた。人肉の闇取引きを認めれば、抵抗する町のイメージにも、受難の人々のイメージにも傷がつく。弁解の余地のない証拠を前にして、当局は事実を認めた。食人はなかった、もっと正確に言うならば、理性を失った人々による食人事件以外はなかった、とふと漏らしたのである。狂気の発作を起こして実の娘を殺して解体し、肉を刻んで料理を作った母親のような事件は、例外としてあったということだ。

現代では、この忌まわしい行為は、習慣化したとまではいかないものの、確かに大規模に行われていたことが知られている。その真実が大部分明らかになったのは、物語や多くの生存者による直接の証言のためばかりではなく、長い間秘密にされていたこの時代に関する警察・軍隊・政府の資料が開示され、自由に見ることができるようになったためでもある。

肉づきのよいの部位を運ぶ

正式に調査された事件としてもっとも古いのは、一九四一年一〇月のものである。災禍は一九四二年一月から恐ろしいほど拡大していく。町の存続のために自分なりに貢献する英雄たちがいる一方で、犯罪者たちが急増した。レニングラードでは毎日殺人が行われていた。動機は飢え。食糧配給証を盗むために、人が人を殺す。そしてこれをなくした者は誰であれ二度と新しいものを貰えない。冬の初めから悪党や殺人集団が通りを荒らし始め、列を作る人々に襲いかかって配給証を奪った。しかしすぐに食糧は底をつき、配給証を持っていても日々の食料を確保できなくなった。

その頃レニングラードでは食人の噂が広がっていた。地獄のようなこの町ではどんなことでも起こりうる。この噂に根拠はあるのだろうか？　信頼しうる、一致する証言が最初にでたのはピスカリョフスコエ墓地とセラフィモフ墓地からだった。共同墓穴を掘る墓掘り人や兵士が、完全な姿をとどめていない凍結死体がたくさんあると断言した。部分的に欠けているというわけだ。とくに腿や腕、尻、肩の肉がない。死体侵害に関する証言はしだいに増えていった。近親者の遺体を埋葬してもらうために小型ソリに乗せて引きずってきた多くの女が、墓地の入口に散乱している死体の肉が解体されて運ばれたものであることに気づいて、強い不安を感じていた。一般警察と軍事警察は事実を記録した。レニングラードの食人鬼たちは町の墓場を調達場所としている。しかし、死体を解体してその肉を食べることを禁じる法律など存在しない。悪党たちはすぐに凍った死体だけでは満足できなくなって、新鮮な肉を得るために殺人を犯すようになった。彼らからすれば、死体よりも扱いやすく切りやすい、「生きた供給品」に優るものはない。死体は凍っていて石のように硬く、建物内に暖房がないと解凍できないではないか。その建物内では、隣人同士が恐ろしい子供の誘拐事件の話をし、食人鬼たちがうかがっているから注意しなければいけないと話している。男や女が消えていく。とくに女が狙われたのは、女の方が多少脂肪が多いように思えるからであった。

前線の兵士たちは時々町に戻って、飢えた家族にわずかばかりの食糧を与えた。夜がふけると、単独でいる兵士はしばしば食人鬼に攻撃された。一般人に比べればいくらか栄養を与えられている兵士は、食人鬼にとって一番の狙い目である。管轄地内で起こった犯罪について毎日克明に報告書を書いていたビシコフ警視は、こう記す。「この日夜遅く家に帰ると、雪の山の上に切ったばかりの頭部が三つ置かれていた。二つは大人の、一つは三つ編みにした少女の頭だった。胴体の方は肉屋で売るために運ばれたに違いない」。ディミトリ・モルダンスキーは著書『ゴドヴィグ・レニングラード』の中で、自宅のある建物の階段で食人鬼に会ったと語っている。「私はあの顔を決して忘れないだろう。つやつやと輝いた血色のよい顔。青緑色のその目は、目と目の間が離れていた。私はこの男を殺したいと思った。その理由も分かっていた。人肉売りの男だったのだ」。詩人のパヴェル・ルクニツキーも食人鬼との出会いを語っている。「大きな毛皮のコートにくるまって、岩のようにどっしりとしている、厳しいまなざしの男……。彼は飢えた人間と瀕死の人間の命を利用して、不正な利益を享受している。(…)彼は我らが市民の肉で生きているのだ」

これは人肉だ

人肉売買の活動の中心地は、歴史的ないきさつから「干し草市場」と呼ばれていた、だだっ広い広場だった。ここではお金は金か銀のルーブルでない限り、いわば何の価値ももたない。通貨代わりに使われるのはパンとウォッカで、その購買力は並ぶものなしだった。人々は「干し草市場」へ行って、持ち物のなかで一番貴重なものを、パンのかけらと交換する。交渉相手は盗人や密売人、殺人者などの危険な人物で、なかでももっとも恐ろしいのは食人鬼とその仲間だった。多くの話を信じるのであれば、一九四一年十二月以降、この広場では人肉から作った小さなパテやソーセージが見られたという。

市民も兵士も飢えていて、この貴重な食べ物が何でできているかなど、正しく知ろうとは思わなかった。最悪でも犬か猫のパテだと思っていたが、実際は犬も猫も久しく前から町には一匹もいなかった。数ヶ月前から鳥やネズミさえ、住民に食べられるか、ドイツ軍の方に移っているかしていたことは、誰もが知っていた。しかし、人肉かもしれないとは誰も信じようとはしなかった。事実、売り手にこんなことを聞くことなど問題外だ。

「生きたのを連れてきた」

小さな人肉は、一切れが二〇〇〇円から三〇〇〇円という気が遠くなるほどの値段に達した。アメリカの歴史家ハリソン・ソールズベリーは、直接証言と公開されたソビエトの未発表資料に基づいて、反論の余地のない実話を報告した。例えば二人の仲間が食人鬼の手から奇跡的に逃れたというアナトール・ダロフの話。ディミトリとタマラは一九四二年一月十九日に「干し草市場」に行った。物不足に苦しむタマラは毛皮のブーツを買うために六〇〇グラムのパンをとっておいた。二人の若者は巨人のような男に出会った。きちんとした身なりをし、周囲が飢えた状態であるにもかかわらず、かなり栄養もとっているようだ。彼は女物のブーツを持っていた。値切った結果、商談は成立した。ブーツがもう一足、ここから数百メートルいた狭い通り沿いの自宅にあるという。ディミトリは行くことにしたが、タマラはそこで待っていた。小さな建物の前に来ると、ブーツの持ち主はディミトリよりも先に階段を上った。ディミトリは突然胸騒ぎがした。食人鬼に関する巷の話と、その犠牲者への近づき方を思い出したからだ。彼は警戒し、少しでも危険そうだったら逃げようと思った。一番上の階に着くと、男は振り向いてディミトリに「ちょっと待ってろ」と言った。彼は扉を叩くと、「生きたのを連れてきた」と囁いた。ディミトリは何も聞いていなかった。扉が開くと、生暖かくて奇妙な、きつい匂いが漏れてきた。さらに扉が開くと、白い肉の大きな塊がいくつか、天井の鉤に固定されて揺れているのが蠟燭の揺らめく光の中で見えた。肉塊の先端は人間の足であったり、静脈や長い爪の見える女の手だったりした。ディミトリは恐怖で凍りついた。彼が階段を駆け下りると、ブーツの男があとを追う。幸運にも軍用トラックが路地を通りかかった。彼は「人食いだ、人食いだ」と叫びながら、トラックの前に飛び出した。トラックが止まり、兵士たちが建物に入り込んだ。銃声。十五分後、兵士が再び現れ、五人の人間の肉塊を階上で発見したと言った。

人肉の売買に携わるのは、残念ながら無情な犯罪者だけではない。一般市民が何としても生き残るために人を

インドの飢饉。新生児の喉をかき切る女。1897年。
（資料 M. M.）

殺し、食人事件の犯人となったケースも多い。「包囲中でも最悪の時には、レニングラードという非情の世界は食人鬼たちの手に落ちていた。アパートの壁の向こうでどんなにおぞましい光景が見られたかは、神のみぞ知るである」と生存者の一人は証言する。この証人は、妻を食べた夫、我が子を食べた両親も知っていると断言する。自分が住むアパート内でも、ある労働者が妻を殺し、切り落とした頭を鍋に入れたという。この種の証言は数限りない。

食人鬼組合

一九四一年から一九四二年の冬にレニングラードを駆け巡った恐ろしい噂の中には、食人鬼組合の話もある。会員たちは集まって特別な宴会を開くと言われた。彼らは新鮮な肉しか食べたがらず、ネバ川で回収された死体や運河に数百単位で浮かんでいる死体は食べないと噂された。

町がこの世の終わりのような様相になってしまったと、人々は少しずつ感じ始めていた。この恐ろしき数ヶ月のあいだ、軽犯罪の容疑をあくまで否認する者に対して、食人鬼用の監獄に投獄すると言って、捜査官が脅すことが時としてあった。こうした監獄が実在した可能性は薄いが、警官が威嚇手段として利用するために、本当にあるかのように見せかけていたのである。

生き残るための食人を擁護する宗教

先に記したように、生き残るための食人は現代でも世論が理解し同情しうる食人として稀なものの一つであるが、それは宗教組織からみても同様である。教会の権威者たちは、例えばチュー・ツノルのケースに対して、立場を明らかにしなければならなかった。五十一人の死体とともに、鉱山に閉じ込められ、その肉を食べて生き延びた、台湾の坑内夫である。カトリックのある高位聖職者はこう認めた。「例外的な状況では人間の遺体は食べられてもしかるべきものである。(…)人肉を食べて命が救われるならば、人肉と動物の肉とのあいだに違いはない」。この宣言は世界中で活発な論争を呼んだ。これは食糧がないという理由だけで、過去や将来の食人行為をすべていとも簡単に正当化してしまう言葉であり、伝統的に許し難いものとされてきた食人のイメージを一挙に打ち砕くものであった。

一九七二年のアンデス山中の事件後、全員が熱心なカトリックであった、生きるための壮絶なる戦いからの生還者たちは、世間の人々やジャーナリストからさえも、型にはまったイメージで見られつづけた。十五冊ほどの本が出版され、彼らに会ったこともない人々が事件を詳細に伝えた。彼らがいかに野蛮に殺し合い食い合ったか、死者の頭でどのようにサッカーをしたか、といったたぐいのものである。事件から一〇年後、あまりにばかげた話を封じるため、彼らは「真実の物語」を書かざるをえなくなった。それはまた自らを正当化するためでもあった。救助されて数日のあいだ、彼らは、「私たちがしたことが悪だとは誰にも言わせない。世間は我々を裁く権利などない。我々を見捨てたのだから」と言っていた。ウルグアイの教会は事件の時の状況を理由にし、「罪はない。食人は例外的な場合には許される」と言ってとりあえず彼らを安心させた。彼らにとってもっと必要だったのは、食べた友人の家族からの許しであったが、この点は問題はなかった。キリスト教の聖餐について直接言及し、宗教的な根拠を繰り返し持ち出すことによって、不時着時の恐怖に打ち勝とうとした彼らの行為は正当化されていった。第一に、魂は肉体を離れて神のもとに行く。雪の上に残っていたのは抜け殻だけだ。第二は「神の思し召し」というお決まりの強力な論拠である。「神」は彼らとその家族のために生きる手段を与えた。神が彼らの死を望むのなら、着陸時に殺していただろう。そして第三に、神から与えられた命を拒絶することは神を侮辱することである。こうして、神に気に入られるために人は人食いになるという逆説に達する。現実的な食人による一種の聖餐ということだ。

「トルコ人を食べなさい」

ヴァチカンは神学上の論議を重ねた末、事件から数年後にその見解を発表した。彼らは許された。ということは「過ち」があったということだろうか？　法皇は彼らを安心させるメッセージを送り、ローマで接見して祝福した。許しを再確認し、罪状の痕跡をすべて消し、罪を許して食人行為自体を消し去るための祝福である。

生き残るために人食いをせざるをえなかった人々の中には、宗教に照らしてさらに一歩進んだ者もいる。大岡昇平は、ジャングルで生き残るために食人をする日本兵について取り上げ、食べるために人を殺し、実際に肉を食べるという大きな二つのタブーを犯したあと、もはや自分を人間とは思えなくなった兵士を描いている。彼は神の遣わした人である。彼は食べ物のまわりで儀式を行い、さまざまな食物に対して謝罪したあとでないと、もはや何も食べない。精神病院に入れられた彼は、自らの肉を食べ物として提供する兵士を幻覚で見る。この兵士はキリストの生まれ変わりである。大岡昇平はこの誠実な人間を物語のキーパーソンの一人にした。

生き残るための食人の容認し難い点を、聖書を引用することによって中和したというケースは、歴史上に何度か見られる。ピエール・ダシェールともクピエトルとも呼ばれるペトルス・アミアネシスは、実際には違ったが修道士とみなされている人物である。第一回十字軍の唱導者であり、教皇ウルバヌス二世を訪問したあと、ゴーティエ・サン・ザヴォアールとともに出兵した。ミシェル・ルジは『十字軍参加者の聖なるカニバリズム』の中で、ペトルス・アミアネシスにしたがって十字軍に参加した浮浪者やごろつきについて語っている。一〇九八年のアンティオキア包囲の時、恐ろしいほどの飢えを感じた彼らが助言を求めると、ペトルス・アミアネシスは考えた末、戦いで殺したトルコ人を食べるよう言外にほのめかした。死体はいたるところに散乱している。彼らは言われた通り、がつがつと食べた。とはいえ年代記によれば、ペトルス・アミアネシスの勧めにしたがって、「彼らはまだ残っていたにもかかわらず、パンも塩もなしでそれを食べた」。こう勧めた理由はミシェル・ルジにとって明白である。豊富にあるトルコ人の肉を調味料なしで食べることで、それが新たな聖体の秘跡として感じられるに違いないというのである。「選ばれた民のように、十字軍参加者は約束の地への入口で飢えに苦しむ。選ばれた民のように、神の寛大さの恩恵を受け、信仰のために戦う。そしてその時代のヘブライ人のように、彼らは神から授かった食べ物によって、確かに救われる。(…) 十字軍が食べるのはもはやトルコ人の体ではなく、新たな聖体拝領のために神が授けた食べ物である。この聖体拝領は、神の名の下になされるアンティオキア征服のプレリュードとなるものである。生き残るための食人はその恐ろしさを弱められるだけでなく、著者によれば「不思議な意味合い」を帯びる。聖書はためらう人々を力づけるためにここにある。『申命記』にこう書かれているではないか。「主はあなたを苦しめ、飢えさせ、あなたも先祖も味わったことのないマナを食べさせられた。人はパンだけで生きるのではなく、人は主の口から出るすべての言葉によって生きることをあなたに知らせるためであった」

復活は可能か？

アンティオキアを前にして十字軍参加者が「トルコ人」を食べたことについて、カトリックの神学者たちは長いあいだ論じることになった。そのあいだにも何度か、イスラム教徒の「肉」から異端者の肉へ移ることもあったが、食人はつねに生き残りの観念によって守られた。例えば一五九〇年、パリが後のアンリ四世に攻囲された時も、首都の高位聖職者たちは異端者にしたがうよりも自らの子供を食べる方がよいと信者に教えている。

十六世紀と十七世紀には、一部の神学者が「命にかかわるほどの飢餓に襲われた時に、生き残るために食人をなすことは正しいことか否か」という疑問を投げかけた。神学者たちは対立し、この論争は現実には一度も決着をみなかった。解決したのは、「肉体の復活」など、キリスト教教義の繊細な点に関する周辺の問題だけであった。最後の審判の時、同胞を食べた人間はどうなるのだろう？　もっと本質的なこととして、肉の一部あるいは全部を食べられた人間はどうなるのだろう？「食べた者には混乱が、食べられた者には復活不可能がみられるのだろうか？」この点に関しては、最後の審判の日、神は「それぞれの持ち物をそれぞれに返す」ということで意見が一致した。合意するのは難しいことではなかった。中世最大の神学者聖アウグスティヌスは、その時代にすでに『神の国』（服部英次郎、藤本雄三訳、岩波文庫）の中でこの問題に答えている。「食べられて他の人間のものとなった肉は、最初にあったとおりの人間の肉に回復しはじめるのである」

ある状況下における生き残りのための食人を認める考えは、キリスト教だけが受け継いでいるものではない。ユダヤ教でもイスラム教でも、権威者たちは何度かこれを承認している。ベイルートのブルズ・エル・バラジュネー・キャンプで、シリアを支持するキリスト教右派に攻囲されたパレスチナ人は全滅しかかっており、すでに数日前から自分の尿を飲むまで追い込まれていた。リーダーたちはテヘランの高位聖職者たちに嘆願書を送り、死体を食べる許可を欲しいと願い出た。神の党の精神的指導者ムハンマド・フセイン・ファドララーの出した肯定的な返事は、イスラム法にのっとったものとして確認された。

この宗教的態度は、自らの最近の歴史を忘れたヨーロッパの大衆や教会関係者を驚かせた。当時医師長だったベルナール・クシュネルは、一九八七年二月十四日付の「ル・モンド」紙に記事を書いてその憤りをあらわにする。「かつては単なるイメージだったが、現代では人々が互いに食い合っている。残酷なイランの使徒である高位聖職者が、神の名の下に食人を許可した。（…）パレスチナ人が死ぬことには慣れっこだ。戦いに負けながらも勝ったふりをしても驚きはしない。彼らがイスラエルの爆弾や、アラブの同胞の砲弾で死んでも衝撃は受けない。しかし彼らが宗教権力の言葉にしたがって死体を食べ始めたことには、身震いを感じる。意識の目覚めか、それとも物議をかもす下劣な法であることの証明か。（…）我々は怒りをぶちまけ、嫌悪を口にし、救いの手を差し伸べようとすることができる。（…）宗教的権威によるおぞましい行為の承認、そして地上におけるマホメットの代理人たちによる汚れた行為の法典化に対して、怒りがかき立てられる。（…）」

食糧不足による食人

食糧としての食人のもう一つの側面は、食糧不足によるといわれる食人に関するものである。生き残るための食人とは違って、これを行う人々は食糧がまったくなくて差し迫った死の危険にさらされているわけではない。

1922年のロシアの旱魃。近親者の手足や遺骸を売る農民。
(Photo　Sygma - Keystone)

食糧難は感じられるが、飢餓には遠い。食べ物はあるものの、ごく少ないか、価格が高すぎる。例えば肉など、一つの生産物だけが不足する場合もある。

食人と用心

一〇世紀初頭の中国では、唐の軍隊が何度か人肉を合理的に利用した。地方の反乱分子と戦う際に必要となる保存食にしたのである。そのための部隊まで創設された。マティニョンが引用する中国の年代記によれば、総数一〇万人に上る兵士の食糧にするため、将軍はいくつかの村の子供をすべて集めさせ、数週間酵母入りの小麦粉を食べさせたのちに煮たという。その後子供たちは臼に移され、乾燥肉のペーストにされて、遠征中の兵士に配給された。

歴史的に有名なのはもう一つ、十一世紀のエジプトの例である。地方での大凶作のため、カイロへの食糧調達はひじょうに不安定だった。そこで住民たちは、他の場所では全くその痕跡が見られないような習慣を身につけた。「通行人狩り」である。鉤をつけた縄をバルコニーの上から何気なく吊るす。そして外国人か見知らぬ人が通りかかると、すぐさま捕まえてその縄で縛り、料理という運命へと引き上げるのである。現実的な理由からとくに食人鬼の標的にされた職業もある。バグダッド生まれの医者アドブ・アル＝ラティフは、『エジプト旅行記』の中で、カイロの人はとくに医者と薬剤師を好んで食すと記している。医師や薬剤師を往診に呼ぶが、「決して帰さない」偽患者がいるというのである。彼はまた、飢えた男女がある日大臣の乗用動物に飛びかかってそれを食べたという話についても記している。怒った大臣が犯人を絞首刑に処すと、毎日毎日穀物のスープばかりでうんざりしていた人々がすぐさま絞首台に殺到し、折よく現れたこの肉を奪い合ったという。

現代でも昔と同様、深刻な社会的・政治的危機や混乱によるものを別としても、食糧不足は依然として存在する。例えばアルゼンチンでは数年前、肥沃なトゥクマン州のサン・ミゲル・デ・トゥクマンで、未婚の母が八歳の子供エルミノ・ディアスを殺して、餓死しそうだった十一歳と四歳の二人の息子に食べさせている。

数百人の乞食が遺体の奪い合い

一九九一年十一月十一日、ザイールのテレビは、その日の朝に逮捕された六人の食人鬼集団を画面に映し出した。その全員が、二ヶ月前に起こったキンシャサでの暴動に乗じて、刑務所から脱走した犯人だった。このルポ番組では、グループの隠れ家で発見された大量の人間の死体も放映された。メンバーは毎日これを食べていたのである。六人の男が首都の大学病院が集まった地区で驚いたのは、自分たちは切断された人間の手足や死産した子供を盗んでいたというのに、病院では久しく前からそうした物を茶毘に付すのではなく、ごちゃまぜに山積みにして捨てていたことであった。

ロシアの市場での人肉

食糧が不足すると、個人が食人に追い込まれるだけでなく、一部の人々の食糧不足を解消するために闇取引きが組織されることもある。

これは新しいことではない。一九二九年にアメリカで深刻な経済危機が起こった時、在庫のなかった肉屋のジョージ・グロスマンが売るものといえば人肉だけだった。娼婦を自宅につれ込んで殺し、その肉を牛肉か豚肉であるかのように客に売っていたのである。ヨーロッパでは、小児性愛者で殺人鬼の「ハノーヴァーの肉屋」フリッツ・ハールマンが、二十七人の少年を殺してその肉を売った。創意工夫に富んでいた彼は、いつも「新製品」を考えていた。客の間で評判だった彼のソーセージは、残り物に臓物を混ぜて作ったものだった。「馬肉ハム」なるものに至っては、絶品とされていた。

現代のロシアには食人と結びついた新たな分野があるようだ。大飢饉の時のような生き残るための食人ではなく、食糧難に乗じて金儲けをするという、我々からすればもっと受け入れ難い食人である。ロシアのジャーナリストやモスクワ駐在の外国人特派員たちはこう自問する。「腐敗した国で見られる暴力シーンか？　ウォッカのせいか？　心理的、道徳的障壁の崩壊か？　あるいは単に、一億五〇〇〇万人が住む一国の中の雑事件にすぎないものなのだろうか？」ロシアでは、経済的、社会的問題に伴ってさまざまな犯罪行為が広がっており、現代の食人事件もそのうちの一つにすぎないというのがこの国の政治家や社会学者の考えである。とはいえ政府と無関係の専門家の意見を聞くと、確実にそうとは言えない。すでに一九九六年に専門家の一人が、「食人は旧ソ連では食事の一形態になっているようだ」と指摘している。一九九七年、イルシャ・クジコフは、月々二〇ドルの年金では毎日食べていけないので食人をするようになったと語った。彼は一九九二年から人肉を食べていた。サンクト・ペテルブルクにある彼のアパートの扉を警察がこじ開けると、ソース用としてペプシコーラの瓶に血がいっぱいに入っていた。台所の壁にはたくさんの耳がかけてある。乾燥させて冬のためにとっておくためだ。壁にかけたビニール袋の中には、たまねぎと一緒に漬けた肉片。自分たちは六ヶ月給料をもらっていないが人間は食べていないと警官が言うと、彼は事件をなかったことにしてくれるならば人肉とウォッカを提供すると言った。

公式発表によれば、一九九〇年以降、警察は年に三〇件以上の食人事件を摘発している。とはいえ現実にはその数ははるかに多く、文字通りの人肉の闇市が形成されているようだ。一九九〇年代初頭から、ロシアの新聞は、殺され、解体され、肉片となってさまざまな市場で売られた哀れな乞食の事件について、たびたび報じている。一九九四年、ロシア警察の高官はモスクワのジャーナリストにこう語った。「我々はシベリアの青空市場で人肉が売られているという情報を摑んでいる。(…) また別のケースでは、住所不定の人間が殺し合いをして通行人に肉を売っている。(…) ある部分が欠けている死体は毎月発見されているようだ」

うまい商売

例えばＦ・Ａ・ファブディシェフと友人のＮ・Ｖ・オスタニンは、モスクワでヴァヴィリンなる浮浪者を殺して解体し、おいしい部位をオスタニンの母親に料理してもらった。腹いっぱい食べたあと、彼らは犠牲者の頭部と足を物置に投げ捨て、調理したものを道端で売った。数週間後に逮捕された三人は、「普通の食べ物を買う金を得るために」人肉を売ったと説明した。

モスクワ一の大衆紙「モスコフスキー・コムソムデ」が一九九二年に報じたところによると、モスクワの中心部にあるフクハチェフスキー通りで、ゴミ箱の中に手が四本、足が三本あるのを警察が発見した。捜査官は、死体の残りの部分が解体され、売られたのは間違いないという結論を出した。こうした現象は地方ではさらに広がっている。ロシア中部に位置するタタールスクでは一九九〇年に、アレクシ・スクレティンが民兵に逮捕された。彼は自分の生産品を友人や知人に安く売りさばいていた。客を増やすために、自宅で「試食会」を開いて、肉の質を良いことを証明してもいる。一九八八年五月から一九九〇年二月のあいだに、この四〇男はたびたび訪れる招待客とともに九人の少女を食べた。日刊紙「スメナ」によれば、最年少のまだ十一歳の女の子も他の少女と同じようにハンマーで殴り殺されたという。調理は手馴れた二十五歳になる彼の若い妻が行っていた。

人肉のプロ

動物の肉が完全に市場から消えると、食糧不足から人肉の闇取引きが始まる場合がある。この場合には、勧誘員、仲介人、プロの殺し屋、そして「製品」を売る商人が存在する、実際の企業のように組織だった団体になる。ウラル地方では、一九九六年に、三年間にわたって子牛肉と称して大量の人肉を売っていた密売人集団が破壊された。警察は一味を逮捕する時に、殺されて大掛かりな解体が始められたばかりの老人の死体を発見した。彼らの力は強大で、国営の流通網に入り込むほどであった。一九九三年にモスクワのある主婦が国営の肉屋で買った人肉を立派なヒレ肉だと思い、家族に出すために切っていると、ピストルの弾が出てきた。通報をうけた当局がステーキの出所を探し出すと、キエフ出身の男だった。モスクワ警察長のコメント。「一山の残りはすでに売られていた。他の消費者からは弾が見つかったという苦情は来ていない」

「四つ星」人肉レストラン

◆そうとは知らずに人食い人種

世界各地のレストランが、人肉を調理して名声を築いた。しかしその方法は料理上の秘密だ。というのも最高に満足した客が自分の舌をうならせたものの正体を知るのは、レストランが閉店処分にあってからだからだ。

◆ブロツワフ　お薦めメニュー

シュレジエンで旅館を経営するドイツ人カール・ドイチュは、他の客を殺して、客に出した。彼は数年のあいだに少なくとも三〇人の客を殺し、解体しておいしい料理を作った。宿の門限に遅れるというへまをした客たちだ。この宿の本日のお薦めメニューは町じゅうで有名だった。一九二四年についに彼が逮捕された時、宿の地下室からは信じられないほど大量の塩漬け人肉が発見された。

◆カサブランカ　「よき供給者」

一九五二年二月五日、カサブランカの新しいイスラム教徒居住区であるブランクフォール通りのレストランで食事をしていたモロッコ人労働者は、煮込み料理の尋常ではない不快な味に驚いた。思い立って厨房を一回りしてみると、人肉のたくさん入った鍋と、指の骨が浮かんだスープがあった。

カサブランカ中央警察がただちに捜査を開始したところ、このレストランの経営者モハメド・ベン・アブデルカデルは本当に人間の死体を客に出していた。郊外のベン・ムシク採掘場でまだ一部肉の残った脛骨が発見されたことから、警察はレストランにあった肉片は同じ死体からとったものであると断定した。「まだ若い成人男性」であることを二人の法医学者が確認した。レストラン経営者は肉の正体を知らなかったと主張して、買った肉屋の名を挙げたが、逮捕されたその肉屋の方も、同じく強く否定した。二人の男は判事の前に出てまでもたがいに罪をなすりつけあったが、結局は同じ重い刑を宣告された。

◆ラ・パス　無神経な料理人

一九五六年三月、夫と喧嘩をしたレストラン経営者の女が怒りのあまり夫を殺した。死体の処分に困った彼女は、すべてを細かく切って一切れずつ火を通し、たくさんの煮込みを作ると、それを客に出した。客の一人が皿に足の指が入っているのを発見して、警察に通報したことから、彼女は逮捕された。このニュースが伝えられると、すぐさま人々は警察署の前に集まって、ボリビアの新聞が「無神経な料理人」と呼んだ女を痛い目にあわせるために、何度か中に押し入ろうとした。

第7章

復讐のための食人

(前頁) 巡礼者をサラダにして食べるガルガンチュア。版画。(フェリオリ蔵)
(上) この日の夜に脳みそを取り出して家族で食べた。インドネシア。1999年。(Photo A. F. P.)

償いのための食人

このタイプの食人はおそらく世界中でもっとも多く見られるものである。興味深いことにヨーロッパでも、少なくとも中世とルネサンス期には、動物的な欲望に命じられたのではない限りこうした行為はある程度許されていた。十六世紀半ばに良い食人と悪い食人の区別をつけようとした人々が、食人を罪悪視しないための論拠としてこれを持ち出したことについては、先に述べた通りである。

当時のヨーロッパ人にとって、償いのための食人は価値体系として承認されているものの中に「組み込まれた」ものだった。例えば道義的、精神的な償いを求めることや、名誉を傷つけられたり愚弄されたりした時に償いを求めることも、この体系の中には含まれている。この二つの場合に復讐として食人を行うことは、被った被害に対する適切な返答であり情熱的な行為であるとして、世論に認められていた。もちろん法には最高刑が定められていたが、食人行為によって高潔な人間を駆りたてる美徳が高められたというのであれば、その行為自体は刑を免れた。人類学者のマイアーはさらに押し進めてこう語る。「社会秩序を問題にしない表現方法だという意味で、これはほとんど儀式的な食人である。否定的には見られるものの、軽蔑的には見られない。受け入れられ、守られ、ついには同化された食人として、規範体系に組み込まれている」。要するにこれは処罰の儀式であり、名誉の掟の第一の表現方法である。とくに愛が裏切られたり、情痴犯罪の場合がそうで、「あいつの心臓を食べてしまいたい」という言葉は、自分を裏切った者に対して十六世紀によく用いられた。

このタイプの「名誉を損なうものでない」罪は中世社会に溶け込んでいたため、無数の物語詩、寓話、おとぎばなし、小話が、もちろん政治情勢に応じてではあるがヨーロッパ中で花開いた。実話から出た場合が多いこうした数々の話は、文字通り注目すべき神話として確立され、食人に対する考えを何百年も経た今に伝えている。

例えば食人は姦淫の罪や性的な過ちの償いにとなるという考えである。十二、三世紀の艶話や宮廷物語を研究したクロード・ゲニュベは、復讐のための食人は「論理的で司法的な償いの価値を持っている。愛の情熱、一般には姦通によって乱された均衡を回復するものだからである」

ヨーロッパでは復讐のための食人として一般に心臓を食べるが、これに生殖器が加わることもある。多くの研究者が心臓を食べるというテーマを研究し、同じ結論に達している。心臓によって償いを得るのは、この器官が命の「原動力」であるだけでなく、とくに人間のあらゆる情熱が集まる象徴的な場所でもあるからという、論理的な理由によるというのである。心臓を食べることはしたがって個人を絶対的に破壊することであり、その思い出さえも消すことなのである。

ベリー司教ジャン＝ピエール・カミュは、托鉢修道会に戦いを挑んだことと四〇冊ほどの著書を書いたことで知られる人物で、その著作のほとんどにおいて奇妙で不思議な出来事について語っている。一六三〇年、彼は『現代に影響する恐怖の光景』と題する小話集を発表した。その中に、クリゼルという少女に恋したメムモンという男が、フランドルでの戦いで殺されるという話がある。悲嘆にくれるクリゼルは両親の命令でロガなる金持ちの老紳士と結婚する。瀕死のメムモンは、自分が死んだら心臓を取り出して愛する人に届けて欲しいと頼み、それが実行される。クリゼルはその心臓を教会の土に埋め、以後彼に秘密の愛を捧げる。嫉妬した老夫はある日心臓を掘り出し、料理人に細かく切って他の肉と混ぜ、パテを作るよう命じる。クリゼルはこの香り豊かな料理を喜んで食べた。これを食べれば死者に対する妻の愛も同時に消えるに違いないとロガは考えたが、もちろんそうはいかない。クリゼルは修道女になり、彼女の家族はロガを殺した。これは精神的な姦通を取り上げたものとして典型的な小話である。

また別の小話では、食人は実行された姦通の復讐となる。姦通の形はさまざまだが、一つ共通しているのは、一度食人をしただけで罪人に食べ物の正体が分かるという点で、これによって復讐が強調される。もっとも有名なのはブルゴーニュの宮廷騎士ラウル・ド・クシーの話である。聖地で毒を塗った矢を刺され負傷した彼は、自分の心臓を取り出して永遠の愛のしるしとして恋人に渡すよう、従者のゴベールに命じる。かつて恋人がくれた三つ編みの髪も一緒にと。恋人の夫ド・ファイエル候は届けられたものを横取りし、使者から秘密の話を聞き出した。こうして妻ガブリエル・ド・ヴェルジエの不貞を知った彼は、心臓を調理させて妻に出す。食事が終わると、彼は、「お前が今食べたのは恋する騎士の心臓だ。お前を褒め称えた詩人のものだ」と言った。妻は「なんて卑劣な！」と叫び、その後食物を摂らずに餓死したという。

ルナール・ド・ボージュールの作としばしば言われる『イニョール』では、十三世紀の独身の騎士が、宮廷にいる他の騎士の妻を十二人、次々と誘惑する。十二人の不貞妻はライバルの存在を知るが、騎士が十二人の相手それぞれに愛を誓って弁解すると、愛ゆえにそれを忘れる。秘密が暴かれ、ことを知った十二人の寝取られ夫は話し合いをし、男を殺して復讐することで一致する。そして男に多くの喜びを与えたペニスを心臓とともに切り取ろう。十二人の不貞妻のために料理が準備された。食人が根源的な罪に対する復讐という応えになるというこの種の話は、多数存在する。

仲直りの食人

食人が和解の意味を持つことがある。一九八〇年、ある日本人労働者は妻をほったらかしにして夫婦の義務を怠り、代わりに娼婦との関係を続けていた。妻はそれを知ると、夫を激しく責め立てた。妻をなおざりにしていたことに気づいたこの男は、「仲直りのための食人」を考えついた。妻を満足させたいとはいえ相変わらず寝るのは嫌なので、例の娼婦を食べることによって「一緒に楽しもう」と妻にもちかけたのである。妻が喜んで承諾したので、すぐに実行。こうして和解した夫婦は死体で煮込みを作り、一緒に食べた。幸福と食欲と……愛情を感じながら。

黒人狩りで缶詰作り

アメリカ人がコンゴ人の商人に「コンビーフ」の缶詰を売った。ラベルには「陽気な黒」とある。恐ろしい噂が一九五九年頃には全国に広がった。多くの人々がこの缶詰の中身は「白人」が調理したコンゴ人だと思い込んだのである。狩人は特殊な懐中電灯を使って無邪気な散歩者をおびき寄せ、車に乗せて殺害場所へ直行するのに違いない。

これに対する恐怖は凄まじく、数十台の車が警察に通報されたり、ラジオ・コンゴがこの謎の「不思議な電灯を持った男」の存在を認めたりするほどだった。白人たちはコンゴ人の肉をコンゴ国内で売るだけでは飽き足らず、「ヨーロッパの肉不足を補う」ために輸出もしているようだ。村々には女子供をコンビーフにさせないための監視チームが作られ、夜のパトロールが頻繁に行われるようになった。

一九五三年九月十三日、狩人を見つけたと思いこんだ土着民たちは石を投げつけて攻撃し、車内で燃やした。しかしその不幸な男は、マルセイユから着いたばかりの医薬品セールスマンだった。これ以前にも三十一人のコンゴ人が同様の状況下で殺人を犯したとして訴えられていた。

政治的憎しみによる食人

一般にこのタイプの食人は、過度に興奮した民衆に後押しされた小人数のグループが、全員を代表して食べるという形で行われる。歴史的人物の中にも、怒りを爆発させた民衆に体の一部を食べられた人がかなりいる。有名な例としては、オランダの政治家コルネリウス・デ・ヴィットと、兄弟である「オランダ共和国総督」ヤン・デ・ヴイットが挙げられる。二人とも一六七二年にハーグで暴徒に殺害されたのち、一部を食べられた。

フランスで歴史的に有名なのはラ・ペンナ伯爵の例である。コンチーニとして知られるこの人物はアンクル侯とも呼ばれ、フランス王国宰相にまでなった。マリ・ド・メディシスの寵を得たが貴族にも庶民にも極度に嫌われた彼は、一六一七年、ルイ十三世の命令で逮捕された時に、王の衛兵隊長ヴィトリに殺された。しかし復讐を求める人々の強い思いはコンチーニが死んだだけではおさまらず、最高の屈辱を必要とした。葬儀のすぐ翌日、彼の遺体はサン・ジェルマン・ロクセロワ教会の墓所から掘り出された。喝采する人々を前に、怒り狂った何人かが心臓を取り出して焼き、刻んで食べた。

複数の年代記作家によれば、これ以前にも「アンリ善王」の暗殺者ラヴァイヤックが四つ裂きの刑に処された時、男も女もその肉片をかじったという。盗賊カルトゥシュは一七二一年にグレーヴ広場で生きたまま車刑に処せられたが、その共犯だったフランソワ・ロロンネとドュシャトレは、自分たちを追う憲兵隊の心臓を食べている。

罪のない犠牲者が、単に自分がその象徴となっているもの、例えば命令、階級、行為、出来事などの犠牲となることもある。フランス革命の歴史の中で「九月の虐殺」として悲しくもよく知られた日々である一七九二年九月二日から六日のあいだに、虐殺者たちはパリの監獄に監禁されていた一〇〇〇人もの司祭や王党派の男女、あるいはそう目された人々を切り殺した。この四日間のあいだに、貴族の心臓や肝臓、元スイス人衛兵の骨つき肉が何度も食べられた。多くの下層民がパンを犠牲者の血に浸した。野蛮さにあまり飢えていない者さえ血を飲んだことは、父親を救ったマリ・モリーヌ・ド・ソンブルイユの、孝心を示す行為が証明している。彼女が代償として人間の血をコップ一杯飲まなかったら、父親は九月の虐殺の犠牲者になっていたはずだ。この行為については、ユゴーやドリール、ルグヴェがその散文や韻文で称えている。

九月の大虐殺で激しい憎悪の象徴となったのは、マリ＝テレーズ・ルイーズ・ド・サヴォア・カリニャン、有名なランバル公妃である。フォルス監獄に投獄されていた彼女がハンマーで殴り殺されると、その死体は信じ難いほど残酷な扱いを受けた。その頂点が食人である。「汚らわしい手で撫でまわされたあと、裸にされ、打たれ、撲殺されたランバル公妃は、頭を肉屋の包丁で斬られた。乳房と性器は切り取られて口ひげにされ、内臓はベルトにされた。何人かの処刑者は心臓をもぎ取ってがつがつと食べた」

憎悪による食人と戦争

一八四八年のイタリアでの大混乱は、憎悪による食人のあらたなきっかけとなった。ド・マリクールは、二人のシシリア人がナポリ人のぴくぴくしている心臓を思いきりかじるのを見たと言う。ブリアン・ド・ボアモンによれば、負傷したピエモンテ人は「機動憲兵隊員の血に浸した国民軍の肉をいつまでも要求していた」。名高い犯罪学者ロンブローゾの『犯罪人論』によれば、当時は「南イタリアでは略奪が広く行われ、食人の光景が現実に見られた。憲兵の死体は小さく切り分けられ、その肉は売られ、食べられた」

食人を引き起こすような争いは、一般に憎悪と復讐の念とが結びついたものであり、人肉を「集団で食べる」ことを特徴とする。一世紀末の古代ローマの詩人ユウェナリスによれば、プトレマイオス朝のファラオ時代、コプトスの町の住民はテンチラの町の住民に嫌われていた。二つの町が競い合っていたのは、ローマとビザンティ

ダヤク人は切断したマドゥレ人の頭部を戦いの儀式の際に食べる。インドネシア。1999年。(photo A. F. P.)

ウムによって開かれたアラビア南部に通じる通商道に関してで、それぞれがエジプトでの主要な隊商宿営地でありたいと思っていたからであった。多くの死者をだす激しい戦いが何度かあったことから、互いに相手に対して深い憎しみを募らせていた。

ユウェリナノスによれば、ある日、「一人のコプト人がすべって転んだ。敵はそれを捕まえると解体し、全員に行き渡るようにごく小さく切った。勝ち誇った一団はそれを食べ、骨までかじった。煮もしないし焼きもしない。そんな準備は待ちきれないようだった。裸の死体だけで満足だったのだ」

この話は多くの点でアラン・コルバンが伝える出来事を思い出させる。一八七〇年四月にドルドーニュ県オートファージュ村で、貴族の青年がプロシア人だという理由から殺されて焼かれたのである。

憎悪による食人はここ一〇年間、どの大陸でも指摘されている。ヨーロッパも例外ではなく、ドイツ人研究者によれば、ボスニアで行われていたらしい。

食人と宗教的憎しみ

経済的利益や征服を目的とする戦争よりももっと憎悪による食人を引き起こすのは、宗教に関わる内戦である。フランスでは、「宗教戦争」として知られる、プロテスタントとカトリックが対立していた一五六二年から一五九八年のあいだに、この最高の屈辱を与えることによって憎悪が鎮められることがたびたびあった。しかも両派のどちらも大食いだった。オクセールでは一五六九年、その勇気ゆえに「王の心臓」と呼ばれていたプロテスタントの男が解体され、ジャン・ド・レリーによれば「細切れにされて競りで売られ、炭火焼にされてがつがつ食べられた」

食人は人間が考えうる極めつけの虐待には不可欠な要素である。リシャール・ヴェスティガンは一五八八年に発表した名高い『現代の異端者による残酷さの舞台』の中でこう書いている。「一般に行われるように人の喉をかき切ることは、ユグノーにとって下劣すぎる行為である。（…）二人組みにして飢えさせ、互いに食い合うようにしなければならない。（…）性器を切りとって網で焼き、食べさせる。それから腹を開いて自然がこの部分から作ったものを見なければいけない」

プロテスタントも負けてはいない。彼らは生きた人間を食べただけでなく、過去のカトリックの大人物まで追い求めた。例えば一五七三年に起こったロデーヴ司教事件。九年前に一人の男が死んだ。それはどうでもよいのだが、人々はその死体を土から掘り出して解体した。彼の死体は最後には吐き気のするようなスープになった。それというのも、煮ている間に蓋が持ちあがると、聖人の慈悲深い手がユグノーの拷問者に恵みをたれるという言い伝えがあったからであった。

イギリスの大臣マランドは『回想録』の中で、マルト・バザルというプロテスタントのケースを挙げる。彼女は子供に授乳している時にカトリック教徒に捕えられた。彼らは彼女の乳房を切り取って、マルセルなる者の居酒屋で焼き、通行人に食べさせた。「新生児の方は寛大にも母親の腹の上で虐殺された」と著者は記している。

カトリックによる食人

歴史家のミシュレは『竜騎兵による新教徒迫害』の中で、「聖母を信じるか死ぬかだ。それが当時の説得方法だ」と書いている。一五六二年にカトリック軍がリヨンを包囲すると、大勢のイタリア兵が脱走した。給料が支払われないからだけではなく、満足できるだけのヤギがいなかったからである。オランダで戦っていたフェリペ二世率いるスペインのカトリック軍はもっと先見の明があり、兵士たちを慰めることだけを目的に、ヤギを連れていた。司法が獣姦に対して厳しい時代であったことを思えば、この二つの事実は注目に値する。当時の年代記作家の中には、軍は宗教裁判所から特別な外出許可証をもらっていたのではないかと考えた者もいる。本能は満足させなければならないのだから、ヒツジやヤギなど偶蹄目の反芻動物や洞角類の方がプロテスタントの女より

互いに食い合うプロテスタントとカトリック。
(D. R.)

はましだと裁判所が判断したというのである。

オランダとフランシュ・コンテのプロテスタントが残酷な弾圧を受けたフランドル戦争については、プロテスタントの論争家たちが何度も取り上げた。そこにはカトリック教徒による食人の話が加えられたが、これはスペイン軍が残酷だというイメージを広げるのに役立った。マリ・ド・メディシスとカトリーヌ・ド・メディシスの取り巻き連によって象徴されるイタリア人については、ユグノーの攻撃文作者はそのみだらな復讐方法や不正、貪欲さ、陰謀や裏切りへと向かう性癖、そして当然ながら「人肉料理」について詳しく物語った。人肉料理についてとくに強調したのはオーヴィニェと出版業者のアンリ・エティエンヌで、このエティエンヌは『ヘロドトス礼賛』の中で、この時代の残酷な実例を伝えている。その中には、「喧嘩した家族を捕まえて細かく刻んで食べた」イタリア人の話もある。

中国の思想的食人

政治的憎悪はあらゆる点で宗教的憎悪に通じるものであり、同じように思想的な食人を引き起こす場合がある。なかでも一九六六年春に毛沢東が始めた文化大革命はもっとも顕著な例の一つである。総括するとこの革命による死者は一五〇〇万人から二〇〇〇万人に及び、ブルジョワ文化の痕跡である芸術作品や記念建造物は一〇〇〇万以上破壊された。

毛沢東は文化大革命によって中央委員会の勢力の大多数を奪おうとした。彼は大衆、とくにたえず不満の種を増しつづけている若者たちを動員した。彼らは、中国共産党組織に奪われた自分たちの運命を取り戻せるよう、伝説的な指導者が自分たちを鼓舞してくれるものと信じた。こうして党にしたがう人々と、毛沢東だけにしたがおうとする人々が、「階級闘争」の中で対立していく。この後者が前者を食べたのである。

中国内部の敵は人間ではないと毛派が宣言したことから、すべてが許された。「修正派のけもの」とみなすべき相手に対する憎しみと軽蔑を、食人という確実な表現方法で表わすことに何の妨げもない。この血まみれで積極的な政治活動は、孤立して行われるのではなく、いくつかの地方ではまさに「イデオロギーの浄化」方法として確立された。とくに、ベトナムとの国境に位置する町でそうであった。忌まわしく野蛮なこの浄化方法を組織し、指揮し、参加した多くの人々は、「共産主義の心と革命への信奉」を示したということで、共産党内で昇進していった。例えば中国で「七本の親指」と呼ばれる男性性器ばかりを食べたある農民女兵士の輝かしい経歴をみればわかる。彼女は「人食い」という評判だけで、あっというまにその地方の革命委員会の代表になった。毛沢東が死ぬと解任されたが、訴えられはしなかった。毛派の人食いの中には訴えられて懲役刑を受けた者もいる。例えば一九六九年の第九回大会で地区代表に選ばれ、「偉大な舵取り（毛沢東）」に人肉の入った大きな容器を贈ろうとした男がそうである。とはいえ有罪判決が出るのはまれだった。「毛沢東後」の時代に「文化大革命が残した問題」を解決する任を負った委員会は、一般に食人を犯した共産党の毛派の人々を追放するにとどめた。この追放を理解できなかった幹部もいる。例えばある革命委員会の副会長は、「しかしこの人肉は土地所有者の肉だ。食べたのはスパイの肉だ！」と述べている。中国共産党はこのごく最近の出来事のもっとも忌まわしい一面を、明るみに出そうとはしていない。

とはいえこの過去はいつまでも闇に葬られたままではいなかった。これに光をあてたのは、元共産党員で、文化大革命の時には紅衛兵だった作家である。彼は一九七八年に毛派の横暴な振る舞いに対するもっとも厳しい批判者の一人になり、一九八九年には北京知識人協会を設立した。天安門広場事件ののち潜行生活に入ったが、三年後に香港でその姿を見せる。その時には驚くべき著作を書き上げていた。彼は比較的自由だった一九八六年から一九八九年に中国に戻り、毛派による食人について調査、数百人の証人に会って話を聞いただけでなく、地方政府の秘密文書を入手することもできた。そこには信じがたいような資料が含まれていた。例えば「理由なく人肉を食べてはならない」という指令。言いかえれば、理由があれば食べても何ら問題はないわけだ。

「人肉を煮た」

香港のフランス研究・文献調査センターが一九九三年に「ペルスペクティヴ・シノワーズ」誌上に長い引用を掲載したことから、その原稿はヨーロッパ人の知るところとなった。ヨーロッパにとってこれは青天の霹靂だった。この作品は世界中の多くの言語に翻訳された。台湾の編集者による中国語版もある。

この作家はある中学を襲った食人の嵐について記している。「調理場で人肉を煮た。教員用共同寝室で人肉を煮た。女子用寄宿舎で人肉を煮た。教室前の庇《ひさし》の下で人肉を煮た。学校の中庭で人肉を焼いた。いたるところに自家製の『焼き網』があった。ある町では一九六八年六月十八日に、校長を含む教師たちが、同僚の地理教師の死体を解体して食べるよう強いられた。中学二年の男子生徒は死体のそばに包丁を投げつけて、『スパイめ、肉を切れ！　今晩食べよう！……切る時に腸を傷つけるな！　もし傷つけたら、お前らも川に突き落としてやる。俺が欲しいのは心臓と肝臓だけだ』と言った」。校長は彼に言った。「心臓と肝臓の次には腿の肉が解体されました。ある者はそれをビニール袋に入れ、またある者は血の滴る肉片を銃身にかけて配りました」

中学の大厨房では、七〇人近い生徒が学校のかまどで焼いた女の死体を食べている。しかし希望者全員に与えるには肉が足りない。それで火をおこして大寝室や廊下に鍋を運んだ。

人々が食べたのは教師だけではない。いたるところに隠れていた「反毛派」の人々が探し出された。ある町で、一人の青年が毛派の集会の前を通りかかった。彼をナイフで刺し殺し、心臓と肝臓、性器を切り取ったのは、十二歳の紅衛兵だった。その後委員会のほかのメンバーが死体に駆けより、肉が完全になくなるまで攻撃した。

生殖器を切る

人々が非難し容疑者の反省を求めたくなるような行為は、どこの地域でも最終的には食人の宴という形をとった。ある中心都市では、三〇人を集めた宴会が開かれた。メニューは二つの巨大な鍋で煮た四人の敵の死体である。この作家によれば、火を通す手間さえ省いて生で食べることもあったようで、そこではある男の例が挙げられている。「彼はその男のズボンを脱がせて性器を切り始め、『こいつは俺のものだ（…）』と叫んだ。その男が、『切るのは死んでからにしてくれ』と懇願したが、彼は人間とは思えないほど冷徹に性器を切りつづけた。犠牲者は張り裂けんばかりの恐ろしい叫びを上げながら、もがき苦しんだ。数人が飛びかかって、腿の肉を取った。腹を開いて肝臓を取り出す者もいた。するとそこにいた他の人々も襲いかかって、残っていた肉をすべて取り去った」。「エベヌマン・デュ・ジュディ」のジャーナリスト、ジャン＝フィリップ・ベジャとベルナール・プーレは一九九三年にこの作家にインタビューし、こうしたことが再び起こりうると思うかと尋ねた。作家はこう答えた。「その可能性を認めない中国人はいないでしょう。現代社会の矛盾は当時よりもひどい状態です。党幹部の腐敗も社会の不平等も、かつてないほどのレベルに落ちています。(…)文化大革命は、抑えられていた伝統の復活を可能にした、集団的憎悪の時代でした」

もう一つ、時代を超越した答えが中国の現代作家魯迅の言葉の中にある。「中国には一〇〇〇年にわたる食人の過去がある」。事実、歴史的に洗練された文明で知られるこの国では、敵を食べることは、敗者を徹底的に貶めるための、筋道の通った結論であるといつの時代にもみなされてきた。一八八六年、義和団を積極的に援護した中国皇帝の未亡人は、ヨーロッパ外交団のメンバーの煮込みを自ら調理して、太陽寺院で彼らにふるまった。

食人と民族的憎悪

一九六〇年代、激動のさなかにあったブラック・アフリカでは、政治的、人種的憎悪から食人の恐ろしい物語が生まれた。国連事務総長が毎週受け取る数百件の報告の中に、時として、ある部族が「白人」への憎悪から食人に戻ったという報告が含まれていることがあった。スウェーデンの兵士、次いでアイルランドのシモン・ドナルドソン中尉とビル・マッケイ兵士がボリュバ族に食われ、さらには十三人のイタリア人航空兵が被害にあった。相次ぐ事件にヨーロッパは呆然とした。

一九六一年十一月十一日土曜日、国連に未登録の飛行機が二機、軍事物資を載せてキンドゥに着陸した。現地にいた「リーブル・ベルジック」紙の特派員によれば、乗っていた十二人の男と一人の佐官が兵舎に着くと、コンゴ人兵士が即座に踏み込んできた。イタリア人航空兵たちのことを、シャバへ向かうベルギーのコマンド隊に違いないと言う。航空兵たちはキンドゥの中央刑務所に入れられ、コンゴ兵士たちが楽しげな声を上げる中、直ちに打ち殺された。死体は時をおかずに服を脱がされ、小さく解体される。何人かのコンゴ兵が肉片を運ぶ一方、二体の死体は中央通りのベルジカ交差点で晒された。

翌日、MNCバラバカルのグループが布教館と近くの学校に乱入し、生徒や司祭、修道女を拷問にかけ、強姦した。これと同じ日、別の兵士集団はヨーロッパの大企業の所在地を包囲した。略奪し、腕時計や現金を出させたあと、彼らは切った人肉をばらまいて、「これはお前らの同胞の肉だ。お前たちの肉も同じようにしてやる」と言うと、人々を殺害場所へと連れて行った。一時間後、コンゴの参謀本部は被害者たちを開放させた上で謝罪した。

国連はキンドゥの「食人者たち」を罰することに決め、二〇〇人のエチオピア兵を援軍として送った。これで国際部隊は一七〇〇人だ。しかし現実には何事もなされなかった。国連の現地代表者であるマフモウド・キアシは自分の無力さを弁解した。「私に何を期待するというのですか？　キンドゥの駐屯部隊にいる優秀なコンゴ兵

オーブンで妻を焼く。（個人蔵）

をすぐに銃殺しろとでも言うのですか?」駐屯部隊の隊長であるギゼンカ将軍はなんらかの対処を求められて、いわゆる軍事規定の陰に隠れた。「罪ある兵士を罰することはできない。現行法によれば、その地域は軍管区として定められていなければならないが、キンドゥはそうではなかったからである」。つまり人食い兵士の責任を問うことは不可能だということだ。

それから三年も経たない一九六四年四月、レコードという形態の雑誌「オール・サック」に、カシャムラ・アニセのインタビューが取り上げられたことから、十三人のイタリア人航空兵の悲しい運命がどのようなものであったかが、ようやく明らかになった。このコンゴの元大臣は忌まわしい事件について細部にいたるまで知っているようだ。

「キンドゥで虐殺されたイタリア人は薫製にされ、その後市場で売られました。これを食べた人もいます。兵士たちも一部を食べました」

記者は元大臣に、イタリア人の家族はもし残っていたら兵士たちの遺体を返して欲しいと言わなかったかと尋ねた。

「我々は棺を見ましたが、中に何を入れたのかという疑問は感じました。骨だと思いますけど」

記者は食い下がる。「すべて食べたのですか? 肉は全部なくなっていたのですか?」

「そうです。そうだと思います。おそらく二、三片は残っていたでしょうが、他の部分はルオバラ川に投げ捨てられました。例えば、食べる時に頭を切ったら、それは全部捨てました。食べたのは見分けがつかない部分です」

記者は頭部を食べなかったと聞いて驚いた。

「言っておきますが、イタリア人は他の肉と同じように商品として売られたのです。いくつかの段階があります。最初は虐殺。次は兵士がそれを村長たちに与えます。村長は卸し商人に売り、卸し商人が薫製にします。い

郵便はがき

料金受取人払郵便

新宿局承認

2696

差出有効期限
平成28年9月
30日まで

切手をはらずにお出し下さい

160-8791

344

(受取人)
東京都新宿区
新宿一―二五―一三

原書房

読者係 行

1608791344 7

図書注文書（当社刊行物のご注文にご利用下さい）

書名	本体価格	申込数
		部
		部
		部

お名前　　注文日　年　月　日

ご連絡先電話番号（必ずご記入ください）　□自宅　（　　）　□勤務先　（　　）

ご指定書店（地区　　）（お買つけの書店名をご記入下さい）

書店名　　書店（　　店）

帳合

5194

図説 食人全書

マルタン・モネスティエ 著

愛読者カード

＊より良い出版の参考のために、以下のアンケートにご協力をお願いします。＊但し、今後あなたの個人情報（住所・氏名・電話・メールなど）を使って、原書房のご案内などを送って欲しくないという方は、右の□に×印を付けてください。 □

フリガナ
お名前 男・女（ 歳）

ご住所 〒 -

市 町
郡 村
TEL （ ）
e-mail @

ご職業 1 会社員 2 自営業 3 公務員 4 教育関係
5 学生 6 主婦 7 その他（ ）

お買い求めのポイント

1 テーマに興味があった 2 内容がおもしろそうだった
3 タイトル 4 表紙デザイン 5 著者 6 帯の文句
7 広告を見て（新聞名・雑誌名 ）
8 書評を読んで（新聞名・雑誌名 ）
9 その他（ ）

お好きな本のジャンル

1 ミステリー・エンターテインメント
2 その他の小説・エッセイ 3 ノンフィクション
4 人文・歴史 その他（5 天声人語 6 軍事 7 ）

ご購読新聞雑誌

本書への感想、また読んでみたい作家、テーマなどございましたらお聞かせください。

ずれにせよ頭もないし手もありません」

互いに食い合う

インタビュアーはもっと詳しく知りたいと思って、元大臣に迫った。「それならば味を楽しんだわけではないですね。何を食べたか知らなかったのですから。腕や腿、肩かどうかは分からなかったわけですね？」

法と礼儀

スワジランドとブルンディでは、刑事訴訟法に食人の罪についての記載がある。「儀式的犯罪と人肉所持は死刑である」

多くの国が間接的な形でこの行為を禁じている。例えばベトナムでは、「尊厳に反する」罪、「道徳に反する」罪を犯した者は死刑であると法に規定されている。

モーリタニアやイラン、サウジアラビアなどのイスラム教国では、法で「神に反する罪」に死刑が定められている。当然ながら食人もここに含まれる。

ヨーロッパ諸国でもかつては食人罪について法に記載されていたが、これはとくに呪術を制限するためであった。すでにカール大帝の法令集の中に、「人間を食べた者、食べさせた者は火刑に処せられる」と書かれている。現在では大部分の国で、食人の罪に対しては殺人罪の刑をさらに重くした刑が科せられる。この罪は一般に拷問や残虐行為と同一視される。こうした位置づけが明確になったのは、一九九八年二月に開かれたイギリス下院での討議によってである。食人事件が何件か起こって国中を怯えさせていたことから、ある議員がアラン・マイケル内務大臣をののしった。この議員は、同胞を食べても、それを罰する法がないために違法にはならないことに驚いていた。内務大臣はこれに反論して、人間を食べることがいかにおぞましいことであっても、だからと言って政府はカニバリズムを法の外にあるものとしているつもりはないと言った。なぜなら「もし誰かが他の誰かをその体の一部を食べるために襲ったり殺したりしたら、それはそれ自体ですでに罰すべき犯罪であり、カニバリズム処罰法は余計なものとなるだろう」からである。

ロシアの判断はこれとは違った。一九九六年、「兵士の母の会」は、軍隊のすべての隊長に、「隊員が殺人や強姦、食人を行うような軍隊は、ロシア社会だけでなく世界中にとって危険です」と書いた手紙を送った。その結果、ロシア政府は食人罪を新たな刑法に導入したのである。

「彼らは正確には知りませんでした」とカシャムラ・アニセは認めた。「市場に出せば、もう見分けはつきませんから」。そしてこうつけ加えた。「虐殺後、死体を九〇度に熱した鍋に入れ一時間加熱したあと、火の上におきました。煙と炭ですべて真っ黒になったため、どの部分の肉があるのかわかりませんでした。黒くするために焼いたのです……」

「コンゴ人は食べられてしまうかもしれないという恐怖を感じながら生きているのですか?」とインタビュアーが心配して聞いた。

「とんでもない! これは例外です。ただ部族間で戦いになった時だけです。そうですとも。でも戦いはしばしば起こります。カサイ地方にはウッサランパッソウ族がいて、夜に少し食い合いをします」

「互いに食べ合うのですか?」と記者は疑わしげに言った。

「そうです、夜にです。私自身もワニ人間を見たことがあります。この人たちは敵を連れてきて喉を切り、死体を切り分けるのです」

グアテマラでの民族的憎悪

一九八三年二月、国連人権委員会がスウェーデン、カナダ、アイルランド、オーストリアの主導の下に文書を提出し、リオ・モンティッス将軍率いる国家首長軍のグアテマラ原住民に対する弾圧が、「政府による大虐殺計画の様相を帯びている」と指摘した。この文書では状況が容認しがたいものとして強調されている。「一〇〇以上の村が完全に破壊され、強制収容所では飢えた人々が恐怖政治体制への服従を強いられている。五〇万人が移住し、同じ数の人々が命を守るために外国に避難している」

この報告書には憎悪による食人の光景についても記されている。食人がかなりの地域に広がっていたため、司教団はすでに一九八二年初頭から警戒を訴えていた。メキシコに避難したグアテマラ難民を世話する修道女によれば、兵士たちは妊娠している夕カナ村の若い女に夫の死体の一部を食べるよう強要したらしいという。ウエウエテナンゴ地方のサン・フランシスコ村では、三五〇人の村民が虐殺された。奇跡的にこの虐殺を免れた二人の村民はこう語る。「ナイフによる殺戮のあと、一人の兵士が立ったまま一人の男を見つめていました。貧しいその男は死んでいました。兵士は男の上に飛びかかると、胸を切り開きました。そして心臓を取り出して食べたのです」。チャパス州サン・クリストバル・デ・ラス・カサスの司教館は、その発行物の中で、グアテマラ司教が告発した憎悪による食人事件を数多く報告している。「女たちは強姦され、人々は教会に集められた。拷問を受け、殺される。子供たちは地面に押しつぶされたり、足を捕まれて頭を木の幹でかち割られたりした。兵士たち

頭部の調理法。(資料 M. M.)

はまだ生暖かいその脳みそを食べる。兵士たちは子供たちを遊ばせ、その真ん中に榴弾を投げ込むこともあった。(…)多くの人々が大鉈で殺された……。兵士たちは犠牲者のまだピクピクしている肝臓を取り出して、おいしい料理のように食べた」

「マドゥレ族を食べに来い」

一九九九年三月、ボルネオ島のインドネシア領側である西カリマンタンに住むダヤク族のあいだで、憎悪による食人が復活していることが分かり、世界の人々、とくにこの民族を専門に研究するヨーロッパの民族学者を驚かせた。研究者の一人は、AFP通信の特派員ベルナール・エストラドにこう語った。「私はボルネオの森の奥で十二年間暮らしましたし、現地の言葉も話しますが、彼らはこの慣習については忘れたと言って、つねに語ることを拒否していました」。また別の科学者はこう付け加える。「我々はふざけて、有名な『マンコック・メラー』を見ることは決してないだろうと言っていました。ダヤク族が武器に訴える代わりに回す赤いカップのことです。それがある日、いたるところで見られるようになったのです」

争いは表面的には借金を返さないとか若鳥を盗まれたとかいった、取るに足らない出来事を理由にして起こった。しかしそれは口実にすぎない。一五〇万人のダヤク人と一〇万人に上る移住者のマドゥレ族は、三〇年以上も前から、民族的、文化的憎悪から対立していた。とはいえこれは宗教戦争ではない。ダヤク族はキリスト教徒かアニミズム信奉者で、同盟しているマレー人はイスラム教徒、ジャワ島北東にある人口過密の貧しい島マドゥラから来た、敵であるマドゥレ族の植民者もイスラム教徒である。「マドゥレ族はみんなにとって有害な存在だ」とある大学教員は「フィガロ」紙の特派員フローランス・コンパンに説明している。「インドネシア政府が人口の多いジャワ島やマドゥラ島の住民の移住を奨励したことによって、事態の進展を助長したのです」

「我々は三日でマドゥレ族の頭を七十五個持ちかえり、二〇〇件の家を焼いた」とあるダヤク人は自慢する。

「マドゥレ族を全員殺したら戦いは終わるだろう」

インドネシア政府は、暴動や暴力行為についてさえ語ることを拒んだが、二つの共同体の「不和」については言及した。とはいえ二ヶ月間島を揺るがせた殺人と破壊と食人の嵐について語るにはやや生彩を欠く、型にはまった表現であった。何よりも人々の想像力をかき立てたのは、対立の実態であった。ヨーロッパの特派員の報告は、前世紀のボルネオの首狩り族を描いた、もっとも陰鬱な探検物語から引用したもののようだった。虐殺方法は決まっていた。ダヤク族はマドゥレ族を捕えると、一人また一人と喉をかき切って殺し、血をひょうたんに入れ、順番にまわしてそれぞれが飲む。そして犠牲者をうつぶせにして、背中を切り開いて心臓を取り出すのである。

イギリスの「インディペンデント」紙の現地駐在員リチャード・ロイド・パリーは、この野蛮な解体を何度か目撃し、すべてのマドゥレ族がその体の一部を食べられたわけではないと明記した。もっとも勇気のある者、もっとも激しい抵抗をみせた者だけがその対象になっていた。そうした人たちの精神を我が物にするためである。

不思議な力

ダヤク族の有力者である元教師は、近所の家の中で二〇〇人のマドゥレ族を殺し、その家に火をつけた時のもようについて語った。「激しく戦った何人かの頭を村に運び、そこで彼らの力と勇気を得るための儀式を行いました。他の人たちは火に投げ入れました」と彼は笑いながら説明し、さらにこうも言った。「心臓と肝臓は火を通しました。四日間、女や子供も含む全員がそれを食べました」

いたるところの壁に張り紙や落書きがある。「マドゥレ族を食べるために」これこれの場所で会いましょう、という具合である。焼肉をしているまわりでは、内臓と腿と腕に火を通す。これによって戦いの精「タリウ」が戻ってくるとダヤク族は主張する。

インドネシア政府が派遣した四〇〇〇人の兵士が到着したが、遅すぎたせいで犠牲者の数は大変な数にのぼった。その数は公式発表では五〇〇人だが、カトリック組織や外国の視察員は四〇〇〇人とみている。噂では政府軍の到着が遅れた理由は明らかだという。インドネシア兵がダヤク族の不思議な力を恐れているからだというのである。

第8章

神々と信者たちの食人

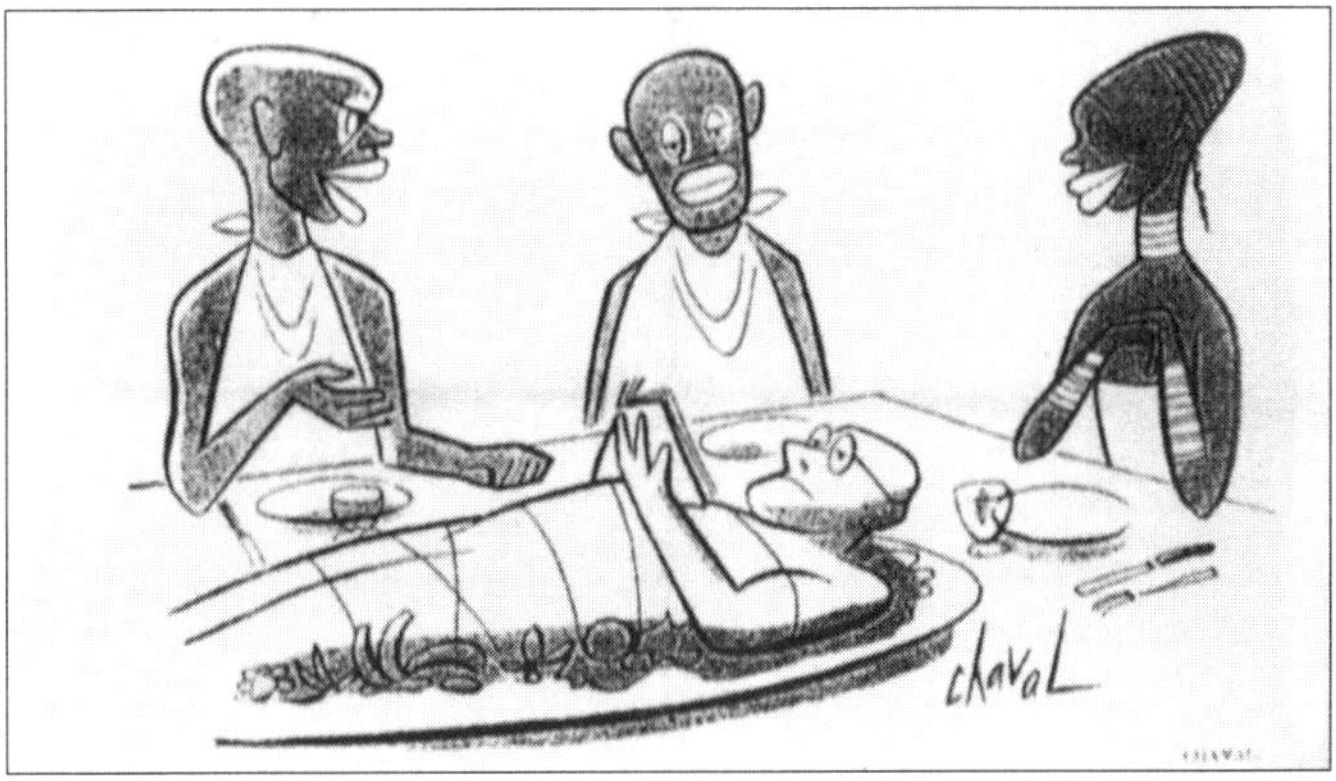

（上）死者の日。ペルー。（資料 M. M.）

（下）頭部はいつも同じ場所に捨てられる。（資料 M. M.）

（前頁）シャヴァルのイラスト。（le cherche midi editeur）

一般の人々の食人

生け贄の儀式は一〇世紀まで、古来と同じように行われていたが、動物の代わりに人間を捧げることがたびたびあった。デルフォイでこうしたことが行われていたことはよく知られている。サロニカでの戦いの際には、ペルシア人の捕虜が神に捧げられた。歴史家のウォルター・バーカーは、「カエサルは反逆者を生け贄に捧げたことがある」と書いている。二世紀のローマの有名な陰謀家カティリナにも、生け贄としての食人の話がある。ジャン＝ピエール・ボーは『身体の裁判史』にこう記す。「解体されその生肉を食われる動物たちは、もともと捧げていた人間の代わりをつとめているのではないだろうか？　おそらくこの点に、ギリシア人もローマ人も食人をそれほど恐れなかった理由があるのだろう」。ピタゴラスの弟子エンペドクレスは、『浄化』の中で、狭い姻戚関係によって結びついた人々が「自分たちのものである肉を食べる」という虐殺について語っている。それから一世紀近く経った紀元前四世紀のディオゲネスは、どんな動物の肉を食べてもそれは悪いこととは思わないし、外国の民族がしているように人肉を食べることがもっとおぞましいこととも思わないと語っている。その理由は、「健全な理由から、すべてはすべてであり、いたるところにあるから」だという。彼は人肉を味わうことを禁じていない社会が一つならずあることも指摘する。彼自身も、「両親を生け贄の祭壇まで押しやり、最後の一口まで食べるよう子供たちに教えた」ようだ。

紀元前五世紀の歴史家、「歴史の父」ことヘロドトスもまた、民衆の宗教が死者を食べることを課し、火葬を最悪の冒瀆とみなすのであれば、その食人風習を恐れるべきではないと教えた。神々が命じる内容によって人間を判断することはできない。彼は、「文明化された世界」の北の果てに、「敵の血を飲み、生の肉を食べる」人食い人種が大勢いると信じていた。紀元前六世紀にエチオピアの人食い人種を征服しようとしたカンビュセスについて言及する際、ヘロドトスはこの人食い人種のことを「地の果てに住む幸多き人々」と呼んでいる。とはいえ、ヘロドトスはカンビュセスが軍の内部に食人が広がる危険を前にして遠征を中止したことを称える。「兵士たちが次第に運搬用の家畜を食べ、草や植物をかじり、遂にはくじで決めた一〇人中の一人を食い尽くすまでに追い込まれた時、その男がたとえ狂っていたとしても、カンビュセスは遠征を続けることはしなかった。それほど彼は人間が互いに貪り合って野獣と同じようになることを恐れたのである」

ヘロドトスに続いて、ストラボン、プリニウス、さらには三世紀のポルフュリオスも、スキタイ人やマッサゲタイ人などの人食い人種の存在を認めたが、それはホメロスの言葉を信じたからにすぎない。一般に紀元前八世紀頃の人とされるホメロスは、すでに『オデュッセイア』の中で、オデュッセウスと対立するシチリアの人食い人種ライストリュゴン人の残酷さについて描いている。この人食い人種の首長である巨人のポリュヘモスは、オデュッセウスの仲間を何人か食べてしまう。人食い族キュクロペスの言い伝えについては、エウリピデスやテオクリトス、オウィディウスなどの著述家も取り上げている。おそらくホメロスは同時代人のミカから着想を得たのであろう。旧約聖書の預言者であるミカは、サマリアとエルサレムの破壊を予言した者として知られ、こう書いている。「人々の皮をはぎ、骨から肉をそぎ取る者らよ。／彼らはわが民の肉を食らい／皮をはぎ取り、骨を解体して／鍋の中身のように、釜の中の肉のように砕く」（『ミカ書三』）。ギリシアの都市国家は明らかに食人を拒絶していたにもかかわらず、いくつかの哲学学派によってこれを認めるよう要求された。それは「社会に対して個人の権利を主張するためであり、いかなる形であれ文明が疎外されることに反対するため」であった。

キニク派や、もっと抽象的にその思想を引き継いだ、菜食主義者のストア派は、矛盾するようだが死肉食と近親相姦を弁護し、都市国家における人間の存在理由に疑問を投げかけた。この野性への回帰によって、人間は従来の限界を超えて神の立場まで上ることができる。M・ダラキは『キニク派とストア派の死肉食』の中で、「適切な死肉食は体を墓に変えることを狙いとする。キニク派やストア派の死肉食は生者と死者の立場を解き難いほどに混ぜ合うことを目的とするのものである」と書いている。哲学的集大成というわけだが、これについては、コスタ・ナッシカが『口承と暴力』の中で完璧に要約している。「古代ギリシアのキニク派とストア派は死を生きることを目指すものとして、死肉食を推奨する。すなわち命の深遠さを深め、人間とその内面の規模を充実させるものとしてである」

ギリシアのピタゴラス派によって転生の考えが広まっていたローマでは、ネロ帝の家庭教師だった頃の哲学者セネカが、動物の姿を借りた食人の料理的・哲学的性格について自問した。動物を食べるにはその前に殺さなければならない。これは許し難い親殺しの罪ではないのだろうか、というのがその疑問だが、実際、生まれ変わるということがあるのならば、動物を殺すことによって自分の父か母を殺して食べることがありうるということになる。

いつでも誰かが人食い人種

食人は歴史の果て、有史以前の時代だけにとどまるものではない。その痕跡は、代々続いている民族のほとんどすべてにみられる。食人に関してプルテルはケルト人を、クルヴェリウスはゲルマン人を、ジュブラスキーはアラブ人を非難した。ハンニバルの父ハミルカル・バルカスは紀元前二三八年に、飢えから人肉を食べたフェニキア人やリビア人の傭兵を象で押しつぶした。「この男たちはもはや汚れた行為をせずには他の者たちと溶け込むことはできない」と判断したからである。「コンビュテスとオレスタニオスに率いられたガリア人は、血を飲み肉を食べるために、今のポモジェーの町カルブレアスの男全員を殺す」と、紀元前二世紀のリディアのポセイドニオスは言う。四世紀の聖ヒエロニムスは、ブリトン人の一群がガリア人に襲いかかり、羊飼いの腿や女の乳房を食べるのを見たと主張する。同じような非難は、その後もタタール人やモンゴル人、フン族、アイルランド人、イベリア人などに対してなされた。ロラン・ヴィルヌーヴは『妖術の裁判』の中で、カール大帝がサクソン人に強制的に洗礼を受けさせたことについて指摘している。大帝が人食いをした人間に死刑を命じたというのだから、ヨーロッパでは九世紀に異教徒のあいだで食人が存続していたことが証明される。大帝はさらに、帝国中で法律と同様の効力を有する法令集の中に、食人罪を記載した。これから二〇〇年後には、デンマーク人は人肉を食べるという証言がいくつかあった。こうした例は枚挙にいとまがない。

食人は人類の第一の敵として告発されるものであるため、あらゆる社会集団が歴史上のある時に、敵から人食いだとして非難されてきた。キリスト教徒はユダヤ人を非難したが、そのユダヤ人も初期のキリスト教徒に対して、パンを血に浸して食べることによって人肉を食べるといって非難した。キリスト教徒を人食いだと訴えることはアフリカでもオセアニアでもアジアでも、十九世紀まで続いた。アフリカの数多くの部族も、ヨーロッパの植民者たちは力を増すために「人間」を食べると信じていた。同様に中国でも一九〇〇年頃、中国の子供を捕まえて解体し、その臓物を食べるとして、ヨーロッパ人宣教師が外国人嫌いの国家主義者から非難された。ユブネル男爵は中国の太平洋側に位置する天津で広がっていた噂を伝えている。ヨーロッパの宣教師に雇われた者たちが中国人の子供の死体を埋葬しているらしいが、それは修道女のもとにやられて、目と心臓をもぎとられた子供であり、修道女はそれを使って「白人のための」薬を作るのだというのである。これと同じ時代、マダガスカルでは原住民が、ヨーロッパ人は「マダガスカルの子供の心臓を食べることを必要としている」と主張した。十五世紀から十八世紀には、アイルランド人がイギリス人を人食いだと言ってたびたび非難した。そのアイルランド人は同じ非難をスコットランド人から受けた。第一次世界大戦中にはフランス人の間で、ドイツ人に対するこうした血なまぐさい卑劣な噂が声高に言われた。逆もまた同様であった。

ここ数十年のうち何年かをルワンダで過ごしたクローディヌ・ヴィダルによれば、この国にドイツ人植民者が初めて来た頃、原住民はこれを皮膚のない人間だと思い、働いても血が流れないことに心底驚いたという。この驚きはすぐに一つの確信を生んだと、この民族学者は言う。ドイツ人はルワンダ人の心臓を食べ、その子供の血を吸うというのである。この言い伝えは植民地時代を通して存続し、今なお残っている。クローディヌ・ヴィダル自身も夜子供を襲う吸血鬼ではないかと疑われたという。

食人鬼の典型、キリスト教徒

生け贄の儀式を行っていた、あるいは今なお行っている社会では、必ず「血と肉」を神に捧げて、神の保護と世の安泰を祈る。すでに指摘したように生肉を食べるこうした神々は、人間を食べることも多い。キリスト教の儀式だけは逆の図式になっていて、全能者である神の方が自らの血と肉を信者たちに与える。キリスト教徒はこの不思議な食事によって自らが信じる神を食べるという食人的な聖体拝領を行い、これを通して、全信者との神秘的な結びつきを確かなものにする。

この食人的聖体拝領は、「犠牲者」を捧げるという古典的な方法によって、すなわちゴルゴタの丘での残酷な殺害によって行われる。ロラン・ヴィルヌーヴがまさに指摘していることだが、フロイトやアブラハム、シュトラックなどのユダヤ人も、ダウマーやギラニーのような反ユダヤ主義者も、キリスト教は食人風習を高尚化したものに過ぎないという点では一致している。

「すべてを食い尽くす死から、償いの肉が生まれる」と十六世紀末にジュネーヴ司教聖フランソワ・ド・サルは『対神愛論』の中で書いた。「肉」と言う言葉を使ったことで、多くの信者を恐ろしく不快にさせたが、とはいえ肉を食べることは、キリスト教信仰のまさに中心である。

教父たちはキリスト教のこの大いなる神秘を聖体の秘跡と名づけた。こうしてキリストの体を食べることは自らの肉体と魂と信仰心をすべて同時に強めることである。神を食べることは自らに神性を与えることであり、不死を約束することである。これを食べないことは衰退の道を辿ることである。聖体の中にキリストが実在すると

プロテスタントを解体するカトリック教徒。16世紀。（個人蔵）

いう根源的な教義を確実に信じさせるため、教会は聖書と使徒の言葉に基づいて、この食人儀式を定めたのはキリスト自身であり、キリストが自分を記念して行うよう要求したのだという事実を強調した。「イエスはパンを取り、賛美の祈りを唱えて、それを裂き、弟子たちに与えながら言われた。『取って食べなさい。これはわたしの体である』。また、杯を取り、感謝の祈りを唱え、彼らに渡して言われた。『皆、この杯から飲みなさい。これは、（…）わたしの血、契約の血である』」（『マタイによる福音書』二六）

　同じことが聖パウロによる「コリントの信徒への手紙一」にも記されている。「主イエスは、引き渡される夜、パンを取り、感謝の祈りをささげてそれを裂き、『これは、あなたがたのためのわたしの体である。わたしの記念としてこのように行いなさい』と言われました。また、食事の後で、杯も同じようにして、『この杯は、わたしの血によって立てられる新しい契約である。飲む度に、わたしの記念としてこのように行いなさい』と言われました」さらに聖パウロは警告としてこう付け加える。「従って、ふさわしくないままで主のパンを食べたり、その杯を飲んだりする者は、主の体と血に対して罪を犯すことになります」。キリストはパンとワインという形で祭壇上に現れ、そこで十字架の犠牲を続ける。司祭の力を借りて自らを犠牲にしつづけながら、パン種のないパン、ホスチアという形で、人間にされた神の子の体、すなわち肉と血を信者たちに与え食べさせるのである。

恐れた初期キリスト教徒たち

キリストの肉と血を食べることを拒否することは、典型的な宗教上の罪であり、劫罰が約束されるものである。年代記に無数にある例の中でも顕著なのは、あらゆる悪事で訴えられたトマ・ド・マルル、フランス王ルイ六世が「宗教心を持って虐殺しようと決めた」という人物の例である。剣による致命的な傷を受け、捕えられた彼は、死の間際にランに移され、告解をすることを了承した。年代記にはこう書かれている。「キリストの体が司教の手によって運ばれたが、主イエスにとってこの改悛の情のない男はぼろぼろの壺のようなものであり、その中に入ることに嫌悪を感じているようであった。彼は聖体を受けることなく、おぞましい生涯を終えた」。聖体の秘跡は、いかに高尚化されようと、その目的自体からいって明らかに食人である。しかしそれは寓意や象徴的儀式だけのものなのだろうか？　聖ヨハネはキリストの言葉をその通り伝えながら、この仮説を決定的にはねつける。「これはわたしの体である。（…）これは（…）わたしの血、契約の血である。（…）」（『マタイによる福音書』二六）。「人の子の肉を食べ、その血を飲まなければ、あなたたちの内に命はない。わたしの肉を食べ、わたしの血を飲む者は、永遠の命を得、わたしはその人を終わりの日に復活させる。わたしの肉はまことの食べ物、わたしの血はまことの飲み物だからである。わたしの肉を食べ、わたしの血を飲む者は、いつもわたしの内におり、わたしもまたいつもその人の内にいる（…）」（『ヨハネによる福音書六』）

キリスト教徒は聖体の秘跡として定期的にキリストの本当の肉体を食べていること、この人食い儀式はキリスト自身の主導で始まったことは、疑うべくもない。キリストの言葉をそのままに受け取り、憤慨して師を離れた信者もいた。福音書には、イエスがたとえ話で話したのは、彼らに対してはそうしなければならなかったからだと記されている。一言で説明すれば、彼らをそばにひきとめることができたかもしれないが、彼はその説明をしない。考えをゆがめずに説明することはできないからである。反対に、他の弟子たちの方を向いてイエスは尋ねる。「あなたがたも離れて行きたいか」（『ヨハネによる福音書六』）。その言葉通り、他の解決策も、衝撃的にみえるその教えとの妥協もない。この約束をイエスは来るべき時、死ぬ前の最後の晩餐で実現する。「今日では神を食しても熱心な信者たちの健康や道徳、信仰を揺るがしはしないが、初期のキリスト教徒たちの多くは神を飲み込むことに恐怖を感じたと認めなければならない」

あらゆる歴史的研究や初期の教父たちの証言によれば、異教徒だけでなく洗礼志願者にとってさえ理解し難いこの神秘は、もっとも古い典礼では一部隠されていたという。したがって初期の教会は、例えばカタコンブの絵のようなイメージによって以外は、この神秘を取り上げなかった。一般に教会は秘密にすることによってではなく、何がどうであれ本質的なこのドグマに対して沈黙することによって守られた。「人食いの奇跡」は、完全に受け入れられたわけではないものの、五世紀以後寓意的な形で表わされるようになる。例えば、この時代のある二連祭壇画には、大きな魚の姿をしたキリストが岸辺で弟子たちに自分の肉を与えている姿を描いたものがある。六世紀にはラベンナのサン・ビタレ教会のモザイクに、神の犠牲の象徴であるメルキゼデクの犠牲が描かれた。そこでは、キリストは立っていて、その前にある祭壇の上に二つのパンとワイングラスが置かれている。聖餐であることを示すために、主が荒れ野で民に与えたマナも描かれている。他に、たくさんのパンを描いて聖餐を表わす寓意方法もあった。その後は、象徴的なしるしとして魚が用いられるようになった。十三世紀から十五世紀の詩や叙事詩、絵画では、象徴的に教会を表わす天のパンに代わって、「キリストの引き裂かれた肉体、そして飢えた魂を純化し養うための真紅の血を絶えず吐き出す大きく開いた傷口が、描かれるようになった」とビヌムが『聖なる宴』に記している。

人食いの神々

◆バール

ベルまたはベルスとも言われるバール神の名は、文字通り「主」を表わす。これはフェニキア人の上位の神であり、聖書に記されたほとんど唯一の神である。とくに自然の神であり、力を体現する。地域によってはバール・シドン、バール・タール、バール・ペオールなどさまざまな名前で称えられ、崇拝されている。この神には果物や食糧が捧げられるが、幼い子供が捧げられる場合もひじょうに多い。

◆メルカルト

しばしばバール神と同一視されるメルカルトあるいはメクカルトは、とくにティールで称えられるフェニキア人の神で、勝った戦士または船乗りとして表わされる。ジブラルタル海峡の岩山をギリシア人は「ヘラクレスの柱」と呼んだが、ティール人は「メルカルトの柱」と呼んだ。メルカルト信仰については、この神を称えるために人間を捧げるか否かで歴史家のあいだでも意見がわかれている。

◆モレク

モレクの名で聖書に記される神は、モアブ人とアンモン人に崇拝された。この神には子供が捧げられる。ユダ王国の何人かの王は一時この神を信仰した。考古学者の中には、この神をフェニキアの神でもあるとする者や、サトゥルヌスやバールと同一視する者もいる。伝説によれば、モレク神は雄牛の頭をもつ人間の姿をした、金属製の像で表された。中は空洞になっており、そこに大きな火を燃やして、人間の犠牲者を投げ入れ、焼いて食べたという。

◆メレク

東洋の数人の男神につけられた名前で、一般に砂漠の悪魔を表わす。この神の力をそぐために、人間の生け贄が捧げられた。

食人とアンケート

一般大衆はおそらく近い将来に起こるであろう事に気づいていない。これは男女を問わず二〇歳から六〇歳の多くの人たちにアンケート調査をした結果である。

◆これまで食人について考えたことがありますか？
はい2％　いいえ98％

◆人肉を食べた夢を見たことがありますか？
はい4％　いいえ96％

◆人肉を食べようとしたことがありますか？
はい0・5％　いいえ99・5％

◆自分は抑え難いタブーに苦しんでいると思いますか？
はい65％　いいえ29％　分からない6％

◆人肉を食べたかもしれない近親者とは付き合わない？
はい2％　いいえ38％　分からない60％

◆人間が何百年も人肉を食べていたことを知っていますか？
はい4％　いいえ96％

◆食人を実行して生き延びるよりも、餓死する方がよいですか？
はい3％　いいえ68％　分からない29％

◆人肉はおいしいかもしれないと思いますか？
はい30％　いいえ48％　分からない22％

◆人肉と家畜肉に根本的な違いがあると思いますか？
はい7％　いいえ25％　分からない68％

◆現代でも人体の一部から作られた薬がたくさんあることを知っていますか？
はい6％　いいえ94％

◆地球上の人口過剰の結果、死体を食糧として利用するようになると思いますか？
はい1％　いいえ51％　分からない48％

◆その場合、とくに気になることは何ですか？
aその肉が病人のものではないか？
はい78％　いいえ20％　分からない2％
b恵まれない社会階層の人々だけを食べることになるのか？
はい59％　いいえ37％　分からない4％
cひそかに殺害がなされるのではないか？
はい92％　いいえ8％

◆消費する死体をどこから調達すべきだと思いますか？
a自動車事故
はい5％　いいえ11％　分からない84％
b自殺者
はい11％　いいえ27％　分からない62％
c死刑囚
はい4％　いいえ11％　分からない85％
d志願者
はい33％　いいえ49％　分からない18％
e高齢者を抽選で
はい2％　いいえ31％　分からない67％
f他の大陸から
はい26％　いいえ55％　分からない19％

第9章

悪魔とその使徒たちの食人

(前頁) 死の床でかつての敵たちに食べられるナポレオン。1821年。(Coll. Roger-Viollet)
(上) 死の儀式。ハイチ。1996年。(Photo Sygma)

食人と呪術

無視されたり二次的要素として片づけられることが多いものの、食人は呪術のもっとも残酷な一面であり、これを何よりも的確に表わすものである。呪術師や魔女は、悪霊を介して悪魔の強い力を意のままに操るために、食人にふける。もっとも古い時代について書かれた資料によれば、呪術はテッサリアで生まれて、ギリシアからローマへと伝わった。ローマでは呪術の実践に結びついた謎めいた犯罪行為が数々行われた。ホラティウスが『諷刺詩』で言及したローマの魔女は、ローマ七丘の一つエスクイリヌスの丘にある恐ろしい貧者の墓場で子供の死体を解体する。ルカヌスは『ファルサリア』で、ポンペイウスの息子セクトゥスが、血を飲むために墓のあいだをさまよっていた魔女エリシュトに出会ったと伝えている。吸血鬼は大昔から恐れられていたわけである。

キリスト教初期には、呪術はサタンとベルゼブルの悪魔性だけに関係したものであった。サタンとベルゼブルは、有名な「悪魔との契約」を結んだり、夜の魔女集会を主催したりする、秘密めいた信仰の対象であった。魔女集会は悪魔の儀式に続いて行われるもので、これは食人行為であった。クララ・ゲスレルは一五九七年に裁判にかけられた時、魔女と共有していた十七人の子供を食べてその血を飲んだのは、悪魔に導かれてのことだと言った。十五世紀には、マドレーヌ・バヴァンが、魔女集会に行ったところ、よく焼いた子供が供されたと告白した。モンペリエの呪術師は、埋葬したばかりの女の腿を切って、肩に担いで運び、悪魔の食事の時にがつがつ食べた。一六〇五年、ローザンヌで、五人の呪術師がまとめて火あぶりの刑に処せられた。子供の血を飲んだあと、体を小さく解体して鍋で煮たからだった。

こうした例は数え切れないほどあり、いくらでも挙げられる。とはいえ指摘しておくと、その大部分は精神を病んだ者か、拷問を受けた者のケースである。いずれにせよ、呪術と食人が結びついた実例は無数にある。昔の裁判の九割は、悪魔を称えて子供を切断したとか、魔女集会の儀式で人肉を食べたとかいうたぐいのものであった。

五世紀のシルデリック一世以後、火刑台が立てられ始め、急速にヨーロッパ中に広がった。刑罰を下す権限は最初は教会裁判所が行使していたが、十五世紀末になると世俗裁判所がこれを要求した。呪術関係の事件の予審をし判決を下すものとして、多くの特別裁判所が作られたが、それには世俗権力によるものも宗教権力によるものも、あるいは両者合同のものもあった。この問題には、国家も公衆道徳も宗教も関係していたからである。魔女集会はあらゆる冒瀆や乱痴気騒ぎ、犯罪行為の発端となった。犯罪行為の中には、有名な「黒ミサ」もあった。これは裸の女の上に喉を切って殺した子供をのせ、その血を聖杯に集めるというもので、まさに儀式的な犯罪であった。悪魔を呼び出し、普通ホスチアを短刀で突き刺す。黒ミサはあらゆる点でミサ聖祭と反対のことをしようとするものである。毒殺事件に加わったルイ十四世の寵姫モンテスパン夫人は、王の愛を獲得し維持するために黒ミサにも参加したようである。モンテスパン夫人は、カトリーヌ・デザイエ、すなわちラ・ヴォワザンことモンヴォワザン未亡人が上流階級に抱えていた客のうちの一人だった。ラ・ヴォワザンは助産婦や手相見をし、白魔術に取組んでいたが、その後すぐに、子供を生け贄に捧げる恐ろしい黒魔術に移り、助産婦としてとくに堕胎を行った。のちに彼女が裁判にかけられた時、庭に埋めたり、自宅のかまどで焼いたりした新生児の数について、二〇〇〇体以上という恐ろしい数字が挙げられた。それらの死体は多くの場合魔法の水薬を作るために使われた。彼女はそれを解体役の不信心な司祭たちからなる不吉なチームと共に開発したのだった。モンテスパン夫人のためにギルブールが作る悪魔の散剤は、「これを飲んだ王が知らないあいだに欲望を掻き立てられる」ものでなければならなかった。火刑裁判所によるラ・ヴォワザン夫人の尋問調書にはこう書かれている。「ギルブールは母親の家で数人の子供に洗礼を授けた。娘たちは父親に流産させられた。三、四人の子供をかまどで焼くためである。この女（ラ・ヴォワザン）はモンテスパン夫人のミサに、予定日前に生まれたらしき子供を連れてきて、たらいの中に入れた。ギルブールは子供の喉を切って殺し、聖杯に血を入れてホスチアとともに捧げてミサを終えた。それから子供の内臓を取り出して、血とホスチアをガラス瓶の中で蒸留した。その瓶はモンテスパン夫人が持ち帰った」

食べる人を探す

呪術と食人とが一体になったものといえば狼男と吸血鬼である。これはどちらも悪魔的な食人で、もともとの起源は完全に異なるが、世俗判事や教会判事の目からすれば結局は同じもののように思えた。狼男というのは古い狼男神話からきた言葉で、二〇世紀初頭になっても、落ちつきのない子供は「狼男がお前をさらって行って食べちゃうよ!」と言われて脅されていた。この神話の起源は古代に遡る。アルカディア王リュカオンはある日ゼウスを食卓に招き、子供の手足を供した。パウサニアスによればそれはゼウスを満足させるためであった。リュコジアの町では神のために人間を捧げていたからである。オヴィディウスの意見では、リュカオンは客の神性を試そうとしたのだという。いずれにせよ、神は深く傷ついてリュカオンの宮殿を焼き、彼を狼に変えて、生肉しか食べられないようにした。パウサニウスやオウィディウスだけでなく、古代ギリシア・ローマの多くの著述家がこれについて語っているが、ウェルギリウス、ストラボン、プリニウス、ヴァロなどその全員が、この話を信憑性のある、確実なものとしている。これは驚くべきことではない。ギリシア、エジプト、ローマには神々や英雄たちの変身物語がたくさんあって、それを当然と思っていた時代なのだから。

聖書でも、預言者ダニエルが変身物語を真実として報告している。バビロニア王ネブカドネザル二世が二十七年間にわたって人間の社会から追放され、その間に牛のように草を食べたところ、その髪は羽になり、爪は鳥の爪のように伸びたという。中世には数千人の哀れな人々が狼男として火刑に処せられた。その肌は裏返しにした狼の肌で、内側に毛が生えているのを見たと人々は主張した。もちろん呪術師や魔女たちは集まって人肉を食べるリュカオンのような食事をするのだ。聖アウグスティヌスは半獣神やサテュロスの存在は信じたが、人間が同胞を食べるために狼に変身できるという考えは否定した。しかし彼の意見をもってしても、狼男への変身を呪術の重要な側面の一つとする民間信仰はびくともしなかった。悪魔の大きな力とは、絶えず変身できることではないだろうか？　それならば悪魔の友人である呪術師や魔女も同じように変身し、狼の姿になって子供を食べることができるのではないだろうか？

この確信から、ルネサンス期には火刑台が増加する。この時代には「狼熱」という表現が生まれ、食べるものを探して四つ這いで森を駆けまわると噂される人すべてに対して使われた。四世紀のアンキラ公会議で狼男を否認し、錯覚にすぎないとみなしたにもかかわらず、教会はこの迷信を断固として否定することはしなかった。事実、狼男は神学者や魔神学者、行政官による裏づけを取り戻していた。というのも、それは強くて多様な形を取りうるサタンの力を強めるものだからである。その大罪を抑えることができるのは、教会だけだ。ヘロドトスによれば、ギリシア時代ネウリアン人は年に何日か狼になったという。ルネサンス最盛期、セルバンテスは『ペルシレスとシヒスムンダの苦難』で、狼男の島と狼に変身する魔女を描いた。

ジャン・ボダンは一五八二年に発表した名高い『悪魔妄想』の中で、悪魔にそそのかされただけで我が子を食べたミラノの女について語っている。彼は大胆にも、アメリカの未開のインディアンが人間を食べるのは、「ヨーロッパの魔女と同じように、悪霊に導かれている」からだとさえ言った。彼は狼男が犯したとされるフランスでの食人の例を多数挙げ、絶対に事実だという考えを示した。さらには、本当の狼はもはや存在しないとまで主張した。すべて人肉を食べるためにその姿になった魔術師や呪術師だというのである。アンブロワーズ・パレは、人間のミイラを食べる慣わしについては全くの迷信だと否定したにもかかわらず、奇形者が生まれる一因として、悪魔による働きかけを挙げている。

魔神学者の大多数は本質的な変身は可能だという考えを支持したものの、例外的にごく少数の人々は、狼への

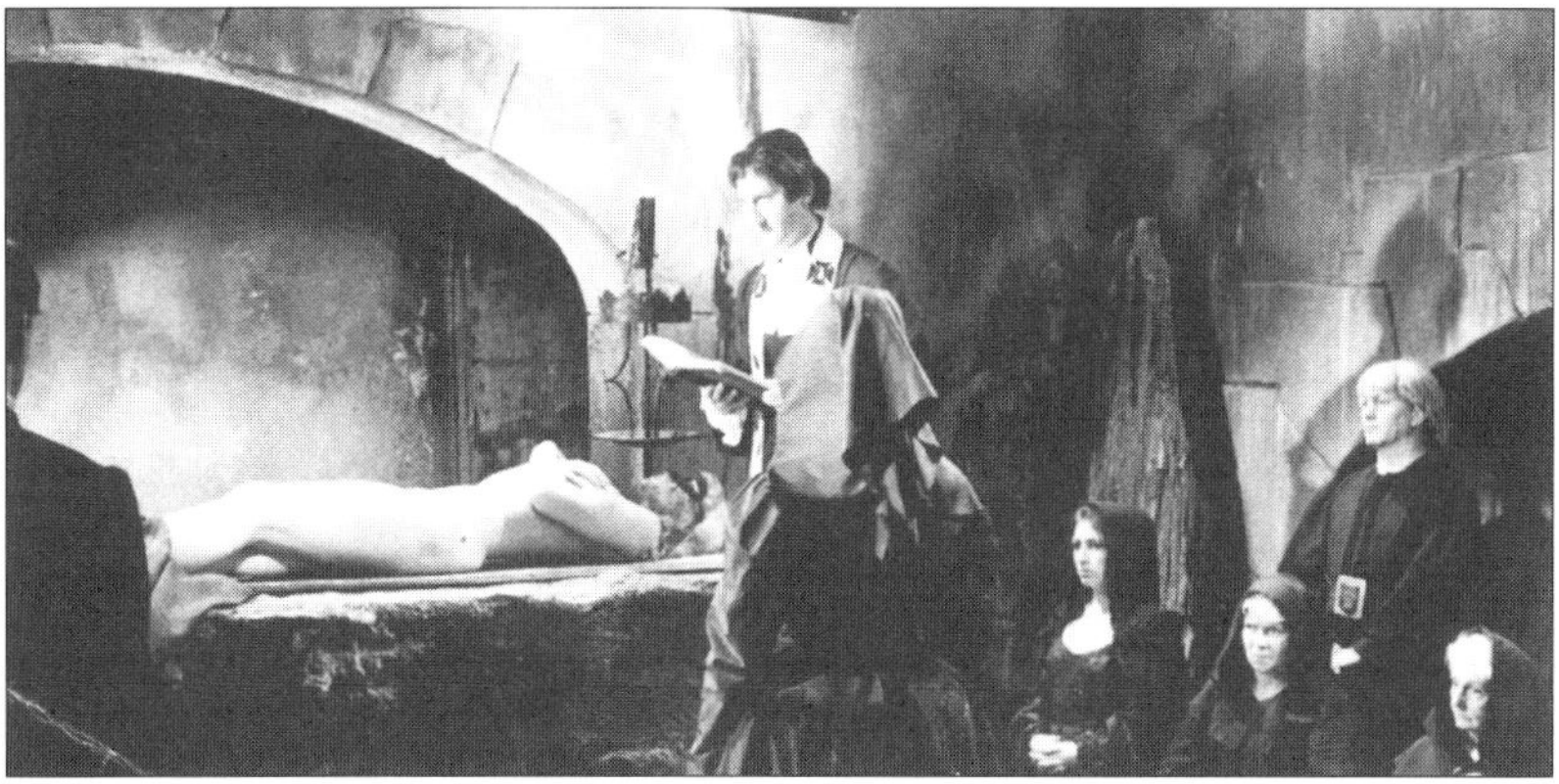

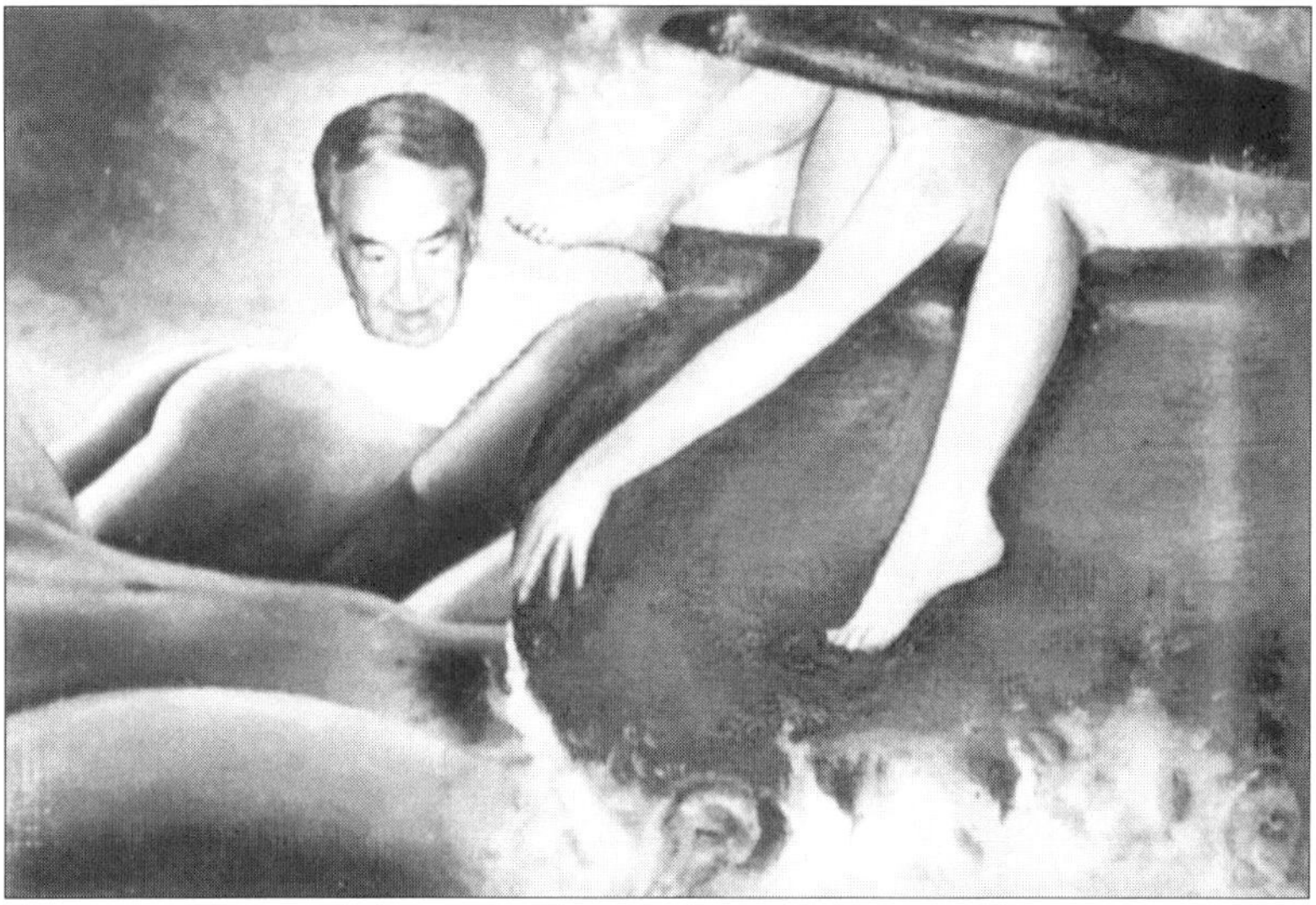

（上）子供を犠牲にしその血を飲む黒ミサの再現。（資料 M. M.）
（下）貪り食う幻想。P・フェリオリの絵。1999年。

「自分の肉をお代わりします」

自食とは自分の肉体の一部を食べることである。自食の有名な例について、ガルニエ教授が一八九六年に発表した著書『フェティシスト』の中で記している。それは彼が一八九一年に研究した、ウジェーヌ・ルクールなる男のケースである。

日雇い労働者のウジェーヌは、ベンチに座っているところを巡査に見つかった。驚いたことに、彼はハサミで自分の左腕を大きく切り取っていた。この男には少年時代から心につきまとう衝動があった。肌が白くて繊細な美しい少女を見ると、性的衝動に伴って、その少女の肉を噛んで食べたいという熱い欲求が生まれるのである。実行したことは一度もないが、妄想があまりに激しくなると、「自分の腕の中で、皮膚がもっとも薄くてもっとも白く、求めている皮膚に近い部分を切り取って、血の滴るその肉を食べた。(…)もっと素早く上手にその部分の皮膚を切り取るために、彼は立派なハサミまで買っていた(…)」

変身は想像上のものにすぎないと断言し、精神の病に悪魔は何の関係もないと主張した。悪魔はある物質を他の物質に変えることなどできない、それは選んだ物の本質を変えることであり、その力は神しか持たない、というのがその考えであった。当時の第一級の臨床医ニノー博士は、『狼男への変身について』という論文の中で、それは自分が狼になったと信じてしまう病気であると書いている。悪魔に頼らないでこう書いたのなら意識は完全に正常だ。「このように並べられた(精神病の)魔女たちを、悪魔が厚い空気で包む。外側から見るとそれは誰が見ても狼である。こうして悪魔は山を越え谷を越えて、魔女を連れていく」。読み書きのできない大衆は、日常生活は神か悪魔のどちらかの手のうちにあるもので、他にはありえないと思い込んでおり、どんなものの存在でも信じた。そのため聖俗の司法官は次から次へと裁きを下さなければならなかった。ジュラ県の司祭であるボゲ判事は、一五九八年から一六〇〇年のあいだに男女の新鮮な肉を食べた狼男を六〇〇人以上死刑にした。ポリニーの市民ピエール・ビュルゴとミシェル・ヴェルダンは、「悪魔の奴隷になり、折をみて狼に変身して大勢の子供を食べたため」に、一五二一年に火刑に処せられた。

同じように呪術と深く関係する吸血鬼は、悪魔の儀式においては狼男と大差ないものであったが、とはいえこの二つのあいだに違いはある。狼男は人間のどの部分でも関係なく食べるが、吸血鬼は「液体の肉」だけを食べるのである。教会や裁判所は人間の血のことをしばしばこう呼んでいた。

吸血鬼を絶滅させる

スラヴ語の「ウピール」からドイツ語の「ヴァンピル」を経てできた語「吸血鬼《ヴァンピール》」は、夜墓穴から出て生者の血を吸うというもので、多くの民族の迷信で重要な役割を果たしている。とくに中央ヨーロッパ、なかでもドイツ、ロシア、ハンガリー、ルーマニアの迷信に多い。古代から中世の大部分に至るまで、多くの謎の死が吸血鬼のせいとされてきた。テルトゥリアヌスは、スキティア人は死者が吸血鬼にならないように、その肉を食べたと書いている。西ヨーロッパでは、呪術を非難する理由として、吸血鬼がすぐに狼男に追いつき、これに並ぶものになった。どちらも悪魔との契約の上でなされるものだからである。ジャンヌ・ダルクの戦友ジル・ド・レは領主で男爵、フランスの元帥であったが、一四四〇年に教会裁判所にかけられた。錬金術に興味を持った彼は、魔術師や呪術師から黒魔術の手ほどきを受け、全能の悪魔に加護を祈り、動物を生け贄に捧げた。さらにはこの新たな信仰対象に子供の手や目、心臓を捧げることさえした。彼は大いなる喜びを感じながら、喉をかき切り、首を斬り、手足をもぎ取り、体を裂いて内臓を見、血を飲んだ。その結果として行方不明の子供があまりに増えたため、ナントの司教も注意を引かれるまでになった。幼児虐殺という自然に反する罪と悪魔と契約した容疑で最終的に訴えられた彼は、自分は罰せられないと信じて裁判に赴いた。彼は結局二人の共犯者とともに絞首刑に処せられた。火刑でなかったのは、「ひじょうに立派な改悛の念には誰でも感服したいもの」だからであった。

吸血鬼として訴えられた呪術師や魔女が、全員ジル・ド・レのような威信を持っていたわけではない。すなわち火刑を免れたわけではないということだ。彼らが疫病の蔓延におおいに関係していると思われていただけに、なおさらであった。出血すなわち傷口から血が流れることが、吸血鬼が存在することのもっとも確かな証拠とされた。十八世紀に疫病が広がった時、「人々はもはや吸血鬼の話しかしなかった」とヴォルテールは語る。吸血鬼はとくに生者を攻撃し、嚙まれた者は誰でも今度は自分が吸血鬼になる。一六九三年に吸血鬼を追払う正式な方法とされていたのは、墓から死体を出して墓を汚し、先の尖ったもので死体に穴をあけてから火葬に付すことであった。死者の血を小麦粉と混ぜて作ったパンが、お守りになると言われることもあった。吸血鬼を全滅させるためには、やはり吸血鬼を見つける必要がある。ルネサンス期には、童貞の青年を交尾経験のない全身真っ黒の馬に乗せ、墓の間を歩かせた。馬が歩くことを拒否したら、絶対にその墓の中に吸血鬼がいる。あとはその吸血鬼を打ち倒すだけというわけだ。

十六世紀から十八世紀には、いたるところに吸血鬼がいた。一つだけ例を挙げよう。啓蒙の世紀のただなかである一七三二年、呪術に関する裁判で、判事が埋葬されたばかりの四〇人の死体を墓穴から出すよう命じたところ、そのうちの十七体には吸血鬼としての明らかなしるしがあった。そのため、しかるべき処置として、死体は突き刺され、首を斬られ、焼却されたというのである。ベネディクト会修道士のオーギュスタン・ドン・カルメは十八世紀フランスの名高い碩学の一人で、主な業績の一つとして、一七二八年に刊行した重要な『ロレーヌ聖職者・市民史』があるが、この人物も、吸血鬼は墓から出て魔女集会に参加し、無垢な人々の血を吸うと断言した。その害を免れるには首を斬り、心臓を突き刺したあとで串刺しにして焼かなければならないと、彼も書いている。

ヨーロッパには火刑台が数多くあったので、炎の中で決着をつけるのは簡単なことであった。吸血鬼だとか狼男だとか訴えれば証拠がなくてもかまわないし、証明されていようがいまいが疑いがあるだけで充分だった。教会に献金箱を置いて、その中に呪術の信奉者を告発したメモを入れることを、よき行いとして推奨した時代さえあった。当然ながらこれを個人的な敵を厄介払いしたり、難なく借金を帳消しにしたりする手段とみた人は多かった。火刑台の火は、一つ消えると二つつくような状態であった。バイエルン、ロッテンブルクのジャン・ダニエルという男は、こうして二〇〇人以上の呪術師を告発した。現ベルギーの町メケレンでは、一三七〇年から一三九〇年のあいだに五十三回、火刑台に火がつけられた。これと同じ時期に六二二人が別の方法で処刑されているのだから、呪術や魔術、異端に関する処刑のほぼ一割が火刑であったといえる。ドイツの小さな町ネルトリンゲンでは十六世紀末の一五九〇年から一五九四年までの四年間で、人口六〇〇〇人のうち火刑に値するとみなされた呪術師が三十五人いた。フランス一の密告者は、ブルゴーニュの羊飼いで「小さな預言者」の異名をもつミュゲで、彼もこれとほとんど同じ人数を火刑台に送った。スイスではルツェルン州だけで一四〇〇年から一六七五年のあいだに呪術に関する裁判が六〇〇〇件記録されており、その半数以上が火刑台で結着した。

焼くことは単に殺すことではなく、神や信仰に反する罪の記憶を無にすることである。世俗裁判所や教会裁判

悪魔による食人。(資料 M. M.)

所、とくに異端審問所の記録によれば、ヨーロッパでは三五〇年間に、一〇〇万人近い呪術師や浮浪者、異端者が焼かれたようである。ヴォルテールはこの間の人数について、異端者をのぞいて一〇万人の呪術者や魔女が「火刑台送りになった」と書いている。

十九世紀後半からは、科学、とくに精神医学や精神分析によって著しい進歩が実現したが、だからといって悪魔や狼男、吸血鬼による食人が撲滅されたわけではもちろんなく、単にその領域が悪魔や迷信から病理学へと移っただけであった。以後、人間の血を飲んだり肉を食べたりした者は、たとえ神や悪魔にしたがったのだとしても、激しい狂気に冒された者ということにされた。快楽や倒錯のために意識的に食人行為をしたというのなら、それは衝動的な行為にすぎない。

脳の異常

十九世紀の年代記に話題を提供した吸血鬼の中でもっとも有名なのは、一八二四年十一月にヴェルサイユ重罪院に出頭したブドウ栽培者、アントワーヌ・レジェであることに間違いはない。起訴状にはこう書かれている。「激しい衝動に動かされ、人肉を食べ、血を飲みたいという恐ろしい欲求にとらわれた。(…) この食人鬼が考えた恐ろしい計画、もくろんだ大罪が実行に移された」。これに続いて、被告が犠牲者である一〇歳の少女に行った行為の詳細が明かされている。生殖器を切断し、心臓をもぎとり、肉を食べ、血を飲む。アントワーヌ・レジェは犯行から三日後に逮捕され、あっさりと白状した。「はい、私は彼女を食べました」。取り調べ官や陪審員、判事をもっとも驚かせたのは、この食人鬼が自分に向けられたあらゆる質問に対して無関心であるかのように「はい」と答える時の、恐ろしいほどの冷静さであった。裁判中の落ち着き払って動じない態度に注意をひかれた傍聴人もいる。「彼の表情は静かで温和そうだった。まなざしはうつろで、姿勢を崩さない。ただ、楽しげで満足そうな雰囲気が常にその顔にただよっている。(…) 証拠物件を目の前にしても、レジェの顔はまったく何の感情も見せないどころか、いっそう晴れやかになったようだった」。主席検察官は、レジェは罪を自覚していたと主張した。犯罪の痕跡を隠そうとしたことがその証拠だ。レジェは審理のあいだ中ずっとみせていた冷静さを崩すこともなく、死刑宣告を聞いた。処刑は数日後になされた。彼の脳を調べた精神科医のエスキロルとガルは、「脳とそれを包む軟膜とのあいだに、病的な癒着が数ヶ所あることを発見」した。脳の明らかな異常を前にした二人の医師は、証拠としては遅きに失したものの、レジェは言われていたような「大犯罪者でも残忍な人間でも、アトレウスの宴をよみがえらそうとした食人鬼でもなく、おめでたい愚か者であり、ビセートル病院に狂人と一緒に閉じ込めておくべき精神障害者であった」と宣言した。前世紀であったら、レジェのこの言葉だけで火刑台行きであっただろう。「私を支配し無垢な人間の心臓をしゃぶるよう強いたのは、悪霊です。(…)私は悪霊に動かされたのです。私は血を得るため、血を飲むためにそれをしました」

もう一つ驚くべき例をシェール県のサン・タマン医師が伝えている。彼が診察したのは三〇歳くらいの男で、数日前にその日の朝埋葬されたばかりの死体を墓場で食べていて逮捕された。捜査の結果、この男は死体の内臓をがつがつ食べ、狼男のように定期的に食欲を満足させていたことが分かった。ベルトレ医師はこう語る。「彼はそれを最高に味覚を満足させるものと思っていた。一食分を超える量を手に入れた時には、ポケットに入れて再び食欲がわいてくるのを待つ。彼はこの食べ物をもっともおいしいものの一つであると思い、これほどおいしく自然に思えるものをどうして人が非難するのかが理解できなかった」

第二次世界大戦直後、精神医学的な意味での「吸血鬼」が、ヨーロッパのあらゆる新聞の第一面を飾った。ジョン・ヘイグは間違いなくイギリス一上品な血飲み男である。ストローで血を飲んだのだから。彼の血への情熱は幼少時代に遡る。すでにその頃から、彼は血を吸うために指を切っていた。青年期に起こった自動車事故が、彼にとって初めての真の「宴」であった。彼は自分の頭から流れる血を上手に飲み、何とも言えないおいしさだと思った。以後、彼は発見したこの喜びを、夢をみることによってふくらませていく。森の木から流れる血を男

ハンスト実行者による無意識の食人

社会学者で民族学者、精神医学の専門家でもあるコスタ・ナッシカによれば、ハンストをする者は食人をしているらしいという。彼は著書『口承と暴力』でその説について記している。「ハンスト実行者は口から一切栄養を摂らないというのに、生き続けている。どうして生き延びることができるのだろう？　明白なことだがその食べ物は自身の肉体であり、まったくの無意識のうちに自食がなされているのである……。ハンスト実行者は食人の諸問題と幻想を明らかにする……。断食者は自らを食べ、自らの肉で栄養を摂り、人目につかない形で自食を実行しているのだ……」

が器にためて、彼に飲むよう差し出す夢。目覚めると、男はまだそこにいて相変わらずカップを差し出している。しかし彼はそれを掴むことができない。恐ろしい渇きが彼の中に住みついた。彼はそれを癒すために、九回人を殺した。

ここ数十年の警察資料や報道資料をみると、世界のどの国でも吸血鬼や狼男が犯人であるかのような食人事件が信じられないほど起こっていることがわかる。犯人たちは悪魔や何かしらの悪霊が自分に働きかけたと言って弁明するのである。

一九六一年、十四歳の家事手伝いの少年が、ブードゥー教の教えにしたがって、子守りを頼まれていた赤ん坊の血を飲んだ。一九六六年、イギリス人夫婦がサタンの命令を受けて、生まれたばかりの実子を含む犠牲者の血を飲んだ。一九八〇年、フランスで三十二歳のレユニオン島民オーギュスト・コルテーズが、二人の雇い主を殺し、解体して、血を飲んだ。「女神カーリーに捧げた儀式だ」と彼は言う。この男は、もともとはマラバル海岸に起源をもつタムール人のヒンドゥー教信仰の中で育てられていた。運転手の心臓を食べ血を吸ったスキンリー・バーカーはこう語る。「私は稲妻によって忘我状態になり、悪魔を称えるために人を殺しその肉を食べようと決意した」。一九九四年、ギヨーム・ポチエは一番の友達を殺し、肉の一部をフライパンで揚げた。「サタンと直接触れ合っていたら自分も悪魔になりたくなったから」だった。これと同じ年、パリでは二十二歳の若い葬儀屋が、悪魔の命令にしたがって数人を殺した。刑事は彼のアパートで、人骨と血液銀行から盗んだ大量の血の袋を発見した。ベッドの下からは遺骨の入った骨壺も、同じく大量に見つかった。

そこから数千キロ離れたボルガ川沿いの小さな村マントロヴォドでは、一九九六年、二人の女ヴァレンチナ・ドルビリナとヴィタリー・ベズロドゥノフが、夜に酒を飲んだあと、悪魔が肉を要求していると言い、招待客を斧で殺して解体した。ヴァレンチナ・ドルビリナが皿を持ち、ヴィタリー・ベズロドゥノフが三〇キロ以上の肉を切り分ける。大部分の肉はフライパン行きになった。共同アパートの別の住民ボリス・コマロフは、「おいしそうな匂いに目が覚めて」、二人の部屋のドアをノックし、一緒に食事をさせてほしいと頼んだ。彼は部屋で何か奇妙なことが起こっていることに気づいた。「悪魔よ」と二人の女は笑いながら言った。「この肉は硬い」と彼が言うと、二人は彼を安心させることを言った。夕食用に殺した野良犬なの。この説明に納得したコマロフは、フライパンで焼いた足の肉を食べ続けた。突然彼は、ベッドの下からはみ出している屍骸が人間のものであることに気がついた。その男が自分の兄弟と知った時、彼の恐怖は頂点に達した。ヴァレンチナ・ドルビリナの幼い息子レオニド・ロナも、ひと切れもらった。刑事がその場に到着してこの少年に話を聞いたところ、彼はただこう言うのだった。「ママが男の人を殺して、お友達に出したの」

こうした悪魔の世界ツアーならば際限なく続けることができる。

呪術師との食卓

◆一九五一年。生きながらのマリネで九ヶ月！

アフリカ南部、スワジランドの呪術師が魔法の食べ物を作るために十二歳の少年を使ったとして逮捕された。一九四九年のクリスマスの日に捕えられたこの呪術師は、生きている子供を小川のほとりにある木の根にくくりつけて、体が首まで水に浸かるようにしていた。彼はこれを九ヶ月間以上続けた。「肌が完全に白くなるまで」と起訴状には書かれている。彼は毎日少年に食べ物を与えに来ていた。一九五〇年九月末、彼は遂に決意して少年の喉を切って殺し、肉を切り分けて「魔法の煮込み」を完成、高い金を払って宴への参加を認められた十一人の人々にふるまった。細切れ肉の一部は特別なパンの中にも混ぜ込まれていた。

◆一九五四年。「娘を食べなさい！」そしてそうした。

フランス領ギニアで、妻と喧嘩をした男が村の呪術師に相談に行った。呪術師は、ヒョウの皮で全身を覆い、自分の娘を殺して食べるよう助言した。夜になると男は子供を捕まえて首を絞め、死体をやぶの中にある儀式場所まで運んだ。そこには呪術師と助手、その妻がいた。全員が服を脱ぎ、完全に裸になると、子供殺しの父親が首を斬って胴体から離し、胴体をいくつかに切り分けた。各々死体の一部を取り、まだ生暖かい生のままで食べ始めた。フランス憲兵が呪術師をつきとめたのは、子供の頭が発見されたからであった。

◆一九五五年。「横に切りなさい」

シエラ・レオネの首都フリータウンから八〇キロ離れたモヤンバで、食人グループのメンバー四人が漁師を食べた容疑で逮捕された。呪術師の指示にしたがって、彼らは腰のところを切って上半身だけを食べていた。

◆一九五六年。家族に優るものなし。

コンゴの首都ブラザビルから北東に七〇〇キロ離れた中部コンゴの森林湿原地帯で、地元の呪術師が率いる食人会のメンバーが警察に逮捕された。人肉による食事は四年前から続いており、犠牲者は十二人以上に上っていた。呪術師の命令にしたがって、この会のメンバーはそれぞれ自分の家族のメンバーを指名しなければならない。それを他の会員が殺してすぐに食べる。ある女は夫を、また別の女は子供を、そしてある男は兄弟を、別の男は二人の子供を、それぞれ提供したらしい。

◆一九九七年。食べる前にネズミに変身。

三十五人の人間を食べても禁固三年というのだから、コート・ディボアールでは人肉は高くつかない。おそらく裁判所は容疑者である三人の呪術師、ヤウア・ミゼ、カフィ・ムルフィエ、ヤウア・コッシアの論拠に太刀打ちできなかったのだろう。彼らは人肉を食べたことなど一度もないと主張した。彼らはその力によって、食べる前に犠牲者をアグーチに変えてしまったというのである。これはコート・ディボアールの食通に人気のある齧歯目《げっしもく》の動物である。

第10章

食人療法

（前頁）食人の光景。映画『食人族』より。（D. R.）
（上）飢えと犯罪、狂気の寓意。アントン・ヴィールツの油絵。1859年。ブリュッセル王立美術館。（D. R.）

人体の利用

古代から食人と「医学」は緊密で特別な関係にあった。原始人はしばしば同胞の肉の中に最初の薬を求め、病気を治すには「他人」の力を摂取することが有効であると信じた。治したい病気によって、人体のこれこれの部分と指定される。リビドーの低下には睾丸、安産には胎盤を食べるといった具合である。一般に摂取する器官は病人の悪い器官と直接関係していた。

人によって治療される人

「人で人を」治すという考えは、世界各地で次々と生まれたあらゆる社会に見られる。理由は簡単だ。宇宙《コスモス》は人間の中にあり、健康な人間は自らの内に生命力と健康を内蔵している。この二つは人間を構成する物質と器官の中に含まれている。この本質的な物質を吸収することによって、崩れた生命の均衡が回復し、病人は救われる。したがって、人間の肉や諸器官はそれを薬と認め加工できる者にとって、貴重で適切なものというわけだ。いみじくもミシェル・ルブルトンが語っている。「人体が有する聖なる性格と、埋葬という儀式からの逸脱によって、こうした薬はその力を増している。もとが人体であるという事実によって、調合薬の治癒力は想像の領域においてもいっそう高められる」。こうした治療法は、後述するように呪術目的へと逸脱する場合もあるが、そうでない限りもちろん狂気ではない。

死体には治療目的で利用されない部分は一切なく、外側も内側もすべてが無数の方法によって加工される。クリーム、軟膏、膏薬、蠟軟膏、湿布、散剤、薬用酒、シロップ、丸剤、錠剤と、あらゆる形で全身が利用されてきた。骨も皮膚も例外ではなく、骨は一般に乾燥させた骨髄と一緒にすりつぶして摂取されたし、皮膚は細い紐

人体は多くの奇跡の薬を作るのに役立つ。1994年。（マルタン・モネスティエによるコラージュ）

状にして、とくに痙攣やヒステリーの時に額に貼りつけられた。病人が苦しんでいる部分には、それと同じ部分の肉や器官を、生で、あるいは乾燥させて、その場所に貼る。ギリシアではストア派のリーダーである哲学者のクリュシッポスとキティオンのゼノンが、「どのような病気に対しても、必要に応じて死体を使うことになんら不都合はない」と宣言している。

ローマでは医学の父であるギリシア人のヒポクラテスの時代に、非業の死を遂げた人間の血を飲むといくつかの病気が治ると信じられた。紀元一世紀になってもこの考えは変わらず、大プリニウスは『博物誌』に、精神障害者は「剣闘士の血を、それが生ける杯であるかのように飲む。(…)彼らは、傷口からほとばしり出ている温かい血を、生の息吹を吸い込むもっとも効果的な方法であるとみなしている」と書いている。のちには「人間の脳の油」を飲むことがもっとも効果があると考えられた。出産を司る産婆は、ローマ時代を通して、胎盤、羊水、へその尾など人体の残留物を使って、薬や毒を製造した。ローマの女は産婆に、「性器の潰瘍を治したり、多すぎる月経を正常に戻したりする」自分の尿を取りおいてくれるよう頼んだ。産婆に自分の経血を渡して避妊薬を作ってもらうこともしばしばあった。

ローマ帝国の他の地域では、経血は狂犬病、破傷風、ハンセン病を治すものとみなされた。ローマの産婆が早産した子供を解体してたくさんの薬を作っていたように、プリニウスによればエジプトでは子供の喉を切って殺し、象皮病の治療に使っていたという。古代を通して、ギリシア・ローマの著述家たちは、あらゆる民族が食人療法を行っていた当時の世界について、我々に伝えている。細かく砕いて粉状にした頭蓋骨を水と一緒に飲めば、発熱性の病気を治すのにとくに効き目があると推奨された。地中海沿岸の各地では、ポタージュやワインにすりつぶした死者の骨を混ぜたものが、さまざまな治療効果をもつとされた。死者の汗は痔核によい。

死体を売る死刑執行人

次の時代の中世からルネサンス期には、死刑執行人が死体の処分と人体から作った薬の売買において中心的な役割を果たした。この時代には死体を切り開くことは冒瀆とみなされていたため、医師や外科医は解剖学の研究材料を見つけるのに大変苦労した。十八世紀末になっても、パリ大学医学部は一年に二体しか、生徒に遺体を提供することができなかった。一般にこの不足は、死体を買うことによって補われた。これを売るのは墓場から取って来た人、あるいは同じくたくさん入手できる死刑執行人である。この不気味な商売については誰もが目をつ

事実を認めない人たち

ジャン・プラタールはすでにその時代にこう書いている。「私は宗教戦争のあいだに人々が生きた人間を食べたとは信じない」。「宗教戦争のあいだに人々が人間の体を食べるために焼いたというのは事実らしからぬ話だ」。彼の言葉が正しくないことは、テオドール・ド・ベーゼ、テオドール・ド・ブリ、アグリッパ・ドーヴィニエの証言を読むだけでも明らかである。

一九七九年、アメリカの研究者ウィリアム・アレンスは、食人は現在も存在しないし過去にも存在したことがないと出し抜けに宣言して、民族学界を驚かせた。それは単なる神話で、純粋に人間の想像力の産物にすぎないというのである。この大学研究者の考えによれば、食人は幻想であり、征服者たちが、奪おうとした土地にいた人々を皆殺しにするために考え出した口実である。その言葉を信じるならば、アンティル諸島やブラジルの食人は、食人の幻想にとりつかれていた旅行者たちがそれを他の人々に押しつけようとあせったことから言い出したもので、彼らが考え出した残酷な光景にすぎないということになる。これに続く研究者は他にもいた。とくにアントニー・パグデンは『アメリカ・インディアンの比較民族学』を始めとする著書の中で同様の考えを示した。

マルク・オーゲはこう書く。「アフリカ学者は食人といったテーマで道を誤るばかりだ。こうした行為を疑問の余地もないほど証明できる証言など、いかなる所にも見当たらない」

フランスのピエール・ヴィダル・ナケを含む多くの知識人は、ウィリアム・アレンスとその後継者たちの「奔放な修正主義」は、アレンスが『記憶の殺人者』や『紙のアイヒマン』のタイトルで展開させたテーマである、ホロコーストの否認と明らかに類似していると考えた。

ぶるか、これを利用するかしていた。死刑執行人はフランスをはじめとするヨーロッパの各地で、死刑囚の死体を自分の利益のために活用した。彼らは謎の恐ろしい薬を、さまざまな病気を治す奇跡の効き目があると言って売った。十七世紀初め、ある薬剤師は、「私はリューマチ用の人間の脂をほとんど売らない。死刑執行人が全部売ってしまうからだ」と言っている。死刑執行人が売ることについては、合法化されたことはないものの、当局は黙認していた。一七七三年にコードレックの死刑執行人が死んだ時、未亡人のジュエンヌは公証人立会いの下に証書を作成し、息子の相続分には死者の骨や脂肪、骨髄を薬剤師に売る権利は含まない、それは自分のために取っておく、と明記した。

こうしたことは当時始まったことではない。すでにピンダロスがその時代にこう書いている。「処刑場行きになった若い未婚の母はひじょうに高く評価される。こうした新生児の殺害者は、とくに脂肪に富んだ死体を残し、それによって軟膏作りに大いに役立つからである」

死刑執行人は人体から作った薬の製造・販売者としてすぐに第一人者の仲間入りをし、それを法外な値段で売りつけた。人体から作った治療薬は埋葬されたことのない死体、なかでもとくに非業の死を遂げた者の死体を材料とした場合が一番効果があるという考えが広まっていたため、こうした状況に拍車がかかった。

死刑執行人は護符を作るために皮膚を、魔よけや魔法の薬を作るために爪や髪を、さまざまな薬を作るために骨を売った。手足を売ることもよくあった。例えば絞首刑受刑者の指は、調理するとギャンブラーに幸運が訪れると言って売る。これより食べにくい恥毛は不能の人用。そして人間の脂肪はもちろん販路が広い。ある死刑執行人がいつも協力している薬剤師に宛てた手紙の中で、女性殺人者について、「乳房と尻の脂肪で二〇キロになる」と書いている。もっとも効果が期待できるのはとくに絞首刑受刑者の死体だった。夜になると、絞首台のまわりには受刑者を取り囲む影が揺れ動いているのが見えた。ある者は、歯や爪、肉の一部をもぎとろうとする。またある者は、最後の喜びの時に絞首刑受刑者の精液から生まれる不思議な植物マンドラゴラを探す。とはいえ、

先祖の頭蓋骨のある呪術師の医療室。（資料 M. M.）

何一つ奪われないよう、死刑執行人と助手が見張っている。とくに取られたくないのは、死人の頭から生える「頭蓋骨の苔」で、これはほとんどすべての病気を治すといわれた。イギリスの薬剤師たちから大量の輸入注文を受けたアイルランドでは、ヨーロッパに供給するためにせっせと採集された。「人の頭の苔」と呼ばれたこの奇跡の物体は、実際は地衣類の「サルオガセ」の一種であった。

薬効のある聖遺物

人体のいわば「世俗的な」残留物が薬品として使われたのと並行して、「人体から生み出された」もう一つのもの、すなわちキリスト教の聖遺物もまた、中世とルネサンス期の医学に特別な地位を占めていた。これは実際は遺骸信仰であり、同様のものは未開と言われる社会の多くでも見られる。高い治療効果があるという考えは、聖人や殉教者の聖遺物に対してとならばいっそう強まる。すべてのキリスト教徒が共通の信仰を持ち、たった一つの肉の塊に集まることによって、イエス・キリストを頭部とする教会の神秘の体もまた形作られる。「全体」の徳はごくわずかな「部分」にも宿っている。この「部分」すなわち聖遺物は、聖人や殉教者のものである以上、神との特別な関係によって一般大衆とは区別される。聖人は死ぬと、その立場によって神性を帯びる。ここから、聖人が死ぬと神性を帯びたその魂は肉の包みを離れるものの、崇高なものの一部を肉体に残すという、物理的・宗教的な考えが生まれる。こうして神聖化された聖遺物は当然ながら神秘的な治療効果をもつことになる。守られ、崇拝され、祈られたこの力には、聖人や殉教者の力だけでなく教会自体の力が含まれている。そのため人々はこれもまたさまざまな形で摂取した。一種の魔術的な考えに基くこの摂取は、聖体拝領とまったく同じように、聖なる食人に通じるものであった。

聖遺物崇拝は人間の器官や組織を採って取り引きをするという、大がかりな企てになった。紀元一、二世紀から、死体の各部分は丁寧に収集され、血液や腐敗した死体から染み出る液体さえもが集められた。死体を傷つけてはいけないとさまざまな法に定められたにもかかわらず、信者たちは各地の教会所有地で聖人や殉教者の墓を探した。四世紀にはテオドロスが、無許可で死体を発掘してはいけないと再度命じなければならなかった。とはいえ墳墓の冒瀆に都合のよい時代もあった。とくに蛮族が侵入してキリスト教徒が逃亡を強いられた時には、聖人の死体が掘り出されて一緒に運ばれた。

聖遺物に薬効があるという考えは中世にはヨーロッパ中に広がっていた。そうなると当然「原材料」を増やしたくなるが、これには限りがある。そのため、例えば七世紀からは聖人の体の「ワインがけ」、すなわち遺体かその一部をワインや水、香料で洗うということが行われた。洗浄に使われた液体は厳密な意味での聖遺物と同じ

巧みなレッテル

人が同胞を食べる時に感じうる最後のためらいを消し去るには、人肉を非人間化すればよい。これにはありきたりな言葉がつきもので、肉、食べ物、獲物、物など、一般に遠まわしな表現が使われる。

人肉の売買が日常的に行われていた十二世紀の中国南部では、食用の老人は「火勢を強める」と呼ばれていた。肉が硬くて煮炊きに時間がかかったからである。子供や若者は「骨まで柔らかい」という月並みな表現で表わされた。若い女性は「一〇〇の美しさをもつヒツジ」というイメージ豊かなラベルを貼られる権利を持っていた。

人体を動物化するもう一つの方法は、食人を正当化することである。「人間の獲物」あるいは二本足の「ヒツジ」といった名称は、十九世紀には世界各地で使われていた。人肉には豚肉のイメージもあり、アフリカでは、「どちらもすべて食べられる」人間と豚との類似は、「兄弟の肉は兄弟の豚に負けず劣らずおいしい」という古いことわざに表されている。現代でもニュー・ギニアでは、食用の人間を「長い豚」と呼ぶ。

効果を持つとみなされ、多くの外用薬や内用薬の材料とされた。人々はその絶対的な効果を信じていた。

聖遺物の特殊性は、当然ながら時の流れをものともしない点にある。聖遺物の力は時間に立ち向かい、しばしば成功をおさめた。歴史には聖化された人々が死後に血を流した例が数多く残されている。シエナの聖ベルナルダンは死後二〇日経っても血を流していたし、ナポリでは現在でも毎年聖ジャンヴィエの血が公開されている。

粉末状にされるエジプトの死体

十六世紀で特筆すべきは、「ミイラ」、すなわち人体をベースにした一連の調合薬がヨーロッパで広く使われたことである。「ミイラ」という語はペルシア語の蠟《ムン》から派生したものであるが、この名のついた薬が有名になったのは、当然ながらエジプトで用いられていた死体の保存方法がゆえであった。魂は肉体に命を吹き込むものであり、肉体の存在によって維持されるという考えから、エジプトでは腐敗を抑える物質を死体に塗りつける習慣が古くからみられた。それから防腐液に漬けて腐敗しないようにし、こうして処理した死体を細布でぐるぐる巻いて、石棺に納める。このようにして得られる死体の物質的な不滅性と、延命のための薬剤とを同じ名前で結びつけるとは、実に新しい売り込み方法である。とはいえ、この名称には歴史的事実が結びついていた。というのも、最初その「原材料」は、この種の商売を専門とするポルトガルやスペインの商人を介して、エジプトから輸入した本物のミイラからとったものだと思われていたのである。しかしこの香り高い薬の需要が急速に増したため、ヨーロッパ人の死体が役立てられるようになった。エジプトのミイラに効果的な力があるという考えは根強く、イギリス人は十九世紀になっても、船をまるごと使ってミイラを輸入し、灰にして農業用の肥料として利用した。

フランスでは十六世紀に、さまざまな種類のたくさんの製品が「ミイラ」と呼ばれた。例えば野ざらしで腐敗した死体から採ったものもそうだし、健康な人間が吐いた息をガラス瓶に詰めたものもそうであった。あるいはまた死体や病人の体の一部にできたものもそうである。壊死した手足は、ある時は有益、ある時は有害な薬用酒の成分となりうる。医師や薬剤師はそれぞれ自分なりの調合をした。

十六世紀の偉大な人物たちも、それぞれ自分の体調や先々の健康に不安を感じて、「ミイラ」を摂取した。フランソワ一世が移動の際にも常に袋に入れて携帯したのは、細かい粉末にした「ミイラ」を、すりつぶしたルバーブと混ぜたものであった。これは落馬や負傷に備えたものであったが、それというのも、パヴィアの有名な医師で数学者のジロラモ・カルダーノが、「ミイラは骨折や打撲の治療、血液の強化にもっとも有効な薬である」と言ったのを信じたからだった。この十六世紀には、ヨーロッパの知識人や医者、外科医は、ごく稀な数人の例外を除いて、誰もが「ミイラ」を万能薬とみなしていた。一般医にはそれぞれ「自分なりの」処方があった。当時の高名な解剖学者でベランガリオの名で知られるジャック・ベランジェ・ド・カルピは、一五一六年に『人体解剖』の中で、人体から作った蠟膏薬に驚くべき特性があることを常に見、聞き、確認していると記している。そしてこう付け加える。「この蠟膏薬には原料の一つとしてミイラが含まれている。これは人間の頭部から採ったものでなければならない。私の話しているこのミイラは、乾燥させた人肉から作ったものである」。ベランガリオは次にこの薬について説明しているが、それによると、この薬は女性の母乳と人間のミイラに約一〇種類の他の物質を合わせて作るのだという。当時の権威ある外科医ガブリエロ・ファロピウスも、ミイラ処方の大家だった。ミイラの使用については他にも多くの人々が称賛している。例えばあるイタリアの薬剤師がミイラ酒の材料にしたのは、「二十四歳の赤毛の男の死体で、絞首刑受刑者でなければいけない」。「ミイラ酒を作るには、死体にアロエの粉を振りかけてからエタノールに漬け、解体したら各部分をぶらさげて乾かしてから使うのがよい」。この時代の製造方法はどれも似たり寄ったりだった。フィリップ・アリエスは、ドレスデンのドイツ人医師が制作し、商業的に成功した、「神の水」について書いている。「健康だが非業の死を遂げた人間の死体を使う。肉や骨、臓物をごく細かく刻む。すべてをよく混ぜ、蒸留器で液体にする」

「ミイラ」の利用に反対した十六世紀の例外的な医師として第一に挙げるべきは、近代外科学の父アンブロワーズ・パレである。一五八二年に発表した有名な『ミイラとユニコーン論』の中で、彼はこの「ミイラ」びいきに関する観察と結論を述べ、こう説明している。「ミイラは治療するよりも害する可能性の方がはるかに高い。死臭を放つ死体の肉から作ったものであり、それを食べたり飲んだりした人で激しい胃痛に襲われて即座に嘔吐しなかった例はないからである。打撲して血管から流れた血を止めたとしても、それはむしろこの薬が体を興奮させたからであり、血はいっそう流れ出るのだ」

ヒポクラテスもガレノスもミイラに頼らなかったと巧みに強調したあと、彼は副作用について記す。「この危険な薬がどのようなものかと言うと、病人に何の利益ももたらさないばかりか、激しい胃痛、口臭、強い吐き気をもたらすのである。私はこれを飲まされた患者を何度か診て知っている。これはむしろ血を乱すもので、出血を抑えるよりも血管から外に出させるものである」。彼はまた、これがエジプトとは何の関係もなく、いかがわしい作り方をされていることについても暴く。「我がフランスでは、夜処刑場で死体を盗んで、洗い、脳と内臓

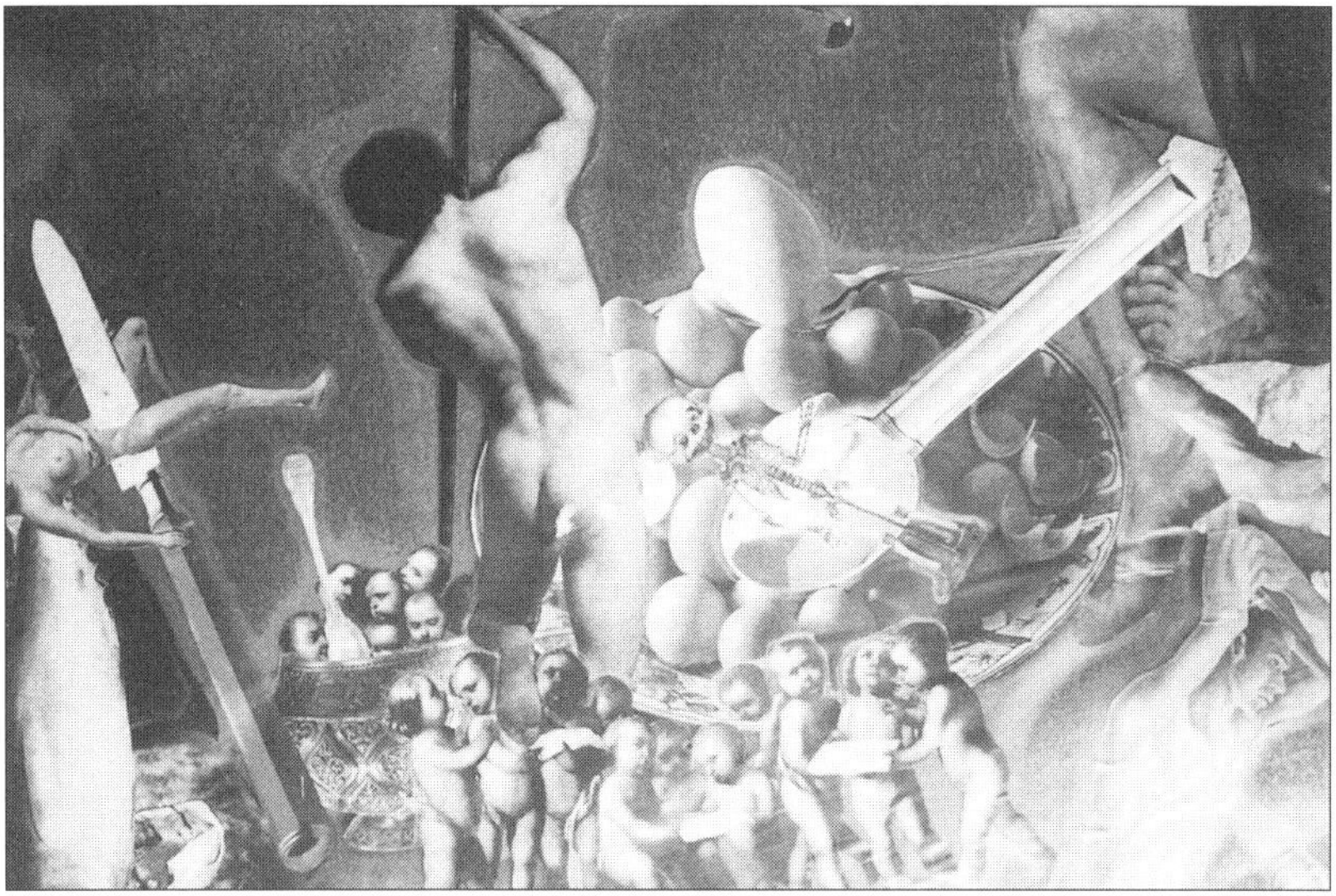

（上）食人療法の寓意。1995年。（マルタン・モネスティエによるコラージュ）
（下）性的欲求と食人は表裏一体かもしれない。（資料 M. M.）

を取りだしてから焼き窯で乾かして作る。そして、エジプトから運んだ本物のよいミイラだ、ポルトガルの商人から買ったものだと言って売りつける。私は以前、薬剤師のもとで探してみたが、死体の手足や一部、さらには全部が松脂で防腐保存され、死臭を放っていた。どこでもそんなものであろう。とはいえ私はそれらがスペインから運んだものと同程度のものだと思っている。『どれも役に立たない』からである」。「昔のユダヤ人やアラブ人、エジプト人は、キリスト教徒に食べられるために自分の死体を防腐保存させようなどと決して考えなかったのではないか」とからかうように問いかけたあと、彼は臨床的な疑問を投じる。「絞首刑受刑者やエジプトの下賤なごろつき、ヨーロッパの梅毒患者やハンセン病患者などの死臭を放つ死体を、深い考えもなく乱暴に飲み込ませることについては話に聞いている。高みから落ちた人間や打撲し傷ついた人間を救うのに、他人を体内に入れる以外の方法はないのだろうか?」

アンブロワーズ・パレの良識とその高い知名度にもかかわらず、事態は何一つ変わらなかった。それほどこの不気味な薬に対する信頼と期待は民衆の中に深く根づいていたのである。この状態が続いたもう一つの理由は、利用者が自分で殺す必要がないばかりか、嫌悪を感じさせない形で死体を提供される点にある。甘味のついたさまざまな色の液体ならば、知らない間に人間を摂取できるというわけだ。例えばフランスでは、人体から作った経口薬は、若鶏の腸や皮に包まれていることが多かった。

魔法の血液

歴史上の高名な人物たちが、治癒力と予防力をもつといわれる血液を信奉していた。ルイ十一世は衰えた健康を回復するために血の風呂に入ったというではないか。ナヴァール王シャルル二世は、人間の血を好んで飲んだとしばしば言われる。ザイールでは一九九九年に、モブツ大統領時代の情報相が、モブツは在任中ずっと、大きなコップで定期的に血を飲んでいたとテレビで語った。十五世紀にフィレンツェで哲学教授をしていた大博識家のマルシリオ・フィチーノは、当時のあらゆるヒューマニストに多大な影響力を与えた人物であるが、その彼がこんな驚くべき提案をしている。「良き医者は、火で蒸留し純化させた血液を使って、老いによる消耗熱に蝕まれ少しずつ衰弱して行く人々を楽にし、回復させせようとする。もはや何の救いも受けない老人たちは、どうして血を吸わないのだろう。力に満ちあふれ、健康で陽気、節度があり、素晴らしい血液に恵まれ、しかも偶然にもそれが有り余っているような青年の血を」。コジモ・デ・メディチの個人医の息子だったフィチーノは、最後に臨床医のようにこう勧める。「左腕の静脈を開いてから、ヒルのように吸うのがよい」

多くの人々がすでにこれを試みていた。一四九〇年、学識あるボニファシウスは古くからの非難を再び持ち出した。ハンガリーのティルナムに住むユダヤ人は、「痔核の膿を押えるためにキリスト教徒の血を必要としており、子供の喉を切ってそれを得ている」というのである。同じ頃、ローマでは教皇インノケンティウス八世が脳卒中に襲われた。ヴァチカンの年代記作家エティエンヌ・インフェッシナによれば、この病の中にあった教皇は、「ユダヤ人の医師が作った恐ろしい飲み物によって、命の根源を活気づけようとした。そのために喉を切られた一〇歳の少年の血を使って、医師が作った飲み物である」。オヌフルとシアコニウスも同じことを書いている。

過去の人物の中で血なまぐさい治療法にもっとも熱心だったのは、間違いなくバートリ伯爵夫人である。トランシルヴァニア公を数人、ポーランド王を一人輩出した由緒あるハンガリーの家系に生まれたナダスキー伯爵夫人エリザベート・バートリは、若い農民の血によって美と若さを保つことを目的とする、前代未聞の残虐な行為で知られている。彼女は血を飲み、血を体にすりこんだ。一六一一年に行われた裁判の記録によって、夫人がとくに好んだ方法をいくつか知ることができる。よく利用したのは先の尖った針がたくさんついた機械で、これは犠牲者の血をゆっくり流させるために彼女が自ら考案したものであった。彼女はこの機械の下に身をおいて、悠然と若返りの血を受ける。時には細かく切られた肉が混じることもあった。それからもちろん彼女は血の風呂に入り、無上の喜びをもって浸る。チェイテ城でのことだ。病的だという彼女の評判を何世紀にもわたって存続させることになるこの入浴には、ニトラ地方の若い農民一〇〇人近くの喉を切る必要があった。少女が六〇〇人以上という説もある。一六一〇年に宮廷高官のツルゾに現場を押えられたが、彼女が受けた刑はただの終身刑だった。地位と家系に配慮してのことであって、共犯の侍従の方は生きながらの火刑であった。

受刑者の血のまわりには、真実味のないような信仰が満ちていた。中国では紀元数世紀の法医学概論に、斬首された人間の血を飲むとあらゆる皮膚病が治ると明記されていた。こうした信仰は十九世紀までつづいた。イギリスでは一八六五年まで、悪い所を治してくれる血を数滴でも手に入れることを期待して、病気や障害のある子供を処刑に立ち合わせていた。こうした状況はヨーロッパの多くの国でも同様だった。モンモランシー伯アンリ二世がトゥールーズで処刑されたあとには、「偉大な人物の美徳や力、活力が伝えられるように」、その血を飲む兵士の姿が見られた。ルイ十六世が処刑されたあと、死体はマドレーヌ墓地に向かって運ばれたが、死刑執行人

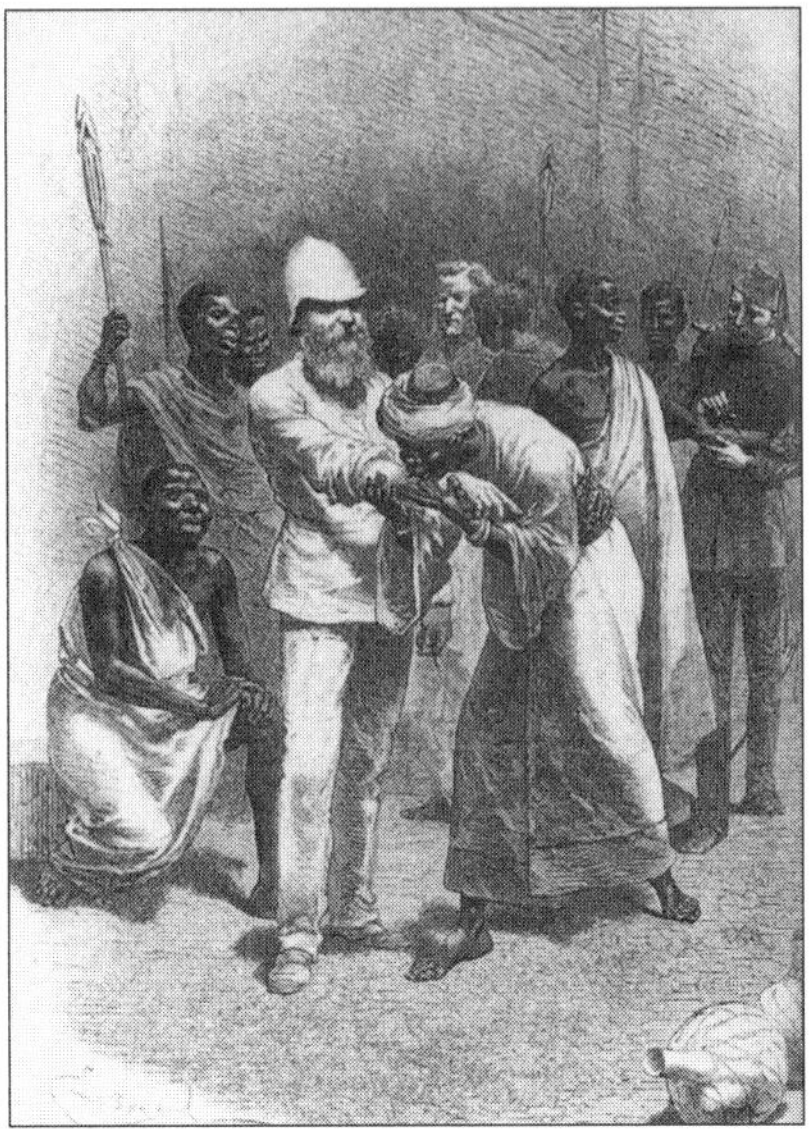

友好のしるしに相手の血を飲む。1885年。
(資料 M. M.)

サンソンの馬車が道からそれて、王の死体を入れていた編み籠が路上でひっくり返った。すると何人かの通行人がすぐさまかけより、ハンカチやネクタイ、紙きれに死者の血をしみ込ませた。味わってみて、「すごく塩辛い」と感じた人もいた。

血に結びついた幻想によって、人種差別や外人嫌いといった反応が引き起こされる例も古くからみられる。アパルトヘイトが実施されていたあいだ、南アフリカのオランダ系白人は、輸血の際に必ずといってよいほど黒人の血を拒否した。コルマールの病院では、一九七七年に、輸血した血がユダヤ人の血ではないと保証してほしいと要求した患者がいた。

血液が持つ再生力という側面は、「血まみれのメアリー《ブラディー・メアリー》」というカクテルの名前にもよく表れている。一九二一年にこの名を考え出したのは、パリのハリス・バーで働いていたプチオというイギリス人バーテンダーで、「元気を回復させる朝のカクテル」の名前を探していた。斬首された女王メアリー・スチュアートの血は、その名にぴったりだと彼は思ったわけだ。

病を癒す乳

子宮から出て人間としての生活を始めた子供はすべて、人体の生成物である母乳を飲む。例えば精神分析学者のアンドレ・グリーンのように、食人の起源はここにあるという仮説をたてることもできるかもしれない。同業のメラニー・クラインはもっと明確に、食人的ではなく吸血鬼的な攻撃性があるとみる。それはそうだろう。母乳だけを飲んでいる子供は血だけを飲む吸血鬼と方法の点からいって近い位置にいる。ジャン＝ピエール・ボーはさらに押し進めてこう書いている。「胎児や乳児の栄養の摂取方法は、他者を食べる者という問題の中に、いきなり人間を放り込むものである。（…）ここには奴隷制とカニバリズムが入れ子式に現れる制度の名残りが、どうしても見えてくる」。実際、たとえ全身がまるごと食糧になるわけではないにしても、授乳する母親が自らの体を食べ物として与えていることは誰にも否定できない。

いつの時代にも、母乳は栄養物として以外にもさまざまに利用されてきた。しかも乳と血はしばしば結びつけられてきた。十八世紀のJ・F・マルタン博士は、「生理によって高揚しいらついた女は乳首から血が吹き出る」と書いている。その一〇〇年後の一八四七年、ルソー教授は、サン・テティエンヌ近郊に住む十七歳の女性患者が「毎月決まった日に三日間か四日間月経になり、左の乳首から血を流す」と書いている。古代の歴史家も、しばしば人間の血を飲む者と乳を飲む者とを関連づけている。例えばゲタイ人とダキア人はこの二つを混ぜた飲み物を作っていた。キリスト教の殉教史では、人間の乳が血の代わりをなす例が多くみられる。斬首された聖カタリナは、斬られた首から血ではなく乳を流した。乳が聖性の証拠ではなく、悪魔の烙印とされた時代もある。教皇エウティキアヌスは人々の異端について言及した際に、人間の乳を悪魔の胆汁と呼んだ。多くの創造神話が世界の起源を血ではなく乳としている。例えばインドの女神マーヤーの乳房からは、万物の本質である「乳の海」が出た。

おびただしい数の象徴を背負わされた女の乳が、最大級の治癒力を持つものとみなされるのに時間はかからなかった。ヒポクラテスは不妊症治療にこれを勧め、乳母の乳に焼いたカメの会陰の粉を混ぜたものを、膣に注入するよう推奨した。聖セリーヌはその乳を目薬剤代わりにして、盲目を治したといわれている。顔面に乳を受けてこれこれの病気が治ったという幸福な人は数えきれないほどいる。クレルヴォーの神父だった聖ベルナールは、マリア像からほとばしり出た乳が唇にかかって、口調が和らいだと断言する。乳房からの授かり物に救われたと主張する信者としては、シャルトルのフュルベール、リッチのカタリナ、カトリーヌ・クローバー、そしてとくにドミニコ修道会の創設者ドミニクスが挙げられる。彼は、「聖母マリア様が汚れなきその乳房を吸わせてくださった」と言う。乳による治療に信頼を寄せたのは、聖職者ばかりではない。十六世紀のイギリスの年代記では、一歳未満の男の子を育てている女の乳で淋病を治したジャン・アールデンが称えられている。アンリ四世の医師ジャン・ド・モントーは、乳で、天然痘、眼炎、耳だれを治せると主張した。一六二二年、A・デュ・ピネは、女の乳房を吸うのは肺結核によいと保証した。ディドロとダランベールによる『百科全書』は、人間の乳にページを大きく割き、それを吸うことによる医学的効用について、「これは薬であり治療であり、試して見る価値がひじょうに高いと思われる」と結んでいる。

こうした考えは長く続いた。一九一〇年頃、聖母の乳が数滴石の上に落ちたという言い伝えがあるベツレヘムで、フランシスコ会修道士が、乳房を発達させ乳の分泌をよくするというガレットを売って利益を得た。当然ながら血液と同様、「乳は衰弱性の病気に対するすぐれた薬である」と一七五九年に科学者のニコラ・レムリも主張している。弱った人は誰でも乳房から直接摂取しなければならない。例えばアルバ公爵や、アメリカ・インディアンの保護者バルトロメ・デ・ラス・カサスもこれを実行した。一八八〇年、「クリエ・フランセ」紙は、スッシなる人物が若いミラノ女性の「乳による親切」のおかげで、三〇日間の絶食に耐えた時のいきさつについて説明した。しかしこの種の栄養摂取としてもっとも有名なのは、ティベリウス帝時代の古代ローマの歴史家ヴァレリウス・マクシムスが伝える例である。彼によれば、あるローマ女性が絞首刑を宣告されたが、三人委員の一人は処刑する勇気がなく、放っておいて飢え死にさせることにした。しかし彼女の娘が毎日牢屋に面会に来ることは許した。二世紀末のローマの著述家セクストゥス・フェストゥスによれば、これは貴族女性ではなくシモンという男とその娘ペラの話だという。いずれにせよ、死刑囚は人体からの分泌物、すなわち娘の乳を飲むことによって象徴的な食人行為を行ったとされている。

あらゆる民族の中でも、とくに中国人は女の乳を第一級の栄養物と評価しており、マッケンジーによれば十九世紀末になっても市場で売っていたという。

いつの時代でも、乳母の欠点や美点は乳を通して子供に伝わると信じられてきた。シチリアのディオドロスは、カリグラ帝があまりに残酷なのは乳母がそうだったからであると主張した。しかも乳を与える前に乳首を血まみれにしたからだ。今世紀初頭には、両親は乳母を選ぶ際に、必ず自分の子供に与えることになる乳を触り、その匂いをかいだ。医師に味を確かめさせることさえしばしばあった。授乳の食人的な側面については、古代からたびたび主張されていたが、十九世紀末に精神分析学で再び取り上げられた。授乳は、それ自体食べることの始まりである咀嚼の下位段階ではないだろうか？　この考え、あるいはこれに近い考えから授乳に関する厳しい規制が生まれ、結果として一部の人々に対する排斥が進んでいく。例えばフランスではユダヤ人の子供にキリスト教徒の乳母をつけることが何度も禁じられた。教皇グレゴリウス十三世は一五八一年の教皇勅書で、全キリスト教徒にこれを禁じた。あえて言えば安全措置としてであろう、「宣誓が自由な」キリスト教徒の乳母に、聖体拝領をしたあとでは乳を便所に流すよう強いることもあった。この種の禁止令は教皇領では十八世紀になっても効力を有していた。一八七四年、フランスの医学雑誌「サンテ・ピュブリック」は、したがうべきお手本として、「ウィーンでは、まじめな乳母は決してユダヤ人の子供を引き受けようとしない」と指摘した。ナチスはユダヤ人の新生児にアーリア人種の乳母をつけることを禁じるこうした古い令を引っ張り出してきたが、その理由として口実とされたのは、乳には浸透力があるということと、またこれが「接触によるカニバリズム」に当たるということであった。一九三七年九月六日、ドイツの五〇都市がこの命令を施行した。十三世紀から禁じられていたユダヤ人の乳母の利用は、十九世紀に一部解除されていたが、ナチスはもちろんこれも容認せず、令を出して厳しく禁じた。

何世紀ものあいだ感づかれていた母乳の力と効能は、一九九九年九月に科学的に証明された。権威ある科学誌「アメリカン・ジャーナル・オブ・クリニカル・ニュートリション」は、人間の乳のすぐれた栄養によって、成長途中の若い脳の力が少なくとも三・二ポイント増加するという研究結果を発表した。ケンタッキー大学のジェームズ・アンダーソン教授が率いるアメリカの研究チームは、ここまで断言する。「母乳を奪われた子供は母乳で育った子供に比べて、知能指数が低く、成功も収めにくい傾向にある。社会への適応能力も劣る可能性がある」……。母乳のマイナス面もまた強調されている。一九四九年、世界自然保護基金の研究によって、授乳する女性の乳の中に三五〇の化学物質が含まれていることが明らかになった。そのうちのいくつかは子供に直接影響する。また、スカンジナビア地方やアメリカでは、人工油による汚染がひどい湖のそばに住む漁師の家族では、「魚を食べた母親が子供に授乳すると、その子供の頭周りは平均より小さくなる。反射行動や、例えば頭を持ち上げたり指で物を摑んだりする能力も、同じく劣る」ことが確かめられている。

治療する排泄物

人体が生み出すものの代表である排泄物は、当然ながら食人薬における不可欠な一要素である。社会の歴史が始まって以来、糞便と尿は、一般に広く認められていた考えにしたがって、血液と乳と並んで多目的な療法の一つに数えられてきた。肉体の小部分である排泄物は、ジャック・アタリの表現を借りれば、「肉体の下部から他の人々のもとへと排出されることによって」、それを生成した人の力や弱さを運ぶ。したがって美点を伝えうるというわけだ。キリスト教会でもっとも崇拝されている聖女の一人であるマリー・アラコクは、他の修道女の痰や唾を味わい、病人の排泄物を舌で集めた。アリストファネスは『福の神』の中で、ギリシアの医学の神アスクレピオスは糞を好み食べると書いている。糞食をする妖精や神々は世界各地に数多く存在する。例えばメキシコの女神で人類の母であるショチケツアルだけでなく、アフリカの叢林の精、オーストラリア原住民の自然の精などもそうである。いずれの場合も、これによってその力と権力が維持される。

不思議な治療効果がありそうだということで、多くの民族が自分自身の一部である排泄物を食べた。アリゾナ州のインディアン、ホピ族は、糞便に小麦粉を混ぜる場合がある。W・ロード、フェリー、ケアン、ブルクなどの旅行者の証言によれば、リオ・グランデのホピ族やコシャール族、オジルナイ族、ニュー・メキシコのズーニー族が排泄物を食べるのは、精神的な力を獲得するためだけでなく、多くの肉体的トラブルを治すためでもあるという。同様に、ブータンの人々は長いあいだ王の排泄物を恭しく崇拝した。とはいえチベットのラマほどその排泄物を敬われた者はほとんどいない。ここでもそれはさまざまな治療効果、重病に対する比類なき薬とみなされている。ダライ・ラマの排泄物の評判はチベットを超えてシベリアまで達した。十九世紀末、チベット駐在のイギリス大使ボグリは、「西タタール全域から満州にいたるまで、ダライ・ラマの排泄物はあらゆる病気の治療用として高額な値段で売られている」と確認している。世界の多くの地方で、治療のために糞が使われた。インドではシバ神やビシュヌ神の信者がそうだし、これを全てのキリスト教国へ送ることを検討した東方教会の大主教もそうであった。

ヨーロッパでは、この物質が水っぽく、どろどろべっとりし、泡立ち、細く、害毒を流し、柔らかく、粘液状

お医者さん、私には問題があります！

十九世紀の多くの精神科医が、当時の科学では強度の精神病者であるとみなされていた人食いたちを「治療」しようと取組んだ。それぞれの医者が患者に強い関心を抱いて、こんな診断を下している。

◆ロンブローゾ教授（犯罪者）

「ガライヨという名の男。頭蓋骨の外傷と不幸な結婚のため、突然女性の首を絞めるようになった。犠牲者の大部分は老女。犠牲者を食べるために、その皮膚をはがしながら、刺したり解体したりする。とくに春と冬に多い」

◆バル教授（サディズム的犯罪）

「今日私はサン・タンヌ病院で異様な男を見た。この男は性交中に相手の鼻を食べ、軟骨を折って、鼻の骨を歯で砕いたのだ」

◆フォイエルバハ教授（精神分析を課す）

「アンドレ・ビシェル。若い娘を強姦後、撲殺して小さく切り刻んだ。この殺人者は私にこう言った。『ナイフで胸を切り開いたあと、柔らかい部分を切って、肉屋が牛にするように体を切り分けました。この作業をしているあいだ、私は死体の肉を一切れもぎとって食べたいという激しい欲求を感じました』」

◆エスキロル教授（精神病）

「私はレジェルという二十一歳のブドウ栽培者を診た。十二歳の少女に会って強姦し、生殖器を引き裂き、心臓を取り出して食べた男である。土に埋める前には血も飲んでいる」

で、液状で、あるいは塊であれ、また色も赤や白、黒、緑、黄色であれ、二〇世紀初頭まで診断を下すのに役立てられただけでなく、治療のために摂取されてきた。糞尿医療に関する書物は数百冊あるが、その大部分は十六世紀から十九世紀末までに発表されたものである。この数だけでも、排泄物がさまざまな医療行為や薬の面で桁外れに重視されてきたことが充分わかるだろう。排泄物による治療に関して記した初期の著述家や医師としては、ヒッポクラテス、ディオスコリデス、プリニウス、ケルスス、ガレノスが挙げられる。つづいて基本的な書物が登場する。例えば一五五七年にセクトゥス・プラキトゥスが書いた『薬について』や一五九六年のパラケルスス著『実験』、一六六〇年のベックへリウス著『医者の小宇宙』、一六六二年のファン・ヘルモント著『オリトリケ・フィジケ・ラフィネド』、一六九六年のパウリーニ著『排泄物の薬』、一八二一年のバウアー著『人体による医薬』などである。排泄物に関して満足すべき蔵書を作成するためにさらに引用すべき著者は、スパシオ、ブキオ、ジャシュ、ルランド、その他数十人である。

ヨーロッパには、「糞便科学」に関する全知識と経験のみに基づくカテゴリーがある。こうした技術は、これまで挙げてきたような便と尿の診断に使われるだけでなく、もっぱら糞便を利用した薬の処方にも応用されている。患者にはじめて排泄物を処方した医師は、一般には、キケロと同時代の人物で、紀元前一一〇年頃にローマで開業し「ファルマキオン（薬剤師）」とあだ名されていたアスクレピアデスであるとされている。おそらく糞尿医療はすでにそれ以前にも行われていたに違いない。なぜなら、その三世紀前に、アリストファネスは当時の医者たちを「排泄物食い」という言葉で糾弾しているからである。本当の糞便医師ではないが、ディオスコリデスやガレノス、ケルススは人間の大便を評価し、咽頭炎や扁桃炎などある種の病気を治すと断言した。便は三日間豆科植物のルーピンを食べた健康な青年男子のものでなければならない。「最初の日の便は不潔なので捨て、翌日と翌々日のものだけを使い、蜂蜜と混ぜて飲み込む」。薬の起源を覆い隠し、魔術的な謎の側面を与えるために、糞尿医師は時とともに意味を転用した言葉を作り上げていく。ローマでは、便は「人間の炭素」、「オレトゥム」という名で呼ばれ、数世紀後には「西洋の硫化物」「東洋の苦悩」「西洋の麝香《じゃこう》」「月の塩」などと呼ばれた。壊血病、黄疸を治療するために十七世紀末になっても処方されていた「黄金の飲み物」はワインを飲んだ十二歳の少年の尿から作られた飲み薬であった。馬糞で囲んだ容器にそれを入れ、人糞で煎じ、蒸留器を使って蒸留したものである。ヨーロッパでは、あらゆる人々が排泄物に治療効果があると信じていた。マルティン・ルターは毎朝自分の糞便をスプーン一杯食べていた。彼はこう書いている。「私は神が糞の中にこれほど重要で有効な薬をおきたもうたことに驚きを感じる」

その一世紀後、ドイツの偉大な医者クリスティアン・フランツ・パウリーニは、「大便と尿はまさに宝である」と宣言した。『糞の薬品』というそのものずばりのタイトルをつけて発表した彼の著書は、十九世紀まで参考図書として利用された。こうした熱狂は糞便医師だけのものではない。すぐれた哲学者ピエール・ベールは一六九二年に、「排泄物の外的内的効果」を称え、当時大流行していた方法を支持した。「戦士の糞に犬の糞とモルモットの下痢便を混ぜ、すべてを老人の尿に溶かす」という方法だった。

十九世紀には急速に進歩する科学的な医学のかたわらで、過去の民間信仰が微妙に交じり合った民間療法が大手を振ってまかり通っていた。この二つを結びつけようとした科学者も何人かいたようだ。化学者のフランソワ・フークレはまるごと一冊の著書をそのために充てたし、医師のギュスターヴ・ブリュネは一八八四年に発表した著書の中で、排泄物は新たな食糧になるし、あらゆる糞の医学的利用はさらに普及するという考えを展開させた。

糞便医師は十九世紀なかばまで、ヨーロッパのあちこちで糞便を利用した処方を行っていた。世紀末まで続けられたものもある。フランスのいくつかの地域では一八九〇年頃になっても排泄されたばかりの人糞で喉頭炎や激しい歯痛を治療していた。数百ある処方や調合薬の中で例を挙げると、肺結核や狭心症、子宮の転移、狂犬病、胃潰瘍を治療するためには、少年や老女、処女の排泄物を摂取した。湿布としての利用も多く、とくに火傷やフルンケル、眼の疾患、おたふくかぜ、麻痺、不妊症、梅毒などにすすめられた。ノルマンディー地方では第二次世界大戦後になっても、排泄物は腫瘍や寄生虫、血腫、骨折、出血、湿疹、疥癬に対する不思議な力を保っていた。

糞尿療法のようなものは現代でも消えておらず、何人かの医師はこれから派生した治療法を実行しつづけている。とくにそのうちの一人はパリのレンヌ通りで開業し、「本人の排泄物を使った免疫化」によって治療して、かなりの評判を得ている。

人間の尿は糞便と同様、歴史を通じて重要な処方材料だった。紀元前二世紀のアスクレピアデスは、ひ弱な子供を丈夫にするにはその子を尿で洗うのがよいと勧めた。十三世紀にはアルベルトゥス・マグヌスが、「頭部皮疹や潰瘍、傷の悪化を治す薬としてこれに優るものはない」と宣言した。十六世紀には健康のためにはとくに兄弟の尿を飲むことが推奨された。尿療法は十九世紀から二〇世紀初頭になっても広く利用されていた。ドイツでは、一九〇〇年頃、開いた傷口を尿で手当てすることが普通に行われていた。イギリスのスタフォードシャーでは、一八九六年に民間療法として自分の尿を飲んで腎結石を治療した。第一次世界大戦までは、自分の尿で眼を洗って眼の感染症を治すという方法がヨーロッパ中で一般的に利用されていた。二〇世紀の尿療法支持者は全員一つの点で一致する。尿を飲むと関節炎、壊疽、マラリア、性病、生理不順、肥満、喘息、多発性硬化症、心臓病、抜け毛など、あらゆる病気が治るというのである。普段おしっこと呼んでいるものが、文章の中では不思議な名前に変わる。「身体の飲み物」「医学の母」「生命の水」「生命の霊薬」「シヴァの水」「百花水」という具合。

知能指数と精液療法

象徴的な意味合いをもつという点で、精液は血液に近い。しかもたびたび「白い血」と呼ばれてきた。血液と同様、体内に注入したり人工授精に使ったりすることができるし、どちらにも人間の神聖さの精髄が含まれている。神の神聖さを言われることもある。聖アウグスティヌスによれば、カタリ派は自分たちが受ける聖体を精液で濡らすという。

十一世紀にはフランスのニコレド派とイタリアのフラティチエリ派が、聖体拝領をするために聖杯の中に自らの精液を入れた。自慰行為は教会に禁止されており、重い罪の中でも、獣姦と同性愛につぐものとして位置づけられている。精液は人体から人体へ直接いくために作られるものである以上、その経過を遮って体外に出すことは固有の存在を与えることであり、神学者の目からみれば重大な罪である。しかし一九四〇年代に生物工学によって（血液と同様）精液を人体外で保存することが可能になったことから、この物質の「浸透」力が確認され、肉や器官、血液、排泄物にあるとみなされる伝達可能な効力が当然ながら精液にもあると考えられた。

一九六〇年代には精液バンクが設立され、知的能力によって選ばれた人々が自らの精液を提供している。真っ先に要請されたのは存命中のあらゆるノーベル賞受賞者で、そのうちの数人は前向きな返答をし、自らの貴重な物質を提供した。ここには自分のためになりそうな人体の一部を食べるという食人の考えにひじょうに近いものがみられる。ある器官や人体の生成物のすぐれた点を自らに浸透させることができるという考えは、しかし新しいものではない。すでに一九三九年に、当時の医学界の最高権威であったゲイズ・ラコヴスキー博士が、『精液療法』というタイトルの著書を発表している。一〇〇歳になっても若いままでいる方法について記したこの本で、彼はこう書いている。「ようやくいい考えがうかんだ。人はこの生命の原材料を、大量生産されるいわゆる大きな娼家で獲得することができるようになるだろう。そこでは実験用だけでなく人類全体を改善しうるに足りるだけの量を手に入れることができるだろう。最高の健康状態、衛生状態にある精液を集めることが可能である。事実、こうした場所にたびたび行く二〇歳から三〇歳の青年は、一般に、射精後の精液を閉じ込める避妊具を使用している」

博士はこれに続いて、この物質を経口あるいは睾丸への注射によって安全に利用することを推奨し、自らを例に挙げる。「実験として私が摂取したところ、私の健康状態は六十九歳という年齢にもかかわらず、老化の兆候を少しも感じないほどのものになった。(…)そのため私は、この液体をコップ半分の水に五滴から一〇滴の割合で入れて、食事毎に飲む実験を続けている」。この療法に効果があることを証明するために、ラコヴスキー博士はこう書いている。「蘇った若い力を試すために、走行中のバスのうしろを走ってみたが、一〇〇メートル走ったところで追いついた」。この物質の安全性を確信したこの実践家は、「老化現象がみられ、衰えていくばかりの老人で、失うものは何もなくただ得るのみの」多くの友人で、実験をすることさえした。数ヶ月間の治療を続けた医師は、勝利の叫びを上げた。「被実験者の大部分が、毎日精液を摂取したお蔭で、これまでいかなる治療でも得られなかった若返りを感じた。(…)私は感激してこの実験結果を医師団や生物学者、世界中の学者に伝えた。器官の障害が出たのは被実験者の一〇パーセントにすぎない」。彼の結論はこうだ。「私は日々確信を強めている。この研究結果からみて、ひじょうに重い病気を私の方法で治すことができるようになるだろう。例えば結核、梅毒、さらには癌など、ホルモン物質の不足に起因する細胞律動の不均衡からくる病気である。人類は現在、逸脱や残酷さのために手ひどい損失を被っているが、私の方法でこれを補うことによって命を延ばすことができると私は確信する。この秘密を墓の中まで持って行くことは許されまい。私は人類を救うためにこれを伝える」。ラコヴスキー博士のこの業績に対して、ベルギー王立科学アカデミーの終身会員デレン博士が支持を表明した。

食人の愛情

子供が摂取する母乳に関してある人々が主張したように、精液を摂取することの起源は食人にあるのではないかという議論もまたありうる。とくにフェラチオなどで口から摂取する場合は、食べることと同一視できる。この点について尋ねられた精神科医ピエール・ランベイルは、その精神分析的な原理を認めた。マスド・R・カーンは『生殖器によらない性行動における食人嗜好』の中で、人間の性行動や前戯におけるさまざまな食人の意味について明らかにした。彼が臨床例を挙げて問題にしたのは、もちろん人肉を噛むことではなく、人体の分泌物や生成物を口に入れて飲み込むことである。「実際、食べられるのは人体の一部である。人肉そのものを対象としないこの食人においては、特別な伝達がなされる。摂取することと支配欲とが愛情に変わる。すなわち食人の欲動は愛情をはぐくむために利用されるわけである」

奇跡の胎児と胎盤

胎児と胎盤はあらゆる時代、あらゆる地域の食人療法で、つねに支配的な地位を占めてきた。古代ローマの産婆が医者の言葉を信じて、死産した子供からさまざまな「薬」を作ったことについてはすでに指摘した。現在のイタリアとユーゴスラヴィアにまたがっていたフリーウリ地方では、十三世紀になっても首のまわりに羊膜を巻いていた。妊婦から出たものである以上強力な力を有していると思われたからである。柔らかい肉の塊である胎盤は母親と胎児が栄養を受け渡す場であるが、十八世紀までは民間療法としてよく使われた。貼ったり飲んだりしてさまざまな皮膚病や不妊症の治療薬にしたり、性欲促進剤の原料にしたのである。ヨーロッパではこうした方法は、十九世紀になって婦人科学と産科学が男の手によって誕生したことから消えていく。しかし製薬会社にはそれぞれの経済原則や工業成績、市場法則があるため、恐ろしい食人による処方は続けられた。二〇世紀後半になると、薬品や化粧品を研究するさまざまな国際的な研究所が、胎盤と胎児を求めて激しい争奪戦を繰り広げた。フランスのある研究所は、そこだけで年に四〇〇〇トン以上もこれを使っている。世界中のかなりの病院が、経口薬や注入薬にした人間の胎児や胎盤を使った若返り治療をすすめている。こうしたことがかなり一般的になったことから、一九七二年にはジェシュア監督が、これをテーマに『ショック療法』という映画を製作した。ポルトガルの労働者たちが誘拐されて殺され、その死体が金持ちの湯治客用の若返り物質に変えられるというものである。

胎盤を食べる

一九七七年三月、一つの新事実がアメリカの人々にショックを与えた。軍の研究所が細菌戦に関する実験を行うために、六年前から毎年韓国から生きた胎児を四〇〇〇体、一セット二十五ドルで買っていたというのだ。日本の仲介会社が数社あいだに入り、発送を請け負って利益を得ていた。

人間の胎児は一九九八年十二月、生命倫理に関する法の修正問題で、議論の中心になった。ヨーロッパの科学倫理グループやフランスの医学・生殖生物学委員会は、胎児や胎児の株細胞を、遺伝子研究や細胞治療に利用することに肯定的な姿勢をみせた。事実、一九九四年に生物倫理に関する法を制定する際に、胎児を定義して成長段階に応じた法的地位を与えることを認めなかったことから、以後胎児は原料と同一視されている。現在ではアメリカのピッツバーグで、脳の病気に苦しむ十一人の患者が、人間の胎児の細胞をベースにした神経単位の注射を受けており、その効果が期待されている。

フランスでは、新生児とともに出した胎盤を出産後に病院や医院からもらったという女性たちがいる。今ではそれを丸薬にすることを専門とする研究所があるため、そこに頼んで飲むというわけだ。

こうした女性たちに言わせると、自分の胎盤によって、若返り、丈夫になるという。自食行為をしていると考える人は一人もいない。

食人と臓器移植

現代のヨーロッパ人は、食人行為はもちろんのこと、過去に行われていたように治療目的で人体を直接的に利用することにも怒りをみせるが、それは一つの事実を退けているか見誤っているからである。人体をベースにした治療は、現在かつてないほど広く行われている。この治療行為があまり論争にならないのは、究極目的が強調されるあまり、過去には感じられていた恐怖がすべて霧消するからである。人体からできた多くの製品がもはや口からではなく、輸血、注射、化粧品、そして臓器移植と、もっと曖昧な形で投与されるだけになおさらである。しかしその本質は変わらない。行為の形が変わっただけだ。多くの人々にとっては認め難いことではあるが、現代はこれまでにはなかった新しい形の食人を生み出した。輸血や臓器移植は古来からの食人の延長上にあるものだ。そう断言するだけでも衝撃的のように思えるかもしれない。「この問題に答えることはまったく不謹慎なことだ。我々の未開人地図を再検討することになるからだ」とミシェル・ボーは『野蛮な宴』で書いている。科学者たちは、食人と臓器移植とを切り離すためにあれこれ口実をつけるが、それらはすんなり受入れられるようなものではない。例えば、「食べる行為は口とその機能を前提とする」という具合だ。さらに精神分析学者アンドレ・グリーンの主張はもっと老獪だ。「食べる対象になりうる固形の肉体がなければ、食人について語ることはできない……。肉体を食べるということはそれを直接飲み込むことではなく、摂取する前に歯で嚙み、引きちぎり、粉々にして、咀嚼することである」

　死者の心臓を取り出し、その人の美徳と知恵を内に含むことによって、自らの勇気を増し、より長く賢く生きようとした十九世紀アフリカの人食い人種の戦士と、小人症にかかった子供を「大きくする」ために死体から下垂体液を採取するのと、根本的な違いがあるだろうか？　同様に、死者の生命力を我が物にするためにその脳を食べるニュー・ギニアの酋長と、命を延ばすために他人の器官を使う腎臓移植や心臓移植とのあいだに、違いがあるだろうか？　私はそうは思わない。第一のケースでは、採取し経口摂取することは、恩恵を得るために古くから聖なるものとして認められてきたことである。第二のケースでは、採取し、体に直接「取り込む」ことは現行の法とモラルにしたがった科学的な行為であり、これも他人から命の恩恵を得ることを目的としている。いずれの場合も人間が人間の治療薬になっているのだ。「摂取された」人間は、「摂取する」人間の体を丈夫にし、病気を治し、寿命を延ばす本質的な物質を内に含んでいる。他人の死は自分がよりよく生きる可能性であり、さらには命を長らえる手段であるとみなされる。こうした理由から、教会やカルト集団など数多くの会のメンバーが、いかなる移植も悪魔を起源とするものであると考えて、これを拒否している。宗教団体「エホバの証人」は、臓器移植はすべて完全な人食いであるとして、会員に禁じている。

実に興味深いことだが、患者たちが揃って「ドナー」の個人的な力や美点を吸収したような感覚にとらわれていることに、臓器移植の専門家たちは皆、気づいている。事実、「他人を同化」したというのに、どうして自分自身のままでいられるだろう？　受け手のアイデンティティは、ちょうど原初の食人儀式で見られたのと同じように、深いところで混乱する。知られているように、移植された人間の中では、儀式的な食人をしていた人食い人種と同じように、アイデンティティの改編が行われる。つまり、意識的、無意識的に、アイデンティティがぐらつくことになる。

「自分の体の中に誰かの存在を感じる。それは私よりも強い力をもっている」と大部分の人が認める。わずかでも他人が入り込んだことによって、若さや力、健康といった思いが生じる。移植を受けた者は、また、「ドナーは酒飲みだったろうか、健全な生活を送っていただろうか？　どんな性質の人だったのだろう？」と自問したりもする。心理的に「移植」に耐えられないという暗示的な例として挙げることができるのは、移植を拒絶したアメリカの黒人患者のケースである。その理由は、「白人の腎臓は黒人である自分を拒否する」からであった。人食い人種と同様、移植を受けた人は、移植によって受けとる資質はドナーからの肉体的供給物によって異なると考える。腎臓は包括的な力に満ち、心臓は知性と感情、肝臓は勇気と力に結びつく。心肺全体は呼吸と耐久力だ。

意識下では受け手のアイデンティティはまだ深く混乱している。H・マイアーはその論文の中で、臓器移植を受けた患者にいつまでも残る刻印について研究したR・アイゼンドラス医師を引用している。この医師は移植後に死んだ数多くの患者の個々の経過を研究し、結論として、表面的には純粋に医学的な原因によるものにせよ、「臓器を拒絶しその末に死んだという事実から、患者にとってこの方法で生き続けることは不可能だったという仮説を立てることができる」と述べている。さらに付け加えてこう書く。「もちろん移植のせいで患者が死んだと結論づけるわけではないが、移植は無味乾燥なものではなく、抽象的な概念や専門的な技術によって忘れられてはいるものの、哲学に属するものなのである」

一九八五年、F・イズリン教授とM・P・ペーゼ教授は同様の意見をこう述べた。「今や我々は知っている。技術的な考えだけに基づく軽々しい医療処置に対する罰として、世間を騒がせるような失敗が起きるのである」

「冷たい手」

『パンタグリュエル物語』で頭部の再移植を想像したラブレーのように、ジャン＝ピエール・ボーは一九九三年に発表した興味深い『盗まれた手の事件』の中で切断された腕について描き、第三者に横取りされた腕が法的な存在になるという、フィクションの法解釈を書き上げた。これは純粋に理論的な仮説であり、もちろん現実には考えられないことではあるが、いくつかの問題について論じるきっかけを与えるものである。例えば、この手は死体につけなければいけないのか？　手は社会のものなのか、もとの所有者のものなのか？　第三者が拾ったら、それを所有する権利があるのか？　体から離れた手足はまだ人間と呼びうるのか等々、すべて、生者であれ死者であれ、あらゆる人間が自分の肉体に対して有する所有権に関する疑問である。人間は肉体的な存在であると同時に社会の一員でありまた法的な存在でもあるだけに、これは微妙な問題である。著者は自分の仮説が現実のことになるとは想像できなかったに違いない。一九九九年九月、四十八歳のニュー・ジーランド人クリント・ハラムは、史上初めて、手の移植手術を受けた。ジャン＝ミシェル・デュベルノー教授率いるリヨンのチームによって、死体からとった手が彼の切断個所につけられたのである。彼は十四年前に鋸盤で自分の手を切断していた。

クリント・ハラムと彼の「新しい手」は、すぐにこの外科的快挙をいかがわしい金儲けに利用した。ここで問題が生じる。この手は完全に彼のものなのか？　彼が得た収入は手の持ち主の相続者たちと、さらにはこの快挙を実現させた外科医とも、分け合わなければならないのか？　このハラム事件は多くの点で、コナン・ドイルやモーパッサン、ネルヴァルなどそれぞれ自分なりの方法で切断された手の話を書いた作家たちの作品と共通している。それらの作品の中では、切られた手は復讐を続けたり、もとの肉体へ戻ろうとするのである。

現代の新たな形の食人療法がもたらす問題に関して、世界レベルで緊急に法律を制定する必要があることが理解できよう。人間の器官を対象とする国内外の取引きが現実化し、無秩序に発展して憂慮すべき状態になっていることを受けて、ヨーロッパ評議会はこれを研究するためのグループを作った。一九九二年には、いくつかの言葉が定義された。「臓器」とは、「構造的に配列された組織からなる人体の一部で、一度完全に摘出すると二度と人体では再生されないもの」を言う。「人間の臓器」という表現はしたがって再生しうる組織や要素を含まない。すなわち卵子、精液、乳、腺からの分泌物、卵巣、精巣、血液、排泄物、胚はこれに当たらないわけだ。胎児については、前述の定義に入らないあらゆる物質や器官と同じように、売買の対象となる恐れがある。

単なる商品

骨や目、精液、血液、乳、肝臓、心臓、腎臓、などの銀行は知られている。十九世紀には皮膚の移植や指、鼻、耳の再移植が行われたが、現在では、心臓、肝臓、角膜、腎臓、小腸、すい臓、心肺など重要器官が、人から人へと安全な方法でたびたび移植されている。アメリカでは一九九九年二月にあるチームが初めて卵巣の再移植を実現させたし、また別の医師たちは当局の許可を待って、精巣の移植を始めようともしている。

中東やアジアでは、貧しい者は自らの臓器を売ることにためらいがない（五〇〇〇ドルから一万ドル、それ以下のこともある）。仲介屋や医療センターの取り分があるため、患者は腎臓一つで三万から四万ドル支払う。それぞれの国がそれぞれの方法で市場を満たしている。アメリカでは免許証に「臓器提供」欄が設けられた。提供臓器が需要を上回っている唯一の国であるベルギーでは、体の一部を利用されることを拒否する者は、誰であれ市役所に届け出て、国の資料カードに記入してもらわなければならないことが法律で定められている。それがなければたとえ家族が断ったとしても、外科医は欲しい部分を摘出して使用することができる。生前に臓器移植を正式に拒否していない限り、脳死者の同意を前提とした「同意の原則」を利用した国は他にもある。要するに、沈黙は了承ということだ。フランスでも一九七六年のカイヤヴェ法以来そうである。イタリア、スペインもまた然り。これとは違って、アメリカ、日本、イギリス、オランダなど、当事者の同意を前もってはっきりと要求する国もある。

台湾と中国では処刑された人間の臓器が売られており、処刑の頻度――アムネスティ・インターナショナルによれば一年に四〇〇〇から五〇〇〇――もしばしば移植市場の需要にしたがっていたことは、古くから知られている。シンガポール、香港、日本、アメリカに在住する一般医が旅行会社代わりになって、中国にあるこの種の手術を行う五〇のセンターの一つをヨーロッパの患者に紹介する。インドではこうした専門のセンターが数百ある。この国では、特権階級の人々や医師が借金だらけの村人や貧民街の住民、失業中の労働者、持参金が足りない嫁から腎臓を買う。エジプト、クウェート、オマーン、その他の湾岸諸国からも、また膨大な数のインドの中流階級(少なくとも二億人)からも、買い手はやって来る。彼らは腎臓一つについて二五〇〇ドルから四〇〇〇ドル支払うつもりでいる。ドナーの方は、詐欺にでもあわない限り、そのうちの十五パーセントから三〇パーセントを受け取る。マドラスのある村は、「腎臓村」の異名通り、三〇〇〇人の村民のうち四〇〇人が自分の腎臓の片方を売ることを了承している。

この問題に関して大がかりな調査を行ったデイヴィッド・ロスマン教授は、一九九八年五月にアメリカでその結果を発表した。「移植希望者が辿るルートについては医師も患者もよく知っている。イタリア人はベルギーで移植を受ける。イスラエル人も同様だが、外科医を連れてトルコの農村地帯へ行く者も出てきている。湾岸諸国の住民やエジプト人、マレーシア人、バングラデシュ人はとくにインドで調達する。太平洋地帯の韓国、日本、台湾、香港、シンガポールの人々は中国へ行くことを好む。それほど頻繁ではないが、ラテン・アメリカ人はキューバ、旧ソ連の人々はロシアを選ぶ。そしてアメリカ人は、大部分自国にとどまるが、金持ちの外国人に先を越されることがある。利用できる臓器の一〇パーセントまでを外国人用にしている機関もある」

「切り離した部分」の密売

人体は品物、財、モノ、商品のレベルまで身を落としている。フランスを含むいくつかの国では、他の商業活動と同じように経営報告書が発表される。手術について数や金額、収益面から記されるとともに、質、量、成功、失敗といった項目まである。結果については平均に比べて「優、劣、並」と評価され、移植組織の寿命、医師の採点成績、市場の発展についても公開される。要するに、人は人のための製品になったのである。これが事実である証拠に、この「商品」を手に入れる組織犯罪も起こっている。市場があるからこそ、闇取引きも存在しうるということだ。人体の器官のように提供者があまりに少なくて供給が需要に追いつかない場合には、とくにそうである。

食人と性行為

食人はさまざまな表現の中に出没する。食卓用語と結びついて愛情表現となる場合も多い。多くの精神医学者や精神分析学者は、性的関係の特徴を激しい所有欲にあると考えており、食人をその完璧な表現方法であるとさえみなしている。事実食べることはもっとも完全に所有することであり、我が物とし、溶け合い、一つになり、結びつくために相手を内に含むことである。精神分析学者のアンドレ・グリーンは、「相手と一体になるまで愛する方法は一つならずある。食人はそのうちの一つだ」と書く。例えば性行為の最中で多少なりとも強く相手を噛むことがあるが、それは無意識のうちに食べようとしているのだと、説明することができるだろう。この「一体化」の探求について、フランク・レストランガンは「キスと噛むこととの違いは程度の違いにすぎない」と書いている。

したがって噛むことは恋する人間に暗い欲求が住みついているしるしであり、人食い人種が潜んでいるということだろう。病院には、性行為の途中で相手に噛まれたという人が、定期的に少なからずやって来る。裁判所付きの精神科医であるバンスーサン教授は、この現象に関して実に明確だ。「愛する者同士が噛み合うことは、我々の文明が消し去ったひじょうに古い本能を象徴するものである。(…) 文明人をひっかいてみれば、すぐに未開人が現れるだろう」

パートナーの片方がまず人食い儀式のようなことをしなければならないというカップルは多い。もっと正確に言うならば、吸血鬼のように相手の血を吸うことが、性的に興奮する唯一の方法だというカップルである。ジェラール・ド・リアルはこの種の例をいくつか挙げている。特筆すべきなのは、夫に気に入られるために自分の腕に傷をつけて出血させる女の例で、その夫は、義務を果たす前に、夫婦間のごちそうによってどうしても自分の欲望を満たすことを望むのだった。

食べる喜びと性的快楽とのあいだの密かなつながりは、ひじょうに古くから指摘されている。十六世紀の聖フランソワ・ド・サルは『信心生活入門』の中で、愛の喜びと食べる喜びとのあいだには数多くの類似点があると書いている。その理由は「二つとも肉を見つめるものだから」だという。偶然さえもこの二つを結びつける。ジャン・ゴルドジンクは『カンディード』の注釈版の中で、ヴォルテールの『哲学辞典』では一七七一年の加筆以来、「食人(アントロポファジー)」の項目が「愛(アムール)」のすぐあとに来ていると指摘し、「愛し合う人々と食べ合う人々との偶然の出会いだ」と書いている。

食べて一体になることを求めるという考えが現在にも力を有している説であることは、いくつかのお菓子や料理の名前に如実に表れている。「黒人の頭《テット・ド・ネーグル》」「修道女《ルリジユーズ》」「プール族の耳《オレイユ・ド・プール》」「お嬢さん《ドウモワゼル》」、「紳士をかじる《クロックムシュー》」、「婦人をかじる《クロックマダム》」、さらには「スルタンの妻の指《ドワ・ド・スルタヌ》」やら「義母の目《ウイユ・ド・ベル・メール》」やらいうものまである。これはプラムの砂糖漬けをラム酒に漬けたあと、シロップで煮たものである。パリのあるパン屋は、人間の器官の形をした菓子を作ったことがある。食べる喜びがこうして人体の一部を食べることにつながったわけだ。店の売上は倍増した。同様に、一九八〇年代にチューリヒのデザイナーが、性の喜びと食べる喜びとの類似性と互換性を利用して、食べられるビキニを作った。最低限体を守っているこのビキニを食べ終わったら、今度は性行為という形で食事を続けられるわけである。

一九七九年、「ル・モンド」紙の記事でY・ムニエが説明したところによると、食人という反応に至るきっかけはこんな精神分析的解釈の中にあるという。「独占愛と食い尽くす憎悪とは表裏一体である。結局のところ愛されることや憎まれることはほとんど重要ではない」。要するに、愛によって和らげられた食人は、相手を食べることと自分が食べられることとの恐怖と欲求を同時に表わしている。食人とセックスとの一体化はこんなあけすけなことわざの中にも見られる。「性器によってよりも口によっての方がよりよく知り合うことができる」。あるいは水着姿で浜辺で肌を焼く女性について、「若鶏と同じで、一番よいのは白い部分だ」

食人と性科学は緊密な関係にあり、その互いへの影響は世界各地でみられる。ひじょうに多くの方言や言語で、この両者が同じ言葉で表わされている。エレーヌ・クラストルによれば、ラテン・アメリカのグアヤキ族は、性的関係と食物とを一つの同じ言葉で言い表わすという。同じく南米に定着し、代表的な部族がガイアナからパラグアイにいたるまで広がっているトゥピ族の言葉でも、同じである。ナイジェリア南西部で使われるヨルバ語では、一つの動詞で、結婚する、性交する、食べるの三つを表わす。リベリア北部に住む部族は、成人に達した娘は「おいしい」という名を名乗る。何と分かりやすいことか。

性行為と食べ物が同じ、あるいは似たような禁止の対象になっている例もしばしば確認できる。食べることと性交との一致点については、レヴィ＝ストロースが『野性の思考』で、フロイトが『セクシュアリティに関する三論文』で、さまざまな角度から分析している。

レヴィ＝ストロースは、性的関係と食物関係が社会的に同じ領域のものと考えられていることを示す。「性的な禁忌を破ると、しばしば食べ物を禁じるという方法で罰が与えられる。（…）現実においても象徴的意味においても、食べ物の交換と女の交換は同じタイプの二つの交換方法であり、一つの方法の二つの側面としてなされる場合が多い」。他者を食べるためには、性的タブーの中にあってはならない。例えば多くの部族では、父と母は息子や娘を食べず、兄弟姉妹は互いに食べ合わない。ヨーク岬半島の言葉では、同じ言葉で近親相姦と食人の両方を表わす。レヴィ＝ストロースは、アフリカのヌエル族やファン族、オセアニアのティコピア族など、互いにひじょうに離れた場所に住んでいるさまざまな民族に、性行為と食べ物に関する同じタブーが存在することを指摘する。食べ物は精子の生成に直接関係していると信じられており、禁じられた食べ物を食べた男は性行為によって女の体にそれを送り込む。逆も真なりで、夫のことを思う妻も、同じ理由から禁止されている食べ物を決して食べない。

第11章

食人犯たちのリスト

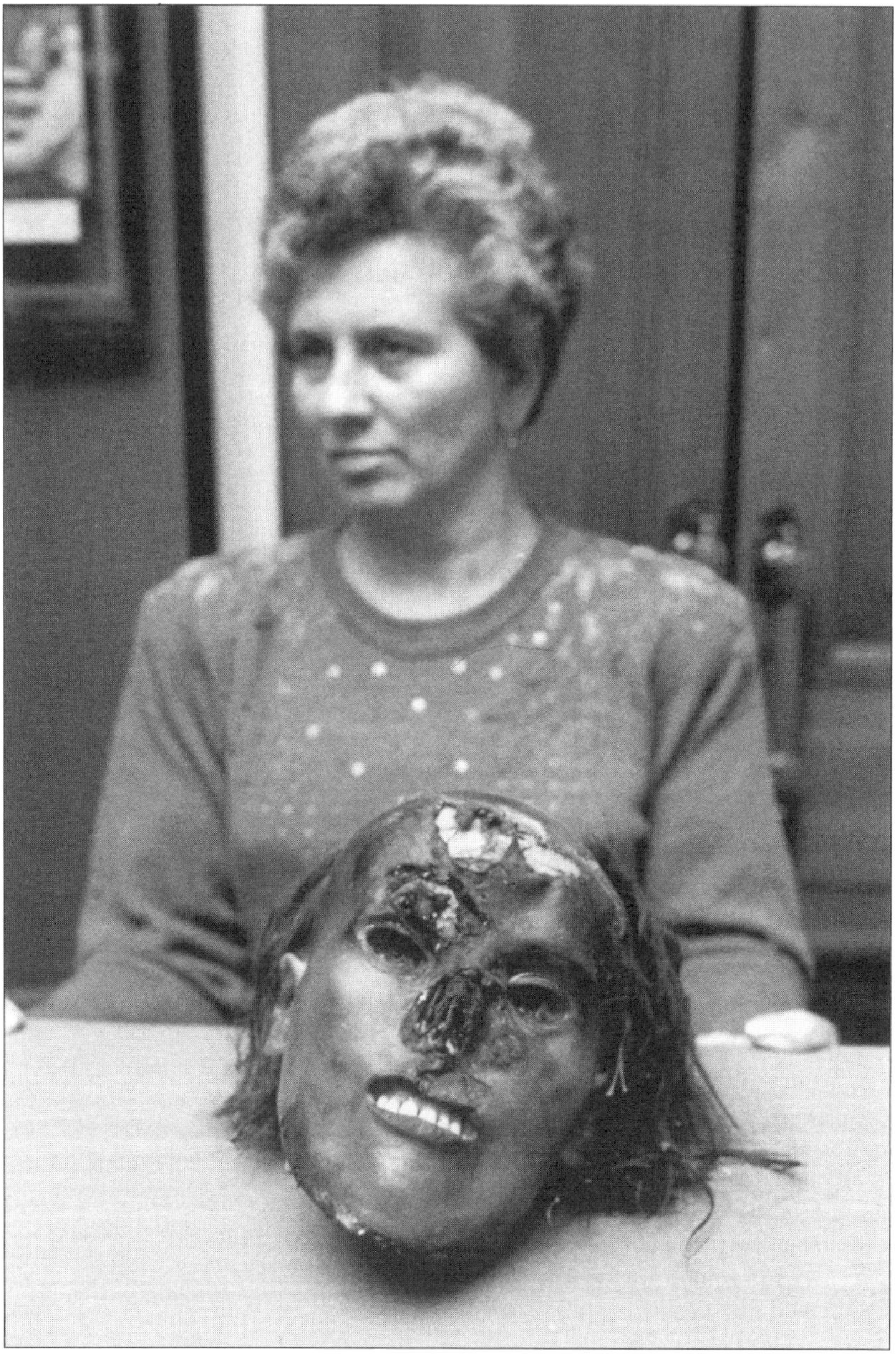

（前頁）我が子をむさぼり食うサトゥルヌス。ゴヤ作。（D．R.）
（上）チカチーロの犠牲者の頭部を裁判所で示す専門家。ロシア。1988年。（Photo Sygma）

桁外れの食欲

食人者リストに入れる人物を選ぶことは容易ではなかった。たとえ並外れた食欲をみせた者であっても、人肉を食べた者なら誰でもよいというわけではない。この一〇年間でアメリカでは一七〇人以上の食人犯が監獄行きとなり、ロシアでは一〇〇人以上が逮捕された。そしてそれとほぼ同数の人間が、その他の国々で捕まっている。私が選んだのは、食人犯というカテゴリーに特有の、精神的、幻想的、方法的な過程をみせたという意味で、例とするに相応しい人々である。

ある者は責任能力のない精神障害者で、幻覚にとらわれ抑制がきかない。またある者はこれとは反対に、明晰で狡猾な精神病質者で、完全に自らを律することができる。彼らは「計画的」殺人者と「無計画な」殺人者に分類できる。

大部分は連続殺人犯で、その犯罪の数の驚くべき多さと残酷さで知られる。佐川一政はしかしたった一度の犯罪で世界的に有名になった。食人犯の立場や社会的地位に驚かされたケースもここでは取り上げた。例えばボカサは、大臣や将軍の一部を味見して、彼らがものの数にも入らないことをみせつけた。とはいえ彼は国家元首であった。彼は祖先たちの儀式の名残に影響されて行動したのであり、アルバート・フィッシュのような性的異常者の精神障害とは一線を画している。

個人的な食人は悪事や性的倒錯、狂気、純粋な信仰心の行きつく先でありうるということがまず言えるが、もう一つ確認できるのは、興味深いことに、心理的、文化的、社会的にかけはなれた人々の行動に、驚くべき類似性が見られるということである。

一、スタンレー・ベイカー　「私には問題があります、人食いなのです」

この若いカリフォルニア人は他の人々と同じように人食いである。彼は人を殺して、犠牲者の肉と内部器官を食べた。彼の特徴は指を好んだことである。モンテレーで交通事故に巻き込まれた彼は、逃げ出そうとしたが警察に呼び止められ、「私には問題があります。人食いなのです」と明かした。その言葉を証明するため、彼はポケットから一つかみの人間の指を出し、何本かをかじりだした。急いで調査した結果、この指は数日前から行方不明になっていた社会福祉職員のものであることが判明した。

自白によれば、スタンレー・ベイカーは、「神経の変調」を治すための治療の一環として電気療法を受けて以来、食人に駆り立てられるようになったらしい。これに対して一人の警官が、有名なチョコレートバーのコマーシャルをもじって、「そうだ、君。一口の親指で再始動だ」と答えたという。

二、ボカサ　皇帝との食卓

一九八〇年代末、食人容疑事件が世界中の新聞で取り上げられた。当時「バンギの食人鬼」と呼ばれていた人物が、高等裁判所で一連の犯罪、誘拐、拷問、監禁、大量の簡易執行、そして食人の罪の責任をとることになったのである。

被告ジャン・ベデル・ボカサは奇妙で不可思議な人物で、ナポレオンとシャルル・ド・ゴールを崇拝して「パパ」と呼んでいた。中央アフリカ共和国の建国者の甥として生まれたが、六歳で孤児になり、宣教師に育てられた。十八歳でフランス軍に入ると、一九三九年から四五年の戦争で輝かしい戦いぶりをみせ、次いでインドシナとアルジェリアで戦った。隊長に昇進すると軍功賞である戦功十字章とレジオン・ドヌール勲章を受けた。

一九六四年に、誕生したばかりの中央アフリカ軍の司令長官になると、翌年のおおみそかの夜にはこの要職を利用してクーデターを起こし、権力の座についた。一九七二年五月、終身大統領に任命され、一九七七年には国家予算の五分の一を費やしたといわれる豪華で馬鹿げた祝典で、自ら皇帝を名乗る。その後の彼の街着は、ネー元帥が儀式の際に身につけたものとそっくりだった。

この大の女好きはみだらな話にも事欠かなかった。正式に結婚した相手は十七人で、一九八五年五月には五十五人目の子供が生まれたと新聞に発表されている。彼は世界中の何よりも子供を愛すると声を大にして語ったが、一九七九年五月にアムネスティ・インターナショナルが明らかにしたところによると、制服が高すぎるとしてデモを行った約一〇〇人の児童を虐殺したという。国際法学者委員会は、この虐殺に皇帝が荷担したことは「ほぼ確実」であると結論づけた。

一九七九年九月二十一日、リビアに公式訪問中、彼はかつて自分が権力の座から引きずり下したダヴィド・ダッコによって、失脚させられた。パリから離れてコート・ディボアールで恵まれた逃亡生活を四年間送った。

彼はジョーフル・ド・ラ・プラデル弁護士を通じてフランスのジャン・フランソワ＝ポンセ外務大臣に手紙を送り、クルト・ヴァルトハイム国連事務総長に提出した国際調査委員会の設立を求める要望書を支持して欲しいと、フランス政府に頼んだ。調査を続けやすくするために、イヴリーヌ県アルディクールの館に移り住んだが、フランスはもはや巻き込まれることを望まなかった。そのためボカサは、四度にわたって板状の宝石を受け取ったと非難されるヴァレリー・ジスカール・デスタン大統領を窮地に追い込むようなダイヤモンドに関する書類を、「カナル・アンシェネ」誌に届けさせたとみられる。

一九八六年、彼はバンギに戻り、人々の支持を得たと思ったが実際にはすぐに逮捕され、殺人と拷問と食人の罪で裁判にかけられた。法廷では恐ろしい証言が続出する。

検察側によれば、皇帝の宮殿の廊下から、貯蔵した人肉が発見されたという。もっと正確に言えば、それは肉屋の鉤にぶら下げられた教師の死体だった。バンギのはずれ、ベリンゴ通り沿いにある彼の邸宅の一つ、コロンゴ館の涼しい部屋には、切断された死体が四体保管されていた。そのうちの二体には手足がなく、別の一体は腹が切り開かれていた。鏡に映った死体の写真がバンギに出まわったが、それが元皇帝の住居で撮られたものであることを証明するものは何もなかった。

冷蔵庫で終わる

バンギの通りで世界中のマスコミの特派員から質問を受けた中央アフリカ国民は、そろって同じことを言った。切断死体は間違いなく元独裁者が個人的に食べるためのものであったというのである。

ベリンゴで食べられたらしき行方不明の人物に関する、信頼度の高い証言もいくつかあった。誰もがこうしたことを知っていたようだが、冷蔵庫行きか、もっと単純に、悲しくも有名なヌガラハ刑務所行きで命を終えることが恐ろしくて、沈黙していたのである。ボカサを「倒した」ダッコ大統領は、記者会見の場で、「情報が公開され、ボカサは食人という新たな容疑を認めなければならなくなった」と発表した。大統領はさらにマイクの前で、検察側の証人としての自分の立場を明らかにした。「コロンゴ館の冷蔵庫は解体した死体でいっぱいでした。ヌガラハ刑務所の囚人を解放したところ、館に盗みに入った者どもが死体を発見したという噂が流れました。兵士たちは、足が一本欠けた死体を一体と、確認しようがないその他の死体を見つけたと言っています」

単なる噂にすぎず、注意が必要な「新事実」もある。「皇帝が鋸を持って、自ら死体を解体したという話だ」とか「皇帝は精巣から食べ始める習慣があった」とかいうものである。とはいえ元皇帝の断固たる否認を前にしてなされたいくつかの直接証言は、かなり信憑性が高い。例えば若い獣医アルフォンス・クバは、宮殿の動物の世話をするためにボカサに雇われた人物だが、その仕事ゆえに宮殿の蓄殺場に行くことができた。彼の証言。「その場所で、殺したばかりのワニとサルの間に毛のない奇妙な死体があるのを私は見ました。皮膚ははがされており、骨と筋肉が見えました。人間の死体だったのです。私は恐怖のあまり逃げ出しました」

L'OGRE BOKASSA MANGEAIT LES PETITS POUCETS

IRREEL !

FABULEUX !

FANTASTIQUE !

Un véritable conte de fées !

Chaque jour, un fier cavalier portait, en son palais, un petit enfant...

...qu'il s'empressait de découper à l'aide d'un poignard magique au manche étoilé

PUIS IL CONVIAIT A SA TABLE LA MARQUISE DE CARABAS PARÉE DE SES PLUS BEAUX ATOURS EN LUI FAISANT CROIRE QU'ELLE MANGEAIT DU LAPIN

Il fallait s'y attendre: LES GENS RACISTES ET TERRE-A-TERRE SALISSENT CETTE BELLE HISTOIRE !

（右）ボカサ皇帝。（Photo A. F. P.）
（左）「食人鬼」ボカサは世界中の新聞の一面を飾った。（資料 M. M.）

裁判所で証言を求められたジャック・ダロは、元国軍主席パイロットだった。一九七六年に「国家主席に対する陰謀」のために有罪判決を受けた彼は、一九七八年に刑務所の中央裁判所で、三十五歳くらいの男が処刑されるのを見たと述べた。「処刑は刑務所の警備隊長である大尉が棒で行いました。死体は独房に入れられましたが、その晩に大尉が取りにきました。大尉はそれを自分の自家用車に積むと、刑務所を去っていきました。あとになって、彼はボカサと囚人を食べたと自慢していました」

この証人によれば、ボカサは陰謀の容疑で投獄されていたマンダバ将軍を肥らせてから、殺して食卓に並べたようである。「彼の独房には一日に数回、おいしそうな食事がたくさん運ばれました。他の囚人はキャッサバの団子一個と水ばかりのイワシの缶詰一つしかもらえないのに、将軍ときたら野菜や肉やその他えりすぐりの料理がもらえるのです。一九七九年二月に将軍が殺されて死体が運ばれた時、私はなぜマンダバをあんなに肥らせたのかがわかりました。(…)二日後、警備隊長が笑いながら私に話したことですが、ボカサはバナナとトマトを加えた巨大な煮込みを作って、会議のあとで行われた『強制的な食事』の時に、全閣僚にふるまったそうです。食事の途中で彼は、『何を食べているか分かるかね？　マンダバ将軍だよ』と言って大笑いしました。のちに警備隊長は、何度かこの種の食事にボカサとともに参加したと捜査員に認めました」

「君は人間が好きかね？」

『フランス・ソワール』紙のフランソワ・コール特派員は、元皇帝に長く仕え、自分も人肉を食べたと確信していた、西洋人の公認会計士の証言を書きとめた。「料理を食べ始めた時にはわかりませんでした。私が口いっぱいにほおばっていると、ボカサに二度尋ねられました。『君は人間が好きかね？　一番おいしくて一番食欲がわくのはその肉だね。とくに敵の肉の場合はね！』」

彼はこうして数人の政敵を食べ、友人にもふるまっていたようである。また、ふざけて食人の宴を開くことも

骨まで

◆「ママが片づけを手伝ってくれた」

シベリア、ノボクズネーツクの二十七歳の若い失業者サシャ・スペシヴツクは政治活動に没頭し、現代ロシアにみられる自由放任を打ち砕くために二年間積極的に活動した。ソビエト時代を懐かしむこの男は一九九四年、逮捕された若い犯罪者が彼の目からみればあまりに早く釈放されることに腹を立て、そうした人々を社会の屑として排除しようと決意した。彼は中央駅のホールを寝場所にしている十九人の浮浪児を、主にそこで誘い、殺して食べた。家に連れて行き、斧で殺し、死体は母親に委ねた。母親はロシアの伝統料理の調理法にしたがって、それを料理していた。

◆主人が怖い

チリのサンティアゴで、嬰児殺しの食人事件が発覚した。富裕な家で住み込みのお手伝いをしていた二十五歳の女が、赤ん坊が生まれたことを家の主人に知られることを恐れ、抹殺するために食べていたのだ。事件が発覚したのは、彼女が自分のベッドの下に「捨てた」その残骸によってであった。

◆バルバ族は自信がなかった

一九五八年九月、国連が開設した難民キャンプ内で暮らす人々は、飢えで死にそうだった。約四〇人のカタンガ人がキャンプ内で食べられた。その後この食糧がなくなると、バルバ族は斧と銃を携えてキャンプを離れ、エリザベートビルへ向かった。途中で二人のイギリス人兵士を食べた。イギリスの領事ホリデー氏は、かろうじて鍋行きを免れた。しかしローデシア人のカタンガ軍傭兵アンディー・マッケイはそうはいかなかった。未亡人となったキャサリン・マッケイは、ローデシアでバルバ族を訴えた。彼女の弁護士は食人者たちに二二〇万円に相当する賠償金を要求した。ボロをまとった飢えたバルバ族の難民は、カタンガの憲兵にウサギのように引きずり出されたが、自分たちは支払不能だと主張した。すると争い好きな未亡人はカタンガの指導者チョンベに、彼らの代わりに支払うよう要求し、長い間返事を待った。

◆アブノーマルな朝食

一九九七年一〇月十二日、カンパラの西にあるムベンド地方の女が、その日の朝八時頃に食べ物の奇妙な臭いで目が覚めたと町の議会に訴えた。彼女の夫が人間の足を焼いていたのだ。ウガンダの新聞「ル・モニトール」によれば、この女は夫が持ちかえる肉の出所について長い間考えていたという。「いつも異常に大きな骨がついていました」。彼女は、今度は自分が食べられるのではないか、あるいは自分も人肉を食べるようになってしまうのではないかと恐れ、離婚を求めた。

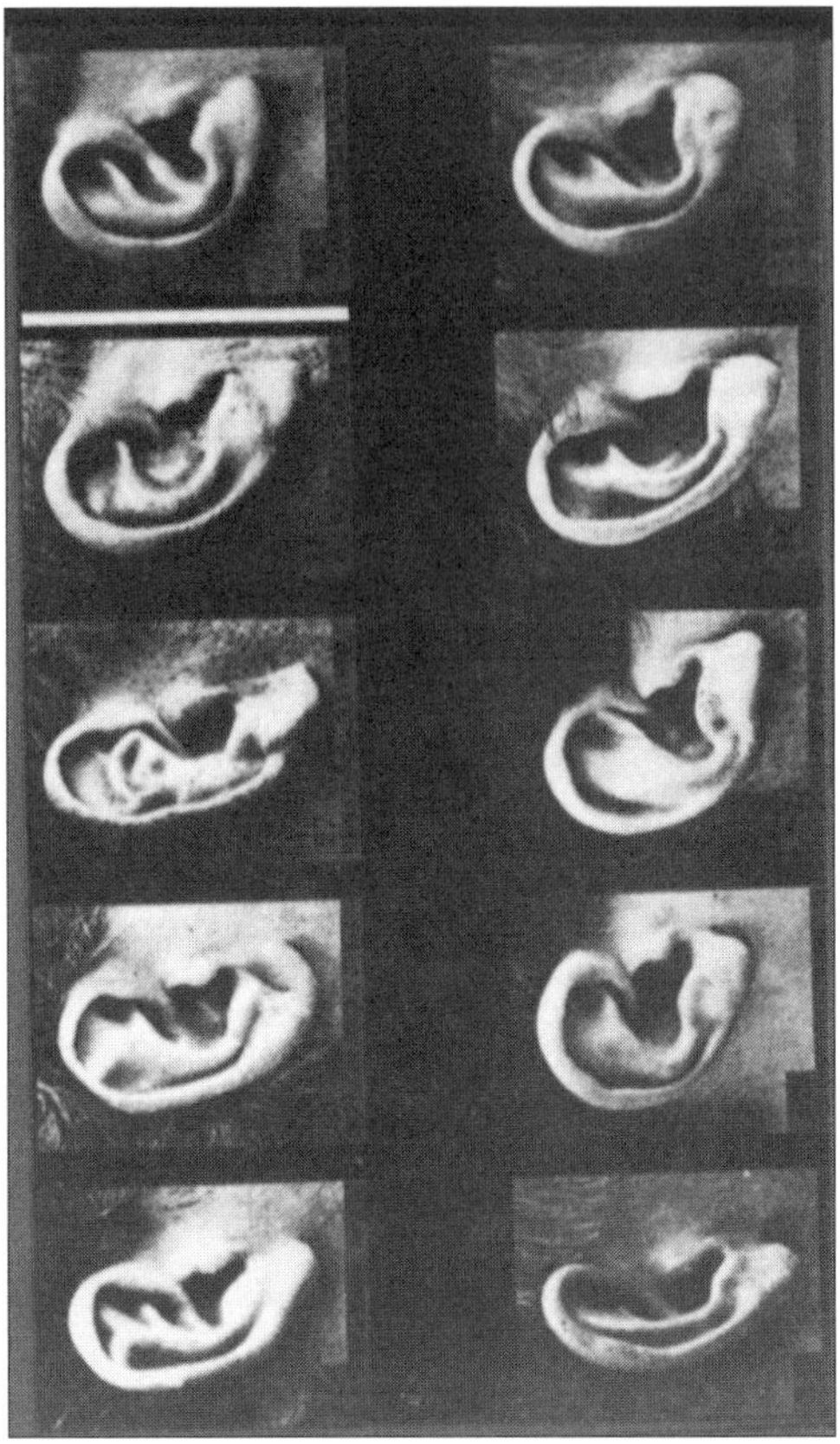

耳は食人者にとくに好まれる。（資料 M. M.）

あったらしい。ジャック・デュシュマンは大臣の位に相当する報道担当官であった。かつてチョンベがカタンガを独立させようとした時にその親しい協力者となり、その後ニジェールのディオリ大統領、チャドのトンバルバイエ大統領にも協力した。アフリカ人の慣例や風習、行動を知り尽くしているこの男は、ボカサは人食いだという訴えに関して、かつて自分が仕えていた友人を非難することを拒否した。「はい、私は彼が戴冠の祝宴でフランスのロベール・ガレイ大臣に人肉を出したという話は聞いたことがあります。大臣を見下していたので、いたずらをしようとしたというのです」。しかし彼が控えめに付け加えた一言がこれよりもはるかに多くを物語っていた。「ボカサが食卓についている時にはフランソワ・トンバルバイエ大統領が決して肉を食べなかったというのは事実です」

「私は人食いなどしていない！」

バンギ裁判所の判事の前で、一人の男が恐ろしい証言をしようとしていた。ボカサの料理長フィリップ・リンギッサである。人肉を調理したことであまりに激しい精神的ショックを受け、体の機能を一部失っていた。両足が麻痺しているために二人の憲兵に証言台まで連れて行ってもらった彼はこう話した。「ある晩ボカサがやって来ました。私は車に乗せられて一緒に彼の家まで行きました。彼は冷蔵庫を開けるよう言いました。私には分かりました。出せと言われたものは人間の体だったのです！」フィリップ・リンギッサは思い出して泣き崩れながらも、言葉を続けた。「私は体に米やパンで詰め物をし、縫い合わせてオーブンに入れました。そのあとでジンでフランベしました。私が食器を並べると、ボカサは食卓につきました。彼は手と足から食べ始めました」。料理人は再び体を震わせて泣きじゃくった。「彼の姉妹もそこにいましたが、彼女は人肉を食べようとしませんでした」

被告席にいたボカサは激怒した。自分は無実だとわめきたて、この証人に異議を唱えた。「私はこの証人を雇ったことなどない、一日たりともない！　会ったのは初めてだ！」そしてさらに主張した。「私は人肉を食べたことなど一度もない……」

他の証人によれば、この種の宴会は統治末期の数ヶ月に次第にその数を増していたようだ。その頃彼は理性を保つことができず、発作的な激しい絶望にとらわれるようになっていた。新大統領ダヴィド・ダッコの供述書が読み上げられると、ボカサは自らの弁護方法を一変させた。彼は徹底的な否認に代えて、食人は家系的な問題だとでも要約できるような発言をした。「この食人の話を作ったのはダッコだ。私が有罪なら彼もまた有罪のはずだ。彼は私と同じ家系の出だ。彼は私の実の従兄弟なのだから。私たちは同じように育てられた。だからもしボカサが人食いだというのなら、ダッコもまたそうである!」

国葬

一九八七年六月十二日、五日間にわたる裁判の結果、ジャン・ベデル・ボカサは殺人罪で死刑を宣告された。しかし新大統領アンドレ・コリングバは恩赦を与え、懲役二〇年に減刑した。一九九二年末、彼の刑はさらに半分に減刑され、翌年には大統領選挙戦に際してコリングバに釈放された。その後この元皇帝は、フランス軍から支給される元戦士の年金だけを糧として、バンギの別荘で隠遁生活を送った。統治末期にはボナパルト主義者の制服を脱いで白衣をまとい、自らを「使徒」とよばせたこの男は、その血みどろの過去にもかかわらず、国葬にふされた。中央アフリカ政府がそう決断したのは、「名高い故人がかつて高い地位を占めていた」からであった。

三、イディ・アミン・ダダ　大臣の交代

ウガンダの元大統領、アミン・ダダ将軍は中央アフリカの「同業者」と同様、食人にふけっていたらしい。一九七五年にこれを主張したのは、ロンドンに亡命していたかつての侍医、ジョン・キブカムソケ博士である。博士が国と地位を捨てたのは、彼によればミエル・オンダガ外相と同じ運命になることを避けるためであった。アミン・ダダ将軍はこの大臣を交代させたいと思っており、一九七三年に心臓と肝臓を食べたあとで、切断した死体をナイル川に投げさせたのだという。

四、ジェフリー・ダーマー　白ワイン漬けのペニス

二〇世紀後半でもっとも残酷でもっとも血なまぐさい殺人者の一人とみなされている三十一歳のアメリカ人ジェフリー・ダーマーは、一九九一年七月二十二日に逮捕された。その直前、二〇歳くらいの若い黒人が、手錠を

ものともせずに足を縛る縄を解いて、脱走に成功した。丸裸のまま通りへ走ると、幸運にもパトロール中の警官に会った。恐怖に震えながら説明したところによると、数時間前にバーで出会った見知らぬ男から、そこから数百メートルのところにある自分のアパートに飲みに来ないかと誘われ、殺されそうになったのだという。

アメリカ中を騒然とさせることになるジェフリー・ダーマー事件の始まりだ。隣人によれば「物静かで礼儀正しく親切な」この青年が、実は恐ろしき犯罪者であることが調べによって明らかになっていく。十三歳の少年に性的暴行事件を起こして禁固五年の刑に服したあと、一九九〇年から条件付保釈処分を受けていた中での犯罪であった。隣人たちは彼の部屋から悪臭がすると何度か苦情を言ったが、ジェフリー・ダーマーは冷蔵庫が古いのでしょっちゅう故障するのだと説明していた。奇妙な音や喧嘩のような声も時々聞こえるが、そんなことはこの界隈ではよくあることだ。

殺人者は少しのためらいもなく、その恐ろしさも重大さも分からないかのように、罪を告白した。彼はＦＢＩの捜査官に実に協力的な態度さえとった。犠牲者はすべて男性で、黒人の同性愛者。この二つが大嫌いだと彼は言った。見つけるのは酒場やショッピングセンター、その他公共の場所である。芸術写真のモデルになってくれたら金をやると言って、自宅に呼び寄せるという手口だ。

事実芸術的な写真はあった。警官は彼の家で、拷問され、殺され、解体された犠牲者を写したポラロイド写真を大量に発見したのである。たくさんあるクローズアップ写真は、死体から採った器官の一部をはっきりと写し出していた。

逮捕の翌日、ミルウォーキー警察署長フィリップ・アレオルスは報道関係者に、家宅捜索によって捜査官たちは「筆舌に尽くし難い恐怖の驚き」を感じたと語った。殺人者が住んでいた北通り二五番地の狭い部屋に入ると、中はまさに死体置き場だった。半分解体されたたくさんの死体と骨がそこら中に散らばっていた。頭部は広口瓶に詰め込まれたり、棚に並べられたりしている。どれも眼と肉をはずすために茹でてあったが、新しいものには

ジェフリー・ダーマー（Photo Sygna）

まだ皮膚の一部や毛髪が残っていた。冷蔵庫の中には手足とさまざまな器官。そのかたわらにある大きなバケツには、切断した手が縁までいっぱいに詰まっている。ダンボールの中は足と腕がごちゃ混ぜだ。ベッドのそばにおかれた壺には白ワイン漬けにした大量のペニス。一つだけ皿に置かれたペニスにはサラダとロブスターが添えられ、味をみるばかりになっていた。二つある五〇リットルのプラスチック製ごみばこは、焼いた上半身でいっぱいだ。台所の流しにある手足のない胴体は、首から鼠蹊《そけい》部まで切り開かれ、殺人者がとくに好んだ心臓の摘出を待っている。全部合わせると、十一体の死体の残骸である。

続いて行われた裁判で捜査官長は、被告が殺したのはこれだけではなく、その殺害歴は一〇年前まで遡るとみて間違いないと宣言した。慢性アルコール中毒で除隊させられるまでの一九七九年から八一年まで兵役に服していたが、その間にドイツでおそらく五人を殺していると思われる。

裁判の冒頭に読み上げられた起訴状には、立証済みの十七件の殺人事件が報告されていた。しかも「ミルウォーキーの同性愛食人鬼」の異名をとるに充分値する情状である。ジェフリー・ダーマーは自分を非難する長々とした説明を、二時間にわたって何の反応もみせずに冷静に聞いていた。およそ残酷なもので彼と無縁なものなどないようだった。殺人、拷問、強姦、肛門性交、死体の解体、食人等々。

裁判で彼の弁護士は、軽減情状を得るために彼には障害があると言おうとした。「依頼人はごく幼い頃から、医学では治せない性的な問題を抱えていました。父親と一緒に乗った車が路上で動物を轢くたびに、彼は勃起し射精しました」。「十六歳の頃、分析研究所で研修を受けている時に、採血瓶を飲んでいるところを見られて追い出されましたが、治療はされませんでした」。これに対して検事は、こうした行動は奥深い残忍性によるものだと反論した。依頼人は拷問し、解体しているあいだも、犠牲者をできる限り長く生かしておこうと努めたと白状した。そのために頭蓋骨に穴を開け、その穴を通じて脳に熱湯や酸をかけている。この方法によってその寿命を五日か六日、それ以上延ばせると自慢し、気兼ねも障害も叫び声もない中で自分の幻想を満足させられると自負していたではないか。

裁判が死刑を廃止している州で行われたため、ジェフリー・ダーマーは一九九二年二月に、終身刑を十六回と禁固二〇年を一回という判決を受けた。

ジェフリー・ダーマーの話はまだ終わらない。入獄から一年後、彼はアメリカの有名なテレビ番組「インサイド・エディション」に出演した。アメリカではこうしたことが法で認められている。彼はそこで自分の恐ろしい犯罪について、奇妙なほど他人事のような態度で、事細かに語った。温和そうで感じがよく、自分はよきキリスト教徒になったとまで言う。「私が犠牲者を殺して食べたのは、彼らが嫌いだからでも、彼らに怒りを感じたからでもありません。ずっと私のそばに置いておきたかったからです」。さらに、遺体を残しておいたのは犠牲者と離れたくなかったからだと言い、働いているチョコレート工場に持って行くこともあったとつけ加えた。「どうにも抑えられない力に動かされました。圧するような性的な空想と興奮、恐れと喜びをごっちゃにするような力です。私が完全に満ち足りた思いになるのは、この欲動を満足させた時だけでした」

一九九四年十一月二十八日、ジェフリー・ダーマーはポーティジ刑務所でシャワー室を掃除している時に、刑務所仲間に殺された。彼を殺したクリストファー・スカーバーは殺人の再犯者で、父親が大工、母親の名がマリアであることから自分をキリストだと思っており、精神病の治療を受けていた。彼は「食人鬼を鉄の棒で殴り殺せ」という命令を天から授かったと語った。

ジェフリー・ダーマーの母親は息子の死を知ると、いずれ研究できるように、脳を取り出してホルマリン漬けにして欲しいと頼んだ。先手を打たれたことを知った父親は、火葬を望んだ息子の最後の願いを尊重しなかったとして、元妻を訴えた。一九九五年十二月十二日、コロンビア裁判所のダニエル・ジョージ判事は父親の主張を認めて、脳を処分するよう命じた。

その間、ジェフリー・ダーマーの被害者の家族は、ロバート・ステューラー弁護士を代表として会を結成した。ステューラー弁護士はミルウォーキーの町に対して、殺人者の身のまわり品をすべて自分に任せて欲しいと要求した。競売にかけて利益を賠償金の一部に充てるつもりである。今回もことはコロンビア裁判所のダニエル・ジョージ判事に委ねられ、一九九六年五月二十九日、判事は要求を認めた。競売は大々的に宣伝されて準備された。期待された競売品の中には、ジェフリー・ダーマーが犠牲者を殺し、解体し、骨を取り、頭蓋骨に穴をあけるために使った道具もすべて含まれていた。斧、鋸、穴あけ機、ドリル、あらゆる形、あらゆる大きさのナイフ、縄、バリカン、性器を切るためのハサミ、そしてもちろん、アメリカ中に知れ渡っていたあの冷蔵庫も。

抑え難いパニック

こうしたイベントは「良き町ミルウォーキーというイメージ」を必ずや害するだろうといって、もう一つの「犠牲者の会」がこの競売に反対したことから、問題がおこるかにみえた。しかし彼らの弁護士トーマス・ジェイコブソンの仲介で、この家族たちは最初の会に対して、競売用とされるダーマーの相続財産のすべてを、総額四〇万七二二五ドルで買い取ると申し出て、落着した。一九九六年六月二十八日、殺人者の荷物をいっぱいに積んだトラックは町を去って秘密の場所へと向かい、そこで処分された。

「ミルウォーキーの同性愛食人鬼」の最後の犠牲者は、世間を騒がせたその裁判で書記官をしていたヴィッキー・ハインズであった。彼女は被告のぞっとするような告白や証人たちの言葉、警察官の話に心を乱され、強いショックを受けた。州法にしたがって、裁判の終わりには陪審員の評決を大きな声で読み上げなければならなかったが、それもできなかった。その後彼女は抑え難いパニックにとりつかれ、恐ろしい悪夢を見、慢性的なうつ状態に陥り、最後にはアルコールにすがった。精神病の治療を続けるために仕事もやめなければならなかった。一九九七年六月、彼女は精神的な被害を受けたとしてミルウォーキーの町を訴え、「ジェフリー・ダーマー裁判が原因で精神的に不安定になった」として、六万五〇〇〇ドルを勝ち得た。

五、ニコライ・ジャマガリエフ　「今晩食事に来いよ!」

新聞では「食人鬼の王」、捜査にあたった刑事たちからは「天才的なマニア」と呼ばれたニコライ・ジャマガリエフは、たしかにすべての食人犯の中でももっとも宴会好きであった。犠牲者数が、立証されただけでも五〇人以上、ロシアの捜査官からみればその倍以上というこの男は、自分の妹も含むそのうちの約三〇人の死体を、カザフの伝統料理を作るために使っていた。

一九八一年一月にモスクワで初めて逮捕されたのは、料理に打ち込んでいる最中だった。その晩、ウォッカを飲みすぎた二人の労働者が、自分たちの住む労働者宿泊所に千鳥足で戻って来た。彼らは共同生活をしている六階の部屋までどうにか辿りついた。踊り場で、一人が「変な匂いがする」と思った。もう一人は「煮込みの匂いだ」と思った。二人の男は自分たちの部屋に入った。というか、自分たちの部屋だと思った部屋に入った。入ってみると、窓枠はマットレスで覆われている。小さな木のテーブルが一つと、わら製の椅子が二脚、そして古いレンジがある。銑鉄製の大きな鍋が火にかけられており、蒸気を出しながら、蓋が金属音を上げて激しく上下している。「臭いのはこれかな」と最初の酔っ払いが言い、鍋の近くに行って、「何を煮てるんだろう?」と蓋を取った。好奇心にかられて少し前かがみになったとたん、彼は蓋を手から落とし、大きな叫び声を上げると、気を失って床に倒れた。今度はもう一人が近づいたが、眼を見開き、口を開けたまま、呆然と立ちすくんだ。鍋の中で煮ていたのは女の頭で、その周りには人間の内臓が血だらけのスープの中に浮かんでいたのである。

ニコライ・ジャマガリエフは食事に招いた友人たちを待っているところだった。酔いが一挙に醒めた男はまだ気絶している仲間を廊下に引きずり出して、扉を閉めると急いで電話の所まで行き、警察に知らせた。警官は一〇分もしないうちにその場にやって来た。彼らは部屋を丹念に調べ、すぐに他の人間の屍骸を発見した。ダンボールにたくさん詰められている焼いた骨には、腐敗した肉片もまだついている。皮膚の断片が床に広げられている。突然扉が開いた。調味料を買いに行っていたニコライ・ジャマガリエフのお帰りだ。彼はすぐに状況を察知し、逃げようとしたが、廊下にいた二人の警官に取り押さえられた。厳重な監視の下に警察に連れて行かれた彼は、初めて取り調べを受けた。三十九歳。カスピ海と中国の間にある中央アジアの共和国、カザフ出身。仕事を探しにモスクワに来て以来、貸し部屋や労働者宿泊所に一人で住んでいる。

幾分自慢げに、彼はすべて白状した。そう、誘惑するのは好きだ。でも関心があるのはセックスじゃない。ものにした女は殺して食べる。狩り場はモスクワで、なかでもルザコウスカヤ通りなどいくつかの通りと、公園が好きだ。彼が女にもてるのは確かである。どちらかといえば魅力的で背が高く痩せていて、頬骨が高く突き出ている。やや切れ長の目。褐色の豊かな髪。しかも彼はいつでもエレガントな服装をし、自分の容姿にひじょうに気を配って、やさしく、礼儀正しく、感じよく見せる方法さえ心得ていた。

鍋で煮ていた頭？　それはイスメロボ公園で出会った、絵の具を買っていた少女のものだ。一緒にお茶を飲んだあと、二人は彼の部屋に上がった。彼女はセックスをしたがったが、彼はそうではなかった。殺して解体すると、すぐに調理にかかった。「人肉は日もちがしないから」

呆然としたまなざしを交わし合いながら聞く警官たちに向かって、彼はこう説明した。「女の喉をかき切ったら、まず血を飲むんだ。こうすると魂が清らかになるんだって。次に乳房を切り取りってフライにする。これはイノシシのような味がする。それからは部分ごとに料理していく。（…）いや、違う。どんな女でも食べるってわけじゃない。売春婦だけさ。（…）全部売春婦だよ。見ればわかるよ。（…）売春婦には感じられないんだ。（…）あんな奴等はこの世からいなくなるべきなんだ！」そして次から次へと語られる細部は、どれもこれも恐ろしく、常軌を逸している。「料理するとよく同じ階の隣人たちを呼んでご馳走するんだ。（…）俺は人肉を数十キロは食べたな。（…）何人の女を調理したかって？　数人さ！」

多くの女を食べる

責任能力なしと判断されたニコライ・ジャマガリエフは、ウズベクのタシケントにある規律の厳しい精神病院に入れられた。ソビエトの精神科医は九年間にわたって彼を治療しようとした。神経弛緩薬を飲ませ、電気ショック療法を施し、個人療法もグループ療法も受けさせた。しかし無駄だった。彼はどんな治療法を受けても反応しないようだった。

一九八九年、彼は家族のいる故郷に戻りたいと移送を願い出た。この要求は聞き入れられ、三月に三人の警官に連れられてカザフのアルマ・アタにある精神病院へと向かった。キルギスのビシュケクにある空港で、彼は飛行機の乗換えを利用して、監視の裏をかいた。逃亡のニュースが伝わると、精神科医たちは内務大臣に警戒を呼びかけた。注意せよ、ニコライ・ジャマガリエフは今でも同じ妄想にとりつかれている。彼は治っておらず、再び殺人を犯す可能性が極めて高い。ソ連の全域に逮捕状が出された。彼の写真が広く公開され、女性に対する警戒の呼びかけが電波から流された。「夜一人で外出しないように。見知らぬ男に近づかないように。公園では注意すること！」

食人鬼はあらゆる監視体制をうまくくぐり抜けた。捕まらないようにさえ思えた。しかし一九九一年、彼の存

ニコライ・ジャマガリエフ。(D. R.)

在がさまざまな場所で指摘され始め、新聞は事件をすばやくキャッチした。事実、彼はウズベク南部のフェルガナに身をひそめていた。一九九一年末にモスクワにいるところをついに不審尋問された時には、中国の偽造パスポートを持っていた。この逮捕によって、首都とその周辺を覆っていた恐怖感も収まった。二年前から彼を追っていたドゥビアギン大佐は歓喜した。とくに新たな裁判のために指名された精神医学の専門家が、今回は彼に責任能力があると宣言した時には喜びもひとしおであった。ジャマガリエフは多くの女性を殺して食べるために脱走したと思っていたからである。

「多分殺す必要がある」

ニコライ・ジャマガリエフはまだ策を残していた。医者を「買収」して、彼は病気で責任能力はないとする鑑定書をいま一度書かせたのである。再び精神病院に送られると、ここでも医者を買収して「完治証明書」をもらった。これで自由の身というわけだ。

アンドレイ・トゥカチェンコは内務省を代表して「ル・モンド」紙のモスクワ特派員からの質問に答え、ジャマガリエフのような常習的な殺人犯が自由を取り戻すことができた理由を説明した。「我々はこの種の病人について知りませんでした。刑務所と医学的治療を両立させることのできる限定責任能力の原則が、ロシアには存在しません。ここでは刑務所か精神医療施設のどちらかなのです。精神医療施設に入れられた場合は、精神状態が改善すれば病人は解放されるのです」。ドゥビアギン大佐の方は、怒りを鎮められないまま、多くの女性を食べるに違いない食人鬼を再び追い始めた。「彼は動物のように反射的な行動をとります。寒い中何日もうずくまって犠牲者を見張ることもできれば、山の中で木の根や植物を食べながら何ヶ月も過ごすこともできるのです」

ビシュケクで遂に逮捕されたと聞いたこの士官は、獲物に「食われる」恐れがあることを知らせるために、すぐにその場に赴いた。ドゥビアギン大佐がとくに不安だったのは、ニコライ・ジャマガリエフが一九九一年以前に犯した犯罪が、責任能力なしと判断されて裁かれないのではないかということだった。一九九一年以降の犯罪については、彼が獲得した本当に偽物の治癒証明書が犯人にとって不利に働くはずだ。しかし大部分の事件に関して警察には物的証拠が不足していた。そうはいっても解体した死体と切り取られた肉によって、訴訟を起すことはできた。今回の犠牲者の身元を確認したところ、例外的なことに三ヶ月間彼のパートナーだったヴォルコナという女だった。「愛人じゃない。友達だ。彼女は他の女とは違う気がしたんだ。ある日彼女はセックスをしたがった。それで首を斬ってすぐに乳房を食べた」と殺人者は言った。ドゥビアギン大佐は、被告が今度も責任能力なしと判断されるのではないかという考えに怯え、「もし彼を刑務所に入れておくことができないのなら、収容所から出た時に密かに殺すしかないだろう」と、心の奥底を明かした。そして少し考えてからこうつけ加えた。「一週間前から、彼は船で警察隊を操っていました。彼は私がこれまで会った中でも、もっとも頭がよく、もっとも危険な最悪の犯罪者です。旧ソ連の医療体制と法制の盲点をついて、いつでも窮地を脱するのです」

一九九七年、ロシアのジャーナリストがジャマガリエフへの独房でのインタビューに成功、その記事が世界中の多くの新聞に転載される運びとなった。フランスでは週刊誌「デテクティヴ」が掲載した。この短い下りだけでも、常軌を逸した殺人者の信じ難いほどの自信が分かるというものである。

質問　どのような状況で捕まったのですか?
答え　馬鹿げた方法さ。ただの身元確認検査だよ。
質問　警官にはあなただということが分ったのですか?
答え　そうじゃない。俺がナイフを出して、取っ組み合いになったんだ。結局俺が負けたのさ。でもたいしたことじゃない。もうじき刑務所を出るし。
質問　刑務所を出る?　数多くの殺人を認めたあなたがですか?

答え　そうさ……。出るんだ。理由はいたって単純だ。俺がやった殺人は全部ここから数千キロ離れた場所でのことだ。モスクワやその周辺でね。ここは別の地方だから、俺を裁く権利はないってわけだ。裁判所は管轄外だと宣言せざるをえないのさ……。

質問　出るための計画は？

答え　あるとも。たくさんね……！

六、アルバート・フィッシュ　「柔らかくておいしい小さなお尻」

六人の子供の父親で五人の孫がいるハミルトン・アルバート・フィッシュは、一九三四年に逮捕され、アメリカのウエストチェスターの刑務所に入れられた。彼は六十四歳で、その人生はすべて、あらゆる形の性的倒錯に捧げられていた。ポルノ、フェティシズム、のぞき見、サディズム、マゾヒズム、激しい鞭打ち、自己去勢、獣姦、売春、嗜糞、食糞、そしてもちろん食人である。行動科学の多くの専門家がこの尋常ならざる人間に関心をよせたが、その全員が、五歳の時から毎日自慰をし、その二年後にはサド・マゾヒズムに興味を持ったこの男を、犯罪史上もっとも変態的な人間の一人であるとみなした。

彼が何人の犠牲者を誇るのか、正確には分からないが、自らが捜査官に白状したところによると、およそ一〇〇人だという。裁きを受けたのは立証された十六件についてだけだが、予審判事は本人の言った数の信憑性がひじょうに高いとみている。当時アルバート・フィッシュと深い信頼関係を結んでいた精神科医フレデリック・ウェルサムは、一九四八年に『暴力ショー』のタイトルで発表した著書の中で、被害者数は四〇〇を超えるだろうと書いている。そうなると、子供を狙うこの食人鬼はあらゆる時代の中でも最大級の犯罪者として位置づけられることになる。

方法はほとんどいつも同じである。ボンボンか小銭をやって子供の心を捉える。彼は子供を真に魅了する人物で、地下室や廃屋、あらかじめ目星をつけておいた人里離れた場所、そしてもちろん可能であれば自分の家に、連れて行くのも簡単だった。まず縛り上げたり手足を切断したりして身動きできなくさせてから、強姦し、殴り、ついには殺す。とどめをさす前に何日も拷問を続けることもしばしばだった。猿ぐつわを噛ませるのは自分の安全が脅かされたと思った時だけである。「苦痛の叫び声を聞くのがとくに好きだから」だ。彼は好んでスラム街に住む黒人の中からその小さな犠牲者を選んだが、それは「当局は黒人の子供が行方不明になってもあまり気にしない」からであった。

アメリカの人々は、いかにも売り場主任らしいほとんど背中の曲がった何の変哲もないぱっとしない小男と、検事が読み上げるのに何時間もかかるほどだったその犯罪の異常なほどの残酷さとの間にあるギャップに、強い衝撃を受けた。裁判が進むにつれて次々と明かされた数多くの残虐な行為の中でも、四歳の男の子ビリー・ギャフネーのケースを挙げよう。このケースに関しては、予審での供述書や公判記録が利用できるだけでなく、犯人自身も弁護士に充てた手紙で繰り返し告白している。

そこにはこう書かれている。「私は脚まで血が流れるほど鞭で打ちました。耳と鼻を切り落とし、口を耳からもう一方の耳まで引き裂き、目玉をくり抜きました。(…)腹にナイフを突き刺し、そこに自分の口を当てて血を飲みました。それから八つ裂きにしました。胴体をへその下から切り、脚を尻から五センチくらい下で切りました。そのあとで、頭、足首、腕、膝上を切りました。(…)私は好きな部分の肉を家に持って帰りました。性器、腎臓、そして、オーブンで焼くとおいしいぽってりした小さい尻です。私は耳と鼻と顔の肉と腹の肉で煮込みを作り、玉ねぎ、にんじん、カブ、セロリを入れました。これはおいしかったです！　尻は二つに切って皿に置き、それぞれの上に細長いベーコンをのせました。(…)ソースにするために半リットルの水を入れてから、玉ねぎを入れました。(…)肉が乾かないように、煮ている間にたびたび木のスプーンで肉汁をかけました。(…)私はこのぽちゃぽちゃした小さくておいしい尻ほどおいしい七面鳥のローストを食べたことはありません。

（…）私はこれを四日間食べました。それに対して、彼の小さな睾丸は硬すぎて噛めなかったので、トイレに捨ててしまいました。（…）」

アルバート・フィッシュが逮捕されたのは、最後の犯罪によってではなく、その七年前に犯した殺人とそれに続く食人によってであった。夏のアルバイトを探す十八歳の青年の三行広告に応じるという形で、一九二〇年五月に、彼はニューヨークに住む貧しいバッド一家と知り合った。アルバート・フィッシュはこの家族に会って、自分がロング・アイランドに所有している農園で夏のアルバイトをしてもらうと青年に約束した。彼はフランク・ハワードと名乗った。彼はバッド家の二人目の子、一〇歳のグレースにいちはやく目をつけた。彼は子供が大好きだと言った。彼自身、六人の子供だけでなく孫やたくさんの甥や姪がいるではないか。彼はバッド家の人々と友好的な関係を結び、七月には自分の姉妹の家で子供の誕生日祝いをするので少女も連れて行かせてほしいと頼んだ。バッド家の人々はためらったものの、結局は承諾した。

新鮮な肉のにんじん添え

バッド家の人々は二度と娘に会うことはできなかった。通りにでるとすぐに、あの優しいフランク・ハワードは消え、邪悪なアルバート・フィッシュが現れた。彼は少女を連れて駅に行き、二人で電車に乗ってウエストチェスターに向かった。電車を下りると、グリーンバーグに行った。森の近くの人里離れたところに数年前から廃屋になっている家がある。以前から目をつけていた所だ。彼は自らが「地獄の道具」と呼ぶ、鋸と斧、肉屋が使う解体用の包丁を、朝から持ち歩いていた。

少女が庭で花を摘んでいる間に、彼は二階に上がり、返り血で汚れないよう服を脱ぐと、窓から少女を呼んだ。彼女は上がってきた。彼はすぐに少女を捕まえると、殴り、刺し殺した。喉からほとばしり出る血を二〇リットル用の古い缶に集めた。次に体を首とへその位置で切って、三つに分ける。前腕から少し肉を取り、家に帰ってにんじんとジャガイモと一緒に調理した。もちろんスープの素も忘れない。一週間以上彼は毎日廃屋に行って肉と器官を補充し、自宅に持ち帰って調理したあと、ベッドに寝そべって食べた。数日すると散乱した少女の死体は腐り始め、数百匹のハエがたかった。それでも少しも気にせず、さまざまな料理を作った。「それらの料理のおかげで、私は永遠のオルガスムス状態にいました」と彼はのちに白状する。

警察はすぐに動いた。数ヶ月の間フランク・ハワードなる人物をむなしく捜索し、間違った足取りを数十辿り、アメリカ全土にわたって、ブッド家が挙げた犯人の特徴に一致する数百人の人々に尋問した。しかしすべて無駄だった。結局捜索は打ち切りとなった。

アルバート・フィッシュには奇癖があった。数々の偽名を使って、三行公告に淫らな長い返事を書くのである。書きたいというこの欲求、言葉で自分の幻想を一部現実化したいという欲求が彼の破滅の原因となる。幼いグレースが犠牲になってから六年後、彼はバッド家の人々に手紙を書きたいという抑え難い欲求を感じた。フランク・ハワードが蘇った。彼は自分が少女をどのように殺し、死体をどうしたかについて、細かく書き送った。最後には、「オーブンで焼いた彼女の小さなお尻がどんなに柔らかくておいしかったか、とても言い表すことはできません」と、いつまでも消えない満足感を書き表した。

捜査再開。ＦＢＩの最高の捜査官がこの事件を担当した。手紙と封筒の分析を進めた結果、おぼろげながら足取りが浮かび上がったというか、漠然とした仮説が打ちたてられた。警察の手がフィッシュまで届くと、彼はすぐに自分がハワードであることを認めた。確かに警察の手柄ではあったが、この手柄はやがて政治家や一部のマスコミからの批判が高まったことによって、輝きを失った。彼は自分が転々としていたさまざまな地域で子供の行方不明事件が起こった際に、何度も不審尋問を受けていた。いろいろな軽犯罪によってこれまで正式に八回も逮捕されている。公安を保つべき組織が、どうしてこんな男を常時監視していなかったのか、というのがその批判であった。

警察のスポークスマンは、子供の誘拐事件でアルバート・フィッシュに何度か尋問を行ったが、彼が本当の犯人だと考えたことは一度もなかったと認めた。「固定観念に縛られていたのかもしれませんが、彼はまったく人畜無害な人間のように見えました」。これまでの病歴についていえば、警察は、医師たちが何度も下した「精神に障害があるわけではないし、社会にとって危険でもない。ただの『性的な』精神病質者である」という診断にすがっていた。新聞は荒れ狂った。「『幼子の頭蓋骨を砕く者は幸いなるかな』と叫びながら散歩するこの男が、危険ではないというのか。『アブラハムが息子イサクを捧げたように、私も自分の罪の赦しを得るために子供を捧げなければならない』と予告する男が、危険ではないのか。何でもない普通の男が満月の夜に人肉を食べたいと言うだろうか。異常でも危険でもない男が、にんじんとソーセージを、食べる前に自分の尻に突っ込むだろうか。ガソリンを浸したコットンを尻に詰めて火をつける男がどこにいるだろう？　釘をたくさん打った板で血が出るほど自分を叩く男が、どこにいるというのか？」アメリカでは数ヶ月の間、精神科医の評価はがた落ちだった。精神的に完全に崩壊していることが明らかであったにもかかわらず、アルバート・フィッシュは一九三六年二月十六日、電気刑に処せられた。

七、エド・ゲイン「丁寧な仕事」

アメリカ、ウィスコンシン州に住む五十一歳の農夫エド・ゲインは一九五七年、殺人と食人の二重の容疑で逮

私をお手本に

アメリカや旧ソ連の利用可能などの統計をみても、新聞で食人事件が報道されるたびにこの種の犯罪が数ヶ月間急増することが分かる。

ＦＢＩの精神医学者や心理学者によれば、この模倣現象はこう説明できる。「ある種の興奮状態や感情的な状況は、メディアが強調した事件によって悪影響を受ける。心の動揺や感情が頂点に達すると、自らに禁じていた最後の砦を打ち砕いて、行為に移る」

捕された。彼の犯した罪の大きさが少しずつ明らかになっていくと、今回もまたアメリカ中が激しく動揺した。この恐ろしい犯罪事件が司法的に始まったのは、ウィスコンシン州プレインフィールドの商人である五十八歳の未亡人バーニス・ウォーデン夫人の殺害事件によってであった。第一発見者は彼女の息子フランク・ウォーデン。彼が狩りから戻ると、店のドアは開いたままで、中には誰もいない。床に点々と続く大きな血の跡が目に飛び込む。カウンターに残されたレシートから、最後の客がエド・ゲインであったことがわかった。地区長に急を告げると、警官がエド・ゲインの農場に向かった。ゲインは友人の家に食事に出かけていて留守だったが、捜査官たちはバーニス・ウォーデンの首なし死体が台所に足からぶら下げられているのを発見した。家に戻って来たところを捕えられた老農夫は、明白な犯罪の跡があるにもかかわらず、頑として事実を否認した。ようやく罪を認めたのは、三〇時間にも及ぶ尋問の末であった。内気でひ弱な印象のこの殺人者は、狡猾な男だった。彼は自分がどうやって犠牲者を殺したかを思い出せないと言い張った。覚えているのは、「首を斬ったあと、動物にするように足からぶら下げて血を抜いた」ことだけだ。

彼は金物店主をその店で殺したあと、自分の小型トラックまで引きずり、自宅まで運んだことも白状した。もちろん金庫も忘れなかった。万全な捜査をするために農場に戻った警官たちは、不気味な発見をした。ビニール袋に丁寧に包まれた四つの頭だ。その後さらに捜査を続けると、農業用の建物の中にまた別の頭部が六つ、あちこちに置かれていた。道具の下に無造作に投げ捨てられたものもある。警官が発見したものを集めると、全部で十五人分の遺体であった。こうした新たな発見について問いただされたエド・ゲインは、「多分」他にも数人殺した、と冷静に認めた。彼が追い詰められたのは、その死体防腐保存に対する情熱によってであった。警察はこの種の技術に関する本がずらりと並んでいるのを見つけた。その横には、実習に使った頭部が数個、完全な形で保存されている。現場に赴いたポーティジ郡の保安官は、その頭部の一つがメアリー・ホーガンのものであることに気づいた。農場から十六キロ離れたバンクロフトの旅館の主人で、一九五四年に行方不明になっていた女性である。管轄区の検事カール・キリーンが予審を行ったところ、この犯罪者の奇妙な人格が明らかになった。彼が女性を殺して死体を食べるようになったのは、どうやら母親に対する愛着からで、この母への過度の愛情から、性的な妄想にもとりつかれていたらしい。例えば、捜査官は農場で発見した死体の中に、鼻のコレクションがあることに偶然気づいた。この鼻は回収された頭部のものではなく、エド・ゲインが変装用に使っていたものだった。もっとおぞましいのは人間の仮面がいくつか見つかったことである。ゲインは犠牲者の頭部から、頭髪や耳、唇、眼を壊さないよう充分に注意しながら、皮膚をはがしていたのである。目の位置だけが二つの穴になっている。こうすることによってこのマスクを覆面のようにかぶることができたわけだ。

同じによるものとはいえこれよりもさらに奇妙なのは、彼が女性の上半身と保存しておいた乳房を使って、自分のチョッキを作っていたことであった。「他人の皮膚を着る（他人の立場になりきる）」と言う表現の原義を体現していたわけである。「女になりたかったからだ」と彼は判事に説明した。

宣教師が教える おいしいレシピ

人間の煮込みはどのようにして作るのだろう？　この問いに対して、イタリアの神父ギュゼッポ・クラヴェロが一九七三年にサレジオ会のお堅い情報局を通じて答えている。この聖職者はブラジルのネグロ川流域に住むインディアンと一緒にこの料理を味わったことがあるという。「友人になったら、喜びと喪の悲しみを分け合うものだ」からである。

一九六〇年代初頭から宣教師をしていた彼は、自分自身が食卓に供せられそうになったのち、何度か食人の宴に参加したという。ネグロ川に落ちて瀕死の状態で引き上げられた彼は、助けてくれたインディアンの友人が料理の支度をしている時に意識を取り戻した。彼が人間の煮込みに料理としての関心をもったのは、おそらくこのためである。彼はそのレシピを記している。

「まずよく加熱して死体が骨から外れる状態にする。肉を細かく切り、しばらくおく。バナナの果肉に普通の水を加えてピューレを作る。ピューレを入れた中鍋に人間の屍骸を一リットル加えて、ゆっくりと混ぜる。ペーストの色が徐々に濃くなる。かき混ぜてから供する」

警官がすぐには注意を向けなかった部分にも発見があることが、少しずつ明らかになっていった。ボール代わりに使われていたのは女性の頭蓋骨であり、廃品の箱の中に詰まっていたのは、死体から外し、のちのち食べるために薫製にした肉片だった。そしてとくに、警官が何も知らずに座っていたのは人間の皮膚を張った椅子だった。「実に丁寧な仕事」だとポーティジの保安官は言った。エド・ゲインは無期懲役の刑を受け、一九八四年に死んだ。映画『悪魔のいけにえ』の監督に一つの着想を与えたのは、このゲインである。

八、フリッツ・ハールマン　「喉を思いきり噛む」

一九二四年七月に逮捕された時、フリッツ・ハールマンは三〇歳の誕生日を祝ったばかりだった。その数ヶ月後、彼は二十七人の青年と子供の、殺害、食人、そして人肉密売の罪で、ハノーヴァーで裁きを受けた。

この機関車の運転手の息子は、ハンブルクやベルリンの最下層のスラム街に入り浸ったのち、精神病院に収容され、そこから逃げ出してからは捕まっていないという遍歴をたどっていた。骨董屋、古着屋、私立探偵など多くの仕事に就き、肉屋では解体や骨取りの技術を学んだ。彼は裁判で、「最初は不気味で残酷に思えたその仕事が、最後には次から次へとできるようになった」と認めている。

事件当時にフリッツ・ハールマンの周辺にいた人々は、彼はドイツの安全のために働いていたと口を揃える。確かに彼は警察長官の署名入りの通行許可証を持っていた。それによって警官であるかのように思わせることができたものの、実際の彼は単なる密告者だった。彼がとくに通行許可書を使ったのは、青年をいつもハノーヴァー中央駅のホールで誘う時で、相手に畏敬の念を抱かせるためであった。というのもこの男は同性愛者で、十七歳の時に地下室で青年と一緒にいるところを見つかり下士官学校から追い出されたという性向の持ち主だったのである。

フリッツ・ハールマンの性行動と犯罪は何よりもハノーヴァー駅に結びついていた。彼が男性の犠牲者たちと出会ったのもそこであり、生涯最高の愛人となる若い男娼ハンス・グランスと知り合ったのもそこであった。「プティ・パリジャン」誌のために裁判を追っていたウジェーヌ・キンシュはこう書いている。「ハールマンは全精力を傾けてグランスをつなぎとめようとした。グランスはこうして、男が女を愛するように彼を激しく愛した肉屋の思われ人になったのである」。この記者はさらにこう書く。「グランスがハールマンの犯罪を知っていたのはほぼ確かで、時には彼をそそのかすこともあった」。いずれにせよ、このことはある男の殺人事件で立証された。ハンス・グランスは被害者の新しいズボンを欲しがっていた。

フリッツ・ハールマンは説明する。「彼が私についてきて、どれくらい待てばそのズボンをもらえるかとしつこく聞いてきました。（…）ある朝、彼が帰って来た時、私は死体を床に横たえて、その足を切っている最中でした。（…）グランスは機嫌がよくありませんでした。（…）すぐにズボンをくれと要求してきました」

一九一八年から一九二四年までの六年間、フリッツ・ハーマンが若者たちを誘惑して殺し、解体してその肉と骨を売ることができたのは、彼が警官を装ったことによって恐怖と敬意とを感じさせたからであった。彼は「衣料売買」の許可証を金で買い、まったく合法的に犠牲者の衣服や靴、身の回り品を売っていた。

殺し方はいつでも同じだった。仕事の約束をして自宅に呼び寄せるのである。当時のドイツを襲っていた貧困と食糧不足と失業の中で、この約束を拒むことは容易ではなかった。それから何日か犠牲者と一緒に過ごし、ある晩セックスの最中に、彼の体重がかかって身動きできなくなっている青年の喉を思いきり嚙む。「彼はガゼルを殺すライオンのように、犠牲者が窒息死するまであごで首を絞めつける」と当時の記者は書いている。フリッツ・ハールマンは頭部を含む「不要な部分」は大量に小川に投げ捨て、商品価値があると判断したものだけを小さな箱に入れて紐で縛り、小売りしていた。

彼は殺しと解体を行う狭い自分の部屋で、客の応対もしていた。片隅には商品の衣類がきれいに並べられている。この部屋を貸していた女性は、法廷で肉質の良さに対する満足感を表わした。「私は彼から何度か、とても

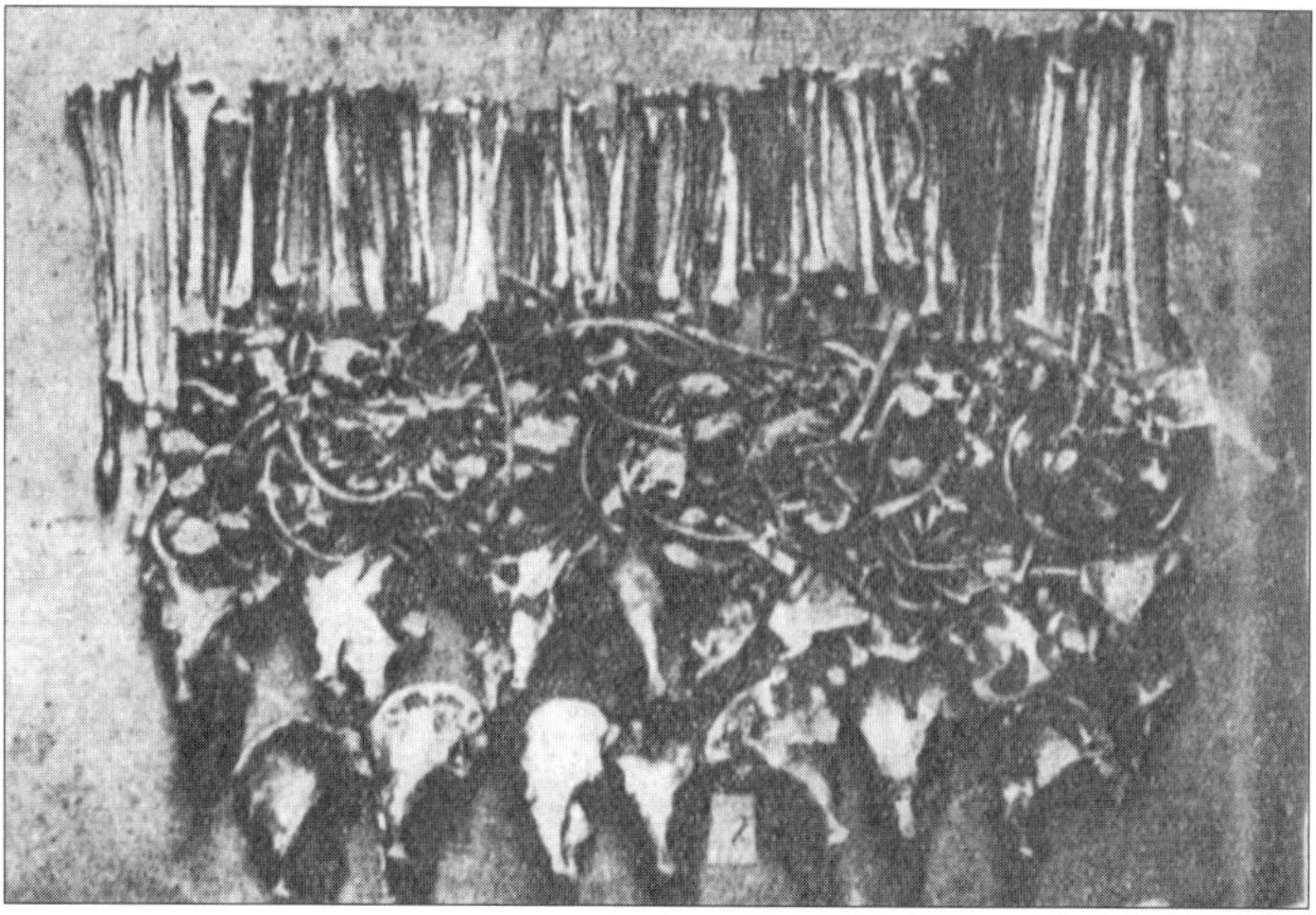

（上）ハールマンの自宅で回収された人骨。（D. R.）
（下）フリッツ・ハールマン。（D. R.）

柔らかくおいしそうな薄切り肉を買いました。彼は馬の肉だと言っていました」。また別の証人リーマン夫人は、フリッツ・ハールマンは「ポトフに使う骨の代金は受け取りませんでした」と語った。でも、「彼から買うのはやめました。一度煮てみたら、妙に白くなったからです」。犠牲者の衣服の方に関心を持っていたウェゲヘンケル夫人はひじょうに安い価格に引かれたと話す。「ハールマンさんは肉と骨なしのハムを売りに来ましたが、それは本当に安いものでした。買って家族で食べました」

ハールマンの逮捕は大きな偶然のおかげだった。ある朝彼は警察に呼び出された。フランツなる人が強制わいせつを受けたとして彼を訴えたからだった。警察とよい関係にあったハールマンは、形式的なものにすぎないと思って、これに応じた。しかし実際に訴えていたのは、行方不明者ロベルト・ヴィッツの母親であった。強制わいせつ罪での出頭命令は、本当の理由を明かさないための警察の策略にすぎなかった。突然事実通りの非難を受けたハールマンは否認し、その無礼さを笑い飛ばした。

警察が彼の家を捜索している間、大屋のエンゲル夫人は、彼女にとって「家族の一員」であるハールマンがいると思って警察に行った。行方不明者の母ヴィッツ夫人は法廷でこう言う。「警察の廊下で待っていると、エンゲル夫人が腕に背広を持って通るのが見えました。私の胸は高鳴りました。私の息子の背広だったのです。私が大騒ぎしたために、ハールマンは最初の自供をすることになったのです。おそらくこのめぐり合わせがなかったら、彼はまだ罪を否認していたでしょう」。「私は本当についてなかった」と彼は言った。彼は一九二五年四月十五日、ハノーヴァー刑務所の中庭で処刑された。「ハノーヴァーの肉屋」の異名で知られた彼は、それから長い間食人鬼として言い伝えられた。五〇年代末までは、ききわけの悪い子供に対する脅し文句として、「ハールマンを呼ぶよ」とか「ハールマンが来た」という言葉がよく使われたのである。

九、デイヴィッド・ハーカー 「スパゲッティと一緒の方がいい」

一九九九年二月八日午後七時頃、パンク風のいでたちをした無職のデイヴィッド・ハーカー二十四歳は、イギリス北部の小さな町ダーリントンのヘアウッド・グレーヴ五五番地にある汚い自室で、食卓についていた。その日のメニューは、三十四歳、四人の子供の母親であるジュリー・パターソンのパスタおろしチーズ添えだった。この料理がおいしかったので、ハーカーは近所の青年たちに女を殺してその一部を食べたと自慢した。彼の悪趣味ないたずらに慣れっこな彼らはその言葉を信じなかった。

その一週間後、ジュリー・パターソンと同棲していたアラン・スコットは、女がしばらく前からデイヴィッド・ハーカーと浮気をしているのを知らずに、彼女が行方不明だと警察に届けた。警察はハーカーの「自慢話」についで聞きつけ、型どおりその自宅へ行った。成果のないまま部屋の捜索を終えたあと、警官たちは中庭に隠しそこねてあったゴミ袋を発見した。中の一つには、腕のない女性の胴体が入っている。乳房の位置には二つの血まみれの穴が二つ開いていた。

ダーラムに近いティーサイド刑務所に収容された殺人者は、裁判所の任命を受けた精神科医ハリー・グリーン教授に少しずつ打ち明けはじめた。「誰かを殺すのは怖くありませんでしたか?」という問いに彼はこう答えた。

「怖いだって? いや、むしろ楽しかった! 僕の父は台所で犬と犬を戦わせてたんだ。それが終わると僕が血を洗って、負けた犬の死体を始末しなければならなかったんだけど、僕はそれが大好きだったのさ!」

「君は要するにそれと同じことをジュリー・パターソンにもやったのですか?」

「僕のベッドでセックスしている時に、急に憂鬱になっちゃったんだ。(…)もっとしたくなった。(…)セックスの間中退屈だった。(…)それで椅子にかかっていたストッキングを取って、首を絞めたってわけさ!」

「殺したあとでどうして食べたのですか?」とハリー・グリーン教授が聞いた。

「ベッドからどかしたんだけど、ゴミ袋に入れるには切断しなきゃならなかった。それでナイフとノコギリを使ってやったんだ。（…）僕が彼女に求めていたのはそれだったんだ。きれいな肉だと思ったよ。とくに腿がね。それでその肉を切り分けたってわけだ、ステーキみたいにね。食べても大丈夫だと思った。パスタとチーズしか残ってなかったから、その肉をフライパンでバター焼きにした。皮ははがしたよ」

一九九九年二月八日に行われた裁判で、検事ポール・ウォースレーは被告にこう尋ねた。「見つかったのは犠牲者の上半身だけで、体の他の部分は見つかっていない。これも食べたのですか?」デイヴィッド・ハーカーはニヤニヤ笑いながら答えた。「全部は食べてないよ。言葉がすぎるよ」。捜査官と同様、司法官もこの言葉は事実に反していると今でも信じている。

被告人席で立ち上がったハーカーの頭には、「完全に人間的なわけじゃない」という言葉と、「無秩序」という

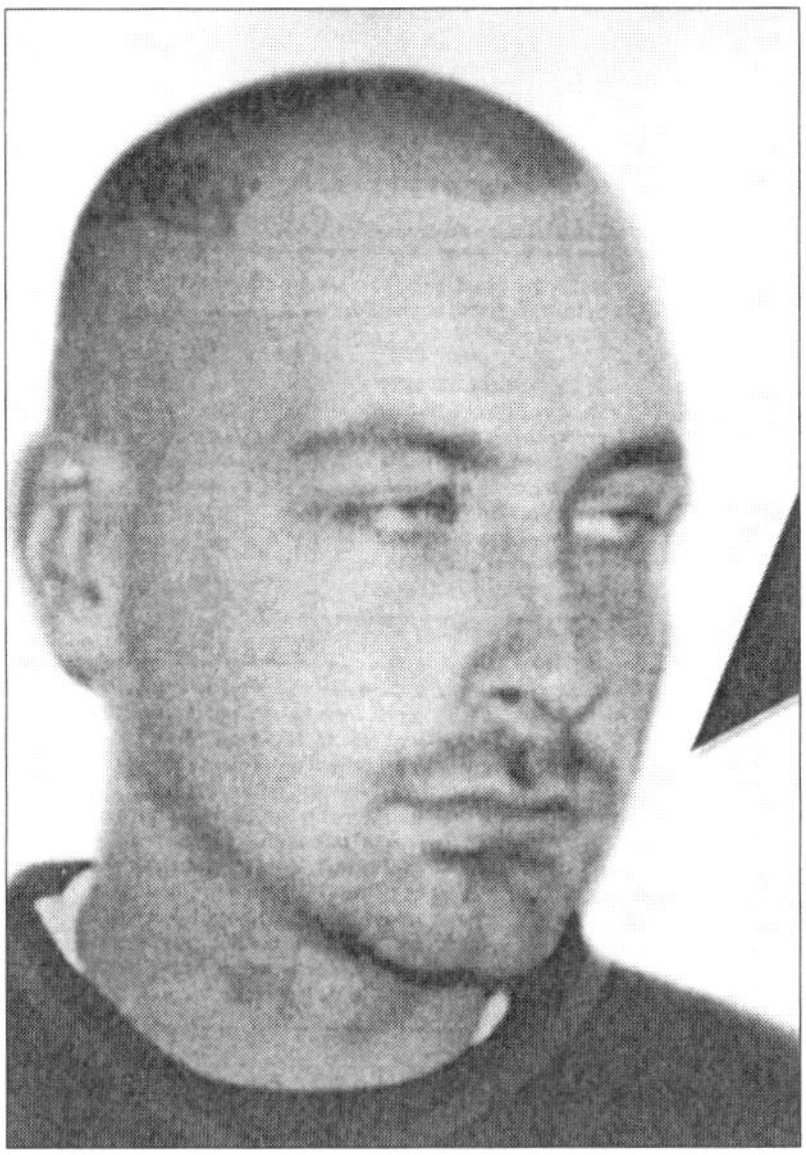

デイヴィッド・ハーカー（Photo Detective）

言葉が刺青で彫られていた。彼は評決を無表情のまま聞いていた。法が定める最高刑である無期懲役。彼は刑務所で犠牲者の不幸な恋人アラン・スコットからの手紙を受け取った。ジュリー・パターソンの身体の見つかっていない部分を本当はどうしたのか教えて欲しいと尋ねる手紙だった。彼はこんな返事を書いた。「僕はジュリーを殺して食べたことを少しも悪かったと思っていないし、何の後悔も感じていません。君の女がそれなりに埋葬される権利があるとしても、そんなことは僕には全然関心がありません」。デイヴィッド・ハーカー事件は衝撃的な言葉を残すことになった。公判中、検事が被告にこう尋ねた。「あなたは『羊たちの沈黙』を見ましたか？あれにも食人者が登場しますが、あなたはそれを真似しようとしたのですか？」デイヴィッド・ハーカーは立ち上がって冷たい目で質問者を見つめ、数秒間押し黙ったあとで、こんな真実の言葉を吐いたのである。「僕のような男は映画の真似なんかしません。映画の方が僕たちの真似をするんです」

一〇、ゲイリー・ハイドニク　「犬の餌とともに」

精神医学上の問題で何度か収容されたことのあるゲイリー・ハイドニクは、おそらく常軌を逸してはいたであろうが、馬鹿ではなかった。一九七一年、彼は自らの教会「神の伝道者統一教会《ユナイテッド・チャーチ・オブ・ザ・ミニストリーズ・オブ・ゴッド》」を設立した。一九七八年に三十四歳の精神障害の女性を誘拐して逮捕され、刑務所の精神病院で四年間過ごした。一九八六年、彼はフィラデルフィアに家を買い、教会活動を活発に行って、町の名だたる市民の一人になった。さらに信者たちから集めた小額の資金を元手に株で儲けたため、金持ちにもなった。

その頃、彼は地下室を改造して、自分の性の奴隷たちを入れる隔離部屋に変えた。彼は女たちを誘拐して監禁し、裸のまま鎖につなぎ、飢えたままにしていた。彼は毎日そのうちの一人を選んで欲望を満足させていた。暴行し、電気で拷問にかけ、体中の穴にさまざまなものを突っ込む。とくに彼が考案したのは井戸状の装置で、これによって、選んだ女を好きなように引き上げたり地下室に戻したりできるというものだった。食事は一日に一度だけ、全員に犬の餌を投げ与える。しかしこの食事は、四人いた被害者のうちの二人が激しすぎる務めのあとで死んだことから変えられた。彼は死んだ女の手足を切断し、死体から取れる肉をすべて外して、その大部分を自分用に取っておいた。この肉について彼はのちに「おおいに楽しんだ」と語っている。その他の部分は犬の餌と混ぜ、このおぞましい混合食を作って、生き残った二人に与えた。そのうちの一人も死ぬと、彼の家からぞっとするような腐敗臭が漂ったため、近所の人々が警察に通報、鍋の中に人間の屍骸が入っているのが発見された。ゲイリー・ハイドニクは一九八八年に死刑を宣告され、現在も処刑を待っている。『羊たちの沈黙』の登場人物で、蛾の幼虫を飼い、被害者を深い穴の中に閉じ込めるバッファロー・ビルは、彼をモデルにしたものである。

十一、エドマンド・ケンパー 「斬った母の頭でダーツ」

「私の息子は本当に先天的な異常なんです」とエドマンド・ケンパーの母親は精神科医に言った。「七歳の時から処刑を真似て、妹の人形の頭や手を切っていたんですから」。この数年後、彼は同じことを一〇人ほどの若い女性に行い、ついには過保護な母親をもこの一連の不幸に巻き込むことになった。

身長二メートルの大男エドマンド・ケンパーは、先天的異常どころか優れた知性の持ち主である。刑務所で受けた知能検査スタンフォード・ビネー検査では、IQが一四〇だった。これは人口の二パーセント未満の者しか達することのできないほど高いレベルである。

酒飲みでしょっちゅう彼を殴り、いつもばかにしていた恐ろしい母親に育てられた幼いケンパーにとって、両親の離婚はよりいっそうつらく感じられた。二人の姉妹がモンタナにある家の階上で寝ていたのに対して、彼は地下室に閉じ込められた。母のもとに次々とやってくる「義父」たちはおおむね彼に優しい態度をみせたが、彼は自分が愛されていないと感じ、拒絶されている思いがしていた。すべてを大きく支配するのは響き渡る大声でしゃべるこの女、「鉄腕」を持ち、男をものともしない、まさに自然の力ともいえる母であった。

エドマンド・ケンパーは、七歳の時には、椅子に自分の体を縛りつけて電気椅子ごっこやガス室ごっこをして遊んでいた。妹が空想上のスイッチを押すと、恐ろしい苦しみの中で死ぬ真似をする。九歳の頃には家の猫を生き埋めにして殺し、その後死体を取り出して解体した。頭部は戦利品でもあるかのようにベッドのそばに飾っておく。裁判で白状したところによると、彼は一〇歳の頃から性に関する幻想を抱きはじめ、空想に暴力が伴うようになったという。十二歳で学校の先生に恋をした。妹の人形の首を斬るだけでは飽き足らなくなり、幻想を現実化したくてたまらなくなった。そのため夜に何度も銃剣を持って先生の家の前に行った。彼は先生を殺し、首を斬り、頭を自分の地下室に運んでエロチックな喜びに浸ることを空想した。

十四歳の時、母との絶え間ない対立から家を飛び出し、カリフォルニアにいた実の父親のもとに行った。父親は再婚していた。ここでのいさかい相手は、義母と、義母と父との間に生まれた義弟であった。彼は母のもとに戻ったが、母は「このろくでなし」を、カリフォルニアに小さな農場を所有している父方の祖父母のもとへ送って厄介払いすることにした。彼はそこに数ヶ月間滞在し、家畜や道で見つけた野性動物をカービン銃で撃って、本当の虐殺を実行した。獲物がいなくなってくると、彼は銃を祖父母の方に向けた。22ロング・ライフル銃で打ち殺したあと、ナイフでめった刺しにしたのである。一九六三年、彼は十六歳になったばかりだった。

警察に逮捕されたが、供述があまりに支離滅裂であったため、彼は原則としてもっとも冷酷な犯罪者が収容される、監視の厳しい精神病院に収容された。精神科医が反対したにもかかわらず、彼は一九六九年にここを出た。条件付保釈の許可が下りたため、十八ヶ月の保護観察期間のあいだ、母親のもとに戻ったのである。母親はこの間に引越し、新居に近いサンタ・クルーズ大学に仕事を見つけた。彼女は息子に、女子学生に近づいてはいけない、声をかけてもいけないと命じた。「お前は本当に無価値な人間なんだから、私にも迷惑がかかるんだよ」

エドマンド・ケンパーは獄中で勉強を続けており、平凡な仕事をいくつかしたあと、カリフォルニアの高速道路会社に雇われた。地域の高速道路をひんぱんに通るのを利用して、若い女性のヒッチハイカーに近づく方法を身につけ、二年間で三〇〇人以上を自分の車に乗せている。車には目に見えないドアロックシステムもとりつけた。

一九七二年始め、もう我慢できなくなった。自由時間には自慰をして過ごしていたが、五年前から女の子に触れたこともない。彼は母親が彼には過ぎると言っていた、美しく知的で学のある女子学生を狙った一連の事件を始めていく。最初は「ダブル狙い」から始めた。ヒッチハイクをしていた二人の若い女性を拾って人気のない場所に連れて行き、一人をトランクに入れてもう一人の首を絞めようとしたが、へまが重なった。女性がわめいて暴れたので、ナイフにすがったが、殺すには時間がかかった。彼はこう説明する。「人間は映画で見るのとはちがってすぐには死にませんでした。誰かをナイフで刺し殺そうとしても、血が流れて血圧は下がるものの、あいかわらず生きているんです。(…)僕は彼女の背中だとか胃だとかいろいろなところを刺し、次には口を両方の耳まで切り裂きました。それでも彼女は生きていました。(…)それで、おとなしくさせるために手を口と鼻に押し当てました。(…)彼女のうめき声はまだ続いていました。(…)肺に大きな穴が開いていたので、言葉や音が出る時には泡もごぼごぼ出てきました。(…)」。彼は頭から足まで全身血まみれになってトランクのところへ行き、二人目の女性もほとんど同じように殺した。それから二人の死体を自宅に運び、ポラロイドカメラで長い間撮影した。その後死体を解体し、頭部を含むいくつかの部分を味わった。

「本当にいい奴だ！」

条件付保釈のテスト期間は終わりに近づいていた。五年間収容されていた病院で精神科医の診察を受けると、結果は良好だった。医者によれば、「エドマンド・ケンパーを危険とみなすべきような精神医学的な理由は一切ない」。前日、彼はヒッチハイクをしていた十五歳の女学生を自宅の浴槽で殺し、解体していたのだが。肉の一部を玉ねぎと一緒に煮て、チーズをかけたマカロニと一緒に味わうことさえしていたのだが。

私には問題があります。人食いなのです。

◆ウォッカで食欲増進

一九九六年三月、セバストーポリの地方テレビが映し出したのは、ばらばらにされた死体と、イウリ・シュファヴィエフなる男が人肉をベースに作った一品だった。このウクライナ人は二日間で五人を殺害していた。唯一の説明として、男はこう言った。「一杯やると、自分をコントロールできなくなるんです！」

◆棺の中に居座る

一九九六年八月、二十一歳のメキシコ青年アルフレッド・メイハは、グアダラハラの町の墓地で取り押さえられた。彼はベラ・トリーなる女性の棺を開けて、静かに中に座り、埋葬まもない死体を食べていたのである。かじった骨が墓の周りの地面に散らばっていた。事件を伝えた日刊紙「ラ・ホルナーダ」によれば、飢えた男を取り押さえたのは故人の兄弟だという。

◆ママをみならって！

一九九六年、ウガンダのムバララ裁判所の法廷で、テレザ・ナ＝カンワギ・ナロンゴは、自分が息子を食人へ引きずり込み、自らもこれにふけったのは、自分の母親に教えられたからだと主張した。この母親自身も、婿にしたがって死肉を食べるようになっていた。「実に結束の固い家族だ」と裁判長は皮肉を言った。事件が発覚したのは容疑者が友人の家に夫の頭部をいれたビニール袋を忘れたことからだった。「私、頭、足りないんです。何にも覚えていません」と被告は弁解したが、なぜ人々がどっと笑うのかは理解できなかった。評決の結果、禁固二年の刑が言い渡された。

◆ベッドの下に

一九九八年七月、十二歳の少女が証人としてケニアのナイロビ裁判所に呼び出された。彼女は一九九四年に九歳だった自分を誘拐した家族について、数年前から犬や猫、ねずみ、そして人間を食べていると断言した。自分も食べられそうになったために、彼女は逃げ出した。「イースト・アフリカン・スタンダード」紙はこう伝える。「少女の話によると、彼らは羊のように人間の喉をかき切ったあと、大鍋で煮ていたという」。この証人によれば、解体された大人や子供の死体は調理されるまでの間、ケニヤ西部のキタレにある被告の家に隠されていたという。ベッドの下に専用の穴が掘られていたのである。

周りの人々や仕事仲間は「でっかいエド」は実にいい奴だと思っていたが、その本人は斧とナイフで人を殺し、首を断って、できる限り丁寧に骨を取るような人間だった。「一つの死体につき四時間以上かかりました」。ほとんどの場合、彼は死体の首を断ってから自分のベッドで強姦した。手を切り落としてからということも多かった。

細切れにした死体は人目につかない場所を探してそこに埋めた。頭部はできる限り長く手元に置いておいて最大限楽しみ、その後谷底に投げ捨てたり、そこかしこの土に埋めたりした。母親の部屋の窓の下に埋めたことさえある。何度か捕まりそうになったが、その危険もまた彼にとっては喜びだった。

一九七二年十二月、数人の犠牲者の切断死体が発見された。同じ日に、彼は自分の車に二人の女学生を乗せるという信じ難い危険を冒す。しかも大学の構内で。彼は二人を殺し、家に戻ると静かに食事を終えた。その後車から死体を下し、解体して数片を味わった。

その頃、母親との関係は耐え難いものになっていた。母に侮辱されてばかりで、彼もしだいに我慢できなくなっていた。彼が酒を飲みはじめただけにいっそう対立は深まった。一九七三年の復活祭の日、彼は朝の四時頃にベッドを出て、ハンマーを持って母親の寝室に入って殺し、いつものように首を斬ってから強姦した。頭部を暖炉の台に載せ、ののしりの言葉を投げかけると、ダーツの的にして遊んだ。翌日の朝早く、彼は母親の親友に電話をかけて、母からだと言って食事に招待し、同じ運命に遭わせた。その後自分で警察に電話をして自白。エドマンド・ケンパーは連続殺人犯としては唯一自首し、自ら罪を認めた人間である。警官たちは警察署の前にある店でいつも彼と酒を飲んでいたことから、彼の訴えをまじめに受け取らなかった。ケンパーとは地域一帯を怯えさせていた血なまぐさい犯罪について自由に語り合うような間柄だったからである。その日もケンパーが酔って冗談を言っているのだと思った。彼らは無礼にも三回も電話を切った。信じたわけではないが警官の一人がようやく彼の家に行き、彼の言葉が本当であったことをはっきりと確かめた。エドマンド・ケンパーの裁判は短期間で終わったが、その間にカリフォルニア州では死刑が一時中止されることになった。彼は何回か分の終身刑を宣告された。彼がアメリカでもっとも知られた食人犯で、数多くのテレビ番組や本の制作に寄与したことに間違いはない。

十二、ヨアヒム・クロル「鍋の中の少女の手」

二〇年の間、想像もできないほどの残酷さで人々に恐怖を与えていたヨアヒム・クロルは、一九八二年八月、西ドイツのデュイスブルク裁判所でようやく自らの罪を認めた。この男は十四人の犠牲者を殺して解体し、そのうちの何人かについて食人を行ったとして訴えられていた。一九三三年に東プロシアのヒンデンブルクで生まれた、何の変哲もなく臆病で内向的、無能な小男。二十一年間、この男を疑う者など誰一人としていなかった。

最初の恋愛経験は一九五五年、二十二歳の時だったが、これが惨事の発端であった。彼は、ブロンドで十九歳の尻軽女をものにすることができなかった。彼女が大笑いしたので、彼はナイフを取り出して彼女を何十回も刺し、血の海の中で肉を切り刻んだ。翌日不幸な女の死体が発見され、「ルール地方の食人鬼」の伝説が始まった。

一九五九年六月、彼は二十三歳のウエートレス、クララ・テスナーを殺して肉を食べた。以後、ヨアヒム・クロルは自らの欲求の限界をすべて取り払って、思春期前の少女たちを襲っていく。彼の手に落ちた最後の少女はまだ四歳で、二、三個のボンボンにつられて彼についていった。彼は自宅で少女を絞め殺すと、台所に運んで流しの上で足を上にしてぶら下げ、豚にするように血を出させた。少女の血が出てしまうと、小さな死体を下におろして包丁で解体し始めた。頭部は冷蔵庫に入れ、小さく切った手足は鍋に入れてレンジで煮込んだ。両手を血だらけにしながら、彼は残ったわずかな部分を調理した。内臓と胃は同じ階にある共同便所に捨てた。隣人は便器の奥に青白いねばねばしたものが詰っていることに気づいて、鉤のついた棒でかき出し、恐ろしくもこの「栓」の正体をつきとめた。この隣人はすぐに幼いマリオン・ケッターの行方不明事件を思い出して、警察に通報した。

一九七六年七月に警官が彼の自宅に行くと、汚れた手をしたヨアヒム・クロルがドアを開けた。台所のタイルにはまだ血がついている。テーブルには、とろ火で煮た煮込みと人肉を詰め込んだビニール袋が置いてある。

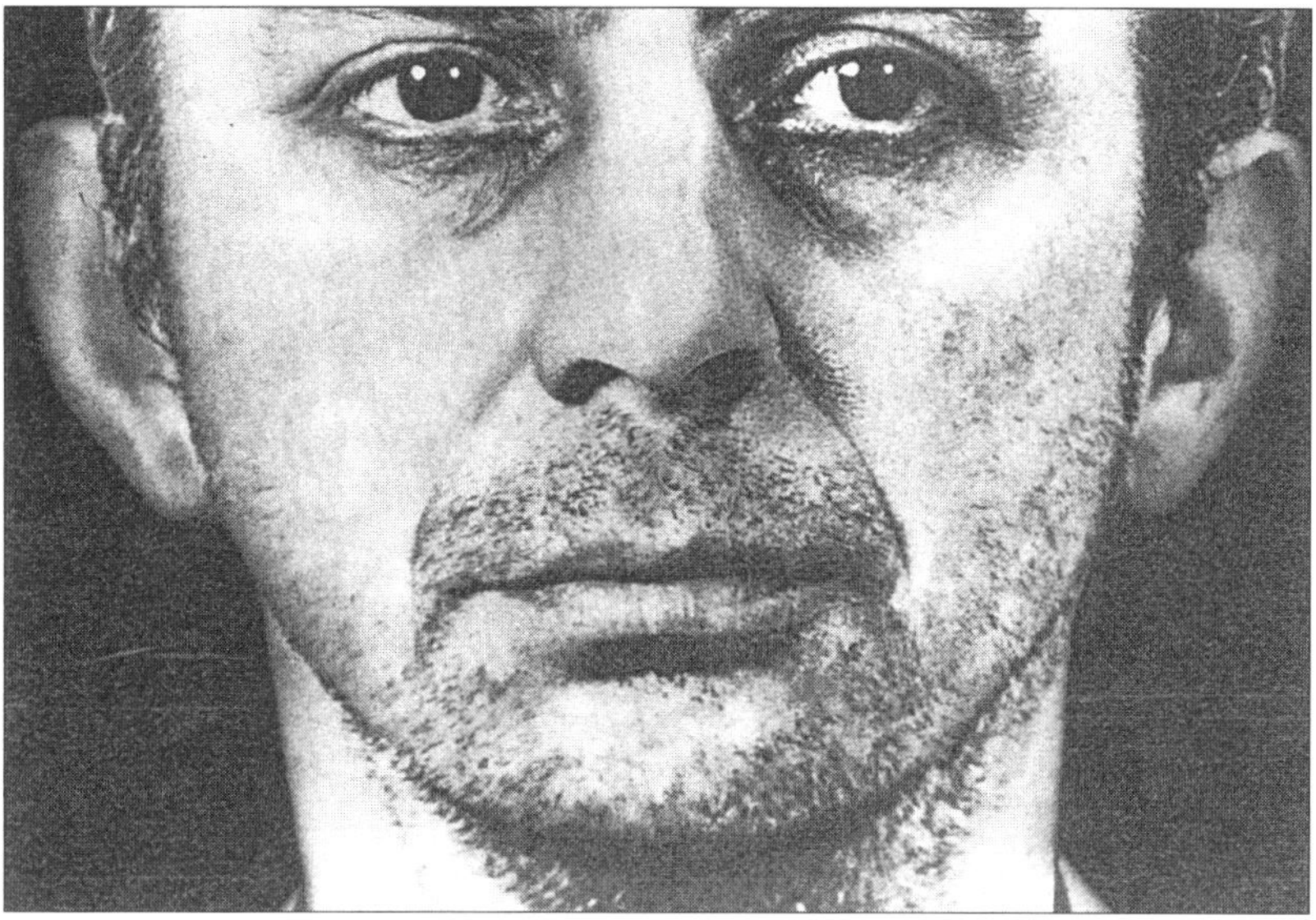

ヨアヒム・クロル。(Photo Detective)

「子供がどんな味なのか、知りたかった」。この言葉を彼は以後も言い続けた。裁判でも自己弁護の論拠として唯一語ったのは、この言葉である。二年にわたる係争中、ヴァルター・ジムマン裁判長は犠牲者の両親の耳に殺人犯の残酷な言葉が入らないようにという配慮から、何度も傍聴禁止を命じた。

国選弁護士ラツァルツは狂気を主張したことによって、多くの脅しの手紙を受け取った。検事ベルント・シュミッシュは、この食人犯を「冷静に危険を計算し、確実でなければ行動しない邪悪な男」であるとみて、その免責に異議を唱えた。彼は何度か憤慨する人々の怒りから被告を守ったが、クロルは予想通り陪審で最高刑を言い渡された。

十三、オーティス・トゥールとヘンリー・リー・ルーカス　「二〇〇人の女をバーベキューに」

もっとも桁外れな食人事件の一つとして挙げられるのは、今世紀で一、二を争う恐ろしき同性愛カップル、オーティス・トゥールとヘンリー・リー・ルーカスによるものである。二人は一九八三年に逮捕され、一九九一年に裁きを受けて、共に死刑を宣告されたが、オーティス・トゥールの方は一九九八年にエイズで死んで、電気椅子を免れた。

ヨーロッパであったら、その血なまぐさい道程のごく一部しかなくても、二人の犯罪者は精神病院で生涯を終えることになっていただろう。彼らは五〇〇人以上を殺したと主張した。この数字はたしかに誇張が過ぎるもので、アメリカの裁判所によれば「一六〇人から一八〇人」であろうという。カップルになる前の二人がそれぞれ殺した人数を考えると、二人合わせて一〇〇件以上の流血事件を起こしているとFBIはみている。

とはいえこの二人には、殺し方や犠牲者の選び方に違いがある。オーティス・トゥールは男を選んで火器で殺すことが多いが、ヘンリー・リー・ルーカスの方はほとんどすべて女性、それも高齢の女性である場合が多く、首を絞めたり刺し殺したりする方を好む。前者は尻や脇腹を切って食べるのが好きなようだが、後者は性器、乳房、腿を味わい、腕には思いきり噛みついた。共通点としては、二人の男は殺した犠牲者を必ず強姦した。精神障害者だったオーティス・トゥールは、八歳の時から麻薬と酒を飲んでいた。一九四七年フロリダ生まれの彼は、十四歳で最初の殺人を犯した。二十五歳の時には強姦、売春、その他の犯罪で十二回以上有罪判決を受けていたが、他にも裁判所が知らずにいた数多くの殺人を犯していた。「殺した数はもう数えない。興味がないんだ。あんまり多くてもう数えられないほどだ」。彼がとくに好きなのは火事で、とくに夜に火を見ると興奮して勃起した。放火の件数は一〇〇件以上にも及ぶ。火に魅了されていたことから、殺したあとで犠牲者に火をつけることもあった。

肉の料理法で喧嘩

同時期のヘンリー・リー・ルーカスも負けてはいない。バイセクシュアルでサディストのこの連続殺人鬼は一九三六年テキサス生まれで、一九六〇年、二十四歳の時に、売春婦だった母親を殺して逮捕された時には、すでに数多くの犯罪を重ねていた。彼はその母親殺しのために一〇年間刑務所に入れられた。この男はアメリカの作家たちをもっとも魅了した人物の一人で、その血生臭い生涯の一部分を強調したテレビドラマがいくつか作られているし、ジョン・マクノートン監督は『ヘンリー　ある連続殺人鬼の記録』という長編映画を制作している。

こんな二人の男が一九七九年にフロリダにある救世軍の布教館で出会い、恋人になった。オーティス・トゥールは何度かこのパートナーに、身だしなみをよくしないなら別れると言って脅した。彼はフランス人捜査官にこう語っている。「出会った時にはゴミ箱みたいだったよ。彼は体を洗いたがらないんだ。僕はしょっ中、繰り返し言ったよ。体は毎日洗わなきゃいけない、月に一度じゃ駄目なんだってね。(…)何度も言ったさ。ねえ君、僕はいい匂いのする人が好きなんだって」。これに対して、誘拐や人間の生け贄、内臓摘出、解体、食人に関して、さらには殺人の様子を生で撮る究極のポルノ映画を作るための犠牲者の調達に関しては、この二人は完全に

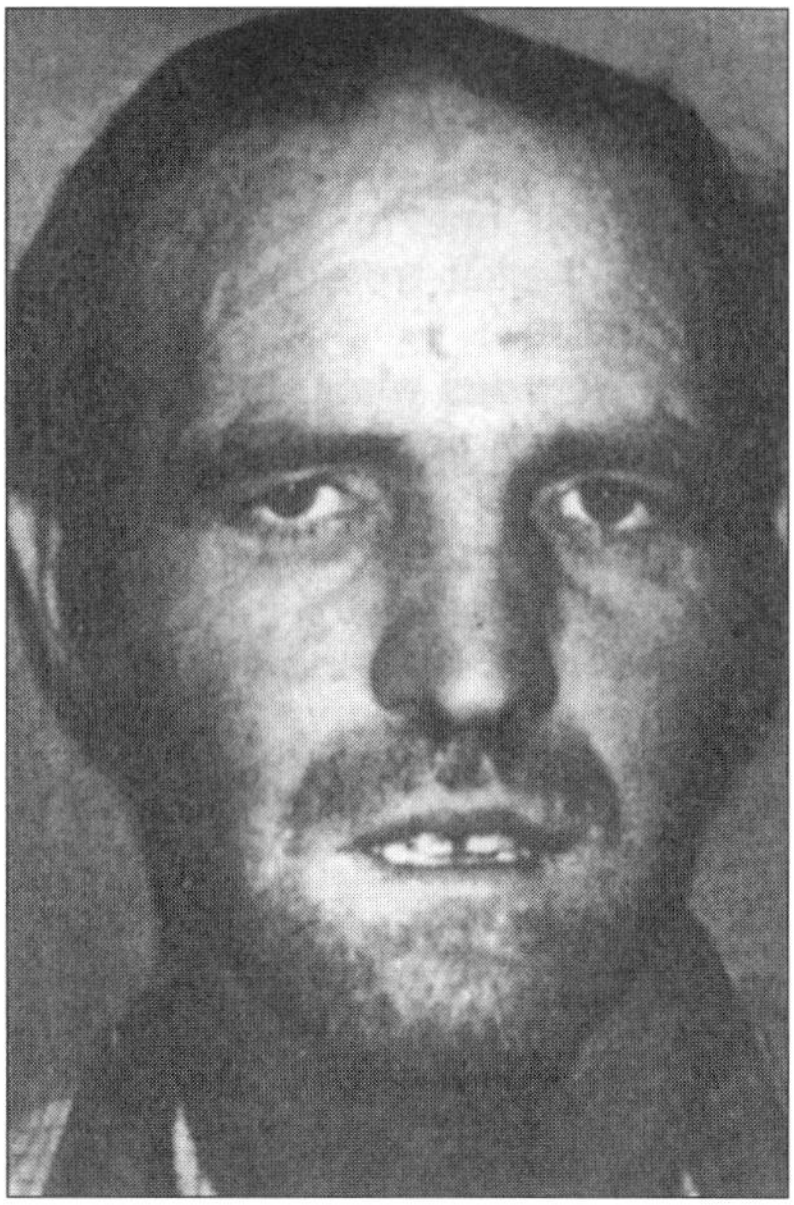

（左）ヘンリー・リー・ルーカス（D. R.）
（右）オーティス・トゥール（D. R.）

意見が一致した。とはいえ人肉の調理法についてはちょっとした言い争いになった。ヘンリー・リー・ルーカスからすれば、オーティス・トゥールはソースに香辛料を入れすぎるのだ。

一般の平均を一〇〇とするIQで、七五に達するか達しないかというレベルのオーティス・トゥールが、共犯者である恋人の言いなりであったことは間違いない。「僕は何でも彼にしたがった。（…）彼と一緒に何かをするのが好きだったんだ。どんなことでもね。たとえ最悪なことでもね！」二人の男は出会うまでにそれぞれ多くの殺人を重ねていたが、食人を始めたのは二人一緒になってからであったことを捜査官は確かめた。オーティス・トゥールによれば、彼にそれを教えたのは恋人だった。「彼は血を飲んで人間の肉を食べていた。（…）最初、僕はそうとは知らないで同じことをしていた。僕のバーベキューソースをかけると、おいしかったよ。僕はそれを普通の肉だと思ってたんだ。あとになってヘンリーが、僕が食べたのは人間だって言った。『何だって？　でもこれは他の肉と同じ味じゃないか！』と僕は言ったさ」

悪魔のようなこの二人の破滅的な遍歴の中には、驚くべき側面も含まれていた。オーティス・トゥールにはたくさんの兄弟姉妹がいたが、その中に姉が一人いた。この姉は一〇歳ですでに処女を失い、弟に性の手ほどきをしたあと、まだ七歳にもならない彼に体を売らせた。姉は若くしてそれぞれ父親の違う三人の子供を生んだ。そのうちの一人であるベッキーことロレイン・パウエルが十二歳にもならない頃、ヘンリー・リー・ルーカスが彼女に恋をした。相手も同じ気持ちだったらしい。それからしばらくして、オーティス・トゥールの姉が麻薬の飲みすぎで死に、ベッキーは施設に入れられたが逃げ出してヘンリー・リー・ルーカスのもとに行った。彼女はいくつかの事件の共犯者となったが、それもある日恋人に刺し殺され、最後の性交のあとで一〇もの肉片に切り分けられるまでのことであった。

二人の犯罪は計画的ではなかったようだ。彼らはその場の状況や州から州への絶えざる移動の偶然に任せて、罪を犯していた。食人の宴の純粋に性的な側面は、とくに犠牲者の殺害方法に表れている。ヘンリー・リー・ルーカスは犠牲者を十字架にかけることも多かったが、それよりも多かったのは生け贄に捧げるようにすることだった。「大きな祭壇のようなものがあって、調理する前に温かい血を飲みました。（…）」。ヘンリー・リー・ルーカスは女や若い女性を焼く前には必ず死体を強姦した。肉と器官を調理することは、オーティス・トゥールにとって大きな火を起こすチャンスだった。「こういう火を見ると、僕は性的に興奮するんだ」。もちろん人肉は食べたが、彼によれば夢中になって食べたのは共犯者の方であった。「彼は昼でも夜でも食べられそうなくらいだったよ。どの部分だって大好きなのさ」

刑事はこの男たちをを一時的に二人きりして、そこで交わされる会話を尋問の一環として記録した。これによってオーティス・トゥールが自らが犯した罪の信じ難いほどの重大さを理解していないことが分かる。

オーティス・トゥール「このメキシコ人みたいだ。（…）僕は斧をとって小さく切り分けた……。どうしてそうなったんだ……僕は君に頼もうと思ってたんだ……何人か料理したときみたいに……どうして僕がやったの？」

ヘンリー・リー・ルーカス「あれをやったのはまさに僕の手だったんだと思うよ。僕は僕たちがやったたくさんのことを知ってるけど、人の目からみるとそれは信じ難いようなことなのさ」

オーティス・トゥール「あれを外に運んで、切り刻んだ時……。覚えてるかい、一度僕が脇腹が欲しいって言っただろ！　それで僕は人食い人種になったのかい？」

ヘンリー・リー・ルーカス「君は人食い人種なんかじゃないよ。それは悪の力なんだ。何かが僕たちにやらせた。僕たちは何であれ変えることはできなかったんだ。僕たちがどうなったにせよ、それを否定する理由はない。僕たちは自分たちが何者であるかを知っているんだ、オーティス。（…）僕たちがしゃべっていることが全部あそこのカセットに入れられてるって、知ってる？」

オーティス・トゥール「知ってるさ！　僕が血を撒き散らすのが好きだったってこと、覚えてる？」

ヘンリー・リー・ルーカスは刑務所言葉で「フライパン」と呼ばれる電気椅子まで連れて行かれるのを、フロリダの刑務所で今なお待っている。血によって結ばれた大犯罪者同士であっても、愛ははかないものである。ヘンリー・リー・ルーカスへの不滅の愛を数年にわたって口にしていたオーティス・トゥールは、死の直前に刑務所の職員に、好きになった刑務所仲間との結婚を許可してほしいと願い出た。彼にはまた、夢を実現するための時間も与えられなかった。人肉料理の本を出版するという夢を彼が思いついたのは、オーストラリアのプロの料理人がアメリカの新聞に「人肉のためのバーベキュー料理」を発表して料理コンクールで一〇〇〇ドル獲得したと聞いたからであった。

十四、アンドレイ・チカチーロ　「性器から食べ始める」

ロシアでは「人食いじじい」、西ヨーロッパでは「ロストフの肉屋」と呼ばれるアンドレイ・チカチーロは一九九〇年、五十六歳の時に逮捕された。彼は今世紀最大の犯罪者の一人に数えられている。殺人や強姦、食人を犯してきた彼は五十五件の殺害を誇るものの、証拠不足のため裁判所では五十三件しか取り上げられていない。被害者の内訳は、八歳から十六歳の少年が二十二人、同じ年齢層の少女が十四人、成人女性が十七人である。

ヨーロッパでは彼について、そのぞっとするような遍歴を生々しく描いた本が数冊発行されている。平均して一年に四、五人殺害して食べていたこの尋常ならざる男の悪事を止めさせるまでに、ロシア警察は十二年の歳月を要した。この間の捜査は、五〇人からなる専門チームに数百人の地元警官をつけるという大規模な態勢で行われた。二〇万人が尋問調書の対象となり、五万人の変質者が不審尋問を受けた。血液や精液の分析は数百回。すべて無駄に終わった。

しかし誰がこの男を疑ったことだろう。有力者という立場にもあり、欺瞞の限りをつくして、何度か警官をだましただけでなく周囲の人々をもだましてきたこの男。裁判で証人として立った妻フェオドシアは、何年も彼と過ごしてきた言い訳をするために、「私は彼の本当の姿を知ることができませんでした」と言った。

事実、一見非の打ち所がないアンドレイ・チカチーロは完璧な二重生活を送っていた。一方では良き夫、良き父、良きおじいちゃんであった彼は、生涯の一時期には尊敬すべきチカチーロ先生として、国語とロシア文学を教えていた。その後一九八〇年代初頭に職を捨てて、鉄道技術の仕事に就く。計画的なこの転職によって、ソビ

アンドレイ・チカチーロ。1988年。(Photo Sygma)

エト当時の広大な国土を縦横に回ることが可能になった。二十四歳の時に加入した共産党に長い間在籍していた彼は、ソビエトの平均的な市民として典型的な人物であった。「スターリンの圧政時代に父親がシベリアに強制移送させられたことを忘れてはならない」とロシアのジャーナリストは書いている。

彼のもう一つの顔は恐るべきものだった。行く先々で人の血を流させ、殺して食べていたのである。仕事の関係で新しい町を訪れるたびに、彼は切断死体の発見という形でその足跡を残していった。

しかも彼はツキにも大いに恵まれていたようだ。人間狩りを続けている間、アンドレイ・チカチーロは何度か不審尋問を受けたが網の目をくぐった。一度目は一九八四年九月、彼はあやうく嫌疑をかけられそうになった。ノヴォシャフチンスク郊外で、残酷に殺された十一歳の少年が横たわっていた茂みのそばで、血だらけのナイフをもっているところを発見されたのである。しかし尋問は受けたものの、数日後には釈放された。著書『私立探偵』のためにこの殺人者の裁判を取材したジャン＝ポール・デュシャは、検事補佐ヴィタリー・カリウキンの口からこんな説明を聞いている。「確かに彼でした。でも細かな点でおかしいことがありました。容疑者の血液型が犠牲者の体から見つかった精液と一致しなかったのです。そうした例外があって、同じ人間でも精液とは異なる血液型を呈する場合がありうることを、当時は知らなかったのです」

一九九〇年十一月六日、アンドレイ・チカチーロは二度目の逮捕をまぬかれた。彼は下草の生い茂る場所から出てきたところを、警察のパトロール隊に尋問された。指には包帯をし、顔には血がついている。彼の説明は曖昧であったもののかなり説得力があり、警官は彼の身元を確認するにとどめた。そこから数メートルのところで、拷問にかけられた少女が血の海の中で死んでいるなど思いもせずに、彼を帰してしまった。この死体が発見されたのは、一週間も経ってからであった。

そしてついに一九九〇年十一月、彼は長い間彼を追っていた者たちの手に落ちた。彼を不審に思った警察は、彼が新たな獲物である八歳と一〇歳の二人の子供に近づいている最中に、尋問をした。その日、アンドレイ・チカチーロの手にはまだ血はついていなかったのだから、本当の意図を隠して得意な口実を考え出すこともできたはずだ。しかしそうはしなかった。理解できないことだが、彼は自分の正体を明かし、警官が望むよりもさらに先を行って、その犯罪の数々をすらすらと口にした。逮捕のニュースは国中に一挙に広がった。

ロシアの人々はようやく一息ついた。しかし次に待ち構えているものが何であるかは分からなかった。裁判によってロシア社会はまさに傷つけられていく。裁判は一九九二年四月十四日火曜日に、ロストフで始まった。首都から南に一〇〇〇キロ、アゾフ海に近くドン川河口に位置するロシア南部の大きな町だ。人食い殺人犯の陰鬱な遍歴は、些細なことまでもすべて人々に伝わった。数時間にわたって起訴状を読み上げたアクブジャノフ判事は、感情を抑えるのにたびたび苦労した。

アンドレイ・チカチーロに容疑がかけられた五十三件の犯罪は、ほぼ一定の儀式的な方法にしたがって刃物によって実行されていた。殺さない程度に短刀で刺し、強姦したあとでとどめを刺す。そして八つ裂きにしたあと、切り裂き、最後に小さく切り分ける。とくに注意を払う器官もあり、例えば目は殺す前にくりぬく。舌は必ず歯で嚙み切ってすぐに飲み下し、そのあとで犠牲者の首を落とす。次いで内臓を取り出し、去勢作業に入る。少年ならばペニスと陰嚢を、女性や少女ならば大陰唇、小陰唇、卵巣をとるのである。こうして虐待した死体の残骸を捨てる前に、彼は食べる部分を丁寧にとる。その場で生で食べる部分もあるし、例えば生殖器のように持ちかえってさまざまな方法で調理する部分もある。

事実を知らされた犠牲者の両親は、法廷内でも意識を失った。ある母親は立ち上がって、「息子の胃を開き、叫べないように口に泥を詰めるようなことをした男を、もっとよく見てみたい。母親はどうしてこんなけだものをこの世に生み出すことができたんだ?」と叫びながら被告に近づこうとした。数日にわたる裁判ののち、裁判長は民衆の怒りに備えて被告を鉄牢に入れるよう命じた。この檻によってアンドレイ・チカチーロは野獣のイメージを与えられた。以後、彼は法廷に入るたびに、苦しみと復讐の叫び声で迎えられた。しかし彼はそんなことは気にしない。並外れた殺人者なのだから。裁判長や検事に質問されればはっきりと答えるが、その態度は無礼きわまりない。少しの感情も、後悔のかけらも見せないだけに、彼の話はいっそう恐ろしく感じられた。最低最悪な事柄を軽々しく話すことに、ある種の満足感を感じているようでさえあった。

「私はオルガスムスに達した」

裁判はテレビで広く伝えられた。ロシアの人々は、鉄牢の中で静かに本を読んでいる、頭を剃りあげ頬骨の高い、痩せぎすで背中の曲がった彼の姿と、検事が語る血や拷問、内臓、四肢切断の事実とに混乱した。

彼が見られていることを意識して効果を計算し、人々を魅了させようとすることもあった。例えばある時、検事が殺人の一つについて言及すると、彼は発言を求め、完全に静かになるのを待って、こう話し始めた。「人ごみの中で私はこの少女を見つけ、近づいて声をかけました。私は感じの悪い男ではありませんから、彼女は一緒に川岸を散歩しておしゃべりすることを承諾しました」。彼は法廷を見まわして長い沈黙をおいたあと、こう言葉を続けた。「やがて私たちは二人きりになっていました」。再び沈黙。高まる緊張。人々は引きつけられる。彼は叫ぶ。「遅すぎたのです。私はナイフを出しました」。そして一語一語に力を込める。「私は彼女を切り裂き、ずたずたにし、腹を裂いたのです!」人々は呆然とし、どよめく。彼は再び静かになるのを待って、判事を見つめながら素早く言った。「私は歯で彼女の舌を噛み切って、飲み込みました」。彼はこの言葉をまったく自然な口調で言った。再び間をおいたのち、ゆったりと微笑みながら、当然のことのように言い放った。「大体いつでも、まさにこの瞬間に、私はオルガスムに達するんです!」

こうした犯罪者が相手では、弁護するにもその論拠はごくごく限られる。彼の弁護士は、自信はなかったものの、責任能力のなさや狂気、子供時代のトラウマを訴えた。結局は無駄だったが、精神科医に突きとめられた妄想も強調した。一九三二年にウクライナで大飢饉が起こった時に、兄が殺されてその肉が市場で売られたのである。完全に責任能力ありと認められたアンドレイ・チカチーロは死刑を宣告され、一九九四年に銃殺刑に処された。

十五、佐川一政　「貪るほどの情熱」

世界中の新聞で「日本の食人鬼」と呼ばれた佐川一政はパリで文学を学ぶ三十二歳の学生であった。一九八一年六月十一日、彼は二十五歳のオランダ人の女学生ルネ・ハルテヴェルトを殺して食べた。この三面記事的事件がどうして世界中でこれほどの反響を呼んだのだろう？　それはこの事件がこの種の大部分の事件とは一線を画する、特異なものだったからである。

佐川一政は一九四九年に兵庫県神戸市で生まれた。鎌倉の中学・高校を優秀な成績で卒業し、大学に入学。卒業論文では、ウィリアム・シェークスピアの『テンペスト』を論じた。大学院に進学し、修士課程を経て、フランスへ留学。川端康成を専門とする。フランス語を愛し、パリ第三大学東洋文学科博士課程（サンシエ校）の学生となって、比較文学の研究をした。彼はそこで未来の犠牲者に出会った。彼女もまた、文学を学ぶ学生であった。

佐川事件が有名になった理由の一つは、ヨーロッパの若くて美しい女性と、低い身長（一四八センチ）とやせぎすの体（四十五キロ）、自分の醜さにコンプレックスを持つ謎めいたアジア人が登場する点にあった。彼は自分の性欲は決して満たされまいという恐れをつねに抱いていたと認めている。ある社会学者によれば、佐川の犯罪がフランスでとくに反響を呼んだのは、舞台となったのがパリだったためばかりではない。事件当時ヨーロッパの中でもとくにフランス人は日本についてもっとも疎かった。フランス人にとって日本人は不可解な有色人種だったのである。この殺人事件によって彼らの偏見は増した。日本の文化は遅れているという印象が与えられ、古い偏見をさらに根づかせる結果になったというのである。

「彼女のことが好きだった」

とはいえ佐川事件の第三の重要な特性は、その結末にある。この人食い殺人犯はあらゆる刑罰を免れただけでなく、自由を取り戻し、社会的な立場を高めたのである。

本来の意味での事件はありきたりの片思いから始まる。佐川一政はルネ・ハルテヴェルトを好きになった。彼はこう語る。「私たちはこの五月に知り合ったばかりだ。私の家にはこれまで二、三度やって来た。彼女のアパートにも遊びに行った。私は彼女のことが好きで、愛しており、何度か関係を迫ったが、彼女はとても用心深く

佐川一政の逮捕。(Photo A. F. P.)

ていつもセックスを拒否した」(『読売新聞』)。若いオランダ女性の方はこの男を無作法な行動はとれない控えめな人だと思っており、彼に対して単なる好意しか感じていなかった。そのためこの運命の午後、彼女は何の警戒心もたずに、一六区エルランジェ通り一〇番地にある彼のアパートにドイツ表現主義の詩を録音するために行った。不幸な女性は二度とそこから出ることはなかった。

彼女を殺害して食べる妄想を抱いた佐川は、装塡したカービン銃を摑むと、女学生のうなじに一発撃って殺した。彼女は床の上に崩れ落ちた。ここまでは平凡な情痴事件だ。しかし数分後にすべてが急変する。男は肉切包丁を手にとると、死体の切断を始めた。ある部分は火を通して調理し、また象徴的な価値を持っているある部分は生のまま食べる。犠牲者を殺してから三〇分後には、彼はすでにその肉を食べ始めていた。解体作業が一段階終わるたびに、彼は包丁を置いてカメラをとり、写真を撮った。のちにその写真を手にした警察は、作業の経過をほぼ正確に視覚化し、再現することができた。

どこに捨てればよいだろう?

佐川一政にとって次の問題は陰鬱な料理の残骸を処分することだった。とくに乳房を切り取った胴体をどうするか。彼は近くのスーパーに行って、カバン二つを買った。翌日の六月十二日金曜日、夜を待ってタクシーを呼ぶ。車の音で目が覚めた隣人の一人は、彼が運転手の力を借りて大きな荷物を積んでいるところを見ている。一時間後に小さな手押し車を引きずって戻ってくる彼を見て意外に思ったという。殺人者は実際、決断できずにいた。廃棄物をどこに捨てればよいのだろう? 六月十三日土曜の朝、死体を捨てる場所を探しにブローニュの森へ出かける。帰宅後、不気味なカバンを湖に捨てるつもりでブローニュの森へ出発。しかし猛暑のこの日には、遅くなってから散歩する人が大勢集まっていた。突然恐怖にかられた彼は、カバンを森において、タクシーに飛び乗った。その時の光景については多くの証人が捜査官に語っている。タクシーの運転手もすぐに見つかった。

「私はエルランジェ通りでこのアジア人を乗せました」と運転手は苦もなく思い出した。

六月十五日月曜日、警視フォールの部下たちが佐川一政を自宅で逮捕。冷蔵庫に並べられた人肉をのせた皿を、カービン銃とともに発見した。警察署に移送された彼は殺害や解体、人肉料理について事細かに説明した。

彼は皿の上に血のにじむさまざまな部位の肉を並べた。レストランで肉の部位を示すためにフィレ、サーロイン、ランプなどと書いた小さな札を立てるように、彼女の体で行おうとした。

「オランダ人女性？　それで説明がつく！」

当初の尋問が終った頃、警官は相手を重度の精神障害者だと信じて疑わなかったものの、「自白の明晰さ」については強調していた。この事件を担当した予審判事は精神科医を指名した。佐川一政は独房で定期的にその医師たちに会い、さまざまな告白をした。

十五ヶ月間の精神鑑定が終わると、裁判所に指名された専門家が意見を表明した。幼児期の病気が原因で、脳に異常がみられ、犯行時に心神耗弱の状態であったことが認められた。これと並行して、裁判所からのお墨付きを得ていない「専門家」がメディアで印象を述べた。この事件について尋ねられた数十人の中でも、とくに著名な性科学者メニヤン博士の意見を挙げよう。「おそらく我々は料理に火を通す伝統をもつおかげで、肉や魚を生で食べる習慣のある日本人よりも食人の出現から守られているのであろう」

ギアール教授が「ル・モンド」紙に語った説明は、歴史的ではあるが根拠は乏しい。「殺されたのはオランダ女性ですか。これで少し説明がつきやすくなります。十五世紀にオランダ人は通商のために日本に滞在していました。彼らはキリスト教を棄てるという条件で受け入れられていたのです。以後オランダ人は西洋と東洋との橋渡しの役割を果たしてきました。（…）日本人が本能的にオランダ女性に引かれるというのは容易に理解できます（…）」

サン＝ドニの犯罪学者ルサージュ・ラアイエ教授は、これはひじょうに珍しい「完全なる一体化」の事件であり、この食人は孤立や孤独と闘う手段であると考えた。一九八三年三月三〇日、被告が犯行時に心神喪失状態にあった場合は罪を問わないと定めた刑法六四条にしたがって、この人食い殺人犯は免訴となった。

この判断が下された翌日、佐川一政はヴィルジュイフ病院アンリ・コラン病棟に移送され、司法訴訟手続きの終了を待った。一九八四年三月十三日、破毀院が免責を最終的に認める判決を下したことによって、裁きは終わる。フランスの法に照らして有罪ではないと認められた以上、日本への帰国を妨げるものは何もない。有力者である彼の家族にとってこれはかなり簡単なことだった。その頃、「日本の食人鬼」は世界的に有名になっていた。とはいえ一般に言われているのとは違って、佐川一政は母国でヒーローとはみなされていなかった。それどころか、彼の事件は国民的な災禍のような規模になり、多くの日本人はこれを自国の名誉を傷つけた恐ろしい一撃のように感じていた。政界や経済界でも同様で、人々はこの事件によって外国人に与える日本のイメージが悪くなることを恐れた。パリに行く必要があった鈴木首相は、この事件がヨーロッパとの良い関係に悪影響を及ぼすことを恐れて、日程の延期を考えた。首相が渡仏したのは、フランスの外務大臣が重ねて招待し、フランスのマスコミの対応について保証してからのことだった。

事件後に東京を訪れたフランス人旅行者はこう語る。「私たちがパリに住んでいることが分かると、相手はすぐにどぎまぎして言い訳を繰り返しました。信じられないほどです。どんな話をするにしても、まず最初は弁解なのです。まるで日本国民の一人一人がこの凶悪事件に個人的に関わっているかのようでした」。何週間も日本の全新聞がこの事件に大きく紙面を、それもほとんど一面を割いたとはいえ、その中で佐川一政は「パリの学生」としか特定されずにいた。

一九八四年五月、「日本の食人鬼」は、フランスの警官と看護士に付き添われてエール・フランス機で東京に戻った。固く秘密が守られた帰国だった。一〇〇人もの記者が空港で待ち構えていたにもかかわらず、佐川一政は日本の当局の命令で口を閉ざした。彼と同行者は飛行機の下で待っていた救急車にすぐさま飛び乗った。救急車は警官の車に先導されて、彼が再び検査を受ける東京の松沢病院へと向かった。

日本人の幻惑

メディアは佐川の帰国についてほとんど報じなかった。主要な全国放送局の一つであるＮＨＫは、夜のニュースでこれについてわずかに触れることさえしなかった。新聞雑誌も、事実のみの短い記事しか載せなかった。日本の当局は佐川一政に精神障害は一切みられないとした日本の精神科医の結論に基づいて、これ以上の入院は必要ないと判断し、彼を家族のもとへ帰した。この解放も、フランスからの帰国時と同様、完全に秘密のうちになされた。

解放のニュースがヨーロッパに伝わると、オランダを中心に動揺が頂点に達した。日本の精神科医からは責任能力ありと認められた殺害者が裁きを受けるよう、若き犠牲者の家族は日本の世論に圧力をかけようとした。外交的圧力が加えられた結果、日本の司法当局は、資料を調べて「裁判が可能かどうか検討する」予定であると、確信のないまま通知した。数ヶ月後、法務省のスポークスマンは、裁判所がすべての資料を手中に収めない限り、嫌疑をかけることはできないとして、こう言った。「フランス当局は免責と結論づけた自国の精神科医に前言を翻させることを望まず、我々の要求を全て拒絶しています。『佐川事件は決着済み』とみなしているため、書類の受け渡しを拒んでいるのです。したがって我々は何一つ着手することができません」。こうして、佐川一政にとって訴追の可能性はなくなった。彼は三十六歳、自由の身だ。

オランダのエムステッドでは、殺された犠牲者の両親が憤慨していた。どうして日本の世論と司法は彼らの苦しみを平気で無視するのだろう？　この答えの一端を、日本文化の専門家イアン・ブルナが「ファー・イースタン・エコノミック・レビュー」の記事の中に記している。この専門家の意見によれば、大部分の日本人は佐川一政が自由にはなってはいけないと考えている。しかし佐川を釈放した責任はフランスにある。罪を犯した国で裁かれるべきであったが、フランスは問題を回避するために、精神医学というもっともらしい口実をつけて彼を追い出したというのである。犠牲者の家族に対する日本人の無神経な態度については、こう説明する。「日本の人々がこの事件に関心を持った理由の一つは、佐川の犠牲者が白人女性だったという事実にあるが、これはまた、若いオランダ女性の家族に対する無感覚にもみえる態度の原因でもある。この無感覚は食人犯の父母に対する同情と対照的であるだけに、なおさら強く感じられるのである」

さまざまな申し出

前衛劇作家の唐十郎は、彼がフランスの獄中から送った手紙をもとにした小説を書いた。この本は最初の一ヶ月で三〇万部以上売れ、フランスのゴンクール賞に相当する栄えある芥川賞に輝いた。佐川は、自らも『霧の中』(話の特集)というタイトルで手記を発表した。この二冊目の本もかなりの成功を収めた。佐川一政はラジオやテレビに出演し、実にさまざまな申し出を受けた。有名な映画監督大島渚は、彼の食人経験を映画化することを検討したではないか。歌手のミック・ジャガーは彼の恐ろしい宴から着想を得て「トゥー・マッチ・ブラッド」を作り、ローリング・ストーンズの曲として歌ったではないか。結局こうしたいきさつから、佐川一政は再び食人犯の衣をまとわざるをえなくなっていく。

彼はまず最初に映画のシナリオを書いて、自らが自らを演じようとした。次の映画では、ユーモラスに描いた人肉レストランを想像した。前から入った若い女性が後ろから出てくる時にはハンバーガーの姿をしているというものだ。さらに彼は「汝を知れ」というタイトルのCDも出した。大新聞やテレビの有名番組が彼にインタビューをしに来る。その犯罪が多くの人々に嫌悪感を抱かせていたにもかかわらず、彼は少しずつメディアに登場していった。

少女を切る

佐川一政の人生に変化が生じたのは、一九八九年初頭に今田勇子事件が起こった時である。この名前は、連続幼女殺人犯が自ら名乗った名前である。四歳から八歳くらいの子供が拷問にかけられ、強姦され、絞め殺される。小さな犠牲者たちが解体され、手足を切断されて、その手足がごちゃ混ぜの状態で両親の家の前に置かれていることもあった。包みの中にはほとんどの場合手紙が入っており、子供の誘拐と殺害について詳しく書かれている。怒りと恐怖がしだいに日本中に広がっていった。犯行の数が増していくにもかかわらず犯人が捕まりそうもなかっただけになおさらであった。

マスコミではすぐにコメンテーターが幼女の殺害・解体犯人と佐川一政とを比較した。佐川は憤慨した。「あれはグロテスク以外の何物でもなく、はっきり言って僕にも理解できないですよ。(…)その神経はハッキリ言って理解を超えています。異常ですよ」(『週刊文春』)。彼の目からみれば、犠牲者の死体を冷凍保存する方が理にかなっている。どうして自分の愛の行為を、この幼児殺害犯の危険な狂気と比較などするのだろう! 週を追うごとに、殺人者は誘拐を重ねる。一九八九年六月には五歳の少女を殺害し、死体を解体して、再び新聞の一面を飾った。切り分けられた死体は霊園で発見された。

しかし頭部がない。筆跡の専門家や犯罪学者、精神医学者、科学警察など日本のあらゆる専門家が総動員されて、犯人を見つけようとした。そして犯人はようやく、東京の郊外八王子の山林で、写真を撮られそうになった少女の父親の通報で逮捕された。翌日の新聞は、全紙とも一面に犯人の写真を載せた。宮崎勤、二十六歳で名家の出身だった。彼の自宅からは、暴力ものやポルノのビデオが六〇〇〇本以上も発見された。その中には小さな犠牲者を殺して解体している彼自身を映し出したものも含まれていた。

彼らは語った

食人に関する言葉を引用しようと思えば何百もあるが、伝える思想や発言者の影響力から選んだいくつかを挙げてみよう。

◆エピキュリアンのアレクサンドロス

「両親の尻を食べようと頭を食べようと同じことだ」（プルタルコスより）

◆シャルル・ボードレール

「同胞を殺し、食べ、閉じ込め、苛むことへと人を駆り立てるのは人間の本性である。（…）親殺しや食人を生み出したのは、道を誤らなかった本性である」（『マキルブ礼賛』）

◆ロナルド・ベルント

「最も効果的な栄養摂取を可能とし、しかも最も衛生的でもある死体の片付け方法、それが食人だ」（シドニー大学、一九八三年）

◆ポール・ブロカ

「哲学者の観点から言えば、罪は人を食べることにあるのではない。殺すことにあるのだ」

◆ジョルジュ・クレマンソー

「食人者には有恕すべき点が多々ある。今日食べても、明日は食べられることになるかもしれない。これは運命に対する一つの勝負だ」（『混沌たる社会』一八九五年）

◆サルヴァドール・ダリ

「食人はもっともはっきりした愛情表現の一つである」

◆ガストン・ドゥニ

「徳を奪うために敵を食べることは、道義にかなった食人である」（一九六〇年）

◆ディオゲネス・ラエルティオス

「聖堂にある道具を持ち去ること、あるいは殺人者を誰彼かまわず食べることは悪いことではない」

◆アナトール・フランス

「フィジーの原住民は親がかなり高齢になると、殺して食べる。彼らは進化を容易にしているのだ。一方我々は、学術団体を作ってその歩みを遅らせている」

◆ジグムント・フロイト

「貪り食うために人を殺してはならないということには十分な理由がある。しかし、肉の代わりに人肉を食べてはならない理由は、どのようなものであれ一つもない」（『ポーリーヌ・ボナパルトへの書簡』）

◆ピエール・ガクソット

「国連の職員が無謀にもアフリカの森の中に入り込み、人食い人種たちに食べられてしまった。それらの食人種は確かに未開人だが、いたずら心と大いなる食欲には恵まれていた」（『フィガロ』紙　一九六二年）

◆アンドレ・グリーン

「相手と一体になるまで愛する方法は一つならずある。食人はそのうちの一つだ」

◆ロラン・グリモド・ドゥ・ラ・レニエール、

「このソースでなら、父親を食べられるだろう」（一八二〇年）

◆ダグ・ハマーショルド国連事務総長
「コンゴの人食い人種は、十三日の金曜日に、もはや漁師しか食べない」（一九六一年）
◆アンリ・ラベ
「人間にとって、自分自身、あるいは同胞の有するアルブミンに勝る動物性アルブミンはない」
◆ポール・レオトー
「人間は良きものとルソーは言った。ならば食べてみようじゃないか！」（一九五〇年）
◆ミッシェル・ライリー
「大地は日陰でも五〇度に達し、奴隷が群れ、食人の饗宴が開かれる。これがアフリカだ」（『アフリカ幻想』一九三二年）
◆クロード・レヴィ＝ストロース
「同胞の誰かを食べるより、肉体的・精神的にひどく傷つける方を選ぶからと言って、我々が精神的な進歩を遂げたと信じるのは愚の骨頂だ」
◆オクターヴ・ミルボー
「海難事故の遭難者のおかげで、ラ岬やサン島のイセエビ、オマール、カニはもっとも見事で珍重されるものとなっている。それらを食べること、それはつまるところ食人の代わりである」（インタビュー　一九〇三年）
◆ピエール＝ジョセフ・プルードン
「食人と友愛は、経済発展の両極端である」（『経済的諸矛盾の体系』　一八四八年）
◆ピタゴラス
「心臓以外なら、自分の何を食べてもよい」
◆ジャン＝ジャック・ルソー
「あらゆる肉食動物は、少なくとも潜在的に共食い動物である。肉を食べる者は自然に反する殺し屋である。なぜなら、人間同様、肉と骨からでき、知覚能力を持つ生き物、つまり自分によく似たものを貪り食うのだから」
◆サド伯爵
「人を食べるのは牛を食べるのと同じくらい単純なことだ」
◆マーチン・シクスト
「食人への回帰は、肉の前の不平等に直面した人間にとって、食べる権利を蘇らせる唯一可能な方法である」（講演、パリ、一九七八年）
◆ジョナサン・スウィフト
「食人は老人の死を有益なものにする一つの方法である」
◆ロルニック・スエリー
「主体性の領域にまで拡大すれば、食人の原則は以下のように言い表しうるだろう。すなわち、他者、とりわけ感嘆を覚えるような他者を食べるにあたって、その他者が属する世界の粒子が食人者の主体をすでに満たしている粒子と混ざり、この目には見えない混合の中で真の変化が生じるような方法をとることである」

ブラジル人が食人へ回帰するために

哲学者の中には、人間が自然状態へ回帰することは神が創造したもともとの姿に戻ることであるという考えを中心に据える者がいる。

この原則から出発すると、野生への回帰は文明人の普遍性に異議を唱え、新しい文化的アイデンティティを「取り戻す」方法となる。一九三〇年代ブラジルで、数多くの知識人が煽った政治運動の中心的な論拠となったのが、この理論であった。この運動の代表的な指導者、オズワルド・デ・アンドラーデが当時発表したのが、『食人宣言』である。その中で、彼はこの運動の主たる目的、方法、論拠を、ハムレットの独白をもじった「トゥピ族であるべきか、あらざるべきか」というスローガンによって要約した。

ブラジル人のアイデンティティは、侵略者であるヨーロッパ人のものではなく、名高い人食い人種、トゥピ族のものであり、これこそが、政治イデオロギーの柱としてしたがうにふさわしいものである。教会の司祭を食べることは、キリスト教社会を食べることであり、現代ブラジル人の大原則であるべきものである。

その長い宣言の中で、オズワルド・デ・アンドラーデは明言する。「人間の法律は、人食いの法律である。(…)民族を犯すこの疫病すなわち文明とキリスト教に対して、我々は人食いをもって戦わねばならない。(…)人食いによって、本物のブラジルおよびカリブ族の人間と、名ばかりのブラジルとのあいだの社会的対立の実状が確認できる。(…)キリスト教徒を食べること、それが、人食いの義務である(…)」。コスタ・ナッシカが書くように、「オズワルド・デ・アンドラーデは、人食いの憲法を考えた。それは、ブラジルのすべての問題の解決を可能にする一種の政府法案である」

宣言は、三七四年付けで発行されている。これは、ブラジルに派遣された最初のポルトガル人司教で、人食いの対象になったサルディニャが食べられた日を基準にした年代である。

もちろん、オズワルド・デ・アンドラーデにとって、人食いとはたとえであり、排除の対象となるものすべてを社会の中に同化することを意味する。したがって人食いは肯定的な性格を持つ。それは、一種の「他者」再評価にいたるものだからである。

「教理問答書によって、人食いは、貪欲や中傷、殺人と呼ばれるものと同レベルの罪に格下げされた。これが、いわゆる文明化されキリスト教化した民族を崩壊させる疫病なのだ。我々食人族は、これと戦わなければならない」

食人ビジネス

現在、食人はますます執拗にその存在を顕示し、それに対する人々の関心はかつてないほど強くなっている。食人が今なおあらゆる罪の中でももっとも重いものであり、集合意識に対する許されぬ侮辱であると考えられているにもかかわらずである。食人犯の「偉業」に対する抑えがたい好奇心は、ここ一〇年、アメリカで「食人ビジネス」を生み出すほどまでになった。このビジネスによる利益は「全商品合わせて」何百万ドルにも達している。出版はそのうち大部分を稼ぐドル箱だ。

食人犯の新旧のインタビューや被害者の家族の証言、専門家の発言をつなぎ合わせたモンタージュ映画を専門に制作するプロダクションができ、その種のビデオテープは何十万本も売れている。テレビ局自体も番組やインタビューを商品にして売っている。商品化は、車の中で聞くオーディオカセットの分野にまで進出している。これらの多くは、裁判の録音、あるいは、犯人にギャラを払って行われた独房での対談記録である。

さまざまな食人犯の犯罪場面が繰り広げられるゲームも作られた。カードの裏には、被害者、死体、拷問の道具が描かれている。被害者を殺し、切り刻み、食べて、捕まらずに逃げおおせた者が勝ちというゲームである。Tシャツを作る会社に、肖像権を売る食人犯もいる。商店では、犯人が人を殺し、肉を引き裂き、切り刻むのに使った「凶器」のレプリカを売っている。レプリカには犯人の名前が刻まれている。某氏のノコギリ、某氏のドリル、某氏の骨取り用ナイフというふうに。

最新のアイディア商品は、食人犯ジェフリー・ダーマーの冷蔵庫のミニチュアである。中に取り外し可能なプラスチックの皿が入っており、その上には人間の肉が載っている。

西ヨーロッパでは、あたかも悪が勝利したかのようだ。一九九九年にオランダのジーンズ・メーカーが宣伝用に採用したのは、スーパーマーケットで売られる牛肉に似せて舟型容器に盛られた人肉のイラストであった。

トラウマは乳児期に由来することがひじょうに多い。(Photo Roger-Viollet)

先生、もう少しいただけますか！

シルヴェーヌ・フックスは南フランスで最も有能な外科医の一人と噂されている。金メダル受賞者であり、マルセイユにあるいくつかの病院でインターンをした。臨床教育担当医をしていたことがあり、顕微鏡を用いて行う外科手術の免許も所持している。彼女は「甲状腺の狂気サラダ」によって、外科手術室からキッチンまでの距離が、実際にはほんの一歩であることを証明した。

「六人分として次のものを用意する。まず、摘出したばかりの太い甲状腺三本。非外力性の解剖後注意して切り取ること。次に、副甲状腺を数本。これは最も正統的な解剖部位の中に求められるであろう。その無数の変形については考慮に入れる必要はない。そして、最後に擬似腺状の走向路の中に入っている反回神経をいくつか（咽頭にいたるまでの解剖を試みることにはなんらの利益もない。本来の機能を営む部分、つまり実質と呼ばれる組織を傷つけることになるだけである）。もし可能ならば、上部及び下部の脈管束を切り離し、被膜外の部分から外す。塩・胡椒して注意深く一つずつ別々にした葉《よう》とラルエット錘体を、マルサラワイン、エキストラバージン・オリーブオイル、コリアンダーの実に少なくとも一時間漬け込む。小さじ二杯のオリーブオイルをフライパンに入れ、弱火で熱しているあいだに、漬け込んであった葉と錐体をちぎれないように細いひも状に切る。そして強火でこんがりと焼き色をつけ、引き上げる。フライパンの中に大さじ三杯の濃い生クリーム、小さじ二杯のマルサラワイン、包丁で細かく刻んだコリアンダーを入れる。ソースにとろみがついたらすぐに甲状腺を加え、数分間強火で手早く加熱する。あらかじめそれぞれの皿にルッコラの新芽を敷いておき、調理したものをその上に散らす。生暖かな状態で供する。好みでオリーブオイルをかけることも可。このアントレには、ボルドーの軽い赤ワインが合うだろう」

ロッキー山脈でさまよい仲間を食べる。
1880年。（資料 M. M.）

食人あれこれ

◆家賃の滞納

一九九六年のこと。ニジニノブゴロドに住むコルパコフはアパートの住人だったが、数ヶ月前から家賃を滞納していた。怒った家主の息子は彼を殺し、切りきざみ、前腕をフライパンで揚げて食べた。

◆トランプでイカサマ

一九九四年、ロシアのノブギにある建物の中で、三人の男がトランプをしていた。夜も更けてから、ラスカゾフとボビレフの二人が残りの一人アレキンのイカサマに気づいた。ゲームを中断した二人はアレキンを殺し、切りきざみ、この悪賢い仲間の一部を食べてしまった。

◆妻たちに裏切られたから

パキスタンのアーマド・カーンはペシャワールの東にある小村チャルサッダに住んでいた。一家の主人だった彼は一九九四年、庭の果実を採りにきた少女を食べたとして逮捕された。軍事裁判所の官吏は、彼が健全な精神状態にあると認めた。出廷した被告は説明した。「妻たちのうち二人が不貞をはたらいたせいで、精神的にひどく動揺していたのです」

◆給料の遅れ

一九七五年四月、カンボジアで共和政府の兵士たちが死の昼食をとっていた。メニューは給料の配布を担当している会計係の伍長だ。前日、この会計係はピストルである中尉を射殺し、部隊の給料未払いを代表して抗議しにきた四人の兵士たちを負傷させていた。会計係を殺した兵士たちは、彼の心臓、肝臓、肺、二頭筋、ふくらはぎをフライにした。AFP通信によると、「翌日、彼らは新札で給料を受けとった」。それ以前から、この部隊は敵であるクメール・ルージュの兵士に対しても食人を行っていた。「もちろん、我々は空腹だった。だがそれよりも復讐のためだった。大勢の仲間を失っていたから」。部隊を率いていた将校はこう述べた。

◆「全員は一人のために、一人は全員のために」

モンロヴィアから二〇〇キロメートル西に位置するニーバで、一九五七年三月十一日、四人の人間が逮捕された。リベリアの新聞「ザ・デイリー・オブザーバー」によれば、そのうちの一人の女は一歳半の娘を殺し、下ごしらえして客のために煮たという。

◆「レシピをいただけるかしら?」

一九五八年二月六日、ネパールのカトマンズで、ある女が六歳の息子を殺し、毎年開かれる一族の食事会でふるまった。彼女は警官に「会食者は皆お代わりをし、レシピを知りたがった」と話したという。

◆「時間厳守で!」

南アフリカ北西部のムバトで、一九八七年三月五日、イチュムルニー・ルトゥベレは一緒に夕食をとろうと友人たちを待っていた。友人たちが到着した時には食事の支度は整い、それぞれの皿には、十五歳になる隣人の調理された肉片が盛られていた。

料理短信

◆だから少し宣教師を捕まえなさい！
一九六二年一月、カタンガ北部のコンゴロで、人々の精神を毒し、若者を腐敗させたと非難された十九人の宣教師が、興奮した人々に解体され食べられた。
◆いつも家族を警戒
ザイールのキンシャサに住むヌジョムボなる男は、一九五六年六月のある日、自分の甥を食べた。自分の妻を誘惑した罰を与えようとしてのことだった。
◆ごくごくと
一九六〇年四月、カイロの十六歳の少女が女たらしに誘惑され棄てられたことから、ムニール・メバンナなる兄に罰せられた。この兄は家族の名誉を守るために、娘をナイフで切り殺してその血を飲んだのである。
◆ベルギー人の調理法
一九五二年三月、モントリオールで、パン屋の主人が店員に顔料を塗り、オーブンに入れて包み焼きにした。無神経なこのベルギーの若い店員が電話で妻を口説いていたからだった。
◆甘美な屍骸！
一九六四年二月、呪術師の団体からカッサイ南部の王に選ばれた元肉屋は、午前十一時から二十三時までの十二時間にわたって食人料理を食べつづけた。メニューは大臣一人と議員五人。彼の弁護士は、この事実を指摘した「レクスプレス」誌を裁判所に訴えた。
◆推進者は立派だ！
アルジェリアで虐殺があるたびに、耕作者たちは恐怖のために町へと向かった。動乱が激しくなるごとに、殺戮はますますおぞましいものになり、食人事件も指摘される。赤ん坊は扉に釘で打ちつけられたり、ガスオーブンで焼かれたりした。殺人者が子供を攻撃するのは、最後の後継者まで排除し、土地の分与に関して、将来不服申立てが一切できないようにするためである。一九九七年一〇月九日付の「パリ・マッチ」誌によれば、「虐殺がなされた郊外は、やがて建築可能地域になるだろう」

第12章

産業化・組織化された食人
21世紀の食糧難に対する答え

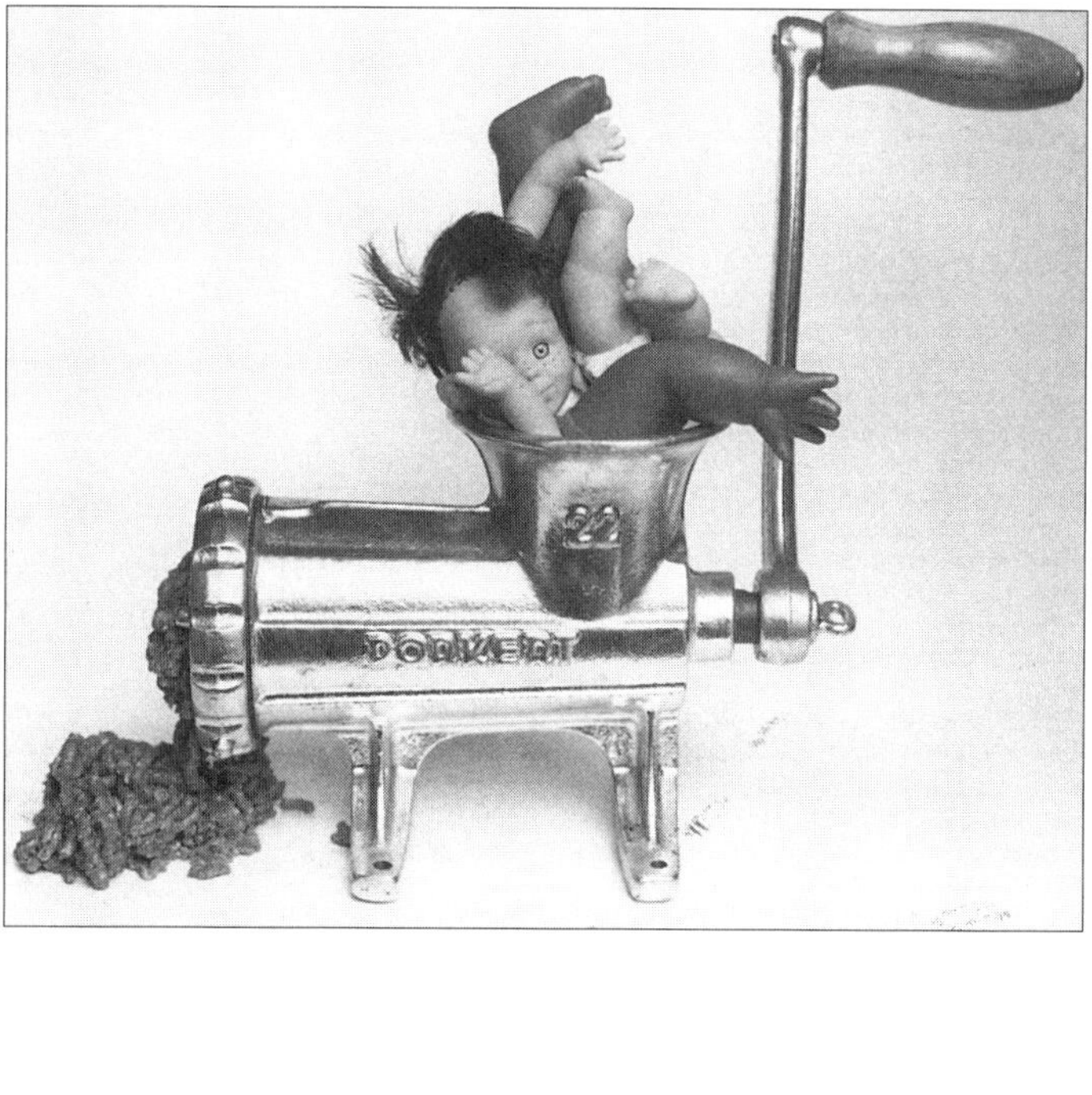

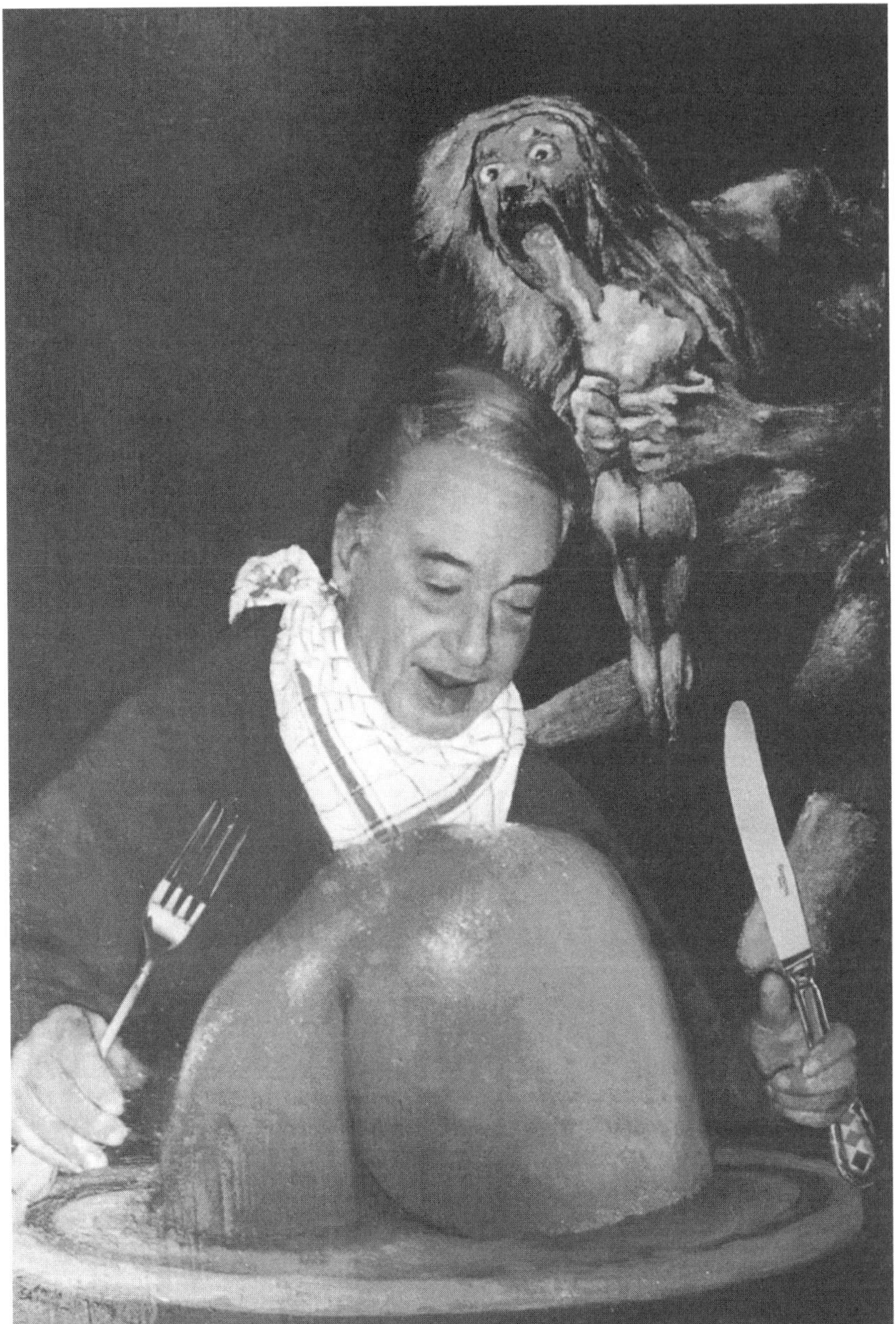

(前頁) もちろん OK! (撮影　マルタン・モネスティエ)
(上) 油彩画。ピエール・フェリオリ。1999年。

飢餓の始まり

西暦一年には地球の人口は三億だった。一八〇〇年には一〇億に達した。地球の人口が三倍になるのに十八世紀を要したわけだ。二〇世紀初頭以来、人口は史上類をみないほど急増している。一九二〇年には二〇億人だったのが、一九六〇年には三〇億人に、一九七四年には四〇億人に、一九八七年には五〇億人に、そして、一九九九年には六〇億人になった。言い換えると、人口は二〇世紀初頭のほぼ四倍に、そしてこの三〇年の間には二倍になっている。現在、人口は毎年ほぼ八〇〇〇万人ずつ増えているが、この数は今のドイツの人口に匹敵するものである。

一九七〇年代、もっとも悲観的な見解をとる人口学者たちは、増加のペースがこのまま続けば、二一〇〇年代頃、地球の人口は六〇〇億に達すると不安気に予言していた。今では、このような阿鼻叫喚のシナリオが現実のものになるとは考えられていない。人口増加は減速傾向にあり、一〇〇年後の人口は一〇〇億から一一〇億といったところで安定するだろうと人口学者たちはこぞって予想している。そうはいっても、この巨大な人口が恐ろしい問題を生み出すことに変わりはない。

現在、六〇億の人間が地球表面積の一〇パーセントしかない陸地に押し込められて生きているが、その三分の二、つまり四〇億人は程度の差こそあれいずれも栄養失調に苦しんでいる。三分の一にあたる二〇億人は存分に食べたことなど一度もなく、その栄養失調状態は深刻である。毎年、数千万人の大人と子供が、飢餓で、あるいは栄養失調が引き起す病気で死んでいる。ところで、今後五〇年間にさらに五〇億あるいは六〇億の人間が生まれてくることになっているが、その九十五パーセントは主として発展途上にある一〇ヶ国で誕生すると考えられる。これはなんともしがたい悲劇である。それらの国々はもうすでに非常な過密状態にあり、現時点ですら国民に十分な食物を与えられずにいるからだ。
世界で最も人口が過密し、しかも人口増加も一番激しいこれら一〇ヶ国のうち、六ヶ国がアジア大陸にある。今日、地球人の二人に一人以上がアジア人である。アジア人は毎年五一〇〇万人ずつ増えている。アフリカ人の増加は毎年二〇〇〇万人である。ヨーロッパにおいてのみ、人口減少、あるいは移民流入による現状維持が見込まれている。

分かりやすいよう、インドの事例をとりあげてみよう。インドの人口は、一九四七年の独立時、四億五〇〇〇万人であった。今日では、一〇億近い人口を数えている。そして、毎年一六〇〇万人が誕生しているが、これはオランダの人口と同じである。面積が中国の三分の一しかないインドの総人口は、これから二〇年のあいだに、十二億五〇〇〇万人を超えるであろう。インド政府当局とアメリカ・ワールドウォッチ研究所は同じような報告を行っている。それによると、子供の半数以上が栄養失調に苦しんでいるという。国民の三分の一は貧困のうちに暮らしており、田園地帯の多くでは七〇パーセントにもおよぶ人々が貧困状態にある。この五〇年間で米の生産高を二倍にしたが、国民全体を養うことはできず、しかもそのために地下水は蓄積にかかる時間の一〇倍の速さで汲み上げられた。耕作地化が徹底的に進められたにもかかわらず、耕作可能な土地面積は減少の一途である。このような状況下で、二〇四五年には、今よりさらに六億人多い人口を養わなければならないのである。

我々の前には、マルサスが主張する基本法則が立ちはだかっている。この法則は、食糧によって人口増加は必ず制限されるという原則の上に成り立つものだ。人口増加が一―二―四―八―十六―三十二という幾何級数的に増加する傾向があるのに対して、食糧は一―二―三―四―五―六という等差数列的にしか増加させることができないからである。このことから人間とその生存に必要な食糧の間には、あっという間に根本的な不均衡が生じることになる。

食人――普遍的な回答

「こんな狭苦しい場所で絶えず増え続けていったら、彼らは一体どうなるのだろう」と、ブーガンヴィルはオセアニアのある小さな島に近づくと考えた。発見したばかりのその島を、彼は槍騎兵島《ランシエ》と名づけた。海岸に集まっていた原住民が長い槍で武装していたからだ。ディドロは一八七二年に出版された自著『ブーガンヴィル航海記補遺』で、一つの解答を与えている。戦争や生け贄について語った後、「彼らは殺し合い食べ合うのだ」と彼は主張する。

イギリスの経済学者トーマス・ロバート・マルサスはその有名な著書『人口の原理』（大淵寛訳、中央大学出版部）の中で、面積の限られた土地とそこに住む住民との数学的関係について先に記したような考えを展開し、ランシエ島のような島特有の仮説だけに止まるべき理由はないとしている。彼はその原則を地球全体に広げて考える。「敵に囲まれたアメリカの野蛮種族とか同じ状態で他民族に取り巻かれている人口稠密な文明民族が多くの点で島民と同じような境遇にある」と彼は言う。つまり、人口の自然増加を妨げるような限界にぶつかる社会は、すべて「ランシエ島」なのである。その結果、必要となった場合にはフィジー諸島やインド同様、生きるための食人が唯一の規範となるであろう。

すでに言及したインドの事例は、八〇近い発展途上国にも同じようにあてはまる。死ではなく生を選択すれば、その同一線上での解決策を必ず強いられることになろう。人口の爆発が、厳しい決定論を生じさせることは確実だと思われる。地球上のすべての人間に多量のたんぱく質を含んだ食物を供給するためには、必要なことなのである。そして一人一人が、計画化され、管理され、産業化された生存のための食人への回帰という避けられない事柄と、自分自身の中で折り合いをつけ始めなければならなくなるだろう。食人は、まさに問題点と同じ立場に立つ唯一の解決策であり、また、工業国、第三世界そして第四世界いずれにも適合しうる解決策である。かくして、この正当な回帰によってもっとも人口の多い国々は、相対的に見てもっとも多く肉を含んだ食事ができるよ

Human face
female
Human face
male

うになるのである。

いかなる分析もせずに眉をひそめてしまう人々のために、人肉食は原始的なものから洗練されたものにいたるまで、ありとあらゆる文化に関わっていたと念を押しておこう。つまり、原初へ回帰するだけのことなのだ。とはいえ今後は豊富さのみならず、無償性、新たな道の開拓、そして衛生管理が重要になってくる。実際、恐怖を引き起すのは、組織化されない死肉市場だけだということは明らかだ。「人間がもっとも恐れるものは、しばしば人間に最も役立つものである」とアンリ・フレデリック・アミエルは言っている。

肉の前の不平等

夢想家が主張するように、家畜を増やし農業生産高を上げるだけで、食人への回帰を避け得るのだろうか。答えは否であり、現実を算術的に直視すれば、それに異論を挟む余地はないだろう。ピエール・ヴィダル＝ナケは「経済的合理性と収益性という意味から食人問題を提起することは、信じ難い非常識である」と警告するが、私はその危険を冒してみるとしよう。

肉を例にとってみよう。人間にとって肉は動物性たんぱく質や他の多くの物質を得るために、極めて必要なものである。肉はそれを定期的に食べている人々のために生産されているが、それが人類のほんの一部にしか過ぎ

オランダのジーンズメーカー「ブリンク・ジーンズ」の広告。フランスの雑誌「マックス」に掲載された。1999年（D. R.）

ないことをみれば、あらゆる点から見て食肉生産がすでに破局的状態にあることは明らかである。菜食者と比較した場合、肉と野菜の両方を食する人間を養うためには一〇倍の耕作地が必要である。世界中で収穫される野菜や穀物の八〇パーセント近くが、豚、牛、家禽類の餌になっている。国連食糧農業機関によれば、西側諸国が人間の食糧として使っている穀類は、生産量全体の二十二パーセントに過ぎないという。第三世界の国々は七十九パーセントを人間の食糧としている。クリスチャン・ショレ博士は、一九八九年、「ジュネーブ・トリビューン」紙の記事の中で、例えばアメリカ人が食べる肉の量を一〇パーセント減らすだけで、六〇〇〇万の人間が餓死を免れると主張している。ルネ・デュモンは、二〇億人を一年間養えるだけの穀物が、毎年、工業国での食肉生産にまるまるつぎ込まれていると強調する。肉を作り出すために、毎分三〇ヘクタール以上の熱帯雨林が地球上から姿を消している。

ブラジルを例にとってみると、開墾後一年目には、家畜一頭を普通に食べさせるために一ヘクタールの人工牧草地が必要である。五年後には薄い腐植土層が使い果たされ、家畜一頭あたり五から七ヘクタールの人工牧草地が必要となる。その後五年も経てば土地は完全に荒廃してしまう。そうなると、もっと多くの土地が焼き払われることになる。一九八九年の七月と八月の間に五万九〇〇〇ヶ所が焼かれ、アマゾン川流域のおよそ三万三〇〇〇平方キロメートルの土地が焼野原と化した。これはベルギーの面積よりも広い。荒廃のテンポは一九九〇年代初頭から衰えるどころか、むしろ速まっている。

ジュネーブ大学社会学科教授ドゥニ・ブルッドは、アメリカ向けの食肉を生産しているコスタリカを例に挙げて、「輸出用の食肉を一キロ生産する毎に、コスタリカは二・五トンの薄くて貴重な腐植土層を費やしている。一九五〇年には国土の七十二パーセントが森でおおわれていたが、今日では二十六パーセントまで減少している」と言う。そしてさらに、「十七時間に一店舗の割合で、マクドナルドが世界のどこかで新規開店している。全店合わせると毎日二二五〇〇万個のハンバーガーが売られており、すなわち毎日一二五平方キロメートルの荒地

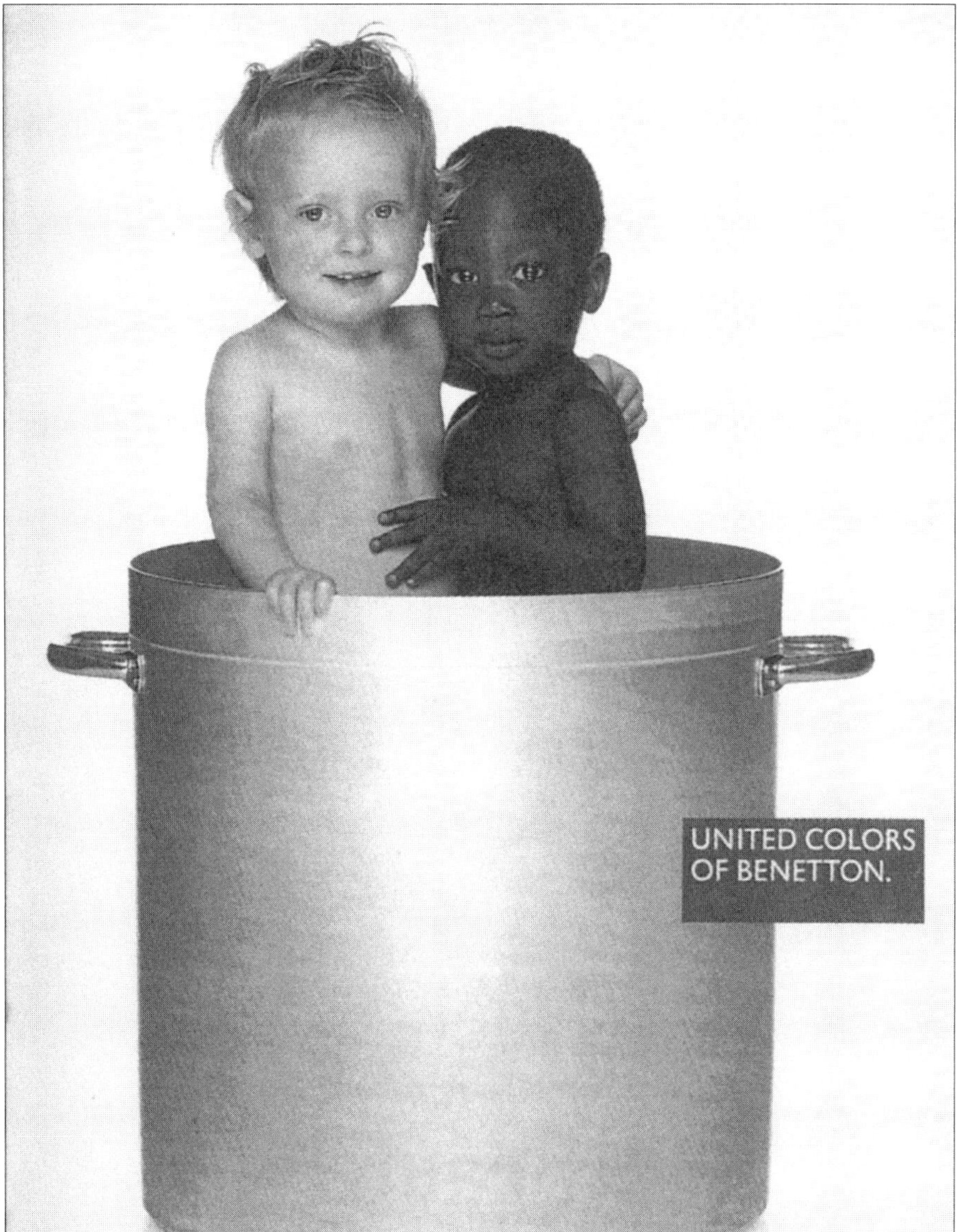

ベネトンの効果的な広告。才能に恵まれてはいるが物議をかもすことも多いカメラマン、オリビエロ・トスカーニによって制作された。1999年（D. R.）

を増加させている」と言葉を継いでいる。要するに、ハンバーガー一個のために、平均五平方メートルの熱帯林を切り開かなければならないわけである。

豊かな国々の家畜が食べる穀物の量は、インド人と中国人が食べる量を合わせたものに等しい。平均すると、動物から食物一キロを生産するためには、人間がそのまま食べることのできる食糧七キロを動物に与えなければならない。カルフォルニアでは一〇万匹の牛が、一七〇万にのぼる東アフリカの人々を日々養える量の食糧を消費している。

その上、家畜が引き起こす水質汚染は、産業排水と家庭排水を合わせた以上である。牛肉の生産には、ジャガイモの生産に要する八〇倍の量の水がいる。D・ブルッド教授によれば、アメリカでは水の半分が食肉用家畜の飼育に使われている。これは全アメリカ人の使用量の五倍である。しかも人の二〇倍の排泄物を生じさせ、腐植土破壊の原因のうち、八十五パーセントを占めている。

牛肉を生産しても、四人に一人の口にしか入らない。もし、六〇億の人間が是が非でも牛肉を食べたいと要求したら、地球は一体どうなるのか想像してみるがいい。肉の前の不平等は現代世界における最も大きな不公平の一つだ。予想通り人口が一一〇億になり、国連が食肉の摂取を基本的人権の一つとして宣言し、一人当りの年間割当量が十五キロになったと想像してみよう。十五キロと言えば、週に二度、一五〇グラムのステーキを食べることができるだけの量であり、今日、西欧人が消費している量のおよそ三分の一である。

この割り当て量を確保するには、一〇億頭の家畜数を常時維持しなければならないが、これを放し飼いにするとなれば、一〇億ヘクタールの牧場が必要となる。これは、陸地部分が一億四九〇〇万平方キロメートルしかない地球では不可能だ。しかも、その陸地部分には、氷河地帯、砂漠地帯、山岳地帯、湿地帯、森林地帯が含まれているのだからなおさらである。肉の前の平等を得るためには、衛生的で栄養価も高い産業化された食人しかないわけである。

菜食主義者の幻想

野菜や植物を食べたらよいではないかと菜食主義者は言う。それは今日ではまず実現不可能だし、近い将来においても考えられないことである。アメリカの耕作地では、今や、腐植土の三分の一が化学薬品漬けになって傷められ、消滅してしまっている。一九四八年には、七五〇〇トンの殺虫剤を使えば、虫害を受けるのは収穫高の七パーセントですんだ。現在では、殺虫剤の量を一〇倍も増やしているにもかかわらず、昆虫が食い荒らしている量は二倍半になっている。

二〇五〇年までに農業生産高を三倍にするというのは絶対に不可能だ。その理由は数多く、ここで説明することはできないが、一つだけ、水に関する問題について言及してみよう。いかなる予測も、第三世界のほぼすべての国が極度の慢性的水不足に陥るだろうという点では一致している。すでにそれらの国々の大部分はこの問題と戦っている。世界銀行、世界保健機関、国際通貨基金などの国際機関によると、例えば、北アフリカや中東では一九六〇年には年間一人あたり三四三〇立方メートルの水資源があったというのに、二〇二五年には六六七立方メートルにまで減少することになるという。生存には最低八〇〇立方メートルが必要だとされているにもかかわらずである。ちなみに、フランス人一人が年間に消費する水の量は四〇〇〇立方メートルである。二〇五〇年には、世界人口の三分の一近い約三十五億人が水の欠乏する地域で生活することになろう。その主たる原因はむだ使いと汚染であり、その例は今日すでに飲み水不足に陥っているベトナムに見られる。

ワールドウォッチ研究所の地球に関する現状報告によれば、地球はいくつかの分野において、これからの一〇年間に、引き返し不可能な地点にまで至る可能性がある。ルネ・デュモンは発展と農業の問題に関する世界的権威の一人だが、彼の分析は「我々はすさまじい飢餓の瀬戸際にいる」と警戒に満ちている。

彼の意見はもっともである。栄養失調の人々を救い、発展させ、食糧資源を得させるために、食肉の代わりに

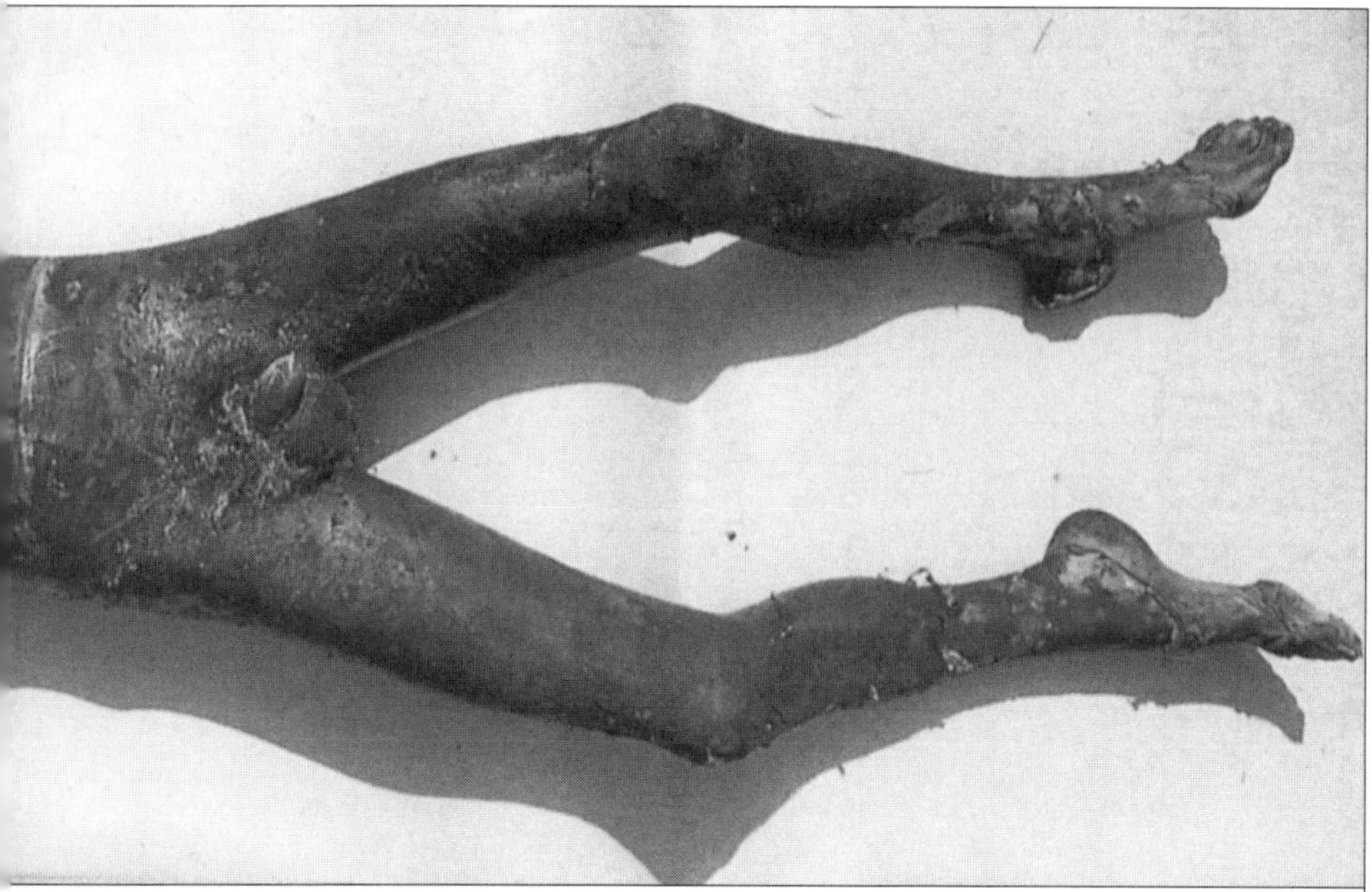

農業をあてにすることは不可能なのである。

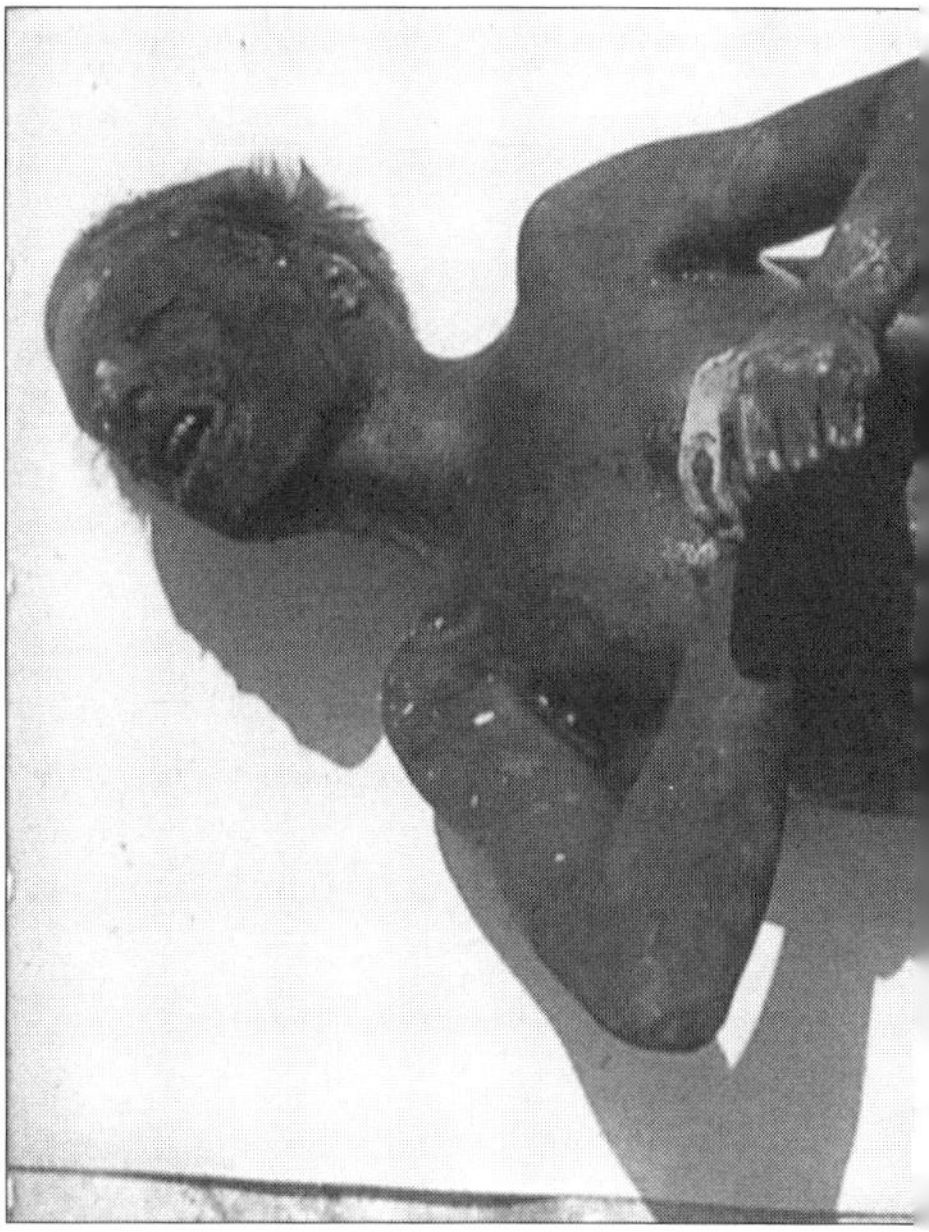

「人間の獲物」はミディアムに焼くと人種にかかわらず黒くなる。(資料 M. M.)

規制された食人

恐るべき食糧危機が二十一世紀と共にやって来るのは確実である。そして、それを克服できるのは、産業化され、かつ規制された罪悪感のない食人のみである。人が生き残るために同胞を食べるという光景はなんと美しいものだろう。かくして、世界の未来はそれぞれの人間の内に存在することになるのだ。

この積極的かつ急を要する食人の復活はただちに実行に移されるかもしれないが、とはいえいくつか注意しなければならない点はある。とくに、次のような原則が受け入れられなければならない。

人体の非神聖視

人体の商品化

政治的・科学的・宗教的・司法的イデオロギーによる支持または中立性
食人に対して人々が通常抱くであろう嫌悪感の一掃
この新たな栄養補給システムの政府による管理運営

しかし、これらの論点それぞれを綿密に検討すれば、すでに現実となっており準備の整った状態であることに気づくであろう。

人体の非神聖視

人体が神聖視されていないことは、我が産業社会の死体に対する取り扱いを見れば明白である。もう、死に向かう人々に付き添うということは見られなくなった。死が近いことは、多くの場合、本人には知らされない。したがって、最期を迎える用意もできないのが普通になってしまった。死後には弔問客もなく、親類縁者や友人のために遺体を自宅に安置することもない。霊柩車も使われない。人はもう自宅では死ななくなった。病院で死ぬのだ。つまりほとんど病院だけが孤独な最期を迎える場所となったのである。病院はまた、自動延命処置によってしか生き長らえないような慢性の病人の死を決定する場所でもある。このような現状は、社会学者J・ジーグラーに「死は医学的権力によって独占的に支配されている」と言わしめ、また、哲学者ジャン・ボードリアールに「死者の社会的な追放は、資本主義体制の結果である」と言わしめている。大多数の人間は一度も死体に接することなく生きている。喪に服すこともなくなり、死者のために人前で泣くのは恥ずかしいことになった。しかも、死の研究を専門とする歴史学者フィリップ・アリエスの言うとおり、徐々に増えつつある火葬は、死体を跡形もなく消し去る方法である。死体はもはや神聖なものではなく、不吉なものとなったのである。

人体を神聖視しなくなれば、当然ながら人々が抱いている生への思いにも変化が生じ、ここからもまた、生存のための食人に対する罪悪感が消し去られる方向へと向かうことになる。例えば、死亡した夫の精液による受精や、配偶者の死後に行われる冷凍胎児の子宮への定着処置などは、死者が生に属し続けているという考えを人に抱かせる。クローン技術は、両性の結合によらない生殖を垣間見せている。ジョージストーン大学ケネディ研究所などが発表しているような将来計画はさらに進んだものである。『遺伝子管理の倫理』を読めば、一九七〇年代中頃のアメリカで、人体を全く神聖視しない科学的見通しが立てられていたことがわかる。「危険で価値の低い作業用に、擬似人間的なものが合法的に作製される可能性がある」とか、「社会は、将来の宇宙飛行のために並外れた持久力を持つ背の低い人間を作り出すかもしれない」とか、将来の要請に合致させることまで考えられているのである。

最後にもう一つ例を挙げよう。自由意志による安楽死である。それは一見、苦痛を早く終わらせようという考慮を土台にしたもののようにみえるが、実のところ、多くの哲学者や社会学者は、中期的観点に立つ経済的理由による生命停止手段と考えている。いくつかの理論、とくにジャック・アタリの挙げる理論が実用化されることになったら、安楽死が必然となるのは確実である。多くの経済者を惹きつけるその理論とは、健康的な生活を営むに足りる資本を誕生の時点で各人に与えるというものである。そのすべてを使い切ってしまったら「世話を受けられなくても我慢せねばならなくなるであろう。つまり、生きるための資本欠如による死を受け入れなければならない」のである。

現在では、もはや人間の身体は神聖であるという論拠が、生きるための食人を妨げることはない。それはもう証明済みだ。

人体の商品化

この原則もまた、すでに現実のものとなっているように思われる。生者と死者の互換性については、「食人療法」の章で充分明らかにした。臓器の摘出と保存を可能にした医学の進歩は、同時に、人体を消費可能な「モノ」に変えたのである。臓器移植は商品すなわち商業という考えを暗黙のうちに内包している。現在、需要と供給の均衡がとれていないためにまさに世界的な臓器密売が生じており、それが臓器消費の発展の一端を担っていることもすでに述べた通りである。

ヴァンス・パッカードは、著書『人間操作の時代』の中で、使いやすいパートに分解された人体に関して、「交換用人体部位の生産、販売、取り付け、アフターサービスは、世界中で非常な急成長を遂げる産業になりうるチャンスを有している。(…)すべての病院は、まさに自動車のサービスステーションのように、利害関係者向けの販売用交換部位の在庫を持つようになるだろう(…)」と書いている。

市場における胎児

莫大な収益が見込まれる「人間の商取引き」にブレーキをかけないよう、現在、アングロサクソン系の法律は生命と「モノ」のあいだに明確な境界を引かないようにしている。大部分の工業国でも同様である。このことは、市場経済の法則にしたがっている中絶後の胎児に関して、とくに顕著である。同じことは遺伝子工学によって作り出された生命形態にもあてはまる。それらは法的には生きていても、他のさまざまな産業的新技術と同じように特許取得可能な、つまり採算の取れる経済的新技術と見なされているのである。

厳密な意味での人間の商取引きも、途方もない規模に達している。一九七〇年代、インドは死者から作成した骸骨の国際取引きを得意としていた。カルカッタの路上で早朝集めた死体を煮て、肉を取り除き、真鍮の針金を用いて復元された骸骨は、年間数万を数えた。

乳児や新生児を扱う商売は徐々に繁盛しつつあり、そのための組織化された犯罪が世界のいたるところで生じている。これらは、まるでカタログショッピングでもするかのように、インターネット上で選ぶことができる。

年齢、性別、国籍、目の色、民族、肌の色、身長などを見て、自分が求めるものに最も近いものをクリックすればいいのだ。

ヴィクトル・ユゴーはファンチーヌの極貧状態を描写するにあたって、彼女がコゼットの生活費を捻出するために髪と歯を売ったと書いている。今日、現代版ファンチーヌは増加しており、医学倫理の専門家は人体組織の商品化が急速に発展していることに愕然としている。アメリカではつい最近、ある夫婦が国内の有名大学のキャンパス新聞に小さな広告を載せてセンセーションを巻き起こした。頑健で背が高く、学業成績優秀な女子大生の卵子を五万ドルで買うと申し出たのである。一九九九年一〇月以来、卵子市場がインターネット上に出現している。関連サイトにつなぐだけで、「自らの生産物」である卵子を提供する素晴しい美人の写真を眺め、彼女たちのスリーサイズ、身長、出身国、健康状態、本人の病歴、家系的病歴、知能指数などを調べ、「提供者」を選ぶことができるのだ。そして競売によって幸せな落札者が選ばれる。このサイトを立ち上げたハリスなる男は、彼自身の動機、そしてアメリカだけでも七〇〇万人近くいると見積られている潜在的顧客の動機をはっきりと述べている。「美や若さは金で買うことができます。これはダーウィンの法則の例証です。何百万人もの男が自分の遺伝子と、遺伝子的に進んだ最高の美女の遺伝子を結合させたいと夢見ているのです。もし、このようなやり方で自分の子供に社会で優位に立てるような長所を与えることが可能ならば、そうしない手はないでしょう」

人体が、今まさに新しい商品となりつつあることを認めるべきだ。人体の商品化という考えは、生きるための食人を妨げるものではない。

哲学と司法による食人の承認

先入観を持たずに考えた場合、食人は本当に忌わしい行為であり、度を越した背徳なのだろうか。それとも、多くの場合政治的な思惑からそうなったにすぎないのだが、何世紀にもわたって知的、哲学的に非難されてきたことから、一つの精神構造ができ上がり、食人に対して本能的に嫌悪を感じるようになっただけなのだろうか。

現代社会がその意見に耳を傾ける価値ありとみなす過去の鋭敏な精神の持ち主たちは、ある種の条件下での食人を容認し、食人は必然的なものだとさえ言っている。ヴォルテールはやむをえない場合の食人を認めた。モンテーニュも心から反対したわけではない。ディドロは食人の中に予定説を見た。ブロカが非難したのは食人に先だって殺人が犯される場合のみである。フロイトは行ってはならないというもっともな理由など何一つないとはっきり認めている。実際、食人の拒否は感情的なものであり、それゆえ理性的であるとは言えない。徹底的な物質主義をとっている現代社会は、食人と戦うにしても時代遅れの戦い方しかできないだろう。M・ベイダー博士の言葉を借りれば、「自己の獣性とルーツを認めることに対する、人間の無意識的な拒否」という戦い方しかないのである。

司法が下した多くの結論を検討すれば、生きるための食人に対する社会全体の新しい姿勢は、制度という段階においてもすでにその兆しが現れていることがわかる。アフリカ、アジア、そしてオセアニアでは、多くの場合、食人の罪は軽い。徐々に無罪判決さえ下されるようになってきている。数年前のモルビー諸島の例がそれである。食人を理由に法廷に引き出された七人のパプア人は無罪放免となった。起訴状には、被告人たちが貪り食うことによって死体を「不適切で不謹慎」に扱ったと記されていたが、判事は次のような判決理由を述べて釈放を正当づけた。「死体を食べることは不適切でも不謹慎でもない。食べることによって死体を処分することは、他の地域で行われている火葬による処分と同じくらい自然なことである」

科学界と宗教界の承認

生きるための食人の復活は、科学と宗教という二つの越え難い壁にぶつかるに違いないと思うかもしれない。しかし、そのようなことは全くない。

すでに科学界はこの仮説に対して、わずかながらも門戸を開いている。これは「学術上の真理」が人々の一般的な考え方に大きく影響することを考慮すれば重要なことである。科学界はなお二つに分裂している。専門分野を問わず多くの学者は、ヒューマニズム、倫理、そして宗教に基づく論拠に立てこもり、反論の余地がないほどはっきりと食人を拒否している。その一方で、なによりも時代の流れを考慮するパイオニア的学者は、食人の原理について議論することを受け入れている。世界のあちこちで、一〇年あるいは二〇年くらい前から、もはやためらうことなく真理を公然と表明する権威者の声が聞こえている。この真理はまだ革命的なものではあるが、急速に普及し、人を惹きつけるに違いない。

マニトバのウィニペグ大学動物学科主任教授ワーブルも、先頭を切って自分の考えを明確に述べている。「食人は、アルブミン性物質を摂取できない人々、あるいは栄養面で最低限の多様性もないような食事しかできない人々にとっては一つの解決策である。人間社会がもともと食人を行う社会であったことは考古学が十分証明している。人肉に対する嫌悪は文明と宗教がもたらしたものだ。人間にとって人肉を食べるというのは自然であるだけでなく、自身の要求に完全に合致するものでもある」と彼は主張する。

数年後、オーストラリア、シドニー大学のロナルド・M・バーンド博士は、ブリストルで開かれた英国協会の定例年会で、「人を食べれば栄養にもなるし体にもよい。その上、死体を消し去る最良の方法でもある」と出席している学者たちに宣言した。

ディミトリ・ミカレフ教授は、一九八〇年代の半ば、「人間を含む共食い動物はすべて、他の動物よりも健康状態がよい。なぜならば、同種の動物から得た物質はより消化吸収しやすいからだ」と主張した。

最後に、アメリカの心理学者ジョン・マクドネルが数年にわたる一連の動物実験からごく最近得た結論を挙げておく。彼は、人間を含むいかなる種類の動物においても、共食いは「食したものに心理的・肉体的付加効果」をもたらすと言い、したがって「未開種族が付加効果を得るために行う食人は間違いではない」と結論づけている。食人を否定しない科学者の名は他にも多数挙げることができる。

同様に世界の主要な宗教でも、指導者たちの信念や態度は揺れ始めている。例えば、アンデス山中で起きた悲惨な航空機事故の際、不時着の生存者は死亡した同乗者の肉を食べざるをえなかったが、カトリック教会はこの行為に対する非難を差し控えた。ローマ教皇は「食人者たち」と面会して、他に生き残る方法はなかったと保証し、祝福を与えた。

フランス人からもっとも敬愛されている教会の公式スポークスマンの一人、オレゾン神父は、当時、「これは人食い行為に属するものではない。なぜなら彼らは殺してはいないからだ。バーナード教授は人を生存させるために死者から心臓を摘出したが、彼らはそれと同じようなことを行ったにすぎない」と明言している。

仏教の権威者も、食人をせざるをえないような惨事が起るたびに「死亡した同行者から肉を切り取ることは仏教倫理に反するものではない」と何度も表明している。

また、イランのイスラム教最高権威者たちが、人肉を食べてもよいとの許可を与えたことも思い起される。ベイルートで包囲されたブルズ・エル・バラジュネー・キャンプのパレスチナ人二万人が、抵抗を続けるために食人を許可してくれるよう求めた時のことである。

もちろん宗教的権威によって認められたこれらの事例には、食人が許されるのは例外的であるとの意味も含まれている。しかし、それだけでも食人に内在するメリット、そして危機的状況下や極めて深刻な食糧不足時における食人の有益性が認められたことに違いはない。

「遺体抜きでの宗教儀式は、結局儀礼を消滅させてしまうことにならないか」という危惧もあろう。しかし、それは即座に否定しうる。そんなことは全くない。爆発によって人間であるかの見分けもつかなくなった人、あるいはテロ、事故、航空機の胴体着陸によって粉々になってしまった人が、永遠の救済を保証する一連の宗教儀式にあずかれなかったという話をこれまでに聞いたことがあるだろうか。

人々による承認

西欧諸国の人々は摂取する栄養の性質が変わってしまうことに対して心構えができているだけでなく、それを熱望している。調査によれば、消費者の七十五パーセントが、生産物とその供給源により大きな保証が与えられるならば、食習慣を変えることに異存はないとの姿勢を示している。そしてすべての消費者が、食品衛生上の安全を保証する国家の品質保証マークがついていれば安心するだろうと言っている。

生存のための食人はこの安全基準に応えうるものである。そのためには、完全に国家の手に委ねる必要がある。周知のように民間の流通網は、疑惑、腐敗、業者の共謀、そして利潤獲得競争に非常に陥りやすいものであるから、それからは切り離さなければならない。人間から作り出される食物を国家が管理するということは、当然ながら人体の国有化を意味する。これはすでにF・ダゴネが別の理由から提案したことである。要約するとこうだ。「国家である私は、おまえに生まれることを許した。おまえを保護し、見守り、教育し、世話した。おまえが生を止めたこれからは、その身を私に委ねよ。そして私を介して、後裔たちの健康、生存、幸福感をさらに高みへと引き上げるのだ」

病気の要因である食物

人体の国有化は、全人類の連帯という激しい欲求に応えるものであることは容易に理解できる。なぜなら、公民精神は何よりもまず、自分の健康に注意し国家の所有となっている身体の維持管理に注意するという形をとることになるからだ。それは、同一線上にある生と死の一種の経済的融合である。これによって何にも束縛されない真に自由な夢がついに実現する。つまり、労働力である生命の後に収益性のある死体が続くことになるのである。人間は社会的な身分や地位にかかわらず、生産する者として役立つと共に、消費される者としても役立つ。

もはや誰も共同社会のお荷物にはならないだろう。そして、まさに医師は、一人の人間の面倒を見ることによって、実際は人類全体に奉仕することになるのだ。

一〇年あるいは二〇年くらい前から、工業国の国民の食生活は極めて憂慮すべき後退を見せている。それは、主として食料品の工業化によって引き起された後退であり、とめどなく繰り返される非常識な事柄が、市場に出回っている製品に対する不信を段々強くしているのである。現代見られるいくつかの現実は、現実離れした神話的寓話とよく似ている。一つだけ例を挙げると、トラキアの伝説的な王ディオメデスは自分の馬に人肉を食べさせ、神々や英雄、そして人々を唖然とさせた。最近起った動物用の粉末飼料に関する事件は、この突拍子もない話に工業的なリアリティを与えるものであった。数年にもわたって、ヨーロッパの大多数の家畜、とくに牛が、動物性有機廃棄物によって飼育されていたのである。かくして、草食動物は肉食動物に変えられたわけだ。一九九六年四月、チューリヒ地方で飼育されていた豚の粉末飼料に、数年前から成分の一つとして新生児の胎盤が含まれていたことが公になった。一九九九年には、まずアメリカで、ついでフランスで大騒ぎが起こった。人工飼育されている鶏の多くが、人間の糞便を主成分とする粉末飼料で飼育されていたからだ。また、「フレッシュフルーツの香り」と触れ込むヨーグルトを作るには、酢酸アミルを三滴落すだけで充分である。日本とスウェーデンの企業はトランスグルタミナーゼを利用して、微細な屑肉をもとに見事なステーキ肉を「製造」している。それらの屑肉は、解体後ガラにされたさまざまな部位の骨にこびりついていたものである。ニュー・ジーランド政府は、人間の遺伝子を持つ遺伝子組換えの雌羊の飼育を許可している。工業的食品について記された書物は多いが、そのどれをみても、強力で制御不能な経済的圧力が食物連鎖にいかに深刻な影響を与えているかについて記されている。その圧力によって、我々は日々、化学的害毒へと少しずつ押しやられているのだ。十九世紀において真の快楽であった食事は、今日、徐々に病気と死の要因になりつつある。

国家の役割

根本的な問題は、つまるところ、国家には産業化され、制御管理された生存のための食人を運営する能力があるのかという点にある。ロラン・バルトが『現代の食物摂取に関する社会心理学』の中で示しているように、食事はどんなものであれ、記号言語であると同時に、「コミュニケーションシステムであり象徴体であり習慣・状況・行動に関するしきたり」であるからである。しかしその答えはイエスだ。歴史を見れば、権力がその維持手段として「食物という要因」を手中にした例には事欠かない。食物の話をすることは真の意味で政治そのものについて語ることである。最近シアトルで開かれた貿易に関する国際会議をみれば、そのことは充分納得できる。

過去において、スターリンや毛沢東は生産過剰や計画的欠乏という手を自在に操って、食物なる武器を自己の政治ビジョンを押しつけるために用いた。ルーマニアでは「カルパティア山脈の天才」チャウシェスクが、一九八二年、「国民の科学的栄養摂取計画」を始めた。鳴り物入りのキャンペーンで説明されたのは、計画の科学的根拠と、国民の肥満解消のために実施すべき社会的療法であったが、この肥満自体がすでに仮説であった。さらに最近では、一九九八年、北朝鮮のキム・ジョンイルが「サツマイモによる革命」を新たなイデオロギー闘争の争点として打ち出した。「もし一〇年前にこれを行っていたら、わが同胞は現在陥っている食糧難に苦しめられることはなかっただろう」と彼は、協同組合の責任者たちに言明した。もちろん、独裁者たちによるこうした例を挙げ続けても何にもならない。しかしこれらは、政府が食糧政策を利用し管理する権力を有していることを証拠づけている。食人の復活と計画化が、地球上の人間を養うために必要となった時、その立案、製造、流通を、あらゆる国家の政府が承認するような入念なマニュアルにしたがって、地球規模で行うことは可能なのである。

嫌悪の回避

衝撃的ではあるが必ずや実現するこの食人という未来予測は、リチャード・フライシャー監督の『ソイレント・グリーン』の中で映像化されている。これは、SF作品などではなく、正真正銘、未来を先取りした作品である。その中で、人肉は人間であることを感じさせないようにするため、緑色の小さな板状にして配られる。将来、人体を食物として利用する時に重要となる点の一つがここにある。要するに偽装が必要なのだ。数十年前、太平洋の島で孤立した日本兵は戦争の終結を知らず、生きのびるために、負傷した、あるいは死んだ同胞を食べた。とはいえ彼らはある策を用いたあとでなければ食人の覚悟を決めることはできなかった。本当は大きな猿を貪り食っているのだという錯覚を持つよう、動物の毛と植物染料で犠牲者に細工をしたのである。将来、加工やマーケティングを行う企業は、消費者が感じるかもしれない恥や罪の意識、そしてとりわけ嫌悪感を取り除くために、人体から作り出すすべての製品に魅力的な外観を与える方法を必ずや編み出すであろう。

生きるための食人へと世界が立ち帰れば、言うまでもなく、何十億という人間が生きていくのに必要不可欠な食糧をほんのわずかなコストで供給できるようになる。しかしそれだけではなく、多くの脆弱な国々が呈する悲惨な傾向を改めることにもなるのだ。例えば移民は減少し、最後にはいなくなるだろう。なぜなら、その八〇パーセント以上が食糧問題を原因とするものだからである。インフラストラクチャーの欠如は、もう発展途上国にとって障害ではなくなるだろう。これらの国々では、道路、橋、鉄道がない故に、国内の貧困にあえぐ地域へ生産物や輸入品を分配できずにいる。しかしたんぱく質に富んだ肉がその場で手に入るようになるのだ。かくしてサント＝ブーヴが言うように、人は再び、同じ家の中で生まれ、生き、そして死ぬようになる。同様の理由によって、農村人口の都市への流出も大きく減少するに違いない。現在では人口の四〇パーセント以上が都市で暮らしているが、多くの場合、人々はひじょうに悲惨な状況におかれている。そして最後にもう一つ、死体処理とその食用への加工は、世界中で数百万という雇用を確実に創出するだろう。そのおびただしい数の生産物を取り扱う、新しい企業も多数誕生するだろう。

残された唯一の手段

食人がやがて現実になることは予想済みであり、見識者の目にはすでに食人計画のはっきりとした形が見えている。これが人類の運命を問いなおすものではないことを、もっともためらいがちな人々にも、少なくとも部分的には納得していただけたのではないだろうか。食人は人類を救うものである。食人は二十一世紀の中頃、あるいは終わりまでに、当然のものとして認識された食事の基本要素にならなければならない。そうでなければ混乱、困窮、慢性的な飢饉が地球の大半に広まってしまうであろうことは、どんな楽観主義者であっても、やがて認めざるをえなくなるはずだ。こうした状況に直面すれば、かなりの数の人間が野蛮で粗暴な血みどろの食人を再び行うかもしれない。その種の食人はなんら人間を保護するものではないし、犯罪が一般化していく温床ともなろう。コントロールされ産業化された生存のための食人を拒否すれば、ただ単に何百万もの人間を飢餓による死に追いやるだけでなく、今までに例のない新しい社会関係の誕生を阻むことにもなる。老化の末の辛い最期といった愚かしい死はもうおしまいだ。老人だけでなく、社会のはみ出し者もすべて自分を役立たずだと感じることはなくなる。それどころか、自分は社会にぜひとも必要な存在なのだと思うようになるだろう。なぜなら、世界の未来はそれぞれの人間の内にあるからだ。もっとも貧しい者、もっとも顧みられることのない者から、豊かな実りが生まれるようになる。人間の枠を超えた次元でなされる食人は、経済的には不可欠で、政治的には魅力的、科学的には可能で、宗教的には容認できるものである。しかもそれは、世界観ではなく、人類の生き残りにかかわる問題だ。偉大なるディオゲネスはある日公衆の面前でマスターベーションを行って、こう言ったではないか。「自分の腹を優しく撫でるだけで、飢えが癒されたならどんなにいいだろう！」

人肉とは知らずに

　一九八四年、私はブリュッセルにあるヨーロッパ共同体で働く一人の国際公務員に出会った。彼はザイールに三年間滞在していたが、その間そうとは知らずに人肉を普段口にしていたという。なじみの肉屋が複数殺人で逮捕されて、はじめて彼は自分の食人を知ったのだった。

　確かめるすべもないが、図らずも人を食べてしまったという話は数多い。一九五〇年代にはこんな話が流布していた。あるドイツ人一家が定期的にアメリカから食料の小包を受けとっていた。当時のヨーロッパでは一般的だった配給食料を補うためだ。ところがそのうちの一つにおばあさんの遺灰が入っており、一家はそうと知らずに、他の食料と同様に食べてしまったという。小包の中身が灰だということは、遅れて届いた手紙によって分かった。似たような話に、食料に指が混ざっていたというものもある。

　パリでは、マルムゼ通りの床屋と豚肉屋が共謀して人肉を主原料としたペーストを製造していた。ほぼ同時期のロンドンでも、ソーホーの豚肉屋ミス・ローウェットとスウィーニー・トッドが同様のペーストを作っていた。ハノーヴァーでは、肉屋のハールマンが一人でお得意さんたちのために仕事をしており、客たちはその製品にこの上なく満足していた。

　シカゴの缶詰工場は、人肉ベースのソーセージを製造したとして時おり起訴されるが、これは工員がタンクに落ちてしまうためである。アメリカ犯罪シンジケートのボスで処刑にいそしんでいたアナスタシアが、犠牲者たちを工場でソーセージにしていたというのは確かな事実である。

　レストランが人肉入りの料理を供し、客たちがその中身を知らされたのは警察の捜査が入ってからだったというような話なら、枚挙にいとまがない。

カビュの戯画。1979年。(D. R.)

「ワインか安酒か」

「空腹の者にとって、オムレツがトリュフ入りだろうがベーコン入りだろうがどうでもよいことだ。腹が減っている、ただそれだけだ！」

馬鹿げた格言だ。神々の料理でも、好みや新しい味わいをおろそかにしてはいけない。レ・アールにある有名な「オ・ピエ・ド・コション」の給仕長「ミシェルさん」に、ワインとの組み合わせについて貴重なアドバイスをいただいた。

各部位にお奨めの調理法　お奨めのワイン

◆脳みそのガーリックソテー　モルゴン
◆目玉のフリカッセ、ベリー風　メドック、ブルゴーニュ
◆胃腸のカーン風　ソーテルヌ、ヴヴレー
◆軟骨、耳、膝蓋骨のソーセージ、フレンチドレッシング添え　シャブリ、プイイ
◆温かいパンに載せた脛骨の骨髄　ゲヴュルツトラミネール、ラインのワイン
◆手のひらのオムレツ　コート・デュ・ローヌ
◆足の指冷製、アスパラガス添え　ボージョレヌーボー
◆肝臓、心臓、脾臓の角切り串焼き、玉ねぎ添え　シャトー・ディケム
◆リンパ腺とリンパ節のサラダ、レモン風味　アルザスの白
◆大胸筋のロール、ローストビーフ風　シャトー・ラフィット、シャトー・マルゴー
◆大殿筋のオーブン焼き、レンズ豆添え　メドック、ブルゴーニュ
◆背筋のロースト、人参添え　ボルドー
◆かるく網焼きにした前方尺骨　サン＝テステーフ、サン＝ジュリアン
◆大小掌筋のミディアム、ベアルネーズソース　ポイヤック
◆レンガ色にフライにした大頬骨筋、卵添え　ブルイイの赤
◆大腿二頭筋といろいろな野菜のポトフ　ブルゴーニュ
◆上腕三頭筋と大腿四頭筋のソテー、焼加減はレアで、いんげん添え　ボルドーの赤
◆すじが多めの部分をこんがり焼いたもの、スパイスを効かせて　ブルイイ、ヴヴレー

人食い人種の専門用語

◆人肉　皮膚の下にある軟らかい繊維状の物質で筋肉を構成するもの。

◆高品質　ユダヤ・キリスト教徒のヨーロッパ系白人においては、赤味がかった薄いピンクという独特の色調を呈していなければならない。

◆生きの良い肉　見たところ傷みのない、皮膚から離れた深部にあるかなり明るい色調の肉。

◆短肉　冷蔵庫でひび割れしやすい皮膚。

◆ヴィアンディエ　肉用の特殊なレシピ全体。

◆ヴィアンドゥール　人肉の下ごしらえと加熱調理専門の料理人。

◆藁肉　小人の肉。

◆立肉　料理用の人間。

◆立肉ブローカー　人肉ブローカー。勧誘員や、大金と引き換えに兵役代理人を調達する人間を意味する、「人肉販売人」と混同してはならない。

◆便利品　骨抜き済みの人肉。

◆骨身　痩せぎすの料理用人間。

◆親切肉　軟らかい人肉。普通、女性の身体からとった肉を指す。

計画的食人の効能

　計画的な食人は無限の利益をもたらす。第二次世界大戦後に起こった四二〇〇もの紛争は、どれも人道的援助を必要とするものであった。その主たる内容は食料を送ること。しかしそれにかかる出費はごく簡単な方法で抑えることができる。

　最前線の者が倒れるとすぐに、二番目の戦列にいる者が否応なく食べることにする。二番目の戦列の者は三番目の食料となる。こうして、順々に次の戦列にいる者の食料になる。最後列の者は人口を維持するための予備軍として主要な役割を担う。退却の際は、この順番は逆になる。

　不法な策動をした者に対しては、あらゆる形の死刑をただちに復活させる。そうすることで、過剰にいる役人や大臣たち全員に対し、ゆうに一日二五〇〇カロリーの栄養が保証されることになるだろう。七月二十三日から八月二十三日の間に生まれた受刑者は、知事の勅令によって機動隊員用にする。フランスの伝統では彼らはいつもライオンを食べている（普段以上の力を発揮する）からだ。交通事故による一万にものぼる死者は、それだけで慢性的な財政危機状態にある公務員用食堂や学校食堂の内容を豊かにする、良質のビタミンいっぱいの食料となりうる。（ただし、過剰にならない範囲で用いること）。

　自殺者は缶詰や冷凍食品産業のめざましい発展を保証

するだろう。九月に自殺した者は、一、二か月の間、海辺の砂の上や、山間の生き生きとした牧草地で過ごしたとして、特に美味とされるだろう。

人肉の利用による利益と目的は、公共においても家庭においても一致することがわかっている。多くの貧困家庭の自給自足を保証するというわけだ。

おすすめをいくつか

◆ロースト用　骨付きロース及び肩ロース、大殿筋及び中殿筋、上腕三頭筋及び大腿三頭筋、僧帽筋、腹直筋、大腿筋膜張筋

◆網焼き用　脳みそ、大胸筋、三角筋、背筋、二頭筋及び三頭筋、ペニス及び陰のう

◆煮込み用　棘下筋、小円筋、大円筋、長回外筋

◆揚げ物用　板状筋、小掌筋、第一橈骨筋、

◆燻製用　内転筋、腹直筋、長屈筋

◆塩漬け用　腓腹筋内側頭、前脛骨筋、長腓骨筋

◆乾物用　総伸筋、胸鎖乳突筋

◆ポタージュ用の骨　膝蓋骨、指骨、大腿骨剄、胸椎、腰椎

◆加工用（パテ、ブーダン、ソーセージ、臓物煮込み、頭肉のパテ）　喉の血液、肝臓、顔面筋、脾臓、心臓、肺、耳、内臓、腸、足底

◆著者
マルタン・モネスティエ（Martin Monestier）
ジャーナリスト、作家。著作はさまざまな言語に翻訳されている。著書に『図説死刑全書』『図説自殺全書』『図説奇形全書』『図説動物兵士全書』『図説児童虐待全書』『図説乳房全書』『図説毛全書』（いずれも原書房）などがある。

◆訳者
大塚宏子（おおつか・ひろこ）
学習院大学文学部フランス文学科卒業。翻訳家。訳書に『図説死刑全書』『図説毛全書』『図説「愛」の歴史』『五人の権力者と女たち　カストロ·フセイン·ホメイニ・金正日・ビンラディン』（いずれも原書房）などがある。

図説《ずせつ》 食人全書《しょくじんぜんしょ》 [普及版《ふきゅうばん》]

●

2015年8月18日 第1刷

著者……………マルタン・モネスティエ
訳者……………大塚宏子《おおつかひろこ》
装幀……………岡 孝治
発行者……………成瀬雅人
発行所……………株式会社原書房
〒160-0022 東京都新宿区新宿 1-25-13
電話・代表 03(3354)0685
http://www.harashobo.co.jp/
振替・00150-6-151594
印刷・製本……………三松堂株式会社

ISBN 978-4-562-05194-6, printed in Japan
本書は2001年小社刊『図説 食人全書』の普及版です。